U0096184

人民共和國文化與文學叢書

初 編

李 怡 主編

第 **1** 冊

文革「地下詩歌」研究

王 學 東 著

花木蘭文化出版社

國家圖書館出版品預行編目資料

文革「地下詩歌」研究／王學東 著 -- 初版 -- 新北市：花木蘭
文化出版社，2014〔民 103〕

序 4+ 目 2+212 面；19×26 公分

（人民共和國文化與文學叢書 初編：第 1 冊）

ISBN 978-986-322-755-7（精裝）

1. 新詩　2. 詩歌　3. 詩評

820.8　　　　　　　　　　　　　　　　103012653

特邀編委（以姓氏筆畫為序）：

ISBN-978-986-322-755-7

吳義勤　孟繁華　張 檸
張志忠　張清華　陳思和
陳曉明　程光煒　劉福春
（臺灣）宋如珊
（日本）岩佐昌暲
（新西蘭）王一燕
（澳大利亞）鄭 怡

人民共和國文化與文學叢書
初　編　第　一　冊　　　　　　ISBN：978-986-322-755-7

文革「地下詩歌」研究

作　　者　王學東
主　　編　李 怡
企　　劃　北京師範大學民國歷史文化與文學研究中心
　　　　　四川大學現代中國文化與文學研究中心
總 編 輯　杜潔祥
副總編輯　楊嘉樂
編　　輯　許郁翎
印　　刷　普羅文化出版廣告事業
出　　版　花木蘭文化出版社
社　　長　高小娟
聯絡地址　235 新北市中和區中安街七二號十三樓
　　　　　電話：02-2923-1455／傳眞：02-2923-1452
網　　址　http://www.huamulan.tw 信箱 hml 810518@gmail.com
初　　版　2014 年 9 月
定　　價　初編 17 冊（精裝）新台幣 30,000 元
版權所有・請勿翻印

文革「地下詩歌」研究

王學東　著

作者簡介

王學東，男，1979 年生於四川沐川。文學博士，西華大學副教授、碩士生導師，中文系副主任。主要研究當代新詩、巴蜀文化、民國文學，在《中國現代文學研究叢刊》、《中國社會科學報》、《中華讀書報》等刊物上發表論文 40 多篇，現主持省級規劃項目「四川當代新詩史」。著有詩學專著《「第三代詩」論稿》。《地方文化研究輯刊》、《蜀學》編輯。「非非主義」成員，在《非非》、《星星》等發表詩歌百餘首。現擔任「詩研究叢書」主編，《星星》詩刊副刊編輯。

提　　要

　　在此前文革「地下詩歌」的研究中，大部分研究者將之放到八十年代的詩歌史中研究，地下詩歌自身的精神特質並未得以彰顯。同時，這些研究是對地下詩人進行個案研究和闡釋，也未呈現地下詩歌的基本面貌和總體精神特質。由於文革這一特殊時期思想上、文化上、生活上的特殊政策，地下詩歌形成了所有邊緣狀態之下的詩歌中最爲獨特的「邊緣體驗」景觀。在社會歷史的總體背景之下，本著試圖借助「邊緣」這一概念，對文革地下詩歌總體精神進行嘗試性的勘探和解讀，以呈現地下詩歌的橫切面特徵。

　　首先，本著在回顧前人對地下詩歌研究的基礎上，展現地下詩歌研究中的問題。並通過對文革「一個中心」的分析，以及對相關概念的辨析，展示從「邊緣體驗」研究地下詩歌的有效性及獨特性。其次，梳理地下詩歌材料的打撈情況，並以「群落」來整體呈現地下詩歌構成。第三，是本著研究的主體部分。先從地下詩歌的「中心——邊緣」體驗出發，展現在極端困境之下地下詩歌主體「從人到獸」的變形記，由此從「我是人」、「射日精神」、「空山之境」三個方面究覽地下詩歌的總體精神走向。最後，探討地下詩歌在邊緣狀態之下的「新摩羅詩人」追求「獨語特徵」以及「野性」風格。由此可以看到地下詩歌在「邊緣」上對「人權」的展示，以及野獸般的生命力、與天抗爭的精神，深入推進了現代中國文化的啓蒙主題。

《人民共和國文化與文學叢書》總序

李　怡

　　中國當代文學是與「中國現代文學」相對的一個概念，指的是中華人民共和國建立之後的文學。追溯這一概念的起源，大約可以直達 1959 年新中國十週年之際，當時的華中師院中文系著手編著《中國當代文學史稿》，這是大陸中國最早編寫的「中國當代文學史」教材。從此以後，「當代文學」就與「現代文學」區分開來。與中國現代文學研究比較，中國的當代文學研究是一個相對年輕的學科，所以直到 1985 年，在一些「現代文學」的作家和學者的眼中，年輕的「當代文學」甚至都沒有「寫史」的必要。〔註1〕

　　但歷史究竟是在不斷發展的，從新中國建立的「十七年」到「文化大革命」十年再到改革開放的「新時期」，而後又有「後新時期」的 1990 年代以及今天的「新世紀」，所謂「中國當代文學」的歷史已達六十餘年，是「中國現代文學三十年」的整整一倍！儘管純粹的時間計量也不足說明一切，但「六十甲子」的光陰，畢竟與「史」有關。時至今日，我們大約很難聽到關於「當代文學不宜寫史」的勸誡了，因為，這當下的文學早已如此的豐富、活躍，而且當代史家已經開始了更為自覺的學科建設與史學探討，這包括洪子誠的《中國當代文學史》，孟繁華、程光煒的《中國當代文學發展史》，張健及其北京師範大學團隊的《中國當代文學編年史》等等。

　　中國當代文學研究的活躍性有目共睹，除了對當下文學現象（新世紀文學現象）的緊密追蹤外，其關於歷史敘述的諸多話題也常常引起整個文學史

〔註 1〕　見唐弢：《當代文學不宜寫史》，《文藝百家》1985 年 10 月 29 日「爭鳴欄」（見《唐弢文集》第九卷，社科文獻出版社 1995 年），及施蟄存：《關於「當代文學史」》（見《施蟄存七十年文選》，上海文藝出版社 1996 年）。

學界的關注和討論，形成對「當代文學」之外的學術領域（例如現代文學）的衝擊甚至挑戰。例如最近一些年出現的「十七年文學研究熱」。我覺得，透過這一研究熱，我們大約可以看到中國當代文學研究的某些癥結以及我們未來的努力方向。

我曾經提出，「十七年文學研究熱」的出現有多種多樣的原因，包括新的文學文獻的發掘和使用，歷史「否定之否定」演進中的心理補償；「現代性」反思的推動；「新左派」思維的影響等等。〔註 2〕尤其是最後兩個方面的因素值得我們細細推敲。在進入 1990 年代以後，隨著西方後現代主義對「現代性」理想的批判和質疑，中國當代的學術理念也發生了重要的改變。按照西方後現代主義的批判邏輯，現代性是西方在自己工業化過程中形成的一套社會文化理想和價值標準，後來又通過資本主義的全球擴張向東方「輸入」，而「後發達」的東方國家雖然沒有完全被西方所殖民，但卻無一例外地將這一套價值觀念當作了自己的追求，可謂是「被現代」了，從根本上說，也就是被置於一個「文化殖民」的過程中。顯然，這樣的判斷是相當嚴厲的，它迫使我們不得不重新思考我們以「現代化」為標誌的精神大旗，不得不重新定位我們的文化理想。就是在質疑資本主義文化的「現代性反思」中，我們開始重新尋覓自己的精神傳統，而在百年社會文化的發展歷史中，能夠清理出來的區別於西方資本主義理念的傳統也就是「十七年」了，於是，在「反思西方現代性」的目標下，十七年文學的精神魅力又似乎多了一層。

1990 年代出現在中國的「新左派」思潮在相當大的程度上強化著我們對「十七年」精神文化傳統的這種「發現」和挖掘。與一般的「現代性反思」理論不同，新左派更突出了自「十七年」開始的中國社會主義理想的獨特性——一種反西方資本主義現代性的現代性，換句話說，十七年中國文學的包含了許多屬於中國現代精神探索的獨特的元素，值得我們認真加以總結和梳理。在他們看來，再像 1980 年代那樣，將這個時代的文學以「封建」、「保守」、「落後」、「僵化」等等唾棄之顯然就太過簡單了。

「反思現代性」與新左派理論家的這些見解不僅開闢了中國當代文學史寫作的新路，而且對中國現代文學的基本價值方向也形成了很大的衝擊。如果百年來的中國文學與文化都存在一個清算「西方殖民」的問題，如果這樣

〔註 2〕 參見李怡：《十七年文學研究「熱」的幾個問題》，《重慶大學學報》2011 年 1 期。

的清算又是以延安—十七年的道路為成功榜樣的話，那麼，又該如何評價開啓現代文化發展機制的五四？如何認識包括延安，包括十七年文化的整個「左翼陣營」的複雜構成？對此，提出這樣的批評是輕而易舉的：「那種忽略了具體歷史語境中強大的以封建專制主義文化意識為主體的特殊性，忽略了那時文學作品巨大的政治社會屬性與人文精神被顚覆、現代化追求被阻斷的歷史內涵，而只把文本當作一個脫離了社會時空的、僅僅只有自然意義的單細胞來進行所謂審美解剖，這顯然不是歷史主義的客觀審美態度。」〔註3〕

利用文學介入當代社會政治這本身沒有錯，只不過，在我看來，越是在離開「文學」的領域，越需要保持我們立場的警覺性，因為那很可能是我們都相當陌生的所在。每當這個時候，我們恰恰應該對我們自己的「立場」有一個批判性的反思，在匆忙進入「左」與「右」之前，更需要對歷史事實的最充分的尊重和把握，否則，我們的論爭都可能建立在一系列主觀的概念分歧上，而這樣的概念本身卻是如此的「名不副實」，這樣的令人生疑。在這裡，在無數令人眼花繚亂的當代文學批評的背後，顯然存在值得警惕的「僞感受」與「僞問題」的現實。

只要不刻意的文過飾非，我們都可以發現，近「三十年」特別是1990年代以來中國當代文學及其批評雖然取得了很大的發展。但是也存在許多的問題，值得我們警惕。特別需要注意的是1990年代以後中國文學現象的某種空虛化、空洞化，一些問題成為了「僞問題」。

眞與假與僞、或者充實與空虛的對立由來已久。1980年代的現代主義文學也曾經被稱為「僞現代派」，有過一場論爭。的確，我們甚至可以輕而易舉地指出如北島的啓蒙意識與社會關懷，舒婷的古代情致，顧城的唯美之夢，這都與詩歌的「現代主義」無關，要證明他們在藝術史的角度如何背離「現代派」並不困難，然而這是不是藝術的「作僞」呢？討論其中的「現代主義詩藝」算不算詩歌批評的「僞問題」呢？我覺得分明不能這樣定義，因為我們誰也不能否認這些詩歌創作的眞誠動人的一面，而且所謂「現代派」的定義，本身就來自西方藝術史。我們永遠沒有理由證明文學藝術的發展是以西方藝術為最高標準的，也沒有根據證明中國的詩歌藝術不能產生屬於自己的現代主義。也就是說，討論一部分中國新詩是否屬於眞正西方「現代派」，以

〔註3〕董健、丁帆、王彬彬：《我們應該怎樣重寫當代文學史》，《江蘇行政學院學報》2003年第1期。

「更像」西方作爲「非僞」，以區別於西方爲「僞」，這本身就是荒謬的思維！如果說 1980 年代的中國詩壇還有什麼「僞問題」的話，那麼當時對所謂「僞現代派」的反思和批評本身恰恰就是最大的「僞問題」！

不過，即便是這樣的「僞」，其實也沒有多麼的可怕，因爲思維邏輯上的某種偏向並不能掩飾這些理論探求求眞求實的根本追求，我們曾經有過推崇西方文學動向的時代，在推崇的背後還有我們主動尋求生命價值與藝術價值的更強大的願望，這樣的願望和努力已經足以抵消我們當時思維的某種模糊。

文學問題的空虛化、空洞化或者說「僞問題」的出現，之所以在今天如此的觸目驚心在我看來已經不是什麼思維的失誤了，在根本的意義上說，是我們已經陷入了某種難以解決的混沌不明的生存狀態：在重大社會歷史問題上的躲閃、迴避甚至失語——這種狀態足以令我們看不清我們生存的眞相，足以讓我們的思想與我們的表述發生奇異的錯位，甚至，我們還會以某種方式掩飾或扭曲我們的眞實感受，這個意義上的「僞」徹底得無可救藥了！1990 年代以降是中國文學「僞問題」獲得豐厚土壤的年代，「僞問題」之所以能夠充分地「僞」起來，乃是我們自己的生存出現了大量不眞實的成分，這樣的生存可以稱之爲「僞生存」。

近 20 年來，中國文學批評之「僞」在數量上創歷史新高。我們完全可以一一檢查其中的「問題」，在所有問題當中，最大的「僞」恐怕在於文學之外的生存需要被轉化成爲文學之內的「藝術」問題而堂皇登堂入室了！這不是哪一個具體的藝術問題，而是滲透了許多 1990 年代的文學論爭問題，從中，我們可以見出生存的現實策略是如何借助「文學藝術」的方式不斷地表達自己，打扮自己，裝飾自己。《詩江湖》是 1990 年代有影響的網站和印刷文本，就是這個名字非常具有時代特徵：中國詩歌的問題終於成爲了「江湖世界」的問題！原來的社會分層是明確的，文學、詩歌都屬於知識分子圈的事情，而「江湖世界」則是由武夫、俠客、黑社會所盤踞的，與藝術沒有什麼關係。但是按照今天的生存「潛規則」，江湖已經無處不在了，即便是藝術的發展，也得按照江湖的規矩進行！何況對於今天的許多文學家、批評家而言，新時期結束所造成的「歷史虛無主義」儼然已經成了揮之不去的陰影，在歷史的虛無景象當中，藝術本身其實已經成了一個相當可疑的活動，當然，這又是不能言明的事實，不僅不能言明，而且還需要巧妙地迴避它。在這個時候，生存已經在「市場經濟」的熱烈氛圍中扮演了我們追求的主體角色，兩廂比

照，不是生存滋養了文學藝術的發展，而是文學藝術的「言說方式」滋養了我們生存的諸多現實目標。

於是，在 1990 年代，中國文學繼續產生不少的需要爭論的「問題」，但是這些問題的背後常常都不是（至少也「不單是」）藝術的邏輯所能夠解釋的，其主要的根據還在人情世故，還在現實人倫，還在人們最基本的生存謀生之道，對於文學藝術本身而言，其中提出的諸多「問題」以及這些問題的討論、展開方式都充滿了不真實性，例如「個人寫作」在 20 世紀中國新詩「主體」建設中的實際意義，「知識分子寫作」與「民間寫作」的分歧究竟有多大，這樣的討論意義在哪裏？層出不窮的自我「代際」劃分是中國新詩不斷「進化」的現實還是佔領詩壇版圖的需要？「詩體建設」的現實依據和歷史創新如何定位？「草根」與「底層」的真實性究竟有多少？誰有權力成為「草根」與「底層」的的代言人？詩學理論的背後還充滿了各種會議、評獎、各種組織、頭銜的推杯換盞、觥酬交錯的影像，近 20 年的中國交際場與名利場中，文學與詩歌交際充當著相當活躍的角色，在這樣一個無中心無準則的中國式「後現代」，有多少人在苦心孤詣地經營著文學藝術的種種的觀念呢？可能是鳳毛麟角的。

在這個意義上，中國當代文學的研究與批評應該如何走出困境，盡可能地發現「真問題」呢？我覺得，一個值得期待的選擇就是：讓我們的研究更多地置身於國家歷史情態之中，形成當代文學史與當代中國史的密切對話。

國家歷史情態，這是我在反思百年來中國文學敘述範式之時提出來的概念，它是百年來中國文學生長的背景，也是文學中國作家與中國讀者需要文學的「理由」，只有深深地嵌入歷史的場景，文學的意味才可能有效呈現。對於中國現代文學研究而言，這樣的歷史場景就是「民國」，對於中國當代文學而言，這樣的歷史場景就是「人民共和國」。

感謝花木蘭文化出版社，使得我們對百年來中國文學的研究有了兩大厚重的背景——民國與人民共和國，這兩套大型叢書將可能慢慢架構起百年中國文學闡述的新的框架，由此出發，或許我們就能夠發現更多的真問題，一步一步推進我們的學術走上堅實的道路。

2014 年馬年春節於江安花園

歡迎新類型文革研究者的研究成果

岩佐昌暲

日本九州大學名譽教授、熊本學園大學特任教授

　　王學東是我的一個年輕朋友，在西華大學（四川成都）任教。2011 年 10 月西華師範大學（四川南充）舉辦了郭沫若研究國際學術研討會，我們在會上由他在四川大學讀博士時的指導教師李怡先生（現北京師範大學教授）介紹認識。本書是學東的博士論文，我們認識的那年本書的原稿大體上寫完，第二年完整地寫出來了。本書是關於文革時期地下詩歌的研究成果。他把論著的全部電子稿寄來說，該論著現在在大陸還未出版，目前等待出版。看著他的信，我希望剛剛認識的這位異國青年的書早日問世。不久，我也漸漸忘記了這事。

　　大約一個月以前，我接到了學東的電子郵件，說他那本論著將要在臺灣出版，同時要我爲他寫序。有關文革時期的文學，我寫過一本小書（《文革時期的文學》花書院〔日本福岡〕2004 年）。也編過《紅衛兵詩選》（與劉福春合編，中國書店〔日本福岡〕2001 年），這是根據文革初期紅衛兵小報刊登的詩歌選編的。這些事學東都知道，所以委託我寫序。那時我忙於快要出版的洪子誠教授的《中國當代文學史》日譯版的校對工作，沒時間給他的著作寫序，但是估計手頭這工作 11 月底能完成，就回答說現在不行，12 月初才可以。學東很快就來回覆說，可以等到 12 月初。等我的校對工作結束後，便開始閱讀。讀後，我覺得要對此書的內容，說出些什麼具體的意見和看法比較困難。此書是一本有著豐富創見的、非常好的研究文革地下詩歌的專著，評論它需要更多的時間和篇幅。在序文裏表示些什麼學術性的意見，只能是斷章取義，反而對著者失禮了。於是決定寫寫對學東的希望。

　　我對文革關注，是由於 1973 年到 1978 年這文革末期的五年，我在北京生活過的緣故。那時我跟家屬一起去北京，到一所大學當日文老師（當時叫專家），因爲我和妻子都對當時轟轟烈烈開展的「無產階級文化大革命」有著強烈的關懷（可以說共鳴）。今天的中國年輕人可能很難理解，我們當時幻想地期待，並且相信，通過文革中國將會創造出人類歷史上曾沒有過的新世界。學東研究地下詩歌的一個切入口是「中心／邊緣」這個觀點。當時我的立場，借學東的術語，便是作爲一個外國人只能從「邊緣」觀察文革。但心理上我認同進行文革運動的中國人，自己的意識也就處在文革的「中心」。可能帶著這樣的心理到文革末期，當知道「四人幫」被捕時，我受到了強烈的衝擊，我的感覺是「中國放棄了革命、背叛了社會主義」。另外一個衝擊是，那時我周圍的中國人的狂喜，那又是我不能認同的一種感情，我非常明白自己是文革的「邊緣人」。

　　回國兩年後，我獲得了在九州大學從事教育研究的職位，選定文革時期文學作爲自己今後的研究課題之一。當時「地下文學」的存在還沒有人提出，中國學界流行著「文革時期沒有文學」的「文學空白論」。我對此提法心裏有不同意見。文革時期是有文學活動的，也有小說、詩歌、電影、戲劇文學作品。其中有幾個我看了，眞的感動。其他也有很多粗糙的文藝作品，我認爲這是發展中的文藝作品，是可以原諒的。我不想否定自己對這些作品的眞實體驗，這成爲我選定文革時期文學作爲研究課題的理由。我於文革時期在中國的讀書體驗，以及我那時的電影、戲劇鑒賞體驗，也許有時會歪曲我對文革文學的研究。可是我又認爲，我閱讀文革時期文學時，把自己帶回到當時，恢復再現了當時的感覺，並帶著當時的情緒再閱讀，這樣是不是可以獲得與以現在的視點來對它進行闡釋的，不同的、具有多元性的評價。

　　我這種從文革心理體驗上展開的研究，對完全沒有文革體驗的年輕人來說是不可能的。學東是 1979 年出生的，距那時「四人幫」被捕過了三年了，華國鋒也退了。文革時期被迫下臺、放逐的黨政幹部陸續重新上臺，在政治上正式否定文革。而這也是新中國第一個民主化運動（北京之春）迅速轉向退潮的一年。學東的幼年少年時期是改革開放的時代，也是鄧小平的時代，社會主義市場經濟開幕、發展的時代。對文革本身來說，是一個「文革記憶」大規模地改寫的時代。這就不難想像他對文革的看法全是負面的、否定性的形象。同時，他對文革沒有具體的記憶。他不知道「知青」也不知道「上山

下鄉」。對那些在文革時期產生的「地下詩歌」的物質、精神基礎，他沒有身體性的、感性的記憶。那麼，他這樣的青年對文革將描繪出什麼樣的形象，我不得而知，只能看到他的「文革想像」是由文革的有關專著、文獻資料、媒體，以及經驗過文革的過來人所構成的。他（們）是「不知文革的一代」人，是中國研究文革的專家群體的新來的新類型的研究者。

今後，文革研究將由他這樣的「不知文革的一代」中來的新類型學者來承擔。由於他們沒有對文革的身體記憶、沒有感性認識，其研究會呈現出一些偏頗之處。不過也正是因為「不知文革」，他們又可以避免「過來人」所固有的弱點，而這就可能形成這一代文革研究者的特點。學東的這本專著可以算作新類型研究一代的第一本書革研究成果吧，我想讀者從書中可以感覺出上述的特點來。對比他更年輕的一代文革研究者來說，此書也將會成為他們超越的目標，我認為此書的研究的確有值得認真思考的內容。

希望王學東（以及他這一代人）的研究今後能進一步推進、深化，發表出更多的研究成果。並希望此書受到讀者的廣泛歡迎！

2013 年 12 月 3 日
寫於日本福岡

目次

導論 「地下詩歌」研究的問題與方法

第一節 地下詩歌研究及「問題」

地下文學，屬於「文革文學」一部分，已引起了學界相當的重視。「不論是『樣板戲』、『金棍子』姚文元或『初瀾』或『梁效』的『大批判』，還是紅衛兵文學，或是知青的地下文學，都是一座未曾發掘的地下文學庫藏。我們不僅可以從中得到關於社會、政治形態的生動的文學說明，以及在那個異常年代普通人受壓抑的心靈世界的瞭解，還可以得到無與倫比的審美變態的全部豐富性的啓示。」〔註1〕在此庫藏中，不僅內容十分豐富，蘊藏著大量的信息，而且還有大量的史料掩埋在「地下」，等待著進一步的挖掘。這些材料本身就是一個極端時代中國政治、思想文化的一次集中展現，要進入20世紀中國的思想史、中國的文化以及中國人的精神狀態與面貌，必須重視現代中國人這一在極端時代下的生存困境與個體的存在感受。由此，文革這一背景之下的「地下文學」，不衹是檢視我們現代中國人生存、體驗、思想的重要「庫藏」。「如果把『文革文學』的研究僅僅視爲塡補文學史寫作的空白，顯然是縮小了『文革文學』研究的意義。『文革文學』關涉二十世紀中國政治、思想、文化諸多重要方面，糾纏著中國當代作家思想深處的若干『死結』。」〔註2〕所以，對這一時期文學的深入，也是牽涉到當代中國政治、文化、思想等方面的相當重要的課題。

〔註1〕謝冕《誤解的「空白」》，《文藝爭鳴》，1993年，第2期。
〔註2〕王堯《「文革文學」紀事》，《當代作家評論》，2000年，第4期。

　　而在這一文學現象之中，由於「詩歌」在文學中的獨特地位及其自身的魅力，使「地下詩歌」成爲文革文學中的最爲重要的堡壘。首先，「在某些特定的歷史時期，只有詩歌可以對付現實，方法是將現實濃縮爲一種可以摸觸到的東西，一種否則便不能爲心靈所保存的東西。」〔註3〕其次，由於詩歌體裁短小，易於收藏、傳抄、背誦和記憶，於是在文革這一極端時代獲得了較爲廣泛的生存空間。因此，對於地下詩歌的研究，可以說是地下文學研究中最重要的一個部分。同樣重要的是，從中國當代詩歌的發展來說，地下詩歌是當代詩歌發展中一個相當重要的環節。當然，中國當代詩歌在中國詩界甚至是在國際詩界上眞正的崛起並獲得巨大聲譽的是朦朧詩。可以說正是朦朧詩，中國當代詩歌才獲得了自己眞正的詩歌品格和風貌。而作爲朦朧詩自身發展來說，有學者已經指出，「新詩潮在七十年代末齣現，表面看來純屬偶然，帶有突發的徵象。……其實，它的出現，經歷了一個時間並不短暫的醞釀、準備的階段。這個孕育期的開端，可以上溯到六十年代末到七十年代初的『文化大革命』時期。」〔註4〕在此傳承和賡續的過程中，地下詩歌本身就是一個因自身的創作實績而繞不開的一個重要的話題和詩學命題，「在一個特殊的境遇中誕生的『地下詩歌』是整個『文革地下文學』中成就最高、影響最爲深遠的一種文學樣式，它不僅以堅實的文學實績形成 20 世紀 60 年代以降的中國當代詩歌流向的轉折，而且直接開啓了新時期以來的詩歌復興運動，在文學史上具有銜接性和承續性。」〔註5〕因此，地下文學中的地下詩歌研究，也是審視當下詩歌發展流變的一個重要命題。

　　那麼，對於「地下詩歌」，以及其中所隱藏的現代中國人生存的非常重要的生存體驗，我們現有的研究是如何言說與命名的呢？

　　對於這一詩歌現象的研究，多多在《1970～1978：被埋葬的中國詩人》〔註6〕中，不但以親歷者和見證人的身份去挖掘，而且更爲重要的是爲這段文學史提供眞實的事實材料，並爲地下詩歌正名。他的回憶，清晰地展現了《今

〔註3〕〔美〕布羅茨基《哀泣的繆斯》，《復活的聖火——俄羅斯文學大師開禁文選》，廣州：廣州出版社，1996 年，第 366 頁。

〔註4〕洪子誠、劉登翰《中國當代新詩史》，北京：人民文學出版社，1993 年，第 401 頁。

〔註5〕李潤霞《被埋沒的輝煌——論「『文革』地下詩歌」》，《江漢論壇》，2001 年，第 6 期。

〔註6〕多多《1970～1978：被埋葬的中國詩人》，《開拓》，1988 年，第 3 期。

天》創刊之前，以北京爲代表的地下詩歌運動，主要是白洋淀詩群的詩歌歷史。一部分曾經「被埋葬」的詩人、詩歌作品、詩歌活動，開始重見天日，逐漸不再被埋葬。當然，他以「被埋葬」來命名，其期待視野在於讓這類文學作品不再被埋葬，而並沒有深入其本質屬性。同時，他所挖開的也僅僅是地下詩歌的一部分，甚至是一個小小的群體。儘管多多的回憶有一定的偏差，但他以一己的努力，眞正挖開了文化大革命文學，特別是地下文學的缺口，其史料的意義相當重大。1989 年《鍾山》雜誌發表的一組與文革相關的論文，其中潘凱雄、賀紹俊《文革文學：一段值得重新研究的文學史》認爲，在文革十年中無文學，或者「十年裏只有八個樣板戲和爲數可憐的小說、戲劇和詩歌」這樣的現實是「不合理事實」，提出了從文學自身出發來探尋「文革文學」這樣一個重要的問題。而對地下詩歌自身特色開始闡釋的是商展思，他在《人間自有眞情在——管窺十年動亂中的地下「黑詩」》中認爲：「當時的中國詩壇有兩個，詩歌也有兩類：一個是在朝的詩壇上的『紅詩』，一個是在野的『黑詩』。」他認爲，「紅詩」的特點是「假、大、空」，「黑詩」的特點是「眞、小、實」。〔註7〕他的研究凸顯了文革地下詩歌獨特的地位，但並未結合地下詩歌作品做更爲有力而深入的論述。總之，這一階段的文革文學研究，其最重要的意義在於，引出了地下詩歌研究的話題，並逐漸開始了對地下詩歌特色的思考。但限於材料的相對缺乏，並未對地下詩歌進行系統、完整的研究。

在此基礎上，地下詩歌的研究走向注重地下詩歌原始資料的發掘，成爲了地下詩歌研究的一個重頭戲。楊健是地下詩歌的第一個重要研究者和地下詩歌史料的發掘者。他的《文化大革命中的地下文學》，是一部深入研究地下詩歌的重要著作。該書「以收集、彙編、歸納有關『地下文學』十年的資料爲主要任務」〔註8〕，以發掘地下資料爲主的研究中心，使得更多的被埋葬和遺忘的文學事實、地下詩歌資料從歷史中現身。而且該書不僅勘察了地下文學形成的起源和動因，梳理了地下文學發展的基本歷程，還對地下文學中的歌曲歌詞、舊體詩詞以及小說創作都有所展示，使得該書在地下文學研究中具有重要的意義。而對於地下現代詩歌的關注，只是其中的一個部分，他

〔註7〕 商展思《人間自有眞情在——管窺十年動亂中的地下「黑詩」》，《河南大學學報》，1990 年，第 2 期。

〔註8〕 楊健《文化大革命中的地下文學·引言》，北京：朝華出版社，1993 年，第 6 頁。

並未對其整體面貌，以及精神特徵予以全景式的觀照。並且作者以「民間」立場和姿態，特別強調地下文學與文革主流話語之間的對立與反叛，因此作者的視野和論證，就是把「地下文學」放在與「遵命文學」對峙的立場上來展現的。同樣，在挖掘歷史史料的過程之中，該著也有著大量遺漏和失真。不過這本著作以「地下文學」爲研究核心，爲我們呈現了在文化大革命中大量的非公開文學史料，展示出無數被埋葬的文學現象，許多鮮爲人知的地下文學活動以及文學作品浮出了水面。可以說，該著由此打破了研究界對於文革文學的狹窄視野，也打破了文革文學「空白」的言說。

在《文化大革命中的地下文學》一書的影響之下，一些刊物也隨之展開了關於文革文學的討論與研究。《文藝爭鳴》就以「研究文革文學──一本書和一個話題」爲題展開了對文革文學的深入研究。謝冕在這裡就鄭重指出，文革文學並不是一片空白，而且這些地下文學還有非常重要的價值，「我們不僅可以從中得到關於社會、政治形態的生動的文學說明，以及在那個異常年代普通人受壓抑的心靈世界的瞭解，還可以得到無與倫比的審美變態的全部豐富性的啓示。」〔註9〕此時，在楊健的另一部具有自由思索和民間立場的著作《中國知青文學史》〔註10〕中，其關注的重心是知青文學發展歷史，作者從將近半個世紀浩瀚的知青文學資料中，窮本溯源，剝僞存眞，以浩劫年代的親歷者，再一次梳理出了文革期間豐富的文學事件和作品，編撰出較爲眞實的知青文學發展史。而該著作以「知青」角度切入地下詩歌，呈現了地下詩歌中詩人的知青的身份與特質，當然也就掩埋了那些「非知青」身份的地下詩歌創作。

但是通過這些研究者的求索和跋涉，文革文學的研究已經進入了一個繁盛的階段。一批卓有成效的文革文學研究者不斷地涉入其中，匯成一個繁榮的研究隊伍。他們對地下文學、地下詩歌都有自己獨特的研究和見解，更爲清晰而多樣地爲我們呈現了文革地下文學、地下詩歌的價值和意義，當然也給我們留下了進一步闡釋的空間。

陳思和主編的《中國當代文學史教程》，就對文革文學和地下文學給予了相當程度的關注，並對文革中的「地下文學」做出了全面的闡釋和分析。他在堅持對歷史還原的敘述中，以文學史發展的眼光和視野來打量文革文學，

〔註 9〕謝冕《誤解的「空白」》，《文藝爭鳴》，1993 年，第 2 期。
〔註10〕楊健《中國知青文學史》，北京：中國工人出版社，2002 年。

展現了文革文學作爲當代文學史重要一頁的歷史地位。他研究的重要特點是，以「啓蒙」立場出發，突入文革文學的隱秘點，逼近文革文學的內部眞相，由此將這一文學現象定義爲「潛在寫作」。他指出，「『潛在寫作』的概念是相對於公開發表的文學作品，在那些公開發表的創作相當貧乏的時代裏，不能否認這些潛在寫作實際上標誌了一個時代的眞正的文學水平。潛在寫作與公開發表的創作一起構成了時代文學的整體，使當代文學史的傳統觀念得以改變。」〔註11〕以「潛在」進入地下文學，對於文革研究可謂意義重大。陳思和主編的這部教材，就以「潛在」爲基礎，呈現了文革地下文學創作中的自覺創作（如豐子愷、食指），以及不自覺的日記、書信、讀書筆記等創作，因此該教材以「潛在」所涉及的地下文學的範圍是極爲廣泛和豐富的。而該著作所涉及的地下詩歌部分，也呈現出一種新的研究面貌。對於綠原、曾卓這些有過地下詩歌創作經歷的作者，該著更重視的是他們五十年代的創作，所以將他們放入到《第五章　新的社會矛盾的探索》思考。對於另一位地下詩人唐湜，該著則是以另一章節「多民族文學的民間精神」來呈現。在該著作「文革地下文學」這一章中，主要凸顯了四位詩人及其精神：即以牛漢的爲代表的七月派的憤怒、反抗精神，以穆旦爲代表的中國新詩派痛苦的智慧，作爲青年一代的覺醒，以及個人話語尋找的食指與北島。總之，該著主要呈現了地下文學以及地下詩歌作爲潛在寫作所展現的「多層面」思考，也就是從文革文學的「一元」概念到「作家對時代的多層面感受和思考」。而且，對地下詩歌中個體詩人獨特精神的展示和揭露，是極爲深入和細緻的。但是該著一方面並未將所有的地下詩人納入到地下詩歌的研究之中，同時也沒有將地下詩歌作爲一個獨特文學現象，這使得地下詩歌的總體面貌仍然闕如。

　　楊鼎川的地下詩歌研究，將地下詩歌放在官方與民間的二維模式之中闡釋，其最終呈現出來的也是地下詩人的個體形象。他的《1967：狂亂的文學年代》，被譽爲「是迄今所見的較全面的『文革文學』研究的專門論著。」〔註12〕該著對文革地下文學的分析，是放在文革中文學藝術的「極化」特色之下來展開的。他認爲，文革時期的文化存在著一種「極化」特徵：懷疑一切否定一切、文學對政治的絕對效忠和文學本質的徹底喪失、極端的文學創

〔註11〕陳思和主編《中國當代文學教程・前言》，上海：復旦大學出版社，1999年。
〔註12〕楊鼎川《狂亂的文學年代》，濟南：山東教育出版社，1998年。

作模式，以大批判爲基調的棍子式的文藝批判。在這樣一種「極化」基調之下，作者第六章、第七章中對文革地下詩歌的闡釋，就分爲《詩歌：沉淪與堅守》、《民間詩壇：新詩潮在這裡孕育》。他的研究明顯地將文革詩歌分爲官方的與民間的，主流意識形態的與非主流意識形態的、公開出版的與地下流行的，這樣兩種類型對立的詩歌。由此研究者就依照創作主體對這一時期的詩歌進行分類：一類是官方的、主流意識形態的、公開出版的詩歌，包括紅衛兵詩歌，軍中詩人李瑛張永枚、郭小川的詩歌；另一類就是民間的、非主流意識形態的、地下流行的詩歌，包括秘密創作的詩人流沙河、牛漢、曾卓、綠原、蔡其矯、陳明遠等人的作品；以及趙一凡、食指、白洋淀詩群、朦朧詩人的早期創作等青年詩人的創作。作者在文革文學的「極化」總體傾向之下，對於地下詩人各自的追求進行了深入的闡發，特別是在闡釋文革時期地下青年詩歌的時候，並認爲這是一次現代主義詩歌運動，其眼光是相當敏銳的。同樣我們也看到，儘管著作在總體「極化」的文化狀態之下，而作者對於地下詩歌也是從詩人個體進行闡釋的，最終呈現出來的仍舊是地下詩歌作爲個體的多樣、豐富的精神狀態。當然這種思考，也是眾多研究者在面臨地下詩歌自身的存在由於隱秘的「獨唱」特質，而持有的一種重要的、切實的研究方式。

　　劉志榮的《潛在寫作 1949～1976》〔註 13〕，是學術界第一部完整探討 20 世紀 50～70 年代中國大陸的潛在寫作的專著，進一步延續了《中國當代文學史教程》中提出的「潛在」視角。該書的一個重要觀點認爲，文革時期不但公共空間逐漸縮小，而且私人空間也受到了前所未有的擠壓，因此地下詩歌所產生的背景是公共空間和私人空間雙重萎縮。進而該書出於發掘時代深層潛隱的文學和精神線索的考慮，從「被邊緣化的文學路向的延續」、「從現實戰鬥精神到現代反抗意識」、「民間意識、文人心態與文學精神」、「共名時代的個人覺醒」這樣四個層面來梳理 1949 年至 1976 年的潛在寫作現象。著者認爲地下文學是自發的、破碎的、不成體系的寫作，並重點展示了文學傳統和知識分子精神在潛在寫作中的延續和演變。同時，他指出即使是在一個一體化的時代，文學創作和知識分子精神仍然有其多元性的遺存。研究者也在這裡提出了「邊緣」概念，並限定在那些沉潛的學者與詩人身上，認爲他們拒絕當代文壇的規範與組織，而寧願自處於當代文化的邊緣潛隱起來，繼續

〔註 13〕劉志榮《潛在寫作 1949～1976》，上海：復旦大學出版社，2007 年。

自己的思考。但值得注意的是，該書研究所涉及的時間段是 1949～1976，並沒有限定於文革時期的創作，而且該著的研究除了現代詩歌之外，還包括書信、小說、散文、傳記、古體詩詞等創作，並沒有專注於地下詩歌。而他對「地下詩歌」的研究，則更像是一部地下詩歌的詩人專論。他專門研究了無名氏、穆旦、彭燕郊、曾卓、牛漢、唐湜、蔡其矯、灰娃、黃翔、食指以及「白洋淀三詩人」等詩人的現代詩歌創作，對地下詩人個體精神的挖掘以及個人化的詩學觀念的呈現方式是非常深入的。但他的詩人研究一方面選取的僅是一部分詩人，另一方面又是個案研究，並不是對地下詩歌的整體研究，也沒有呈現出地下詩歌的基本特徵和總體精神樣態。

　　對於地下詩歌研究，不同的研究者都以不同的角度來切入，這大大豐富了我們的研究視野。洪子誠、劉登翰合著的《中國當代新詩史》，則是將地下詩歌納入當代詩歌的發展歷程，來展示他們獨特的意義。他們認為，地上與地下詩壇並存成為了當代文學史的一個基本史實，「詩壇的表面沉寂與地火運行」兩者成為了地下詩歌的基本存在狀態〔註 14〕。在其修訂版中，他們以《「文革」時期的詩歌》專門介紹了「地下」的詩歌創作。認為，文革詩歌的構成，一部分是受到迫害、被剝奪寫作權利的詩人的詩歌，另一部分是在知青之中創作的知青詩歌，也就是文革詩歌中屬於「另一詩界」的地下詩歌。他們特別研究了在當代詩歌發展歷史中，地下詩歌與朦朧詩歌的傳承關係。但是該著認為「『地下』詩歌作品只是到了『文革』結束之後，才陸續發表（在『正式』出版物上，或在詩人自辦的詩報、報刊上）。因為這種特殊的情況，當時詩歌活動和作品的『真實』面貌，在歷史研究中始終是個問題。因而，對這些發表於 80 年代的詩作，本書將主要是當做是 80 年代的詩歌現象予以評述。」〔註 15〕由此，該書將文革時期地下詩人的詩歌創作分為三個部分，即復出的詩人、確認已經凋謝的流派、朦朧詩與朦朧詩運動，一併納入在「80 年代詩歌」這一概念中闡述。由於地下詩歌詩歌資料的發表時間問題，該著主要是將「地下詩歌」納入到「80 年代詩歌」進行論述。這是相當謹慎與符合事實的學術思考，當然這一選擇，也使得「地下詩歌」自身的特有面目消融於「80 年代詩歌」這一概念之中。

〔註14〕洪子誠、劉登翰《中國當代新詩史》，北京：北京大學出版社，1993 年。
〔註15〕洪子誠、劉登翰《中國當代新詩史》（修訂版），北京：北京大學出版社，2005年，第 110～111 頁。

　　程光煒《中國當代詩歌史》〔註16〕對地下詩歌進行了比較全面的梳理，但卻將文革時期的地下詩歌納入到不同的部分、不同的群體中闡釋。該書第六章《「文化大革命」詩壇內外》分析了地上狀態的紅衛兵、小靳莊和報刊詩歌和處於地下的隱秘的沙龍式的地下手抄詩歌，其中涉及到文革地下詩歌中的青年詩人創作；而對於牛漢、綠原、流沙河、穆旦、唐湜、蔡其矯等地下詩歌中的老一輩詩人的創作，該著則放在第九章《從歷史風暴中「歸來」》分析；另外，食指、白洋淀詩派放在第十章《朦朧詩的出現》裏闡釋。所以在該書中，具有「地下詩歌」身份特徵的，就只剩下手抄的青年詩歌，而其他詩人及其作品則都被劃入了歸來者詩群或者朦朧詩了，這也就忽視了地下詩歌自身的特質。

　　李潤霞既在歷史的流變中考察了地下詩歌的歷程，也對地下詩歌個體進行了深入的闡釋。他的博士論文《從潛流到激流——中國當代新詩潮研究（1966～1986）》（2001年），以文革地下詩歌為對象，揭示了文革以來地下詩歌和新時期詩歌的深刻轉換。〔註17〕她的研究，將文革地下詩歌放在中國當代詩歌發展的脈絡和流變之中，探討了中國當代詩潮從地下到公開，從文革地下詩歌到朦朧詩的歷史演變過程。分析地下詩歌在當代詩歌史中的歷史地位，是其研究的重要的論證核心。在將地下詩歌作為歷史的一個環節之時，她的研究首先探討了地下詩潮中的兩位先行者食指、黃翔，進而分別探討地下詩歌中最具有代表性的北京詩人群、貴州詩人群、上海詩人群等地下詩歌群體的創作。在這三個青年詩歌群落中，她重點探討了白洋淀詩群，詳細地闡釋了芒克、多多、根子的詩歌創作，並對他們的詩歌文本進行了詳細而深入的細讀。所以該論著展現了地下詩歌的從先行者到白洋淀詩群的流變歷程，並呈現了一個個有著個體特色的詩人面貌以及詩群特徵。由此，該論著既展現了地下詩歌中的個體色彩，同時也更多是縱向地呈現了地下詩歌作為朦朧詩復興的重要轉折點和橋梁的「流變史」，也就沒有展現出地下詩歌的「橫切面」。

　　在此前地下詩歌研究模式之中，對於地下詩歌作為一個總體的存在，以及地下詩歌自身材料的可靠性方面，研究者們均保持了一定的警惕。但於可

〔註16〕程光煒《中國當代詩歌史》，北京：中國人民大學出版社，2003年。
〔註17〕李潤霞《從潛流到激流——博士論文內容提要》，《當代作家評論》，2001年，第5期。

訓在《當代詩學》中卻明確地提出了地下詩歌的總體詩學特質。他認為，從文革「地上」來說，這一時期詩歌是統一體，就是做為政治的外衣，或者是成為政治宣傳口號。而地下詩歌則在「地火精神」上統一，「就在『文化大革命』這片死寂的荒原上，卻有一股今人稱之為『地下文學』或『潛在寫作』的『地火』在『運行、奔突』。」〔註18〕在文革文學的統一樣板之下，地下詩歌卻具有了與主流、官方不一樣的「地火」精神。作者歸納了「地火」兩方面的精神表現：一是一些政治受難者的詩歌創作是賦詩言志，以詩歌來表達自我的追求和理想，而不是政治態度；二是一批青年詩人，以詩歌創作來展示自己的反叛精神。但是他的研究也僅僅提出了地下詩歌總體上的「地火」精神，沒有對其從文本上進一步闡釋。在他看來，儘管地下詩歌展現了一定創作實績，但由於他們的力量太小並且處於「地下」，最終不能改變整個文革詩歌的面貌。所以他認為，地下詩歌的創作力量還不足以支撐起這一總體精神向度。在地下詩歌資料發掘有限的基礎上，這一論述是成立的。而到了現在，有著大量的詩歌作品為研究基礎，那麼地下詩歌的「地火」精神不但存在，而且還需進一步闡釋。

對地下詩歌總體精神進行一定闡釋的是王家平，他的著作《文化大革命時期的詩歌研究》是對文化大革命時期所有詩歌的整體研究。研究者按照不同的文化場域（創作空間），建構了文革詩歌的三大板塊：「紅衛兵詩歌」、「國家出版物詩歌」、「流放者詩歌」，這三者之中他研究的重點和主體部分是紅衛兵詩歌。其中「流放者詩歌」研究板塊，是他對文革地下詩歌的特有命名和切入角度。在地下詩歌研究中，他首先提出了「流放者」這一樣一個獨特的研究視角。同時他認為，「在詩歌的『自我』形象築造、存在境遇的呈現、超越生存困境的方式、生命哲學的傳達方面，流放者詩歌有具有整體研究的可能性。」〔註19〕由此，該書第三部分《流放者詩歌》從三個方面思考了地下詩歌作為「流放者詩歌」的總體特徵，即從地下詩歌基本面貌、流放者的生存境遇和自我拯救、流放者詩歌的真美追求和反模式化寫作進行了探討。這裡，我們看到他對於地下詩歌研究的切入口是「流放者」，由此該書的研究起點是創作空間。在他看來，相對於紅衛兵詩歌與國家出版物詩歌的「公共性」

〔註18〕於可訓《當代詩學》，長沙：湖南人民出版社，2000年，第129頁。

〔註19〕王家平《文化大革命時期的詩歌研究》，鄭州：河南大學出版社，2004年，第237頁。

創作，地下詩歌更多的是在個人性的空間、私人空間進行創作。由此，該著深入了獨白的自我的被放逐的形象，「他喪失家園，四處漂泊，過著精神的游牧生活。」〔註20〕在他看來，地下詩歌是一群「小寫的我」的寫作方式，所以他對地下詩歌的這一總體精神的探討是深入地下詩歌的生存環境，其落腳點在於地下詩歌中的「自我拯救」主題，這擊中了地下詩歌的一個重要主題。但該著僅用一章予以闡釋，而且對地下詩歌對於複雜歷史，比如地下與地上的對立、互動的關係，以及在這種複雜歷史之下的多重精神狀態，並沒有進一步的、全面的深入闡釋。

　　總之，對於地下詩歌的研究，由於其處於「地下」問題，大部分研究者將之放到八十年代的詩歌史中研究，更看重地下詩歌對於八十年代詩歌的橋梁作用，地下詩歌自身的精神特質並未得以彰顯。再者，在以上的研究中，大多數研究者是對地下詩人進行個案研究和闡釋，並未呈現地下詩歌的基本面貌和總體精神特質。即使有一部分研究在總體精神狀態之下闡釋地下詩歌，但也側重地下主體自我的精神拯救，而在地下與地上的複雜關係上的空缺，以及對地下詩歌多重精神訴求的忽視，也為我們的研究留下了巨大的空間。

　　由此，在總體背景複雜的社會歷史，「地下」與「地上」多層次關係之下，文革地下詩歌的總體精神特點需要進一步的概括性說明。本書試圖借助「邊緣」這一概念，對文革地下詩歌總體精神進行嘗試性的勘探和解讀。

第二節　邊緣體驗

　　目前的學術概念之中，「邊緣」是其中的一個重要的概念。特別是在這一全球化時代，這概念就不僅僅是一個學術問題，而是涉及到更廣的社會宏大問題。在經濟的推動和牽引之下，世界的相互依存和依靠變得如此緊密。但與此同時對於發展中國家來說，這既是一次前所未有的機遇，又是一次巨大的挑戰。由於生產力水平低、資金少、技術落後、文化創新力不足等等因素，從根本上制約了自身經濟的發展，他們始終處於世界經濟、文化的邊緣。而且，全球化進程越是深入，發展中國家的「邊緣化」問題越是凸顯。因此，

〔註20〕王家平《文化大革命時期的詩歌研究》，鄭州：河南大學出版社，2004年，第237頁。

邊緣問題、邊緣理論的思考，也是一個當前全球社會面臨的大問題。

　　而我們這裡所謂的「邊緣體驗」研究視角，則有著多層含義。首先，所謂的「體驗」研究，就是要還原地下詩歌主體自身精神的特徵，以呈現地下詩歌詩人主體存在的生命體驗。詩人自我的生命感受和體驗，這是我們研究地下詩歌、甚至所有文學的一個原點。正如李怡所言，「在文學批評與文化理論的生成中，『體驗』與『感受』的意義在於引導我們的『問題發現』，而『問題發現』歸根結底就是生命的發現，自我生命的發現才能成爲一些思想發動的原點。……我們需要『返回』，但返回的不是中國的傳統而是我們自己原初的生命感受，文學感受，其根本意義還在於調動生命的感受。」〔註21〕並且，「體驗問題」也是一個現代性的問題，整個中國的現代轉型就與現代中國人的體驗密不可分。在「現代現象」的總體轉變過程之中，人的體驗，或者說人的精神結構的轉變是其中一個極爲重要的部分。面對現代性的問題，反省現代化，對現代論域進行考察，離不開對現代人的精神氣質攝入勘察，「現代性不僅是一場社會文化的轉變，環境、制度、藝術的基本概念及人本身的轉變，不僅是所有知識事務的轉變，而根本上的是人本身的轉變，是人的身體、欲動、心靈和精神的內在構造本身的轉變；不僅是人的實際生存的轉變，更是人的生存標尺的轉變。」〔註22〕因此，對「體驗」的思考，也還是從根本上對現代中國人自身精神結構的認知。

　　並且，對地下詩歌「體驗」的思考，正如有學者所言，也是對詩歌以及詩學的「內部運動」、「人的運動」的思考，「『體驗』的核心總是人，是作爲體驗者的主體精神活動。與體驗對象比較，體驗者的心理過程與認知結果無疑更爲重要。一切外來『影響』最終還要通過個體基於人生體驗的認知與選擇來體現，不能將個體生命的成長徑直視爲對其他文化（師長、前人、傳統或異域）的『收集』過程和『承受』過程，並根據這一情況作出肯定或否定的評價。」〔註23〕那麼，在地下詩歌研究中，對於地下詩歌的內部運動，也就是對「地下詩人」的心理做深入的認識和探索。因爲他們的心理過程，才是整個地下詩歌挺立起來的地基和基礎。並且要深入地下詩歌的詩學建構，

〔註21〕李怡《生命體驗、生存感受與現代中國的文化創造——我看「新國學」的「根據」》，《社會科學戰線》，2005年，第6期。

〔註22〕劉小楓《現代性社會理論緒論》，上海：三聯出版社，1998年，第19頁。

〔註23〕李怡《日本體驗與中國現代文學的發生》，北京：北京大學出版社，2009年，第11頁。

就必須對於地下詩歌這一內部運動的主體詩人的心理進行深入的勘探。由此，以「體驗」對地下詩歌主體心理的勘探，著重是勘察他們對於自我生命存在的最尖銳、最原初的主體體驗，而這也是本書要重點闡述的地方。

而對地下詩歌的研究，從「邊緣」入手，更在於地下詩歌的生成與「地上」這一背景有著密切關係，即地下詩歌的生成是與地方的、公開的、官方的「中心」這一概念密不可分。對於文學來說，這一「中心」含義，就是在文學活動中有一個文學活動「中心」。文學主題、文學形式、文學語言、文學意圖，乃至於文學意象的選擇、文學風格的構成，都必須有一個固定的「樣板」，而且是一個「絕對中心」或者「絕對樣板」。由此，在這一「中心」，而且是在這一「絕對中心」之下，其他「非中心」的文學都只能處於非主流地位，成為「邊緣」。並且，對於「邊緣」來說，「中心」對邊緣是歧視性的、排斥的和壓抑的力量，「邊緣」對這一「中心」力量的反射成為了邊緣的主要特徵；當然，邊緣儘管受到「中心」的影響，但是他自身又在中心之外，相對於中心，邊緣在一定程度上又是一個中心之外的「飛地」，免受中心的直接擠壓，這就構成了「邊緣」與「中心」的複雜的關係。

為什麼要對文革時期的地下詩歌談「邊緣」問題？對於地下詩歌的研究，我提出「邊緣體驗」，正是基於文革這一特殊時期思想上、文化上、生活上的特殊政策。每一個時代都有自己的文化、政治中心，存在著中心與邊緣的各種力量的互動和博弈，但是文革時期，這一「邊緣」與「中心」的特徵的表現是如此強烈──將一種文化觀念、一種政治觀念、一種生存方式推到一個「絕對中心」的位置，文革時期的社會，是一個「中心」極為明顯的並且極有權威的時代。

文革文學「中心」的形成，其實在文革前就已具雛形。錢理群通過對《太陽照在桑乾河上》的剖析，指出了這一文學活動絕對「中心」即生產的「計劃化」和文藝的「政治化」，並且認為所有的文學以及文藝活動都是為這一「中心」服務：「細心的讀者（研究者）不難從這本書的寫作、出版過程中的曲折，看出一種新的文學作品的生產、流通方式的產生。……儘管『文學作品』還保留著某種『商品』的外殼（仍要通過『賣』與『買』的商業行為發行），但『文學市場』的需求已不再成為文學生產（寫作）、流通（銷售）的驅動力，而代之以『政治（黨的利益）』的需求，文學市場的悄然隱退意味著文學藝術的生產和傳播機制的根本變化，從此納入黨所領導的國家計劃軌道，也即納

入體制化的秩序之中,『文藝成為政治的工具,黨的機器中的螺絲釘』才真正得到了體制上的保證。正是這種文藝生產與傳播的『計劃化』與文藝的『徹底政治化』,構成了『社會主義現實主義文藝』的最根本的特徵。」〔註24〕也就是說,文革文學中的「中心」在建國之初已經形成,這時所有的創作是按照「中心」的計劃進行創作,創作的內容必須以「中心」的政治性來要求。文學藝術是在「中心」的總框架之下進行的,所有的文學、文藝活動,乃至於文學的生成、流通、消費,都必須與中心的政治權力保持一致,都必須以「中心」的標準來開展創作、評判、傳播。

在文革期間,建國初期所確定的文學的「中心」走向,進一步上昇為「絕對中心」,而且其影響對文學的發展生態來說更直接有力。在文革文學之中,就有這樣一個絕對的「中心」。文化大革命中所呈現的一個「中心」,首先是在社會文化、意識形態、生活方式等方面以政治為「絕對中心」。從文革文學來看,這一時期文學創作、文學批評理論等方面的「絕對中心」,就在於「權力中心」對於文藝活動的控制。這一「中心」,奠基於毛澤東的《看了〈逼上梁山〉以後寫給延安平劇院的信》、《應當重視電影〈武訓傳〉的討論》、《關於〈紅樓夢〉研究問題的信》、《關於文學藝術的兩個批示》等「關於文學藝術問題的五個文件」。而在文革文學中心的確立過程之中,王堯認為是《紀要》確立了文革主流文藝中最為核心的「中心」。「『文革』主流文藝思想最為重要的文獻是《林彪同志委託江青同志召開的部隊文藝工作座談會紀要》(以下簡稱《紀要》),可以這樣說,《紀要》是『在上層建築其中包括文化領域中對資產階級實行全面的專政』的極左思想在文藝思想中的集中反映,是左右『文革文學』的綱領。」〔註25〕也就是說,《紀要》的文藝思想就是文革文學生長的「絕對中心」。

而《紀要》所標示和確定的文革文藝思潮的「中心」,就是文藝思潮的「根本任務論」,即「要努力塑造工農兵的英雄人物,這是社會主義文藝的根本任務。」〔註26〕江青曾對此「根本任務論」有過詳細的闡釋,「我們提倡革命的

〔註24〕 錢理群《1948:天玄地黃》,濟南:山東教育出版社,1998 年,第 196～197頁。

〔註25〕 王堯《「文革」主流文藝思想的構成與運作——「文革文學」研究之一》,《華僑大學學報》,1999 年,第 2 期。

〔註26〕 《林彪同志委託江青同質召開的文藝工作座談會紀要》,《人民日報》,1967年 5 月 29 日。

現代戲，要反映建國十五年來的現實生活，要在我們的戲曲舞臺上塑造出當代的革命英雄形象來。這是首要的任務。我們也不是不要歷史劇，在這次觀摩演出中，革命歷史劇占的比重就不小，描寫我們黨成立以前人民的生活和鬥爭的歷史劇還是要的，而且也要樹立標兵，要搞出眞正用歷史唯物主義觀點寫的、能夠古爲今用的歷史劇來。當然要在不妨礙主任務（表現現代生活、塑造工農兵形象）的前提下來搞歷史劇。」〔註27〕這一根本任務論指向的政治意識形態，其意旨在於中心政治意識形態在文藝中的實踐與完成。文藝中心指向政治中心，「文藝中心」的確立，也就是「政治中心」意識形態的確立。並且，在文藝思潮完成「根本任務」這一中心目標的時候，文革中心綱領還進一步對創作方法作出了要求，這就是創作中的「三突出原則」。于會泳指出：江青「特別重視突出主要英雄人物的塑造。我們根據江青同志的指示精神，歸納爲『三個突出』，作爲塑造人物的重要原則。即：在所有人物中突出正面人物來；在正面人物中突出主要英雄人物來；在主要人物中突出最主要的即中心人物來。」〔註28〕由此，文革時期的文藝活動，就是圍繞在「根本任務」這一中軸，這一「絕對中心」上的所開展的活動，而所使用的方法只有固定的絕對的「三突出」方法。這就是形成了文革文藝活動的「中心」，以根本人物論與三突出原則來完成政治意識這一「中心」。

文革文藝的「中心」的確立，還配合著強大的輿論工具。「兩報一刊」對這一中心的確立起了重要的作用。「兩報」指《人民日報》、《解放軍報》，一刊指《紅旗》雜誌。他們所刊載的社論不但是「中心」主流意識的載體，而且還是社會運行的準繩和依據，也更是文學活動運行的終極指向。而且，文革期間各式各樣的「寫作班子」、「寫作組」，如梁效、石一歌、初瀾、任犢、羅思鼎、辛文彤、聞哨等，對於文革時期文藝的闡釋和鞏固，也對整個文革「中心」的推動具有重大的作用。

由此，在文革文藝的一個「中心」之下，只有與中心一致的「中心文學」或者說是「地上文學」，我們才看到了整個文革文學出現的「一個作家八個戲」局面，而這也是「中心文學」的典型代表。而「古的和洋的藝術，就其思想內容來說是古代和外國的剝削階級的政治願望和思想感情的表現，是必

〔註27〕江青《談京劇革命》，《紅旗》雜誌，1967 年，第 6 期。
〔註28〕于會泳《讓文藝舞臺永遠成爲宣傳毛澤東思想的陣地》，《文匯報》，1968 年 5月 23 日。

須徹底和與之徹底決裂的東西,至於其中少數作品的藝術形式的某些方面,也是需要用毛澤東思想爲武器來進行批判和改造的,才能推陳出新,使它爲創作無產階級文藝服務。」〔註29〕其他的文學樣式和文學活動均受到排斥和擠壓,不被「中心」所承認、不被允許的文學,只能成爲「邊緣」,而且這些屬於邊緣的文學還受到「中心」規訓和改造,「中國的『左翼文學』(革命文學),經由 40 年代解放區文學的『改造』,它的文學形態和相應的文學規範(文學發展的方向、路線,文學創作、出版、閱讀的規則等),在 50 至 70 年代,憑藉其時代的影響力,也憑藉政治權力控制的力量,成爲唯一可以合法存在的形態和規範。只是到了 80 年代,這一文學格局才發生改變。」〔註30〕「中心」借助權力力量,對文學進行「規範」、「改造」,要想不被規範與改造的文學,只能遠離中心、對抗中心,走向邊緣、立足於邊緣。

所以,對於文革「地下詩歌」,我們看到其重要的背景在於:借助國家的力量,把一種文化和文學樣式推到「中心」,把文學的個性理想和追求排斥在「中心」之外,以至於把原來正常的文學抒情直接排斥到了正常的表達和傳播之外,乃至從「地上」打入到「地下」,使得「地下文學」在文革格局之下,總體上處於邊緣的狀態之中。儘管在某些程度上,地下詩人們與「中心」的文化、政治有一定暗合的地方,但「邊緣」狀態,已然成爲地下詩歌存在的一個最爲重要的處境和必然的選擇。

因此,「邊緣體驗」就是地下詩歌主體在強大的「中心」壓力之下,對被排斥、被擠壓、最終被推到異化的邊緣角落的正常的個體生命的感受。正是在這一文革「絕對中心」之下,以至於原本屬於正常的抒情和表達,都不能按照正常來寫作,也不能正常地發表,甚至不能正常地思想,並且還扭曲了原本正常的個人感受。於是,地下詩歌形成了所有邊緣狀態之下的詩歌中最爲獨特的「邊緣體驗」,並進入了我們的研究視野。正是因爲地下詩歌背景有這一種「中心－邊緣」的獨特文化形態,也才形成了地下詩歌「邊緣體驗」的獨特景觀。由此,「中心－邊緣」的特殊文化形態,造就了地下詩歌特殊的邊緣體驗,「邊緣體驗」也就成爲了我們深入地下的一個重要的切入點。

〔註29〕 上海革命大批判寫作小組《鼓吹資產階級文藝就是復辟資本主義》,《紅旗》,1970 年,第 4 期。

〔註30〕 洪子誠《中國當代文學史·前言》(修訂版),北京:北京大學出版社,2007 年,第 3~4 頁。

　　儘管我已經對我所使用的「邊緣」概念作了界定，但是這裡有必要與奚密所使用的邊緣區別開來。這裡所用的「邊緣」，與奚密的《從邊緣出發》的「邊緣性」是不同的。她的研究使用了「邊緣性」的這一說法，「現代漢詩一方面喪失了傳統的崇高地位和多元功用，另一方面它又無法和大眾傳媒競爭，吸引喜愛年代消費群眾。兩者結合，遂造成詩的邊緣化。詩人、文學理論家，甚至政治文化體制，對現代漢詩邊緣化的對應，有意無意地形成多股推動現代漢詩的暗流。」〔註31〕這裡，她所使用的「邊緣」，指的是現代詩歌失去了在中國的「傳統社會」中優越、尊貴、至高的「中心」地位，不能吸引社會的關注。另外，在大眾傳媒時代，在消費時代，詩歌不能成為社會活動、社會關注的中心，這與當下詩人地位的失落、詩歌創作的不景氣、詩歌市場萎縮等方面的「邊緣」有著形似之處。在詩歌與社會的互動上，這一詩學的「社會介入」思考對於詩歌歷史重構有著積極的意義。當然，她所使用的「邊緣」地位，也就與我在研究地下詩歌所特指的文革時期的出現，那種具有宰制性、強迫性、權威性的「絕對中心」之下形成的邊緣完全不一樣了。

　　當然，儘管地下詩人主要處於「邊緣」，他們的創作也是具體的、個人的、現實的，他們的「邊緣體驗」也是多樣的、多變的，其詩歌的創作體驗更是一個個獨特的鮮活的個人生命的展示。從邊緣體驗對地下詩歌總體精神進行闡釋，以一種高高在上的總體精神來歸併所有的詩人，也必將失掉地下詩歌自身的豐富性。因此，本書對地下詩歌總體精神的勘探，是一種不完整的完整性歸納，最終目的在於彰顯「地下詩歌」作為一種自覺與成熟的文學現象的總體精神特質。

第三節　地下詩歌相關概念辨析

　　在綜合評述「地下詩歌」的研究中，我們已經勾勒出學界對於地下詩歌的認識程度，以及我們的研究方法。我們進一步要做的是對地下詩歌相關概念進行辨析，將地下詩歌的多種命名進行闡釋，進一步思考從「邊緣體驗」深入地下詩歌研究的可能性及獨特性。

　　在以往的地下詩歌研究中，主要呈現出這樣一些命名方式：

〔註31〕〔美〕奚密《從邊緣出發》，廣州：廣東人民出版社，2000 年，第 2 頁。

1. 發掘性命名

對於地下詩歌，最早是以「非公開」來命名的，這一命名，從 80 年代就開始了。這是為了發掘地下詩歌史料而命名的，主要是要將被歷史遮蔽的「非公開」的文學現象、文學史料給呈現出來、湧現出來。這是在 1985 年編寫的《新時期文學六年 1976.10～1982.9》〔註 32〕中提出來的，並將其闡釋為「公開」與「非公開」這樣的「雙重詩壇」問題。他們早就看到了，在文化大革命的詩壇裏，除開已經發表出來的詩歌之外，還又很多沒有發表出來的詩歌作品，或者還有一個沒有被公開認識的詩壇和詩界。「非公開」意味著沒有公開和不能公開，或者是說從文學作品本身不能公開和沒有公開，也可以說是作家自己不願或不能公開。因此，該詩學命題主要是對於地下詩歌資料的發掘性命名。但是，由於地下詩歌的沒有公開，處於被埋葬這一歷史現實，期待其被公開、被展示始終是研究者繞不開的一個大問題。其後，洪子誠、劉登翰繼續沿用這樣一種命名方式，在《中國當代新詩史》中指出，「沒能公開的詩歌創作，在當時並沒有構成對公開的詩壇的強大衝擊力，這種力量猶如地火，在當時尚處於積蓄之中。」〔註 33〕著作特別強調地下詩歌「沒能公開」這樣的背景。當然，在這樣的一個大背景和大問題的思考之下，沒有被公開發表，不是公開的寫作又再次成為命名的核心，寫作狀態成為了命名的關鍵。而且這一從資料的發掘層面上展開的命名，及其不斷的史料發掘活動，也為「邊緣體驗」下的地下詩歌研究提供了紮實的史料支撐。

就在發掘的探尋過程中，讓史料「站」出來，讓史實「顯」出來，讓歷史「升」起來是其主要目標，但同時，對這段文學特質的追尋也在開始。一種叫「黑詩」的命名，已開始顯示了研究者需要打開地下詩歌的本質之門。商展思在《人間自有真情在——管窺十年動亂中的地下「黑詩」》認為「當時的中國詩壇有兩個，詩歌也有兩類：一個是在朝的詩壇上的『紅詩』，一個是在野的『黑詩』。」〔註 34〕在著作的思考視野中，該論點歸納了這段文學現象的兩大特點，首先是「在朝」和「在野」之分與對立，這已初步確定了地下詩歌的第一種屬性。從中我們看到了地下詩歌在一定程度上的「野性」、「地

〔註 32〕《新時期文學六年 1976.10～1982.9》，北京：中國社會科學出版社，1985 年。

〔註 33〕洪子誠、劉登翰《中國當代新詩史》，北京：北京大學出版社，1993 年，第 226 頁。

〔註 34〕商展思《人間自有真情在——管窺十年動亂中的地下「黑詩」》，《河南大學學報》，1990 年，第 2 期。

下性」特徵。其次在歸納兩類詩歌的特點時，認爲「紅詩」的特點是「假、大、空」，「黑詩」的特點是「眞、小、實」，也觸及到地下詩歌一些詩歌內核。因此，「黑詩」的地下詩歌命名，具有文化大革命時期的命名特色，也呈現了地下詩歌的一些特色。但是問題在於，他所分析的地下詩歌作品極少，同時從「黑」的角度來看，展現了「中心」對於邊緣的指認，而不是站在「邊緣」自身，以及中心與邊緣相互動的角度來思考。

2. 中性命名

在地下詩歌命名中，「潛在」是一個重要的概念，這是以地下詩歌獨特的寫作狀態來命名，並且成爲一影響較深遠的命名方式。這一命名肇基於陳思和，「現在提出『潛在創作』現象就是把這些作品還原到它們的創作年代來考察，儘管沒有公開發表因而也沒有產生客觀影響，但它們同樣反映了那個時代知識分子的嚴肅思考，是那個時代精神現象的一個不可忽視的有機組成。」可見「潛在寫作」的命名首要的起點在於「是否公開發表」。研究者一再強調，「我則稱它們爲『潛在寫作』。……就是指那些寫出來後沒有及時發表的作品，如果從作家創作的角度來定義，也就是指作家不是爲了公開發表而進行的寫作活動。但這兩個定義還都有補充的必要：就作品而言，潛在寫作雖然當時沒有發表，但在若干年以後是已經發表了的，如果是始終沒有發表的東西，那就無法進入文學史的研究視野；就作家而言，是以創作的時候明知無法發表仍然寫作的爲限，如有些作品本來是爲了發表而創作，只是因爲客觀環境的變故而沒有發表的（如『文革』的爆發迫使許多進行中的寫作不得不中斷），這也不屬於潛在寫作的範圍。」〔註 35〕在這裡，「潛在」對於地下詩歌的規劃，其出發點是從作家的創作、作品的存在方式而命名的，而且其「潛在」的中性色彩，顯示了地下詩歌豐富精神的可能，也展示了地下詩歌多樣個體精神的廣闊空間。但是，該命名是繞開了地下詩歌所存在的「極端」文化生態，但同時也暗中直接針對這一背景而命名的。與「地下文學」這一概念相比時，「地下文學」的命名模式是一種與政治直接對抗性的命名模式，而使用「潛在文學」這一概念則還原了該文學現象與政治的平衡命名模式。所以劉志榮《潛在寫作 1949～1976》在其「潛在」所謂的平衡模式中，實質也是對地上與地下的對抗性因素的探討和發掘，其最終的落腳點也在於地下詩

〔註 35〕陳思和《試論當代文學史（1949～1976）的「潛在寫作」》，《文學評論》，1999 年，第 6 期。

歌的「戰鬥精神」，「潛在寫作者大多數在現實生活中都受到過不同程度的壓抑和磨難，並不能主宰自己的命運，唯一能做的事就是在潛在寫作中釋放出強烈的主體的戰鬥精神，來抗爭命運的殘酷打擊。」〔註36〕所以，「潛在詩歌」這一命名既關注地下詩歌的自身資料眞僞問題，也涉及地下詩歌中的對抗問題。而「邊緣」命名則是直接從地下詩歌面臨的極端處境出發，更多的關注在這一境遇之下，地下詩歌詩歌經驗的生成。

　　由於「潛在寫作」命名凸顯出的中正平和的中性特徵，是一種平衡的模式，而又隱含著激進的對抗性命名方式，獲得了一定程度的認同，「隱在的文學」、「秘密文學」便是「潛在寫作」概念的另一種表達。洪子誠在《中國當代文學史》中論及文化大革命時期的地下文學時使用了「隱在的文學」，「它們不同程度上具有『異端』因素，寫作和『發表』都處於秘密、半秘密的狀態中。作品常見的存在方式，是以手抄本形式在讀者中流傳。也有的以手稿形式保存，當時沒有以任何形式發表（後面這種情況，嚴格說並未成爲當時的『文學事實』，這種現象具有一定的複雜性）。這種文學，有的研究者使用了『地下文學』這一概念，但也可以稱之爲『隱在的文學』。」〔註37〕這裡的「隱在的文學」，也是把作品的存在方式作爲命名的切入點，寫作和發表的秘密成爲該命名關注的中心。儘管「隱在的文學」命名也著重論及了「異端」因素，「對比的關係」，但是一種隱密與公開的平衡關係，忽視了平衡背後複雜的牽連、互動的背景，故「隱密寫作」與「地下寫作」難以區分。而且，從這一命名的傾向來看，「秘密」中的「地下」，意在顯示的是其是否「發表」、如何「傳播」的問題，這是這一命名的重點關注所在。但作爲地下詩歌所面對的「中心」，以及地下詩歌自身的邊緣維度，在「中心－邊緣」這樣的雙重維度之下難以展示其特性。

　　「失態」、「非常態」命名，進一步呈現了地下文學自身意義和價值的豐富性。謝冕針對文化大革命中文學是一片空白的誤解，指出了文革文學中的三種樣態，並把地下文學命名爲「失態的文學」、「非常態文學」：「人們通常說的沒有文學指的是沒有我們認可的那種常態的文學。而失態的和非常態的文學卻一直公開的或隱秘地存在著。這指的是包括公開、民間和地下的三種

〔註36〕陳思和《試論當代文學史（1949～1976）的「潛在寫作」》，《文學評論》，1999年，第6期。

〔註37〕洪子誠《中國當代文學史》，北京：北京大學出版社，1999年，第210～211頁。

狀態的文學而言。前者指公開的出版物所表明的一切，其餘二者則指疏離輿論控制的接近自在狀態的文學實踐。」〔註38〕此命名也是從「出版」開始思考，以是否「發表」作爲命名的起點。所謂的「失態」與「非常態」，而實質上仍然面對「中心」「輿論控制」下的失態與非常態。但是，在文革這一極端的狀態之下，並沒有眞正的「常態文學」，可以說地上文學與地下文學都應該稱之爲「失態文學」。總之，這「失態文學」也是一中性命名，無法直面地下詩歌所面臨的極端環境。而在「中心」這一極端的環境之下，以「邊緣」之下的生存狀態爲起點，則更能區分何爲常態與非常態。

面臨著這些命名困境，對地下詩歌命名的思考，開始返回到文學本身、回到歷史本身、回到文學史本身。張清華的「前朦朧詩」命名，便是從文學歷史的推演方式對地下詩歌展開命名的一種嘗試。「從『血緣』聯繫的角度看，我主張把這一個詩歌群體現象統稱爲『前朦朧詩』。因爲從現有的幾個指代名稱看，都不足以準確地涵蓋它的內涵，『白洋淀詩歌群落』固然是一個有代表性的名稱，但它又不能完全涵蓋這一群體以外其他有共同傾向的詩人。『文化大革命中的地下詩歌』雖有更廣泛的涵蓋力，但這些詩歌又並不完全具有啓蒙思想傾向和現代藝術特徵，有的雖爲『地下』或『民間』寫作的性質，但又與時代沒有明顯的偏離特徵如許多紅衛兵和知青所寫的『紅色詩歌』。基於此，以『前朦朧詩』命名之，既能標明其發生的時間特徵，又能涵括其共同的思想藝術特徵，應較爲客觀、適宜。」〔註39〕「前朦朧詩」從地下詩歌的發生學入手，以當代詩歌的內在血脈及其流變爲基礎，可以說這一命名對地下詩歌在歷史地位中的定位具有重要意義。但是，地下詩歌作爲一個有獨立特色和個性的文學現象，統一和歸併於「朦朧詩」之下，不但顯示了朦朧詩強大的理論滲透性，而且完全忽視了地下詩歌自身詩學構架，更難以彰顯地下詩歌自身的特質。

另外，還有學者著眼於從地下詩歌創作者方面展開對地下詩歌的命名。地下詩歌是以秘密創作和秘密傳播爲特徵的獨特詩歌風貌，這一直爲研究者所注意和重視。於是，這些處於秘密創作和傳播的空間如監獄、牛棚、幹校、農村等中的人，在此文學活動中就顯得極爲重要了。王家平將這一文學現象

〔註38〕謝冕《誤解的「空白」》，《文藝爭鳴》，1993年，第2期。
〔註39〕張清華《黑夜深處的火光——「前朦朧詩」論箚》，《山東師範大學學報》，1997年，第6期。

鎖定在創作者和傳播者，「爲敘述方便，姑且把由這些囚徒和被放逐者創作的詩作統稱爲流放者詩歌。流放者詩歌與知青詩歌共同構築起了『文革』時期的『地下詩壇』。」〔註40〕他將地下詩歌的主體提升到了研究的第一位，從主體的困境和主體的精神出發，這是對於地下詩歌研究的另一展示。然而，正是「流放者」一詞，又眞正淡化了主體所存在的複雜空間。作爲一個流放者的身份，是承認了主流意識形態的話語權的流放者。那麼以此背景作爲詩歌的起點，則將忽視「流放者」與「流放中心」之間的複雜關係，使得地下詩歌主體更爲複雜的主體精神也將簡化。

　　回到文學精神，以叩問其精神資源，成爲了地下文學的另外一種命名，這就是對地下詩歌「超越寫作」的命名。「談到文革時期的潛在寫作者，一般都認爲它們一定與當時的主流話語勢不兩立，表現出強烈的對立情緒和反叛意識。接觸到當時一些具體材料之後，就會發現這種想像是不如實的。實際情況比我們的想像更加複雜一些。其中，當然也有與政治權力和主流寫作尖銳對立的，也有與主流寫作完全一致的（比如那些反特破案故事）；同時，我特別注意到，還有明顯超越當時的主流話語的。這種超越的寫作，往往因爲寫作者擁有了某種新資源，而顯得特別有底蘊、有確信、有力量。用今天的眼光來看，最有價值的潛在寫作，應該是這種具有超越性的寫作。」〔註41〕雖然摩羅在研究中，一直稱呼這一類文學現象爲「潛在寫作」，但他的研究核心是追尋這些創作中超越的精神資源，特別是展示這些寫作中所呈現的人性意識、苦難意識等精神資源對已有文化資源、政治觀念、歷史哲學、精神境界的超越精神。其目的是爲文革之後新的文化的發展、新的精神構建找尋出新生長點。應該說，「超越寫作」的思考，是地下詩歌處於邊緣狀態之下詩歌主體的一種重要精神追求。這也是地下詩歌主體在「中心」強制之下對新的生長空間的尋找、新的精神資源的尋找，這也是爲地下詩歌主體精神世界的充盈提供了強大的力量。

3. 對抗性命名

　　而在所有的這些地下詩歌命名中，我認爲「地下文學」這一命名具有特別重要的地位，對理解地下詩歌的特徵有著獨特的意義。當然「地下文學」

〔註40〕王家平《「文革」時期流放者詩歌簡論》，《文藝爭鳴》，2000 年，第 6 期。
〔註41〕摩羅《論文革時期潛在寫作者對時代資源的超越》，《社會科學論壇》，2004 年，第 10 期。

這一概念並不是中國文學自身所生長出來的概念。對此概念的來由，大多數人均追溯到俄羅斯。「從俄羅斯的民粹運動起，人們就習慣將這類民間知識分子的覺醒與反抗運動稱之爲『地下』，如著名的民粹派革命家斯特普尼雅克寫過一本書名爲《地底下的俄羅斯》的歷史小冊子，論述了 19 世紀俄羅斯知識分子的覺醒和反抗沙皇專制的鬥爭。後來蘇聯政權下出現的持不同政見的知識分子的文學活動，即所謂的『地下文學』也緣此而來。」〔註42〕由此，「地下文學」概念的緣起，儘管有著獨特的意義，但並非是由中國本土語境所生成的一個文學概念，而是借鑒來的國際性文學概念。而楊健在《文化大革命中的地下文學》提出，「特指發生在文革期間，由民眾在民間創作的，反映文革社會生活本質真實的作品。無論作者站在何種立場，屬於哪個集團、派別，其作品能真實反映出文革社會的某一側面，創作於民間，流行於民間，這種創作活動，都可歸於『地下文學』的範疇。」〔註 43〕這是國內學界「地下文學」命名方式的首次完整的、全面的概念。對「地下文學」的認識與勘定，首先將時間限定於「文革」，特指發生於這一段特殊時間之內的文學現象。當然，此種時間限定有著特殊內涵和特定意義，他就是以此來強調出「地下文學」所指的對象民間的「民眾文學」，重視與官方文化、主流文化、遵命文化、地上文化相區分的文學，這是「地下文學」概念的第二點特徵。第三，由於該著作涉及文學現象和文學範圍很廣，所以「地下文學」概念是一個涉及內容豐富和體裁廣泛的一個文學概念，既包括小說、詩歌，也包括歌曲、日記等文體。

可見，「地下文學」強調的是政治對抗性，與地上文化、官方文化的對峙性，直接呈現出一種政治異端色彩。周倫祐認爲，「地下文學是社會極權體制下特有的一種文化現象，主要指一些作家和詩人由於持不同的價值觀念和審美方式而被拒於體制的主流文化之外，被迫採取一種非正式的出版方式來刊登和傳播自己的作品，逐漸形成一個包括創作、讀者、編輯、評論在內的獨立的非主流文化價值系統，並以此出發向公眾傳達自己的價值觀念和審美方式。」〔註 44〕這不僅存在與體制的對立，乃至有價值觀、審美方式等方

〔註42〕陳思和《試論當代文學史（1949～1976）的「潛在寫作」》，《文學評論》，1999年，第 6 期。

〔註43〕楊健《文化大革命中的地下文學·引言》，北京：朝華出版社，1993 年，第 5 頁。

〔註44〕周倫祐《體制外寫作：命名與正名——周倫佐、周倫祐、龔蓋雄西昌對話

面的對立。正是在「地下文學」與體制的對立基礎上，周倫祐進一步提出了「體制外寫作」的概念，更明顯地昭示了「體制」對於文學的制約性。李潤霞認為政治對立，是這些作家的生存樣態和基本存在方式。同時她在「地下文學」的政治對抗之外，還看到了這些創作獨立、開創、前衛、個性性的先鋒精神。「『地下文學』包括『文革地下詩歌』首先指創作的一種存在狀態，即作家與作品基本上處於地下的、非主流的狀態。其次指一種作品本體意義上的地下性，即思想上具有某種獨立性和異端性，這裡並不純粹指政治對抗性，藝術上具有開創性和前衛性，與當時的文革主流文學有較大差異，實際上是一種回到個人化的寫作狀態，而藝術上的個人化同時意味著與主流文學的偏離和超越。在政治控制嚴密的時代，『地下』一詞就必然具有了『政治異議』的色彩。」〔註45〕不過，這些對「地下文學」的論述，均直接關涉到強烈的政治對抗色彩問題。

由此我們看到，「地下文學」直接指向官方文化、主流文化、遵命文化、地上文化等意識形態，並與政治直接對立、對峙、對抗，這成為「地下文學」命名的主要視域。但這樣命名，又在一定程度上限制了地下詩歌的多重維度。「對抗」是「地下詩歌」一方面的內容，而作為地下詩歌主體的「自我體驗」也是其中的一個重要內蘊。也就是說，地下詩歌既有對立的一面，也更有獨立的一面，這是用「地下詩歌」命名難以凸顯出來的視野。

而「邊緣體驗」這一概念，正是從地下詩歌自我內在的主體感受出發，試圖在「中心－邊緣」之中，既觸及「政治中心」，又深入到地下詩歌「自我主體」，這樣完整地呈現出地下詩歌總體精神的走向與特徵。

錄》，《非非2002年卷》，第10卷，香港：時代出版社，第439頁。
〔註45〕李潤霞《關注邊緣，重寫文學史》，《江漢論壇》，2004年，第8期。

第一章　地下詩歌及其基本面貌

第一節　地下詩歌材料的打撈

　　在地下詩歌研究中，由於大量的地下詩歌處於被埋葬、被掩蓋的歷史，要對其進行深入有效的闡釋，對地下詩歌資料的發掘就是地下詩歌研究最基礎，也最爲重要的部分。所以對地下詩歌材料的打撈，不僅成爲地下詩歌研究的厚實基礎，也是我們深入地下詩歌精神走向的最堅實的底座。這裡首先就地下詩歌資料打撈式研究予以概括性的展示。

　　地下詩歌的資料工作，在地下文學研究的早期過程中是局部性的發掘。早在 1985 年中國社會科學院文學所集體編寫的《新時期文學六年》，就開始意識到文革詩壇的「公開」與「非公開」這樣的「雙重詩壇」問題，在他們的研究中，他們所謂的「非公開」地下詩壇僅限於「郭小川和四五詩歌運動」。〔註1〕儘管他們所涉及的地下詩歌還相對缺乏，但「非公開」的提醒，已對地下詩歌的研究的進一步展開有著啓示性的意義。1988 年多多發表的《1970～1978：被埋葬的中國詩人》，以親歷者和見證人的身份回憶了 1970 年末到《今天》創刊之前北京地下詩歌，說出了「被埋葬的詩歌歷史」〔註2〕，特別是以白洋淀派爲代表的地下詩歌歷史。作者從對影響了地下文學的黃皮書的介紹開始，涉及到「70 年代以來爲新詩歌運動趴在地上的第一人」的食指，也重點介紹了芒克、岳重以及多多自己的在白洋淀的詩歌活動，最後還展示了依

〔註1〕《新時期文學六年 1976.10～1982.9》，北京：中國社會科學出版社，1985 年。
〔註2〕多多《1970～1978：被埋葬的中國詩人》，《開拓》，1988 年，第 3 期。

群、史保嘉、馬佳、楊樺、魯燕生、彭剛、魯雙芹、嚴力等在文學期間創作
的地下詩歌作品。由此被埋葬的地下詩歌作品與資料浮出地面，地下詩歌的
面目煥然一新。多多回憶，對地下詩歌的研究，特別是地下詩歌資料的打撈
有著極為重要的開拓性意義。

　　楊健是地下詩歌資料的第一個重要打撈者。1993 年出版的《文化大革命
中的地下文學》，是一部最早的研究地下文學的文學史著作。該書「以收集、
彙編、歸納有關『地下文學』十年的資料為主要任務。」〔註3〕通過作者不懈
的採訪、收集、整理，被埋葬和遺忘的「白洋淀」之外的北京地下詩歌，以
及全國的地下詩歌資料，一一從歷史中現身。該書涉及的「地下文學」的範
圍廣泛，從歌曲、舊體詩詞到小說都有所涉及。而從地下詩歌資料來看，該
書涉及到「黎利地下沙龍」、「趙一凡地下沙龍」、「徐浩淵地下沙龍」、「軍中
地下文學活動」、「知青文學」、「郭小川郭小林父子『對床夜雨』」、「命運坎坷
的詩人們」等等多方面的地下詩歌活動和文本。正如作者在《後記》中所說，
「在編寫此書時，筆者力圖加強它的資料性。希望此書不僅使讀者瞭解文革
地下文學 10 年的概貌，也能成為理論工作者的一本資料集、工具書。」這本
著作，為我們呈現了文化大革命中大量非公開，無數被埋葬的文學現象，展
示了許多鮮為人知的地下文學活動以及文學作品。同時，該書也勘察了地下
文學形成背後的起源和動因，梳理了地下文學發展的基本歷程，這對地下文
學的研究有著指導性的意義。

　　1994 年《詩探索》編輯部將目標鎖定在「白洋淀詩群」，組織了一次白洋
淀詩歌群落或者白洋淀詩人尋訪活動，並在《詩探索》推出白洋淀詩歌研究
的相關文章。〔註4〕這次尋訪、探尋、研究、回憶，顯示了對文革地下詩歌的
嚴重關注，他們以「白洋淀詩群」為樣板，展現出組織者、研究者在地下詩
歌歷史材料的收集、整理、證偽上的努力。而且通過這次活動，使「白洋淀
詩群」的全部形象更加全面地呈現在公眾面前，並滲透到人們的詩歌視野，
成為了文革地下文學寫作的重要代表群落之一。同年由貝嶺、孟浪主辦的《傾
向》（文學人文季刊）雜誌，每期便專門開闢了一個欄目《中國大陸地下文學
出版物一覽表》介紹相關的非官方文學刊物、地下刊物及相關藝術家作家的
備忘錄，特別是 80 年代以來的民間刊物，這使地下文學的領土不斷地擴張和

〔註3〕楊健《文化大革命中的地下文學·引言》，北京：朝華出版社，1993 年，第 6 頁。
〔註4〕見《詩探索》，1994 年，第 4 輯。

伸展，成爲了當代詩歌史中不可缺少的重要的一頁。

　　繼《詩探索》對地下詩歌樣板「白洋淀詩群」資料的打撈之後，1999 年由廖亦武主編的《沉淪的聖殿——世紀七十年代地下詩歌遺照》，以豐富的文字、圖片、信件、刊物、編目、手稿所構成的原始資料，較爲全面地展示了文革時期的詩歌生長，呈現了文革地下文學的眞實寫照，也爲地下文學研究提供了更爲豐富的歷史材料。該書包括「時代之根」、「平民詩人郭路生」、「收藏了一個時代的人：趙一凡」、「從白洋淀到北京的詩歌江湖」、「《今天》的創刊及黃金時期」、「《今天》詩人的社會活動及影響」等六個大板塊〔註 5〕，深入展示了文革地下詩歌和地下精神的歷史，有著非常高的文學史料價值。該書不僅全面深入地梳理了北京地下詩歌的歷史，而且對地下詩歌的精神淵源、精神集結、地下詩歌活動、地下詩歌群落等問題均有不同程度的闡釋。這不僅使地下詩歌的面貌更豐富、而且也使地下詩歌的研究更爲深入。

　　新世紀開始，劉禾編《持燈的使者》，再次對地下文學資料進行收集和整理。該書是《今天》雜誌中的欄目「今天舊話」中的文章的集結，有大量的相關作者的訪談錄。〔註 6〕特別是圍繞「今天」作家群的故事，展開了「白洋淀詩群」之後的地下詩歌發展的另外一段歷史。這文集以地下文學活動者的故事爲主體，重新更新和改變了文革文學歷史的敘述，構建出了地下詩歌從「白洋淀詩群」到「今天派」的北京譜系。當然對於地下詩歌研究來說，僅僅有著北京視野還是極爲不夠的，地下詩歌並非僅僅有北京樣板，這更是一種全國性的文學現象。1998 年郝海彥主編《中國知青詩抄》〔註 7〕記錄文革時期「知青」這一特殊群體的詩歌作品，展示了地下詩歌更爲多樣的歷史。在這一詩選之中，既包括現代詩歌，也有古體詩詞，而且這些作品很多是首次發表。儘管這裡所收錄的詩歌的眞僞問題還需要進一步鑒定，但是這本詩選中所涉及到的地下詩人，就包括北京、內蒙古、黑龍江、上海、成都等地，使「地下詩歌」的領域不只限定在北京了，而有了更爲豐富的視野，同時更爲我們帶來了多樣的地下詩歌文本。

　　在地下詩歌資料的整理中，2006 年陳思和主編《潛在寫作文叢》（10 卷）是非常重要的。該套書由武漢出版社出版，有 5 卷的作者與「胡風集團」有

〔註 5〕廖亦武主編《沉淪的聖殿：中國 20 世紀 70 年代地下詩歌遺照》，烏魯木齊：新疆青少年出版社，1999 年。

〔註 6〕劉禾編《持燈的使者》，香港：牛津大學出版社，2000 年。

〔註 7〕郝海彥主編《中國知青詩抄》，北京：中國文學出版社，1998 年。

關：胡風的《懷春室詩文》、綠原等的《春泥裏的白色花》、阿壟的《垂柳巷文輯》、彭燕郊的《野史無文》、張中曉的《無夢樓全集》；無名氏的作品有 2 卷：《花的恐怖》、《〈無名書〉精粹》；另外「潛在詩選」，也就是地下詩歌資料有 3 卷：啞默等的《暗夜的舉火者》、蔡華俊等的《青春的絕響》、食指等的《被放逐的詩神》。可以說，該書不但建構了地下文學或者說地下詩歌研究的一個基本研究格局，而且在地下資料的鑒別和整理上做出了重大貢獻。特別是在「地下詩歌」或者說該叢書所命名的「潛在詩選」方面，也是花費了大力氣來收集整理的。「潛在詩選」所編錄的是文革時期青年詩人創作的詩歌作品，主要收錄了分佈在北京、貴州、上海三地 28 位詩人的 766 首現代詩歌。在序言中，編選者李潤霞說她就有將「潛在詩選」編成《「文革」時期的潛在詩歌全編》的想法。正是在這種初衷之下，「潛在詩選」成爲文革地下詩歌特別是青年詩人創作的一次大清理。另外，在這套書中，綠原等人的《春泥裏的白色花》、阿壟的《垂柳巷文輯》、彭燕郊的《野史無文》以及無名氏的《花的恐怖》，則又呈現了一批老詩人的地下詩歌創作。這一編排方式，無疑使地下詩歌研究將地下詩人分爲中老年詩人、青年詩人這兩類模式。所以這整個詩選對地下詩歌的內容涵蓋面，地域分佈，以及詩人群體分佈都有突破性的成果，使這套叢書成爲研究地下詩歌的最重要的基本資料之一。

當然，在這套「潛在文學」叢書中，儘管在地下詩歌資料的發掘上有了極大的突破，我們也看到，這種突破還是不夠的。地下詩歌創作是一個極爲龐大的群體，這套文叢忽視了其他老詩人的地下詩歌，以及其他地區的地下詩歌資料。當然，穆旦、牛漢、綠原、曾卓、流沙河、羅洛、徐放、蔡其矯、食指、根子、芒克、多多、林莽、北島、顧城、舒婷、陳明遠、陳建華、錢玉林、鄧墾、陳墨、周倫佑、黃翔、啞默……等人個人詩集、文集，以及相關詩文集的出版，就爲我們的地下詩歌研究提供了相當豐富的資料，我們這裡就不一一列出。由此，在地下詩歌的研究中，對於地下詩歌材料的打撈已經取得了豐碩的成果，我們完全有必要在此基礎上，對這一文學現象做出全面的分析和闡釋。

第二節　「群落」：地下詩歌的基本面貌

在地下詩歌豐富的資料基礎上，作爲「邊緣」的地下詩歌是否能成爲一個整體？這種整體性得以成立的標誌何在？如果是，那又是怎樣一個輪廓？

地下詩歌的本真特點又是什麼呢？我們對地下詩歌整體構成的研究，其目的首先是呈現「地下詩歌」的一個有完整的本質的輪廓，展示我們對之予以整體研究的可能性。並且，地下詩歌的這種整體構成，也進一步保證我們從「邊緣」視角進入地下詩歌的合理性。

這首先涉及到地下詩歌文本的挖掘以及真偽辨別的兩大難題。我們知道，地下詩歌的存在狀態是「地下性」，而且數量巨大。被掩埋、被埋沒在「地下」的詩歌文本的量還非常大，需要浮出地面的地下詩歌文本也還相當之多。從現實層面來看，文革時期全國各地，確實有著大量的地下文學文本「出土」，不但數量眾多，而且達到了一定的詩藝水準。就筆者所重點瞭解到的地下文學創作（主要是四川地區），如陳墨、鄧墾的「野草詩群」、周倫佑等的「西昌聚會」，這些作品儘管需要更多的時間和精力去「考古」，但就其作品數量以及現代的表達技巧，也確實令人驚歎。由此帶來的一個問題是，地下詩歌是否就是一個無限挖掘的過程，地下詩歌這一概念是否就是一個應該無限等待、無限延長的過程？另外，對於那些「出土」了的文本，我們該如何去辨別其真偽問題，則是面對地下詩歌史料的又一個更大的難題。由於大量研究者的參與與推動，使得地下詩歌文本不僅具有重要的詩歌史意義，而且也具有「思想前驅」的重要思想史意義，因此很多詩人便自居為地下詩人，他的創作就是地下文學。最終，大量的地下詩歌文本湧現不息，給研究考古、辨別真偽的工作帶來了相當的難度。

第二，地下詩歌自身另外一層複雜性在於「地下詩歌詩人主體」的悖論問題。地下詩歌作品，主要是針對「地上」的創作風格、地上文學的創作方式，而另覓它途，重闢新路以尋找文學的生長點。但是，從地下詩歌的作者的背景來看，地下詩人的創作卻又與地上作家、地上文學緊密聯繫，密不可分。換句話說，地下詩歌的誕生，是在官方作家的直接拖動之下形成的。「延安一代的知識分子在思想、文化上，對沙龍青年人產生了重要影響。張郎郎回憶說：我們這個沙龍的形成，有兩位不能不提，我的母親陳布文和作家海默是我們『真正的精神上的導師』。」〔註8〕還有像食指與何其芳的關係，舒婷與蔡其矯的關係，黃翔、啞默、北島與艾青的複雜關係，周倫佑與流沙河的關係，成都野草詩群與戈壁舟的關係……由此我們看來，在「地下文學」的起源問題上，「地上作家」與「地下詩歌」之間的生成發育是有著複雜關係

〔註8〕楊鍵《中國知青文學史》，北京：中國工人出版社，2002年，第57頁。

的，這使地下詩歌的面目更加複雜。

最後，地下詩歌詩人主體的自我精神選擇也是非常豐富的。在任何創作中，作家的自我選擇、自我判斷，以及他們內在的認知方式、情感結構和微觀判斷，才是形成作家風格的重要指向標。由此，地下詩人個體的思想和文化邏輯支撐，就使得他們個體的在「地下體驗」中的回應也都有極大的差異，這也造成了「地下文學」「整體性」的困境。

由此，我們急需對地下詩歌的整體特徵進行探討。地下詩歌已經是一種成熟的文學現象，「從六十年代末，即郭路生出現以後，中國詩歌處於地下狀態（潛伏期）長達十年之久，已逐漸形成流派，個人的風格也日趨成熟。」〔註9〕這種研究不是要對更多的地下詩歌史料再次挖掘，而是要在已經挖掘的地下詩歌的基礎上，確定地下詩歌的整體特徵，並由此進入地下詩歌總體精神走向的探討。

一、「群落」：地下詩歌的集結形式

在對地下詩歌的總體特徵進行闡述時，我們借用了「群落」這一概念，而這一概念的產生與「白洋淀詩群」的研究有關。楊健在其《文化大革命中的地下文學》中最先提出「白洋淀詩派」概念，認為地下詩歌具有流派性的特徵。1994年《詩探索》編輯部組織的「白洋淀詩歌群落尋訪活動」，參與者一致認為「白洋淀詩歌群落」這一提法為最準確的提法。〔註10〕借用這一「群落」概念，我認為「詩歌群落」最能展現地下詩歌的總體面目。

關於「群落」概念，在白洋淀詩歌尋訪活動中，老詩人牛漢指出，這個名稱「給人一種蒼茫、荒蠻、不屈不撓、頑強生存的感覺。……借用了人類學上『群落』的概念，描述了特定的一群人，在一個特定的歷史時期，一個特定的地域內，在一片文化廢墟之上，執著地挖掘、吸吮著歷盡劫難而後存的文化營養，營建著專屬於自己的一片詩的淨土。」〔註11〕「群落」這一概念，呈現出地下詩歌幾個特徵。首先，「群落」點明了地下詩歌是一種「生存的感覺」。也就是說，地下詩歌的存在，首先是個人的生存體驗，是地下詩人的個體體驗。同時這種存在的個體體驗又是有「蒼茫、荒蠻、不屈不撓、頑強」等特徵，這又成為與時代密切關聯的一個重要關鍵點。第二，「群落」概

〔註9〕查建英等《八十年代訪談錄》，北京：三聯書店，2006年，第71頁。
〔註10〕林莽《主持人的話》，《詩探索》，1994年，第4輯。
〔註11〕宋海泉《白洋淀瑣憶》，《詩探索》1994年，第4輯。

念在使用上，有著特定的範圍限定，指「特定的一群人」、「在一個特定的歷史時期」，「一個特定的地域內」的文學活動。所以用「群落」來描述地下詩歌，是能對地下詩歌的生態狀況作出精確再現的。最後，「群落」概念，也能呈現出地下詩歌所蘊含的價值追求，即地下詩歌在面對「文化廢墟」以及「文化中心」之時，專門營建「屬於自己」的「詩的淨土」，去實踐出自我的價值。由此用「詩歌群落」概念來描述地下詩歌，我們可以看到地下詩歌具有以建立邊緣的、而非中心的價值為取向，並最終重建一種非中心的邊緣文化的特徵。「群落」也是地下詩歌的集結形式。

二、「群落」與地下詩歌的總體特徵

　　同時，「群落」作為地下詩歌的基本構成形式，更呈現了地下詩歌的總體特徵。第一，「群落」作為地下詩歌的集結方式，能使地下詩歌遠離「中心」，形成一種精神氛圍，開始「小合唱」，這保證了地下詩歌自身的完整性。正是這種「小合唱」，使處於散亂狀態的地下文學，有了「集結」的可能。而且也可以通過地下詩歌的這種「小合唱」，去辨析地下詩歌文本的真偽問題。「知青群體的形成，有賴於一種民間組織和一種運作方式。沙龍提供了類似機制的作用，提供了一個亞文化運作的空間，從而推動了民間文化形態的生長。從紅衛兵的終結到知青群體的形成，沙龍活動正是這一歷史轉折的機關樞紐。」〔註12〕所以地下詩歌的「群落」作為地下詩歌精神集結的小合唱，是以「沙龍」的形式出現的。

　　「沙龍」，這一西方文化，在西方歷史的進程中起過重要的作用。一些窮困潦倒但又才華橫溢的詩人作家正是通過各種沙龍，獲得了主流文學的認同，並最終成就了自己的文學大業。一些文學流派也通過沙龍形式招兵買馬，結識了更多的同道者，最終開創流派。而這原是西方文化的產物，卻在「無產階級文化大革命」之時，獲得了存在的空間。不過，這些組織者和參與者由於中國的形勢，在對沙龍的認識及其操作上，具有了與西方沙龍迥然不同的方式和內涵。這些沙龍，是面臨現實政治困境而產生的一些小團體。也就是說，文革期間的沙龍，直接面對的是文革的「階級鬥爭」這一「中心」意識。特別是面對著文革「中心」政治鬥爭的殘酷性、非理性所帶來的肉體的傷害和沉痛的心理陰影，相當的一部分人開始聚集在一起，重新思考現實，

〔註12〕楊健《中國知青文學》，北京：中國工人出版社，2002年，第130頁。

重新思索生活，「沙龍」由此而生。

我們看到這些沙龍，一方面在「中心」之外的邊緣上存在著，另一方面卻又與「中心」有著緊密的關聯。因爲這些沙龍的組織者一大部分是幹部子弟。由於家世淵源，他們或者是作爲革命前輩的子弟，或者出自書香門第，他們都有著相當多的只有「中心」才能擁有的重要資源。因此，即使是在文化大革命時期「絕對中心」控制之下，他們也能獲得其他人所完全不能想像的閱讀與交流機會。楊健的《文化大革命中的地下文學》以及《中國知青文學史》中對文革之時沙龍活動情況有大量的描述，這些沙龍的組織者大部分都有非常特別的身份和背景。早在六十年代，北京就有兩個比較活躍的沙龍。沙龍「X 小組」，是由詩人、當時國務院副總理郭沫若的兒子郭世英，與哲學家張東蓀的孫子張鶴慈組織起來的。早在 60 年代，他們就開始以沙龍的形式研討詩藝，也思考和研究了若干重大的哲學和政治問題，他們說，「X 表示未知數、十字架、十字街頭……它的涵義太多了，無窮無盡。」中央美術學院的院長張仃的兒子張郎郎，在自己家裏組織了「太陽縱隊」，他說「這個時代根本沒有可以稱道的文學作品，我們要給文壇注入新的生氣，要振興中華民族文化……」。參加者中就有畫家董希文之子董沙貝，詩人何其芳之女何京頡，以及詩人戴望舒之女戴詠絮等等，之後加入的成員就有詩人食指。還有像黎利地下沙龍、趙一凡沙龍、徐浩淵沙龍、魯燕生沙龍、史康成沙龍等，都聚集了一大片年輕有才華的青年，如畢汝協、甘灰里、根子、孫康、依群、王好立、譚小春、馬嘉、魯雙芹、李之林、彭剛、楊樺、史康成、徐金波、曹一凡等。另外，在成都有以鄧墾、陳自強爲中心的野草沙龍，在貴州有以黃翔、啞默爲中心的野鴨沙龍，上海有以孫恒志爲中心的小東攏沙龍，以陳建華、錢玉林爲中心的上海文學聚會……他們或者是幹部子弟的推動，或者是由於自身思想的困惑，在文化大革命的「中心」控制之下，卻都以沙龍的形式，從「邊緣」打開了「中心」的缺口，吹響了「沙龍式」的自我精神集結，以及由「邊緣」向「中心」反叛的精神集結號！

在這些沙龍之中，他們主要的活動形式之一便是「詩歌小合唱」。選擇詩歌，主要在於，與其他文體相比詩歌在表達感情上更爲集中、凝練，而且形式短小也易於記誦和傳抄方便。所以，詩歌便成爲文革期間沙龍活動的座上客。而且「詩歌小合唱」，也成爲地下沙龍活動中最重要的部分。他們從寫詩、朗誦詩歌、交換詩歌的沙龍活動，到對詩歌的冷靜思考，對詩藝的理性分析，

無疑促成了大量優秀詩人與優秀詩歌作品的誕生。「小圈子傳播常常是互相傳看、傳抄，使得『細讀』式賞析、討論成為可能，詩歌的『聽覺功能』相對減弱，詩歌朗誦的激情讓位於冷靜的回味、細品，詩歌從『朗誦詩』轉化到『書面詩』。」〔註13〕

　　但是，沙龍中「詩歌小合唱」的問題在於，隨著沙龍的發展，成員的增多，在沙龍中所交流和交換的作品也就越來越複雜。這些交流不僅限於詩歌，即使是詩歌作品，「犯禁」或者是「越界」作品時有出現，這最終就引起當局查抄。其結果，使得當時許多詩歌作品的原件遺失。特別是當一些事態變得嚴重之時，不但當局對作品進行查抄、查禁、銷毀，詩人自身也由於恐懼，燒毀了大量的作品原件，這也給地下詩歌史料真偽辨別增加了難度。即使是這樣，儘管一些作品由於當時意識形態的原因被查封、或被燒毀，地下詩歌在「群落」中存在，在沙龍中交流，一些重要的地下詩歌文本也會在群落中，在沙龍裏得以保存，還原到其基本面目。

　　第二，作為「群落」，又有著鮮明的鬆散特徵。「群落」並不存在統一的價值向度和追求。群落中的成員，其創作也都側重個體感受的表達。詩人們在「群落」中更是從個體生存體驗，從個體之思出發來感受世界，認識世界，這最終形成儘管在「群落」中，地下詩人依然保持著個人的聲音，成為「大獨白」。而這種「大獨白」，更顯示了地下詩歌的創作本真性。

　　地下詩歌的「詩歌小合唱」，其集結目的並不是為了群體，也不是要大家一起歌唱，更不是為了大眾歌唱，而只是地下詩人主體自我體驗、自我經驗的表達，以及自我精神的展現，乃至對於自我存在的審問。因此，在地下詩歌的「群落」式精神集結中，直接指向的最終目標是邊緣自我「大獨白」。而這種「大獨白」，既呈現了地下詩歌的散、野、自由的邊緣特徵，也體現了地下詩人強烈的自我意識。

　　而地下詩歌的「大獨白」特徵的形式，與「政治中心」出版的「黃皮書」、「灰皮書」這類系列出版物有緊密的聯繫。文革大一統，以及破四舊、毀禁書等等運動之後，只有馬克思、恩格斯、列寧、斯大林、毛澤東、魯迅等少數人的作品可發行流傳，被閱讀。當然對這些著作的閱讀也是單向度的閱讀，而不是開放式的閱讀。那麼，群落中流傳的「內部讀物」、「內部資料」

〔註13〕李憲瑜《中國新詩發展的一個重要環節——「白洋淀詩群」研究》，《北京大學學報》，1999年，第2期。

無疑是思想開放、思維突破禁區的催化劑。「在『文革』思想史上起了重大作用的『灰皮書』、『黃皮書』就是在這樣的文化背景下登場，並在一代人的思想里程中催化了精神核裂變的。」〔註14〕早在 1963 年就開始出版的「供內部參考批判」的書籍，由於這些書的封面大多是黃色或灰色，一般稱之為「灰皮書」或「黃皮書」。這一批專供高級幹部閱讀的「灰皮書」、「黃皮書」，內容廣泛，涉及面廣，不僅包括西方政治、經濟、文學、歷史、哲學，也包括西方自然科學等等。其中的主要部分是西方文學作品，特別是西方現代派文學作品。許多地下詩人在回憶到自己的創作時，都特別提到了地下詩歌中的讀書經歷對他自己創作產生的重要的作用，沒有這些灰皮書、黃皮書在「群落」中的傳播，邊緣詩歌精神就很難形成。「我曾經訂有一本小冊子，是把聞一多的《現代詩抄》一字不漏地抄了下來，多半是上課『開小差』的成績。發現了這件『寶貨』，在我的詩探索的路上，真有里程碑的意義。」〔註15〕這些文學作品，通過沙龍流傳，成為了地下詩人成長的重要精神資源。「長期缺乏文化生活，知青們的精神世界就像一片久旱乾裂的土地，渴望著甘露澆灌。沒有書看，就四處搜尋。只要打聽到誰手中有一本書或手抄本，哪怕持書人遠在幾十里之外，也要想方設法不辭辛苦地去找來，如饑似渴地傳閱。一本書傳到最後已面目全非，殘缺不全，而大家還是照樣看得如癡如醉。」〔註16〕他們這種如癡如醉的閱讀的欣喜和快感，或許是其他時代的閱讀者難以感受到的。但是，由於這些「皮書」是專供「高級領導幹部」的「內部讀物」，所以其傳播範圍也是極狹窄的，流傳也是極為有限的。在這種困境下，「沙龍」不僅是一個交流之地，更成為了「皮書」傳播的重要中轉站，更是「另類書籍」集結之地。

　　地下詩人們，對「皮書」的閱讀情況的記載有很多。不同的個人、不同的群落有著不同的閱讀喜好和書籍來源。他們各自對書籍的閱讀、理解和認識，也大不相同，所以很難對所有的書籍進行一一歸類。在福建的舒婷，她提到她的閱讀範圍，包括雨果、普希金、巴爾扎克、托爾斯泰、馬克·吐溫、

〔註14〕蕭蕭《書的軌迹：一部精神閱讀史》，《沉淪的聖殿》廖亦武主編，烏魯木齊：新疆青少年出版社，1999 年，第 5 頁。

〔註15〕陳建華《紅塵草詩傳》，《陳建華詩選》，廣州：花城出版社，2004 年，第 88 頁。

〔註16〕史衛民、何嵐《知青備忘錄：上山下鄉運動中的生產建設兵團》，北京：中國社會科學出版社，1996 年，第 302～303 頁。

泰戈爾、拜倫、密茨凱維支、濟慈等外國作家的作品，以及何其芳、殷夫、
朱自清、應修人等現代作家的詩歌，和李清照、秦觀的詩詞。〔註17〕而上海
的錢玉林提到的書籍又有不同，「朱育琳懂英語，法語，能讀能譯，他借他的
譯作來給我們看，有愛倫‧坡的詩（好像是他的《安納貝爾‧李》），波德萊
爾的詩（陳建華今存有他譯的8首詩），和《THE GOLDEN TREASURY》中
幾首他特別喜愛的英國詩歌，又將唐代李白劉長卿的幾首五律和兩首元人小
令，譯成了非常優美的白話詩。除通常提起的那些大作家外，記得他還向我
們介紹過《聖經‧雅歌》、彼得拉克、鄧南遮、洛爾邁柯爾律治、葛雷、史文
朋、濟慈、彭斯、勃朗寧夫婦、王爾德、吉卜林、歐文、尼采、斯托姆、勃
蘭兌斯、庫普林、迎爾詢、阿爾志巴綏夫、蒲寧、阿赫瑪托娃、小泉八雲、
薩迪等外國作家，特別是一些我們不夠熟悉，知道得不太多的作家。」〔註18〕
李潤霞在其博士論文《從潛流到激流》中，以多多等人的記載為依據，歸納
出了當時在各沙龍流行的書。從他們傳書、抄書的過程來看，他們對知識、
真理的追求的願望是非常強烈的。也正是在群落中、在沙龍裏有了書籍的交
換和傳抄，喚起了，也喚醒了地下詩人們的內在「獨白」意識。

　　地下詩人由於擁有「皮書」這樣的特殊文化資源的催化，特別是對西方
文化的閱讀，為他們的社會思考、文學探索提供新的推動力。貴州詩人啞默
曾經回憶說：「那時節的我們，與紅衛兵、保皇派、造反派是絕對不同的，與
群氓也不相混，是非常孤獨、非常可憐、又非常死硬的一群。我們以我們的
方式掙扎、存在、讀書、創作，那些厚本厚本被翻毛了邊頁、被翻斷了腰的
書隨時都像英靈一般浮現在我的眼前……書與我們都是那時代的孤魂野
鬼……」〔註19〕在這些書籍中，他們有了一個可供對話的靈魂。也正是在這
些書籍中，他們找到真正的自我，從而喊出了自己對於自我、靈魂和世界的
「大獨白」。

　　總之，地下詩歌在面對「政治中心」絕對權威之時，「群落」成為了他們
的基本存在方式。他們在沙龍中展開了群體的「小合唱」，同時又保持著個性
特徵的「大獨白」。由此，我們必須進一步展示地下詩歌中已經成型的「詩歌
群落」，為進一步研究確定研究範圍。

〔註17〕舒婷《生活、書籍與詩》，《福建文學》，1981年，第2期。
〔註18〕錢玉林《關於我們的「文學聚會」》，〔日本〕《藍（BLUE）》（日中雙語文學雜
　　　　誌），2001年，第1期。
〔註19〕啞默回憶錄《活頁影繪簿》（電子文本）。

第三節　地下詩歌的群落展示

　　從「群落」出發呈現文化大革命中的地下詩歌，可以更清晰地爲我們呈現其作爲邊緣基本的生存狀況，展現出「小合唱」與「大獨白」的特徵。而且，在此基礎上，我們可以對作爲邊緣狀態的地下詩歌作總體展示。

　　在我們以往的論述中，地下詩歌很難予以總體研究，很難將地下詩歌進行完整的歸併和整一思考。大部分研究是將地下詩歌以年齡爲界限，分開爲兩部分來分別展開研究的。第一部分是地下詩歌中的「中老年詩人」的創作。這些詩人在文革前大都就已取得了一定的詩歌成就，而在詩歌史上也有一定的影響。而此時，由於種種政治原因，一一遁隱，而秘密創作。而在對中老年詩人這一個大群體進行具體劃分展示的時候，由於他們各自詩歌史上創作的成績，大部分研究還是沿用以往對他們的命名概念。如綠原、牛漢、曾卓等，還是歸納在「七月派詩人」名下；穆旦、唐湜等被追認的「九葉詩人」，他們在文革期間的創作，也還是沿用「九葉詩人」這一命名；而郭小川、蔡其矯、流沙河，以及黃永玉、陳明遠、無名氏等沒有流派歸宿的詩人，則一起統稱爲被壓抑的聲音。當然，這種歸納的有效性在於，當把這些「中老年詩人」集合在一起的時候，在中國當代詩歌發展歷史的鏈條上，他們恰好構築了 80 年代詩歌大潮中的「歸來者詩群」。第二部分是地下詩歌中的「青年詩人」的創作。然而在地下詩歌青年詩人的歸併之中，由於「青年詩人」不但涉及到北京、上海、成都、貴州、福建、河北等地的詩人，也涉及到身份如知青、非知青等方面的問題，也使「青年詩人」這一部分的研究有著複雜的糾纏。儘管這樣，洪子誠的《中國當代新詩史》、於可訓的《中國當代詩學》、李潤霞的《潛在詩選》，均是以中老年詩人、青年詩人這樣的「二分法」展開研究和整理的。

　　以年齡來劃分，對於這些「中老年詩人」，我們最終看到的只是七月派詩人、九葉派詩人、五六十年代詩人、歸來的詩人，而不是作爲地下詩歌的詩人，他們的詩歌也不是地下詩歌。用年齡「二分法」對地下詩歌的展示，不但沒有使地下詩歌的獨特價值得以展現，而且也沒有呈現出詩人的個性特徵。由此，我們必須重新思考地下詩歌的呈現方式。

　　我們從「群落」這一概念出發，可重新展示地下詩歌基本狀況。第一，我們地下詩歌研究的具體對象，首先應該是具有「群落性」的地下詩歌，這可保證研究對象的可靠性。對於那些單一的、或者非群落性的地下詩歌，由

於其作為地下詩歌的真偽性有待進一步的考證，所以就不納入到我們的研究中。第二，從「群落」，可以更好地考察「地下詩歌」集結的具體方式。也就是說，一個群落的發生，一定有著一個重要的精神源頭和精神的發源點。從群落出發，便可再現從「群落」這樣一個基點上，地下詩歌精神氛圍的形成過程。第三，「群落」是由一個個的詩人個體組成。在「群落」中考察地下詩歌，不僅是要呈現一個個群落的精神集結，也是要呈現一個個鮮活、獨立的詩人個體的思考。地下詩歌研究中的這種「群落」之思，不是要用「群落」壓倒「個體」，也不是讓「個體」脫離「群落」，而是要將兩者天然的結合起來，展現在「中心－邊緣」之下的地下詩歌的精神雙向運動。這樣在「群落」的視野之下，我們既看到一個整體地下詩歌形象，也能展現出豐富的、湧現不息的詩人個體精神。

以下這些並非嚴謹限定的詩歌群落，便是我們地下詩歌研究的主要對象。

「胡風詩歌群落」：這一詩歌群落，既與「七月派」有著莫大的關聯，但又代表著另外一種詩歌形態，與七月派命名有很大區別。「七月派」是以胡風的《七月》和《希望》兩雜誌上的詩歌為核心，而形成的一個詩歌流派。作為一個具有同人性的流派，胡風是其核心人物。因此我們看到，李怡在寫作《七月派評傳》的時候，就是以胡風為中心來推演「七月派」的發展歷史。「為了便於追蹤各位作家的人生藝術歷程，同時也將之納入到一個更宏大的七月派形成、發展的背景上來加以認識，我採用了一種特殊的結構方式，即以胡風總結七月派文學成就提出的文學思想、編輯出版有關期刊為線索，通過他的社會交往逐漸引出其他的作家。這樣的寫作，可能會在描述具體作家的整個人生歲月與全書具體的敘述時間概念方面有所衝突和錯位，但也同時塑造了一種完整的系統的七月派的形象。」〔註20〕因此，「七月派」命名，與胡風的詩學思考、刊物理想、社會活動有著重要的關係。

而與七月派不同的是，「胡風詩歌群落」並沒有詩學理論、詩歌刊物、詩歌活動等方面的現實支撐，而只是一次精神的集結，一種由於環境所迫而形成的詩歌氣場而已。「胡風詩歌群落」，源於 1955 年的「胡風集團案」。在這次政治運動中，一些知識分子由於歷史的原因被捲入，並最終被監禁、或下放。由於這次事件，牛漢、綠原、曾卓等「七月派詩人」便成為「胡風集團

〔註20〕李怡《七月派作家評傳・後記》，重慶：重慶出版社，2000 年。

案」所波及到的詩人。牛漢是「在全國範圍內因『胡風反革命集團』一案第一個遭到拘捕」。〔註21〕他早年在西北大學上大學的時候，就已經開始與胡風通信。胡風也曾經在牛漢創辦的《流火》雜誌上發表文章，成爲不容置辯的胡風集團「骨幹分子」。此時，綠原也被作爲「胡風反黨集團」中的「骨幹分子」被審查隔離。曾卓在建國前與胡風的關係並不是很密切，而後由於與胡風有過多次交往，最終被劃入「胡風集團骨幹分子」。但此次「胡風詩歌群落」的形成，並未由於胡風的詩學觀念的直接影響，也不是以胡風爲主要負責人，而是由於胡風的精神，而掀動的一場詩歌小合唱。綠原曾說過，「我總覺得，和胡風在一起，我莫名其妙愛好起來的詩，在人生中並不具有第一位的意義，應該還有比他更高更重要的義務在，那就是做人。」「這可能就是我最初所接受的胡風文藝思想的影響。」〔註22〕因此，胡風詩歌群落的形成，是受胡風案件的牽連，同時又在胡風精神的影響之下而形成的一個地下詩歌群落。「胡風詩歌群落」主要成員有牛漢、綠原、曾卓、羅洛、徐放等，牛漢的《反芻》、《華南樹》、綠原的《重讀聖經》、曾卓的《懸崖邊上的樹》等等，是胡風詩歌群落中的優秀詩篇。

「右派詩歌群落」：「右派詩歌群落」的精神集結主要源於政治意識形態的促逼，是在強烈的政治意識形態之下，所形成的一個地下詩歌群落。反右運動是1957年開展的反對資產階級右派的政治運動，本來是針對黨內整風運動，發動群眾向黨提出批評建議。而在這次運動中，參加大鳴、大放、大字報、大辯論卻遭遇「陽謀」，並被打成牛鬼蛇神。因此，這一詩歌群落，不是在一個精神源頭的推動中形成，也不是知識分子在自我的尋找中形成的，而是在同樣的命運中產生了相同的精神遭遇。在右派詩歌群落的集結過程中，早期有林昭、張元勳等一批年輕的知識分子，以後有穆旦、唐湜、流沙河、周良沛、公木、公劉、胡昭等詩人。他們被定爲右派，他們精神上的一道相同的緊箍咒，使他們有了相似的精神氣質。流沙河在下放勞動中的沉痛幽默，穆旦在圖書館中的沉思，唐湜的民間精神，讓這個詩歌群落初具模型。

知青詩歌群落：在地下詩歌群落中，知青詩歌群落，也稱食指詩歌群落，是一個比較典型的群體。在當代許多詩人的回憶中，都說詩人食指是其

〔註21〕史佳《牛漢生平與創作年表簡編》，《牛漢詩選》，北京：人民文學出版社，1998年。

〔註22〕綠原《胡風和我》，《我與胡風》，銀川：寧夏人民出版社，1993年，第514頁。

詩歌創作源發性的源頭：江河說食指是我們的酋長，北島說食指是我的啓蒙老師，多多說食指是我們的一個小小的傳統，所以柏樺認為，食指「他是直接啓迪了『朦朧詩』整整一代人的源頭性的詩人。」〔註23〕楊健說食指是「文革新詩歌的第一人，為現代主義詩歌開拓了道路。」〔註24〕而且，食指的詩歌在當時全國傳抄，影響範圍甚廣。「郭路生的詩很快如春雷一般轟隆隆地傳遍了全國有知青插隊的地方。他的詩不但在陝西內蒙廣為傳抄，還傳到遙遠的黑龍江兵團和雲南兵團。」〔註25〕當時在昆明當工人的于堅也在70年代初讀過食指的詩歌，受到過食指詩歌的影響。但是，作為核心式、靈魂式的人物，在於他為知青詩人乃至當代詩人的詩歌創作提供了精神的資源和詩藝的資源，「是他使詩歌開始了一個回歸：一個以階級性、黨性為主體的詩歌開始轉變為一個以個體為主體的詩歌，恢復了個體人的尊嚴，恢復了詩的尊嚴。」〔註26〕正是食指在個人真實的心路歷程、個人自由意志的表達，以及他詩歌中個性化語言的追求，使得食指成為知青詩歌最重要的精神源頭之一，也使「知青詩歌群落」在精神上有了群體「小合唱」的可能。特別是在1968年，他的詩歌作品如《這是四點零八分的北京》、《相信未來》、《煙》、《酒》等不但是自我精神的大獨白，而且是一代人精神和詩藝成長的教科書。因此，「如果1968年的確可以看作是這一代人成長之路的時間界碑，他們也相應地被稱為『六八年人』，那麼，食指就是『六八年人』的代表，且一代人被稱作『食指群』也是恰當的。」〔註27〕而在這個知青詩歌群落之中，河北知青即白洋淀詩歌群落是其中最重要的部分，同時在城市、鄉村、邊塞、腹地等地，都有知青詩歌。黑龍江、內蒙古、四川等地已發掘的詩人，均屬於知青詩歌群落的小合唱。

白洋淀詩歌群落：白洋淀詩歌群落屬於食指詩歌群落的重鎮，該詩歌群落的集結，與食指有著緊密的關聯，可以說他們也是食指——知青詩歌群的

〔註23〕柏樺《早期民間文學場域中的創奇和占位考察：貴州和北京》，《今天的激情》，上海：上海人民出版社，2006年，第20頁。

〔註24〕楊健《文化大革命中的地下文學》，北京：朝華出版社，1993年版，第87頁。

〔註25〕戈小麗《郭路生在杏花村》，《沉淪的聖殿——中國20世紀70年代地下詩歌遺照》廖亦武主編，烏魯木齊：新疆青少年出版社，1999年。

〔註26〕宋海泉《白洋淀瑣憶》，《詩探索》1994年，第4輯。

〔註27〕李潤霞《一個詩人與一個時代——論食指在文革時期的詩歌創作》，《芙蓉》，2003年，第2期。

一部分。而且從地域角度來看，它誕生於河北白洋淀，有穩定的聚集地和相對獨立的詩歌群體，「當時到白洋淀插隊的北京學生無一例外，全是自行聯繫去的，這表明了在限制個性的大環境中追求小自由的一種自我意識。」〔註28〕也由於距離北京較遠，形成了一個獨立的詩歌圈子。「『白洋淀詩群』，是指年代末到年代中期，一批由北京赴河北水鄉白洋淀插隊的知青構成的詩歌創作群體。主要成員有芒克、多多、根子、方含、林莽、宋海泉、白青、潘青萍、陶雛誦、戎雪蘭等。此外，還應包括雖未到白洋淀插隊，但與這些人交往密切，常赴白洋淀以詩會友，交流思想的文學青年，如北島、嚴力、江河、彭剛、史保嘉、甘鐵生、鄭義、陳凱歌等人。後者也是廣義的『白洋淀詩群』成員。」〔註29〕這一群落，不僅呈現了根子、芒克、多多、林莽等有著個性色彩的地下詩人，而且也對朦朧詩的成長有著重要的推動作用。

北京詩歌群落：北京詩歌群落以其自身獨特的文化優勢和地理優勢，彙聚著文革時期地下詩歌最龐大的詩人群。「北京詩人群在整個新詩潮發展過程，尤其是在醞釀和萌芽時期有著舉足輕重的地位。這一支詩歌力量以北京詩人為主體，這裡所說的北京詩人主要指來自北京的詩人，既包括他們在北京的詩歌創作和文學活動，比如北島、江河；也包括文革時期離開北京到各地上山下鄉的一部分北京知青，他們的詩歌創作和文學活動多在各自的插隊所在地，雖然不在北京，也歸入此範圍，如到山西插隊的食指，在東北插隊的馬佳，隨父親下放到山東的顧城，在河北白洋淀插隊的北京知青形成的『白洋淀詩群』，他們可以統稱為『北京詩人群』。北京詩人群的『地下詩歌』從潛流到激流的發展線索清晰，前後貫穿緊密，無論從時間與詩潮的延續性，還是從詩歌創作的實績與規模來看，它都可以被視為新詩潮醞釀與萌芽期最具有代表性的詩歌群體。」〔註30〕而在我看來，北京詩歌群落主要分為兩個重要的組成部分，一是北京地下文學沙龍。這在楊健的《知青文學史》與《文化大革命中的地下文學》中有詳細的記載，如早在1962的郭世英、張鶴慈 X 小組；張郎郎、海默、牟敦白、董沙貝、田曉青、何京頡、戴詠絮等人參加的太陽縱隊；獨唱的陳明遠；李堅持、黎利地下沙龍（1967～1970）；畢汝協、甘灰里等人的趙一凡沙龍（1970～1973）；徐浩淵、孫康、依群組成

〔註28〕齊簡《到對岸去》，《詩探索》，1994年，第4輯。

〔註29〕宋海泉《白洋淀瑣憶》，《詩探索》，1994年，第4輯。

〔註30〕李潤霞《從潛流到激流——中國當代新詩潮研究（1966～1986）》（博士論文），武漢大學，2001年，第41頁。

的徐浩淵沙龍（1972～1974）；馬嘉、魯雙芹、李之林、彭剛、楊樺聚會所形成的魯燕生沙龍（1972～1973）；以及史康成、徐金波、曹一凡的史康成沙龍1973……。在北京詩歌群落之中，另外一個重要的組成部分是「今天」詩歌群落。他們以民刊《今天》陣地，積聚了一批優秀的詩人，也爲新詩潮的崛起儲備了一支堅實的文學力量，如北島、芒克、多多、顧城、舒婷、江河等詩人。北京詩歌群落，應該說爲新時期的詩歌發展起了決定性的作用。正如徐敬亞所說，「北京，作爲朦朧詩的主要策源地，它從來就沒有與外省站在同一條起跑線上。」〔註 31〕儘管這些群落各自爲陣，但這些群落也有大量交錯的地方，共同構成了一種精神氣氛。

　　上海詩歌群落：這一個群落主要由小東樓聚會和上海詩人群這兩個部分構成。這一詩歌群落的主要活動時間是在文革前期，直到 1969 年就基本上停止了詩歌活動，「上海亦出現了鬆散的文學聚會，其中以朱育琳、錢玉林、陳建華、王定國、汪聖寶等在 1966～1968 年常聚一起的『文學小會』較爲成形；後因核心人物朱育琳不堪迫害跳樓自殺，此秘密聚會亦被當作『小集團』獲罪終於解散。」〔註 32〕上海詩歌群落，更多的也是一種精神集結，「我們的『文學沙龍』，完全是年青的文學愛好者，出身平民的子弟，在艱難歲月的精神荒漠中，因生命的需求而進行的聚會。它鬆散自由，無任何名義，也無明確的打算：它沒有領導者，個人隨意發表自己的見解，保留自己的觀點，誰都可以當主角，也可以當聽眾：甚至活動的時間，有時也不那麼固定。暴力沒能摧毀我們的自由思考，也沒能徹底摧毀我們的文學聚會，它在被遺忘的角落存在，也眞算一個奇迹。」〔註 33〕這一詩歌群落，除極有翻譯才華的朱育琳之外，陳建華、錢玉林引領著這個群落的詩歌創作。

　　四川詩歌群落：四川也出現了兩個重要的地下詩歌群落，這就是成都野草詩群和西昌詩群。成都野草詩群的形成，與老詩人戈壁舟有一定關聯，而其詩歌活動，則是以鄧墾、陳墨爲中心人物，「鄧墾、陳墨沙龍的文學活動，從『文革』前夕一直持續到『文革』之後。主要成員有鄧墾、陳墨、徐坯、杜九森、白水、蔡楚、苟樂嘉、吳鴻、吳阿寧、殷明輝、欒鳴、長虹、

〔註 31〕徐敬亞《王小妮的光暈》，《詩探索》，1997 年，第 2 輯。
〔註 32〕貝嶺《二十世紀漢語文學中被遮蔽的傳統──中國的地下文學》，《天涯詩會網刊》，第 9 期。
〔註 33〕錢玉林《關於我們的「文學聚會」》，〔日本〕《藍（BLUE）》（日中雙語文學雜誌），2001 年，第 1 期。

馮里、何歸、羅鶴、謝莊、無慧等二、三十人，絕大多數是『黑五類』子女。」〔註34〕他們詩歌的主要特色，是具有巴蜀特色「茶鋪派」追求，「我們成都老百姓一般住的房子很小，沒有客廳。一般我們聚集在茶館。剛才談到『黑書市』，後來我們『野草』的幾個骨幹，比如萬一、馮里、謝莊等人就是在那時認識的。所以從另一個角度來看，『黑書市』不僅滿足了我們的求知欲，而且滿足了我們的求友欲。因此，它也成了我們特殊的文學沙龍。風聲緊時，我們就轉移到離『黑書市』不遠的『飲濤』茶鋪，一邊照常買書賣書換書，一邊談天說地、評古議今。後來，一些朋友下放當『知青』，我和九九去鹽源彝族自治縣當『餓農』，我們回成都的時候還是經常去茶館，新南門的清和茶樓也是我們文革中常常去的地方。在那兒交換寫作的詩歌，討論閱讀的書籍。我自稱為『茶鋪派』，我的許多詩就是在茶鋪裏完成的。那時一杯茶才五分錢。五分錢可以泡一整天。」〔註35〕追求生命中的求知、自由、閒散等，是他們的主要追求。而在這一詩歌群落之中，鄧墾、陳自強、杜九森都具有一定的個性特色。西昌詩歌群落，其中心人物是後來的非非主將周倫祐，「二十世紀七十年代的西昌，像全國所有的地方一樣，在嚴酷的『文革』體制壓制下人們感到窒息，但是渴望自由的靈魂哪裏都有，不安分的思想者自然而然的聚攏在一起。周倫佐、周倫祐是西昌『黑五類』小紅衛兵中最早的覺醒者，並成為『文革』後期西昌一群愛好文學藝術，探索人生真理、追尋人生價值的青年思想者的中心人物。……倫祐從六十年代末就開始地下詩歌寫作，可是這些詩歌是不能見天日的，只能在極少數朋友之間秘密傳閱，這些朋友主要有：周倫佐、陳守容、王世剛、歐陽黎海、劉健森、王寧、黃果天、林喻生、白康寧、田晉川、段國慎、胥興和、黃天華等。」〔註36〕這一群落中僅周倫祐在當時創造出，並保存下來了一些詩歌作品。

貴州野鴨詩群：雖然是較為偏遠、封閉的自然環境，文革時期的貴州也積聚了一批詩歌和思想的愛好者。「六十年代中後期，貴州的一夥青年詩人及文學藝術愛好者黃翔、路茫、啞默……就經常聚在一起，在『文革』的一片

〔註34〕楊鍵《中國知青文學史》，北京：中國工人出版社，2002年版，第232頁。
〔註35〕陳墨《文革前後四川成都地下文學沙龍——「野草」訪談》，〔日本〕《藍（BLUE）》（日中雙語文學雜誌），2005年，第18、19期。
〔註36〕周亞琴《西昌與非非主義》，《懸空的聖殿》周倫祐主編，拉薩：西藏人民出版社，2006年，第57頁。

『赤色風暴』中對文學、美術、音樂作頑強的自修、探索與創作。當時的環境極其險惡,在一個廢棄的天主教堂裏,郭、白、江、陳等是狂熱的小提琴愛好者,他們一夥六七人聚居天主堂內,實行『巴黎公社』式的生活:樂語、唱片、小提琴、飯萊票、生活用品全部公用……黃、路、啞則對人文社科,特別是詩歌作全面的研討和創作。」〔註37〕他們與成都野草詩群一樣,同樣也追求一個「野」字,但是野鴨詩群的「野」,與野草詩群的野有所不同,「這個沙龍被我取名爲『野鴨沙龍』,重點在一個『野』字,不僅野,也帶野性的涵義,而其主人在鄉下教書的地方也叫『野鴨塘』,我們在一起談論政治、文學、哲學、藝術,對法國啓蒙運動和《人權宣言》,以及貫穿人權宣言粉神的美國的《獨立宣言》,包括美國歷屆總統的就職演說特感興趣。」〔註38〕在這詩群中,黃翔與啞默不但形成了自己的詩歌個性,而且是兩天楚河漢界般不同的藝術追求,黃翔是火,聲嘶力竭呼喊、破壞;而啞默是水,靜靜地固守心中的美。

總之,「詩歌群落」是地下詩歌邊緣形式的存在方式,這奠定了地下詩歌「邊緣」論說和闡述的合法性,也開啓了地下詩歌這樣一種特有的中國現代詩歌現象。而且這種以「小合唱」與「大獨白」結合的詩人存在方式,與民國時期民國「詩歌同人」有著極大的相似之處,「『五四』運動以後,所有的新文化陣營中刊物,差不多都是同人雜誌。以幾個人爲中心,號召一些志同道合的合作者,組織一個學會、或社,辦一個雜誌。每一個雜誌所表現的政治傾向,文藝觀點,大概都是一致的。」〔註39〕在文革時期的地下詩歌群落之中,他們也與「同人」一樣,人數較少,組織成一個小團體,開始了同人的小合唱。民國時期的「詩歌同人」是緊密地圍繞在一個同人刊物上,一個同人刊物是其活動的中心,而文革詩歌群落則沒有一個可以作爲中軸的詩歌刊物,但有一個屬於這個小團體的精神領袖。

更重要的是,作爲邊緣的文革「地下詩歌群落」與民國「詩歌同人」具有一種相似的精神,「以對文學的信仰爲紐帶構造精神的大廈,以個體的力量爲基礎實現群體目標的整合,國家的力量不斷形成對個體理想的壓抑和衝

〔註37〕啞默《貴州方向:中國大陸潛流文學》,〔美〕《傾向》文學人文季刊,1997年,總第9期。

〔註38〕黃翔《自述》,〔美〕《世界周刊》,1998年2月8~14日。

〔註39〕施蟄存《往事隨想》,成都:四川人民出版社,2000年,第66頁。

擊，但並未造成對個體追求的摧毀和替代。」〔註40〕這就是在這樣的小團體之中，他們具有這樣的「同人精神」，都以文學爲信仰，以文學作爲自我精神支柱與大廈，文學成爲他們思考和活動的主要陣地。

　　但是，文革地下詩歌群落所延續的現代文學的同人精神，不但在當時未得以彰顯，而且還是被批判的對象。「我們還有很多人用一種傳統的觀點、舊的觀點去對待我們今天的刊物，把刊物常常看成只是一夥人的事。過去一小夥人掌握了一個刊物（即是所謂同人刊物），發表這一夥人的思想，宣傳這一夥人的思想，反對一些他們要反對的，也慷慨激昂過，也發牢騷。」〔註41〕由此，在 80 年代，地下詩歌群落演變爲拉幫結派的「詩歌江湖」，作爲邊緣的詩歌群落已經成爲與「中心」互動並肆意爭奪話語權的「詩歌江湖」。

〔註40〕李怡《「民國文學史框架」與「大後方文學」》，《重慶師範大學學報》，2009年，第 1 期。
〔註41〕丁玲《爲提高我們刊物的思想性、戰鬥性而鬥爭》，《人民日報》，1951 年 12月 10 日。

第二章 「中心──邊緣」與地下詩歌 的生態

第一節 地下詩歌的「中心」

　　地下詩人的邊緣體驗，與他們的「中心體驗」是一體的。也就是說在地下詩歌中，他們首先面對著具有統一性、同質化、權威性的地上「政治中心」的主宰，進而喚醒他們對此「中心」的反思、質疑和重審。所以分析地下的對於「中心」的感受和體驗，就是要回到地下詩歌所面對的特殊境遇和生態，回到地下詩歌發生的源點，最終綻放地下詩人作為「邊緣」的存在狀態和精神特質。

一、文革文學藝術中的「中心」

　　地下詩歌詩人主體存在和思考的根本背景，是無產階級文化大革命這一意識形態「中心」。在文革期間，中國社會的存在狀態中，政治意識是最主要的意識，也是決定其他一切活動的核心。生活政治化、生產政治化、文學政治化、美學政治化成為時代的主要特徵。由此，文革主流文學的表達，主要是借助政治的力量，借助國家機器等的力量來實施的，形成了一種與「邊緣文學」相對的為政治而寫作的「中心文學」。進一步來說，所謂的文革「中心文學」，就是讓政治力量牽引文學的前進，以文學來圖解政治意識形態，形成文學與政治一而二、二而一的交錯並排中行進的形式。此時，作者、文本、社會、讀者這四個維度就均有著強烈的主流意識形態特色，都成為意識

形態的工具。這樣，社會的政治化、生存環境的政治化成為了地下詩歌發生的一個絕對語境。在這樣的背景之下，對於寫作的要求也就必須與「中心文學」保持一致，為政治寫作，「政治寫就不同了，它是為了政治宣傳的目的而寫，那就必然會捨棄活生生的人和豐富多彩的生活而傾向說教，結果把文學變成了政治圖解或不倫不類的政論。」〔註1〕那麼，文革中的文學，或者說文革文學就成為了「中心文學」，這種文學樣式就是為圖解政治中心。所以，文革時期地上「中心文學」，就是要在文學中凸顯出一個絕對的「中心形象。」

那麼，文革主流文學，或者文革「中心文學」，其「中心」的含義就是限定在為政治化的中心服務，文學限定在整個中心的總體事業「黨的基本路線」，這樣一條路上。所以「文革中心文學」的創作中，「中心」的最大的事業也是在於「基本路線」，在於對此政治路線的反映和刻畫，這便成為了「中心文學」的主要目的。「這些作品以黨的基本路線為綱，通過不同的題材和不同的表現手段，都在努力反映社會主義時期階級鬥爭和路線鬥爭的特點和規律，努力塑造無產階級專政下繼續革命的英雄典型，努力運用革命現實主義和革命浪漫主義相結合的創作方法，在凸現無產階級專政下繼續革命的偉大主題上，進行了卓有成效的實踐。」這些作品，都「在廣闊的階級鬥爭的背景上，著重反映了黨內兩條路線的鬥爭。」〔註2〕對「階級鬥爭、路線鬥爭」等「中心任務」的形象刻畫，便是文革中心文學創作中一個環節乃至重心。「中心文學」的形象，其代表形象是英雄人物，堅持基本路線的主要英雄人物，「只有塑造好無產階級英雄典型，才能在文藝領域裏用馬克思主義、列寧主義、毛澤東思想批判孔孟之道，按照無產階級的面貌改造世界；只有塑造好無產階級英雄典型，才能在文藝舞臺上表現中國共產黨領導下中國人民的革命鬥爭，歌頌毛主席的革命路線在各個時期、各條戰線上的偉大勝利，鼓舞人民群眾推動歷史的前進；只有塑造好無產階級英雄典型，才能實現無產階級在文藝領域裏對資產階級的專政。堅持這一根本任務，就是堅持文藝為工農兵

〔註1〕 丁證霖《文學評論應由幼稚走向成熟》，《世界日報》（北美版），2007年4月15日。

〔註2〕 高崑山《努力突現無產階級專政下繼續革命的偉大主題——試談無產階級文化大革命後長篇小說創作的收穫》，《20世紀中國小說理論資料（1949～1976)》（第五卷），洪子誠編，北京：北京大學出版社，1997年，第588～601頁。

服務的方向。這是任何時候都不可動搖的原則問題。」〔註3〕從這裡可以看到，英雄人物成為「中心文學」形象中的關鍵因子。由此，「英雄人物」是文革「中心文學」所要描繪和刻畫的「中心」。

作為「中心文學」形象的代表，「英雄人物」形象的展現，就成為「中心文學理論」的關節點和核心點，這就是「三突出原則」。此原則最後由姚文元確定，即「在所有人物中突出正面人物；在正面人物中突出英雄人物；在英雄人物中突出主要英雄人物」〔註4〕。通過這「三突出原則」，英雄的人物就基本上體現出了「中心文學」所需要的英雄人物形象。他們的典型特徵就是「高大全」、「偉光正」。即「中心文學」所塑造的英雄人物形象，有著高大、胸懷寬廣，全心全意為人民服務的整點，代表偉大、光明、正確的方向，並且是沒有缺點，特別是沒有人性特徵的革命英雄，乃至一個「完人」。而且對於高大全、偉光正這樣的英雄人物形象塑造，也就成為了地上「中心文學」最重要，而且是唯一的表達和追求。而與此同時，形成了革命的現實主義與革命的浪漫主義的「兩結合」創作方針，「一種宏大的主旨活敘事形態以及誇張了的修辭方式、浪漫的烏托邦激情，成了這個時代詩歌藝術的主要特徵，而『古典加民歌』式的工農兵詩歌則成為了它的方向，粗鄙、誇飾、驕橫和單一化也幾乎成了文革時代唯一的審美取向。」〔註5〕「中心文學」不僅要站在革命立場上，從無產階級意識出發來謳歌黨的基本路線、英雄人物，而且還要以誇張的、崇高的、抒情的政治激情來展現英雄人物。

地上「中心文學」，是單一的政治取向，單一的英雄人物形象，單一的敘事模式。而這種單一向度，又與政治意識形態緊緊連在一起，對其他的「非中心文學」的取向、主題、敘事，都予以排斥、打壓、歸化、合併、整合。更為重要的，當「中心文學」的主題和指向，成為真理，成為唯一理論的時候，其價值就成為社會運行的唯一行為、思維準則，成為對既定歷史的唯一解釋，成為對未來歷史發展的唯一藍圖構建，甚至成為對其他一切反對「中心」的力量，批判異化力量的制高點。地下詩歌中「中心體驗」的形成，正是與地上「中心文學」的「英雄情結」、英雄形象背離，構成了與「中心文學」

〔註3〕 初瀾《京劇革命十年》，《紅旗》雜誌，1974 年，第 7 期。
〔註4〕 姚文元《努力塑造無產階級英雄人物的光輝形象》，《紅旗》雜誌，1969 年，第 11 期。
〔註5〕 孫基林《隱密的成長——新潮詩崛起前幾個必要的歷史節點》，《理論學刊》，2004 年，第 12 期。

完全不同的邊緣世界。

二、地下詩歌中的「中心」書寫

這裡，我們從三首地下詩歌出發，來分析地下詩歌與「中心文學」之間的複雜關係。

穆旦詩歌的「退稿」事件，就委婉地表達出了「中心文學」或者「中心」對詩人自我定位的規劃。也使我們看到，由於「中心」與「邊緣」兩者之間聯繫的通道阻斷，「中心文學」對邊緣詩歌的退稿，於是才誕生了具有邊緣性的、地下的、潛在的詩歌。在穆旦的《退稿信》中，他寫到：「您寫的倒是一個典型的題材，／只是好人不最好，壞人不最壞，／黑的應該全黑，白的應該全白，／而且應該叫讀者一眼看出來！∥您寫的故事倒能給人以鼓舞，／要列舉優點，有一、二、三、四、五，／只是六、七、八、九、十都夠上錯誤，／這樣的作品可不能刊出！∥您寫的是眞人眞事，不行；／您寫的是假人假事，不行；／總之，對此我們有一套規定，／最好請您按照格式填寫人名。∥您的作品歌頌了某一個側面，／又提出了某一些陌生的缺點，／這在我們看來都不夠全面，／您寫的主題我們不熟撚。∥百花園地上可能有些花枯萎，／可是獨出一枝我們不便澆水，我們要求作品必須十全十美，／您的來稿只好原封退回。」〔註6〕這裡，詩人站在「中心文學」編輯「我」的視角，以「我」的口吻來敘述。詩歌中出現人物被分爲「你」和「我」兩種人，以及表達出的詩歌主題英雄的人物和眞實的人物兩類形象。作爲「中心文學」的「我」已經將「你」看成了我的對立面。因爲你是異質的，你作品表現出的不是「中心文學」所需要的人物形象，那種典型的、鼓舞人的、符合規定的、十全十美的「英雄人物」。而詩歌中的「你」卻關注了「眞人眞事」、「假人假事」，這些不是「中心文學」所要求的模式，是「中心文學」的另類，是對「中心文學」的偏離，這是「中心文學」所不願看到的，也不允許存在的文學樣式。所以，你的「詩歌」只能退稿，絕對不能在「中心文學」的刊物發表。儘管穆旦的退稿信是寫於1976年文化大革命結束的時候，但是在我看來，這樣的退稿信對理解地下詩歌的出現有著重要的啓示意義。「中心文學」的控制，是地下詩歌一開始所面臨的重要的背景，也是地下詩歌產生的一個

〔註6〕穆旦《退稿信》，《穆旦詩全集》，北京：中國文學出版社，1996年，第358～359頁。

重要的原因。也就是說，「中心文學」不願看到「邊緣文學」，不願發表這樣的詩歌作品。由於這些詩歌主題是認識並發掘到現實中的「真」、「假」，便與地上「中心文學」背離。這樣這些作品就不能在「中心文學」的刊物上發表，埋藏在地下也就成為必然，成為他們歷史的宿命。因此，地下詩歌，可以說就是無數的「退稿稿件」。

「中心」與「邊緣」的聯繫的斷裂，一開始還只是退稿，不發表作品而已。但對於地上「中心文學」來說，這還遠遠不夠，以此還遠不足以完成「中心」的宏大使命。這樣在「退稿」基礎上，「中心文學」還不斷地向被退稿的作家的內在精神滲透滲入，而且還讓他們按照「中心文學」的要求來「改稿」。如錢玉林的《他們的 1966》（1967 年）中有這樣的描述：「他們讓教授點燃／修改多處的手稿，／像點燃煙斗，／親眼看歲月與思想／化作黑煙。∥他們讓歌唱家／承認歌詞是黑色的，／旋律中有毒，／它忽視了神明／無所不在的威嚴。∥他們讓女兒／在千萬人之前／表現出勇敢──／稱父親為罪犯，／唾他的臉。」〔註 7〕在「退稿」的過程中，「中心文學」的編輯還對於這些邊緣作品中的不符合「中心」的表達給予了指正，並提出了「中心文學」認為可行的創作原則。但是比起「退稿事件」而言，「改稿事件」對於地下詩歌來說是更為嚴重的大事。因此此時，「中心文學」對這些詩歌創作的探討，不再僅限於藝術原理、創作原則的探討了，而上升為價值評斷，成為路線鬥爭。他們認為這些地下詩歌手稿不但忽視了對英雄人物的表達，而且還侵犯和褻瀆了「中心文學」所要樹立起來的神聖典範。所以，這些詩歌本質上是「黑色的」，而且是「有毒的」！而且穆旦詩歌中那個「中心文學」的編輯「我」，本身就是大多數的「他們」，是一個龐大的群體。由此，這些地下詩歌創作，至此不是退稿的問題，而是嚴重性的反抗「中心」、對抗「中心」的立場問題。進而，由於對於「中心文學」的偏離和對抗，地下詩歌成為了罪證，地下詩歌甚至成為了「罪犯」。地下詩歌的創作已經不是是否可以發表的小問題，而是「對抗中心」，是否是犯罪的大問題了。

最終，地下詩歌的「手稿」也被禁止了，乃至與「中心文學」相背離的一切都被禁止：「讓所有的魚離開水，／住到樹上，沐浴神聖陽光，／誰也不許可逃避，／偷偷在水下潛藏！∥讓花兒都改變習性／要不，它們就不要開

〔註 7〕錢玉林《他們的 1966》，《記憶之樹》，上海：上海遠東出版社，1998 年，第11～12 頁。

放，／是花朵必需一概紅色，／並散發藥味的芳香。／／讓森林老老實實，／訂出計劃，統一步伐生長，／應該有標準的尺度，／瘋長遲早要帶來災殃！／／雷聲應響徹漫長冬夜，／讓有罪的靈魂懺悔、驚惶；／雪花應飄降在七月，／給發昏的傢伙澆一頭冰涼……／／不要讓彩虹高掛天邊，／誰同意白雲自由飄蕩？／這些都是魔鬼的誘惑，會引起有害的幻想。／／傳令公雞那廝閉上嘴巴，／亂啼者死，在黎明時光！／司晨從此由母雞負責，／她將奏響新時代的樂章」〔註8〕此時來自「中心」的命令，簡單、有力。所有的創作，以至於生活都指向同一種顏色、同一的步伐、同一的尺度、同一的標準……所有社會的一切行動，有效、有序地以「中心」秩序來運行。由此，在「中心文學」以及中心的控制之下，社會也「閉上嘴巴」，再也沒有其他聲音了，文學創作沒有了別樣的追求。所以，從是否發表的「退稿」，到有犯罪問題的「改稿」，再到最後的「閉上嘴巴」，「中心文學」的思維一步步深入到人的精神和靈魂裏，而且一次比一次深入地紮根到了人的生活習慣，並最終成為支撐人生活存在的主要方式。「一個朝代或一個時代的正統意識形態威力無比，它會把具有合法性、標準性、功利性、通約性而顯出普遍效應和巨大誘惑的的話語之網罩向每一個人，讓人們無形中接受它所規範的思考方式、想像方式、表達方式，逐漸形成日常習慣而被異化。」〔註9〕一切的行動、思維均整合於「中心」之中。

當然，「中心文學」的大一統之時，也就是地下詩歌誕生之日。在「中心文學」的整合過程之中，地下詩歌也從「邊緣」開始了對「中心」的重新審視。當「中心文學」以維護地上「中心」的權威性為目標，以「中心」的藍圖來檢視其他思想的時候，最終結果便是「中心」對「邊緣」的驅逐、放逐，導致血腥和暴力。這樣，兩者之間的尖銳矛盾便凸顯出來。由此，地下詩歌對「中心文學」所展示世界的信仰開始動搖、懷疑、不信任，苦悶、孤寂、飢寒、恐懼、迫害等等真實的情緒開始在創作中蔓延、生長。多多的《當人民從乾酪上站起》將這一狀況展露：「歌聲，省略了革命的血腥／八月像一張殘忍的弓／惡毒的兒子走出農舍／攜帶著煙草和乾燥的喉嚨／牲口被蒙上了野蠻的眼罩／屁股上掛著發黑的屍體像腫大的鼓／直到蘿笆後面的犧牲也漸

〔註8〕 錢玉林《命令》，《記憶之樹》，上海：上海遠東出版社，1998 年，第 38～39 頁。

〔註9〕 周倫佐《青春琴弦上的叛逆聲音》，《非非 2009 卷》周倫祐主編，香港：新時代出版社，2009 年，第 494 頁。

漸模糊／遠遠地，又開來冒煙的隊伍……（1972）」在地下詩歌中，「中心」
猶如詩歌中的「歌聲」一樣，表面上動聽、悅耳，但是卻往往省略了他的暴
力特徵。特別是這些歌聲還伴隨這「冒煙的隊伍」，以其「野蠻的眼罩」，專
制的眼罩，獲得了完全合理、合法的地位。在此圍裹之下的地下詩歌，個體
真實的疼痛、恐懼卻無法被層層圍裹起來。殘忍、惡毒、發黑、屍體、犧牲
等體驗也在地下詩歌中悄然生長，「……把他層層圍裹起來，他只能用驚悸、
惶惑和仇視的眼神從往昔修士們的小禪房的老虎窗口俯視這亂糟糟、天昏地
暗的人世。」〔註10〕

　　地下詩歌的「中心」的體驗，一方面他們面對的是「中心」的單一、單
向所導致的專制、專橫、暴力世界；另一方面他們處於地下，這反而使他們
獲得了獨有的邊緣身份，具有了重新反思世界的契機。

三、地下詩歌中的「中心體驗」

　　「中心」的誕生地是廣場、牆壁、喇叭、刊物、影視等，「高大全」、「偉
光正」的英雄是「中心文學」的主要形象，激情、紅色、光明成為「中心文
學」創作的主旋律。而與之不同的，地下詩歌的存在空間是農村、茶鋪、池
塘邊、監獄、幹校、牛棚、沙龍等具體、細小和真實的空間，於是地下詩歌
對「中心」的感知和表達，就與「中心文學」自身的表達完全相異。

　　值得注意的是，地下詩歌群落中詩人對「中心」的認知和表達，由於詩
人個體生存環境的關係，他們曾一度自覺或者不自覺地與「中心」主動結合。
「我曾很深地捲入『文化革命』的派系衝突中，這恐怕和我上的學校有關。
我在『文化革命』前一年考上北京四中，『文革』開始時我上高一。北京四中
是一所高幹子弟最集中的學校。我剛進校就感到氣氛不對，那是『四清』運
動後不久，正提倡階級路線，校內不少幹部子弟開始張狂，自以為高人一等。
『文化革命』一開始，批判資產階級教育路線的公開信就是四中的幾個高幹
子弟寫的，後來四中一度成為『聯動』。」〔註11〕儘管這樣，與「中心」保持
一定的距離，或者說偏離，並由此對於「中心」的主動脫離、質疑、反思，
才是地下詩歌詩人主體的主要姿態。他們從現實的「真人真事」、「假人假事」

〔註10〕啞默《陽光白骨——綜觀詩人黃翔》，《啞默　世紀守靈人·見證》（卷三），
　　　　電子文本。
〔註11〕查建英、北島《北島談：回顧八十年代》，《文匯讀書周報》，2006 年 5 月 12
　　　　日。

出發，從自我的感知出發呈現出來，特別是當詩人個體生活的空間是監獄、牛棚、農村、黑夜、冬天、長長的隧道之時，暗夜、煉獄、夢魘、廢墟、深淵、鋼絲、刀鋒、懸崖等便成爲了他們主要的文學意象，恐懼、孤獨、麻木、荒涼等感受成爲了他們最眞實的個體體驗。而這，也才是地下詩歌詩人主體對所生存著的「中心」最重要，也最值得關注的體驗。

地下詩歌特殊的「中心體驗」之所以產生，在於地下詩人處於「邊緣」世界，並保持了一定清醒的頭腦。在文革時期，黃翔看到的卻是「一場戰爭」。「我看見一場戰　一場無形的戰爭／它在每一個人的臉部表情上進行著／在無數的高音喇叭裏進行著／在每一雙眼睛的驚懼不定的／眼神裏進行著／在每一個人的大腦皮層下的／神經網裏進行著／它轟擊著每一個人　轟擊著每一個人身上的／生理的和心理的各個部分和各個方面／它用無形的武器發動進攻　無形的刺刀／大炮和炸彈發動進攻／這是一場罪惡的戰爭／它是有形的戰爭的無形的延續／它在書店的大玻璃櫥窗裏進行／在圖書館裏進行　在每一首教唱的歌曲裏　／進行／在小學一年級的啓蒙教科書上進行／在每一個家庭裏進行　在無數的群眾集會上／進行／在每一個動作　每一句臺詞都一模一樣的／演員的藝術造型上進行／我看見刺刀和士兵在我的詩行裏巡邏／在每一個人的良心裏搜索／一種冥頑的愚昧的粗暴的力量／壓倒一切　控制一切／在無與倫比的空前絕後的暴力的／進攻面前／我看見人性的性愛在退化／活的有機體心理失調／精神分裂症泛濫　個性被消滅／啊啊　你無形的戰爭呀　你罪惡的戰爭呀／你是兩千五百多年封建集權戰爭的延長和繼續／你是兩千五百多年精神奴役戰爭的集中和擴大／你轟吧　炸吧　殺吧　砍吧／人性不死　良心不死　人民精神自由不死／人類心靈中和肌體上的一切自然天性／和欲望／永遠洗劫不盡　搜索不走」〔註12〕。他所看到的世界，是這是「中心」與每一個人展開的戰爭，是一場既宏大的戰爭，也是一場深入到每一個人的戰爭。是「中心」對於世界的全方位的滲透：從每一個人的臉上開始，到聲音、眼睛、大腦皮層、神經系統，從書店、圖書館、學校到歌曲、教科書，從群眾、士兵到演員、詩行……這是一場「中心」對於每一個人無所不在、無孔不入、無所不能的消滅人性的戰爭。這是「中心文學」追求的本質。

〔註12〕黃翔《我看見一場戰爭》，《我在黑暗中搖滾喧嘩》（受禁詩歌系列 1），臺北：唐山出版社，2002 年（電子文本）。

　　地下詩歌，是對於「中心文學」，對於「中心」的質疑、失望，而產生的一種「中心體驗」。

1.「純黑體驗」

　　在對「中心」的描繪中，最典型的是對「中心」這一生存環境的「純黑」特點展示。地下詩歌中「純黑」展示，與「中心文學」自我定位的「光明」形象形成了鮮明的對比。

　　地下詩歌對這種生存環境，他們直接深入到「中心」，「純黑」，是他們對「中心」世界的一個基本感受。正如有學者所說「寫死，寫黑夜，寫幽寂，創造一種詭橘神秘略帶驚懼的意境，在這意境中傳達難以言傳的極具文化韻味的哲思，是灰娃的特長，這是一個生活過了的人才有的。」〔註13〕在這「純黑」世界裏，不僅完全沒有一點陽光、甚至沒有月光的「黑」。在這黑暗的世界中，更看不到一個人，一點人類的溫暖。所以，牛漢說，「我的夢遊詩，與一百年前慘死在陰溝裏的美國詩人愛倫坡的詩有點相似，詩的情境全沈在黑夜之中，沒有黎明、眼光和人。愛倫坡的詩裏還有月光，我的夢遊詩裏連月光都沒有，詩純黑的。」〔註14〕「黑暗」不但籠罩了整個大地，也完全籠罩了每個詩人的心靈。牛漢的「純黑」描繪，正是地下詩歌對「中心」形象的總概括。穆旦的《問》，「我衝出黑暗，走上光明的長廊，／而不知長廊的盡頭仍是黑暗。」蔡其矯的《寄──》，「看到的全是黑暗」，……因此，在地上中國的「純黑」感受中，不但是牛漢的沒有日光、沒有月光、沒有眼光的世界，也是穆旦衝出了黑暗後，在白日之下看到的也是黑暗，最後，在蔡其矯的詩歌中，世界已經是全黑。

　　於是在地下詩歌中，他們都對「中心」呈現了「黑」這樣一個特定的色彩、特定意義的詞語的多重形象展示，以及對這種「純黑」之下個性心靈的展示。個人在這樣的黑暗世界中，是無助的。「無助的孩子，孤零零在他鄉掙扎／當滿腔的熱望被陰雨澆熄／當幼稚的被哀傷籠罩／當最低的期望再次落空那包裹一切的烏雲／那感傷的風暴，那不可抗拒的失望／無聲地卷揚膨脹／白天眼裏毫無光彩／只在黑夜與無人看見時／為了洗淨這心頭的巨大痛苦／在枕上，向無邊的黑暗／寂靜中不斷地滴落、滴落／晶瑩的淚啊！／滾燙

〔註13〕王魯湘《野土的祭典──灰娃和她的〈野土〉》，《文學評論》，1989 年，第 4 期。

〔註14〕牛漢《我的夢遊症和夢遊詩》，《夢遊人說詩》，北京：華文出版社，2001 年。

的淚呀！／如噴泉一樣不息湧流的淚呀！」〔註15〕在這些地下詩歌中，詩人已經無力再去重新再現「純黑」的世界，無力再去觸摸那「無邊的黑暗」的強大力量。他們所能感受到的只有「淚」，只有一個在夜中的孤零零的、哀傷的、掙扎的自我。

對於地下詩歌中的一批年輕詩人來說，「黑」也是他們對這個「中心世界」的感受。「黑暗」是他們不能輕易就能跨越過去的世界欄杆，由於年輕、敏感，他們更容易感受這「黑暗」的力量。所以他們的詩歌中，呈現為高密度的「黑」的意象，出現了各種各樣的黑的世界、黑的物體、黑的思想等等，「在多多的傳記裏沒有彩色或亮色，而只有高密度的黑色。他有一套自己的色彩符碼，黑色（有時用灰色）成了主色調：黑色的天空，漆黑的城市，黑色的屍體，黑夜以及黑夜的女人。體現最明顯的比如他的《烏鴉》（1974年）一詩，全詩幾乎籠罩在一片濃重的黑色視域中。」「黑色」可以說是地下詩歌的一個重要特徵。這些詩歌為我們呈現了他們對文革社會的另外一種「黑色」的體驗和感受。

具體而言，地下詩歌在他們的「純黑」世界的展示中，主要是圍繞著「夜」展開的，「黑的世界」與「夜的世界」重合、同構。所以，他們的「純黑」世界，更多的呈現為「漫長而無止境的黑夜」、「茫茫的黑夜」、「時間的流裏增延著的黑煙」、「無邊的黑夜」。如郭建勇的《病室詩草‧午夜》：「從迷茫的睡夢中驚醒過來，／眼前浮現出病室的夜景：／在那雪白雪白的天花板上，／若明若暗的燈影／映織出奇異的圖案。／我凝視了好久好久——／它也許能預卜我命運的兇險……／這兒，是誰發出沉重的鼾聲？／喃喃的夢囈在企求一個安詳的明天；／那兒，一個被灌腸搶救的青年低低呻吟，／青春的花朵過早地枯萎。／門外傳來一陣陣淒屬的哭聲，／兩個小姑娘哀求著沉默的醫生，／她們要見一面剛剛去世的母親／——不知道什麼原因，／今天早晨，她跳下了樓頂。／轟隆隆，最後一班有軌電車遠去了，／給黑夜留下無邊的寂靜……黑夜為什麼這樣漫長而無止境？！」〔註16〕在年輕人敏感而易碎的心中，「黑」是如此殘酷而又強大，連一聲「沉重的鼾聲」都不敢發出。黑夜中的世界是一個「病房」，沒有明天。而對於企望著明天的年輕人來說，由於「夜」的籠罩，他們完全失去了方向，年輕人將過早地枯萎，小姑娘的母親

〔註15〕蔡其矯《淚》，《蔡其矯詩選》，人民文學出版社，1997年，第97頁。
〔註16〕見陳思和主編《青春的絕響》，武漢：武漢出版社，2006年，第128頁。

輕易地自殺⋯⋯

　　更爲嚴重的是，黑夜的漫長無止境，漫漫無期，也茫茫無涯。儘管啞默在他的《在茫茫的黑夜》中，年輕的詩人一個個都在努力著，不斷地奔突，認爲自己醒著，通過自己可以掙扎，可以找到自己的方向：「在茫茫的黑夜，／人們沉睡了，／鄉村沉睡了，／我醒著。／／在茫茫的黑夜，／寒風冷雨從田野上匆匆跑過，／逼著人們在屋裏倦縮。／／一道亮光照進我的思想，／一股猛烈的熱血在我體內奔流，／一簇無焰的烈火在我胸中燃燒，／我在黑暗的雨地裏奔跑。⋯⋯沉沉的夜，／你就布滿你的黑色的網羅吧！／即使鋪天蓋地，／生命的種子還是要綻爆！／／在茫茫的黑夜，／人們沉睡了，／鄉村沉睡了，／我醒著，我在黑暗的雨地裏奔跑⋯⋯」〔註17〕。儘管這些詩人奔跑著，但是「黑夜」不但有冰涼的水滴、嘶叫的風⋯⋯，還有鋪天蓋地的黑色的網羅；而且人們沉睡著，世界也在沉睡，他只是孤獨一人在奮戰而已。面對這「茫茫的黑夜」，詩人的抗爭注定是要失敗的。所以，在這黑暗的世界之中，詩人的體驗，更多的是絕望。如「多多的詩歌創作，總是帶有清醒的理智，他大睜著雙眼，表現出一種絕望的鎮靜。」〔註18〕同樣，宋海泉在《海盜船謠》中也試圖對「黑夜」拔劍而刺，「一把黑色的寶劍／從劍鞘抽出，／隨手刺進黑夜的胸膛。／從隱秘而陰慘的巢穴裏，／從那被遺忘的荒涼的巢穴裏，／騰躍出來，疾馳而過，／夜色增添黑暗。／啊，無邊的黑夜；／啊，無邊的荒漠；／還有無數個被黑夜的荒漠折磨的心。」但是，一切都是徒然，一切在無邊的黑夜之中無聲地消失，不留一點痕迹。能夠留下來的，只有被「黑」所折磨和吞噬的心。因此，根子的詩歌「《三月和末日》對大地的詛咒和絕望，表達了根子對現實的絕望和拒絕。」〔註19〕這更徹底地將他對這個黑暗世界的絕望體驗呈現出來了。

　　在這個絕望的世界中，不管您是醒著的，還是在沉睡著的，「黑夜」不但沒有消失，減弱，而且是還更加強大。陳建華《夢後的痛苦》，是沉睡的人們，沉睡的鄉村中，醒來了人們，醒來了的鄉村，或者說是反抗著的人們。但是，「我睜開眼睛，茫茫的漆黑／像一張大網，罩住我的恐懼；／我四肢衰軟，

〔註17〕見《當代「潛在寫作」史料：關於啞默〈眞與美〉的史料（一）》，《現代中國文化與文學》，第 1 輯，巴蜀書社，2005 年。

〔註18〕楊健《中國知青文學史》，北京：中國工人出版社，2002 年，第 244 頁。

〔註19〕孟繁華、程光煒《中國當代文學發展史》（第二版），北京：中國人民大學出版社，2009 年，第 156 頁。

如解體一般，／如被人鞭笞，棄之於絕谷。／／黑夜沉浸在死水的寂靜中，／我心脈微弱起伏的聲音，／如列車駛近了曠野的小站，／山谷的回聲也越來越輕……／／黑夜在時間的流裏增延著，／恐懼這大網，我感到收斂時／胸口的窒息，我疲憊不堪，／再從頭數起吧：一二三四……」〔註20〕這些經過奔跑的人、這些醒來的人，仍然面對著黑夜的「大網」，任然是被世界鞭笞、被拋棄、被蠶食……所以，從地下詩歌的黑暗體驗來看，詩人們最終無法衝出這樣的黑的世界，即使是奔跑，最後也回歸到黑夜的控制之中。

地下詩歌將「中心」展示為一系列的「黑」形象，而且主要通過自己的在黑夜中的抗爭，表明這個天地蒼茫之下的黑夜是如此的無窮無盡，是如此的強大有力，是如此的不可摧毀，這正是地下詩歌「黑暗體驗」的落腳點。於是，地下詩歌，完全可以稱之為黑之歌、純黑之歌，或者說黑夜之歌、黑暗之歌。「孤零零一人，我走在暮色昏昏的環城馬路上／／……／夜風似一個饑渴愛情的囚犯，呻吟著撲向河岸的白楊。／一群烏鴉銜著暮色飛來，落在古城樓頂，／哇哇怪叫著，歡呼夜的到來，拍打著黑色的翅膀。／山野漸漸幽暗了，從天邊掛下墨黑的帷幔，／幾顆星星跳出天幕，冷笑著，彷彿世人冰冷的目光。／／……／／大地入睡了，夜色吞沒了高樓、平房，／死神游蕩著，沉重的夢壓在多少人的胸膛。……」〔註21〕地下詩歌的「黑」形象世界，與地上「中心文學」的「紅」的世界，形成了鮮明的對比。這是一個惱怒、飢餓、冰冷、憔悴、變態、淒涼、死亡、疾病、疲倦等等所編織的黑暗的世界，「那是中國歷史上最黑暗的年代，……黑鐵性質的窒息狀態和恐怖氣氛吞噬了一切光明，甚至深入到人們提心弔膽的夢境之中。」〔註22〕在「中心」控制之下的地下詩歌，沒有一絲的光明，而只是感受到黑暗時代的絕對恐怖和窒息。

最終，地下詩歌在「純黑」世界的展示之下，城市沒落了，「人」也消失了。城市沒落了，「這城市痛苦得東倒西歪，／在黑暗中顯得蒼白。」（芒克《城市3》）人也找不到自己的歸宿，人也淪落了。在芒克《太陽落了》中，「太陽落了。／黑夜爬了上來，／放肆地掠奪。／這田野將要毀滅，／人／將不

〔註20〕陳建華《夢後的痛苦》，《陳建華詩選》，廣州：花城出版社，2004年，第3～4頁。

〔註21〕周倫祐《夜歌》，《周倫祐「文革」詩選》，發星工作室，2008年（鉛印本）。

〔註22〕周倫佐《青春琴弦上的叛逆聲音——〈周倫祐文革詩選〉序言》，《非非2009卷》，香港：新時代出版社，第491～492頁。

知道往哪兒去了。」那麼在黑暗之中,「人」在哪裏呢?人將在何處得以存在呢?顧城說,「人已經變成了黑暗之子」,「我是黃昏的兒子 / 我在金黃的天幕下醒來 / 快樂地啼哭,又悲傷地笑 / 黑夜低垂下它的長襟 // 我被出賣了 / 賣了多少誰能知道 / 只有月亮從指縫中落下 / 使血液結冰──那是偽幣 // …… // 然而我是屬於黑夜的 / 是奴隸,是不可侵犯的私產 / 象牙齒牢固地屬於牙床 / 我被鑲進了一個碾房 // 我推轉著時間 / 在暗影中,碾壓著磷火 / 於是地球也開始昏眩 / 變音的地軸背誦起聖經 // …… // 我是黃昏的兒子 / 愛上了東方黎明的女兒 / 但只有凝望,不能傾訴 / 中間是黑夜巨大的屍床」〔註 23〕作為童話詩人的顧城面對黑暗世界,也都相當的悲觀,他說這些「人」在黑夜之中被出賣、被鞭打、被劫持,最終不知不覺地淪落了,淪落為黃昏的兒子,成為黑夜的兒子。由此,人淪落為黑夜的奴隸,乃至於與黑夜合謀,成為了「黑夜」的一部分。

陳建華在論述錢玉林的詩歌時特別指出,「海德格爾在談到荷爾德林的詩時,使用『午夜』的比喻,說詩人在失卻神的眷顧的『貧乏時代』(the destitute time),猶如墮入深淵;詩人通過『存在』的啟示,才能在『午夜』的深淵中達成轉折──迎接「曙光」的來臨。」〔註 24〕但是,地下詩歌中的「午夜」,相對墮入深淵的貧乏時代「午夜」來說,更難以有轉機,更難以轉換。因為地下詩歌的「純黑」世界裏,已經沒有一個「人」了,人已經屬於「黑夜」,成為了黑夜的奴隸,與黑夜融入了一體。作為黃昏的兒子,作為黑夜的兒子,只是靜靜地在「黑夜」這一巨大的屍床上,耗盡自己的生命!在這生存環境下,人的生存本身就是一種「純黑」。

2.「凍土地」

如果說地下詩歌的「純黑體驗」是對「中心世界」內在本質的反思,那麼「凍土地」則是地下詩歌對「中心世界」內在特質的外在呈現。「純黑體驗」是地下詩歌對「中心」感受的起點,「黑」籠罩著、網羅著地下詩人全部的內心,人是無法走出黑暗的。地下詩人對此源自內心的「黑」的感受是真切的、真實的,而這種和真切真實,又呈現為「凍」的身體感受。

〔註 23〕顧城作《我是黃昏的兒子──寫在過去不幸的年月裏》,《顧城詩全編》,上海:三聯書店,1997 年,第 76～79 頁。

〔註 24〕陳建華《浪漫詩風的歷史性:讀錢玉林「文化大革命」初期的詩》,〔美〕《傾向》,1997 年,總第 10 期。

　　地下詩歌在對「中心」的「凍」的體驗和感受之中，那種「凍」的感受是大面積地湧來，讓人毫無防備。「寒潮從天外湧來，裹著滾滾濃雲／黑夜撒開大網，收盡了地上的光明／北風怒號著，奏起尖厲的死亡進行曲／風塵撲打落葉，撕扯著路上的行人／啊，白雪皚皚，鎖住了群山的鋒刃／啊，嚴冰層層，封住了江河的濤聲／啊啊，大地在死神腳下微微顫抖／冬天的腳步正踐踏著無辜的生靈⋯⋯」〔註25〕「凍」的寒潮不可一世，似乎是從天外而來。但是卻與黑夜有著莫大的關聯，他與黑夜一同佔領人類的世界。當「黑夜」把光明帶走了，就只剩下「風雪」這位「死神」在世界上猖狂施虐，人、山、河、大地已經完全失去了自由，失去了自己的力量，一切被風雪「凍」住。這裡只有風的進行曲，只有雪的封鎖，只有死神在微笑，生命被凍結，成為一個「凍結」的世界。正如牛漢在《凍結》所呈現的世界一樣：「荒涼的湖邊，／一排小船，／像時間的腳印，／凍結在厚厚的冰裏；／連同槳，／連同船，／連同牢牢地拴著他們的鐵鏈。」〔註26〕突如其來的大風雪，統治了這個世界，小船、時間、腳印，以及推動的槳、禁錮船的鐵鏈等等均被冰所凍結，世界一切變得荒涼、凋零。並且，這種凍結不僅封閉和凍結了自然的原始面目，也完全封閉和凍結了我們對自然的感受，「在這個上不著天下不著地死封閉的地方聽不到雨聲，而我多麼想聽到柔和的雨聲。」（彭燕郊《音樂癖》）。在這冰天雪地裏，詩人多麼希望聽到解凍的聲音。

　　地下詩歌中所呈現出來的世界，就是一塊「凍土地」。社會是被凍結的，自我、生命、自然、靈魂的聲音都被凍結。「像白雲一樣飄過去送葬的人群，／河流緩慢地拖著太陽，／長長的水面被染得金黃。／多麼寂靜，／多麼遼闊，／多麼可憐的，／那大片凋殘的花朵。」〔註27〕這片凍土地上，充滿了大片凋殘的花朵以及送葬的人群！

　　3.「牢獄」

　　地上詩歌中對於「中心」的刻繪中，除了內在生活世界的「純黑」，外在世界的「凍結」之外，他們更著力刻畫了「中心」的「牢獄」特徵。

　　在「中心文學」的時代，一切有違「中心文學」的作品和活動，都會有

〔註25〕周倫佑《夜歌》，《周倫佑「文革」詩選》，發星工作室，2008年（鉛印本）。
〔註26〕見《牛漢詩選》，北京：人民文學出版社，1998年，第97頁。
〔註27〕芒克《凍土地》，《芒克詩選》，北京：中國文聯出版公司，1989年，第16頁。

坐牢、判刑的危險。「這些詩當時只能在朋友中秘密閱讀，是因爲那個年代殘酷得令人窒息的現實：經常抄家，文字獄，甚至說錯一句話呼錯一句口號也要坐牢判刑。」〔註28〕因此，在地下詩歌作品中，他們大量地出現了「牢獄」意象。「牢獄」，也是地下詩歌對「中心」的又一形象指認。

地下詩歌中，不管詩人是在牛棚中，還是在幹校裏，這些都成爲牢獄形象的另一種展示。牛漢的《華南虎》中，看到的是一個生命的被監禁；蔡其矯《無題》中有受到迫害的「深淵」；綠原《重讀〈聖經〉》中生命「沉淪，沉淪到了人生的最底層」……其實這些都是「牢獄」的表達，如陳明遠《心》中所呈現出來的「牢獄」形象是一致的：「潮濕陰暗的地牢裏／寒氣窒息，軀體冰涼／麻木的雙手，緊掬著／衰弱而又狂跳的心臟」〔註29〕這裡的環境是又「黑」又「凍」，陰暗、潮濕。而在這樣的監禁之下，詩人的身體冰涼，雙手麻木。他只有一個「心」，一顆衰弱的心在跳動。在這種強烈的對比之中，更顯示了地下詩歌中人肉體被煎熬、精神被摧殘的殘酷現實。

監獄中的陳明遠，在他的地下詩歌中，這一個人還有一顆狂跳的心，還有一絲的生命氣息。人還有一線生存的空間，這還讓我們看到了一點希望，以及最後的鬥爭力量。但是，在地下詩歌中更多處於「牢獄」的人，已經是一個「活死人」：「一個積滿死水的泥坑。／除了青苔，孑孓和惡臭，／裏面還泡著一個活人！／／一個人，／一個捆縛著手腳的男人！／除了希望和絕望的交替折磨，／他有時也作些徒勞的翻滾。」〔註30〕這個世界就如泥坑一樣，人充滿惡臭，與蟲豸一樣無力，與植物一樣渺小。身體被捆綁，生命被踐踏，這時即使是「絕望」這個念頭對他來說也都是折磨。在這個「泥坑」裏的「人」，什麼都沒有，有的只是肉體的神經性的條件反射，處於肉體的疼痛而在泥坑裏不斷地翻滾而已。在這樣的地下詩歌中，所有的生命、尊嚴、自由、愛、信仰等價值成爲絕對的空無，成爲對生命的一種嘲笑。

當然，一個黑暗的牢獄，一個冰冷的牢獄，一個監禁了肉體的牢獄，最終也是監禁人思想的牢獄。在地下詩歌的創作中我們看到，牢獄的存在比起我們所能想像的更爲龐大，更難以對抗。因爲，這「中心」世界本身就已經

〔註28〕周倫祐《自序·破鏡中成長的青春》，見《周倫祐文革詩選》，2008年，鉛印本。
〔註29〕見《劫後詩存》，北京：世界知識出版社，1988年，第108頁。
〔註30〕吳阿寧《坑和人》，《野草詩選》杜九森主編，成都望川校園文化站，1994年，第103頁。

是一個巨大的監獄，「中心世界」可以說就是監獄本身。所有的宣言也構築成為了這道監獄的牆壁，甚至微笑也組成了監獄的大鎖。生活就如監獄中的生存是一樣的，在這裡，生命早已被監禁：「由於一個對門鄰居的猶大的誣陷、告發，我們中最年長的朋友朱育琳（北大西語系和上海交大的老大學生，1957 年被打成右派），1968 年初夏，死於紅衛兵的棍棒與拳頭。僅僅只一天多的時間，他就被打得滿身滿臉傷痕。在一個不見星月的黑夜，他毅然不受屈辱，從黑暗的長廊走向了樓窗……據說，他死於黎明時分。」〔註 31〕同時，監獄又是無形的，他不是堅固的牆壁和冰冷的鐵鎖，不直接對肉體殘殺，而是對每個人的精神和靈魂進行控制。這裡是監獄／欺騙築起的牆／陰謀鑄成鎖／活的思想監禁著……（萬一《監獄》）〔註 32〕而生存在這個世界之下的人，就如一個個被線提著的木偶。芒克《天空》中歎息，「日子像囚徒一樣被放逐」，生活其實就是在監獄中的生活。即使對於日常生活來說，「1966～1972 年間的灰娃，『垂死』狀態似乎是每天的現實。」〔註 33〕此中的苦楚，當然與這無形的「牢獄」大網有著深刻的關聯。

監獄，是自由相對立物，是迫害自由的暴力。「你在哪兒？／一個監獄接著一個監獄！／一把鎖鏈連著一把鎖鏈！／你痛苦地記在歷史的卷帖上。／／你在甚麼地方？／一張書頁連著一張書頁，／一種思想接著一種思想！／你悄悄藏在人們的記憶上。」〔註 34〕在此一環境之下，怎能奢談自由。由此我們看到，地下詩歌中詩人在這種惡劣環境中對自由的追尋是相當悲愴的。

四、「全景敞視建築」

文革地下詩歌中對「中心體驗」的特別體驗，具有「全景敞視建築」特徵。福柯在引用邊沁描繪的「全景敞視建築」時，介紹了這種建築物的誕生和被全社會所採用情況。這種建築形式的基本構造原理是：「四周是一個環行建築，中心是一座瞭望塔。瞭望塔有一圈大窗戶，對著環行建築。環行建築被分成許多小囚室，每個囚室都貫穿建築物的橫切面。各囚室都有兩個窗戶，

〔註 31〕 錢玉林《關於我們的「文學聚會」》，〔日本〕《藍（BLUE）》（中日雙語文學雜誌），2001 年，第 1 期。

〔註 32〕 摘自鄧墾《為逆浪而活著》，《野草之路》陳默主編，成都野草文學社編，1999年，第 49 頁。

〔註 33〕 兮父《向死而生──灰娃詩歌解讀》，《詩探索》，1997 年，第 3 輯。

〔註 34〕 馮里《自由》，《野草詩選》杜九森主編，成都望川校園文化站，1994 年，第103 頁。

一個對著裏面，與塔的窗戶相對，另一個對著外面，能使光亮從囚室的一端照到另一端。然後，所需要做的就是在中心瞭望塔安排一名監督者，在每個囚室裏關進一個瘋人或一個病人、一個罪犯、一個工人、一個學生。通過逆光效果，人們可以從瞭望塔的與光源相反的角度，觀察四周囚室裏被囚禁者的小人影。這些囚室就像許多小籠子、小舞臺。在裏面，每個演員都煢煢孑立，各具特色並歷歷在目。敞視建築機制在安排空間單位時，使之可以被隨時觀看和一眼辨認。總之，它推翻了牢獄的原則，或者更準確地說，推翻了它的三個功能──封閉、剝奪光線和隱藏。它只保留下第一個功能，消除了另外兩個功能。」〔註35〕

　　儘管地下詩歌中詩人對「中心」的描述中，沒有像福柯這樣細緻的展現「中心」對於每一個細節的詳細安排，也沒有對這種「建築」的每一項功能進行細緻的推敲，但是在地下詩歌的體驗中，以及他們對「中心」的刻繪中，我們看到了一個「中國式的建築」：這裡是全景式的，也是敞視的，不但剝奪光線功能，而且成為一個封閉的世界。在這種世界之中的人，只能處於被看、被囚、被殺的位置。在這樣的世界中，「中心」的權力達到了極高峰，人自由度、人的權利也跌落到最低點。正是地下詩歌的「中心體驗」，展開了一種中國式的「全景敞視建築」，這也成為理解地下詩歌最重要的背景之一。

第二節　地下詩歌的「邊緣體驗」

　　地下詩歌中，詩人對他們所生活的世界的感受和體驗，首先源於他們詩歌中的「中心體驗」。在此種環境之下，地下詩歌詩人們在「中心」之下，自身所存在的「邊緣」精神質態也就完全昭示出來。這就是在「中心」的「全景敞視建築」之下，作為邊緣狀態的地下詩人的精神質態和存在體驗。

　　當「三月的一次雷電」、「奇異的風」、「一陣怪異的旋風」，對地下詩人的存在帶來了沉重的打擊，相應地詩人也對此有了尖銳的感覺，形成了生命存在獨有的「邊緣體驗」。而地下詩歌的邊緣體驗，最主要的表現是自我存在的「被動體驗」。這主要「中心」與「邊緣」的鮮明的強弱對比，「中心」漫無止境的黑暗，鋪天蓋地的冰凍，巨大而無形的監獄的能量之下，一個弱小而

〔註35〕〔法〕福柯《規訓與懲罰──監獄的誕生》，劉北成、楊遠嬰譯，北京：三聯書店，第 224～225 頁。

單一的邊緣個體就是無比的渺小、無助。當然也正是在地下詩歌的「中心」形象描繪之下，我們才進一步觸及到地下詩歌主體存在的被動地位。我們這裡正是從「被動感受」來呈現地下詩歌的「邊緣體驗」的。

一、「被看」

地下詩人的生存中，在社會「中心」的重重壓力之下，個人已經沒有了自己存在的維度和可能性。「中心」強大的力量，不斷地擴充、發展、延伸，邊緣主體只有處於「被觀看」的地位。

地下詩歌詩人主體時時處於被「中心」看的地位，但是被看的個體卻無法意識到自己被看的境地，更無法知道個體生命的存在被人看著。牛漢的《麂子》為我們展示個體生命美麗的金黃，充滿活力，這飽含了地下詩歌詩人主體對生命的無限讚賞、欣賞的態度。這樣的生命，卻一直處於「被看」的境地。在「看」的人之中，除了有感到驚喜的人，有讚美的人之外，更還有拿著槍威脅這隻麂子生命的人。在這樣的悖論之下，生命的絕美意義與巨大的危機同在，生命無比美好，卻又處於被看的地位，或者說處於被擁有槍的人監視的範圍之中。面對如此美好的生命，詩人們希望他們不要落入到被監視的世界中：「遠遠的／遠遠的／一隻棕黃色的麂子／在望不到邊的／金黃的麥海裏／一躥一躥地／似飛似飄／朝這裡奔跑／／四面八方的人／都看見了它／用驚喜的目光／用讚歎的目光／用擔憂的目光／／麂子／遠方來的麂子／你為什麼生得這麼靈巧美麗／你為什麼這麼天真無邪／你為什麼莽撞地離開高高的山林／／五六個獵人／正伏在叢草裏／正伏在山丘上／槍口全盯著你／／哦，麂子／不要朝這裡奔跑。」〔註36〕但是，在現實生活中許多的生命已經像麂子一樣，已經跑到了這裡，已經來到了被「槍」所控制著的世界，成為了被監視的對象。正是有了「權力中心」埋伏著的「槍」，造成了地下詩人主體時時有「被看」的感受和體驗。

而地下詩歌中的「被看」，主要表現地下詩歌主體「肉體被展覽」這樣一類形象，這也是地下詩歌中詩人主體「被看」體驗的第一表現。在「槍」威脅之下，個體已不具有生命的價值和屬性，只能成為被展覽的肉體。這種肉體展覽，不僅是對非中心的異端個體的打擊，而且還對其他個體具有強

〔註36〕牛漢《麂子》，《牛漢詩選》，北京：人民文學出版社，1998 年，第 77～78頁。

烈的警示作用。如無名氏詩歌《鞭屍展覽》中:「幾百隻血色疲倦眼,／觀賞一次鞭屍展覽。／那被重複侮辱過一千次的肉體,／又一次獻祭人性的癱瘓。／／是趺坐的釋迦阻止我瘋狂。／是耶穌的形象阻止我呼喊。／我緊鎖深處維蘇威火山,／靜待兇手們的末日審判。」〔註37〕這時,被看的人不是被作為有價值、有生命的個體,而是作為一具被隨意鞭打、污辱的「屍體」,成為一次「鞭屍展覽」。在這種展覽之下,肉體被污辱,人性被踐踏……面對這樣的絕境,詩人只能期待著末日審判。地下詩歌主體作為沒存在價值的肉體,而被公開展覽,並呈現為一次特有的「鞭屍展覽」,這是地下詩歌主體成為邊緣的一個重要原因。「被看」也成為了地下詩歌中詩人主體的一種重要體驗。

在這場肉體展覽之中,更明確的是在這場「鞭屍展覽」中,更為可怕和令人絕望的是,「幾百隻血色疲倦眼」的普通觀眾也成為了「看客」。而且比起魯迅的「看客」來說,這些「看客們」更令人可怕,他們已不知不覺也一同淪落為「權力」中心的同夥,進入到觀看者的行列。他們卻帶著熱鬧的天性來觀看這場「鞭屍展覽」,甚至這場悲壯絕望的「鞭屍展覽」在普通大眾人眼裏,僅僅是一場滑稽的猴戲而已。「(一些被打倒的老幹部又重新被「扶起來」,老領導經驗豐富,造反派心靈手快,於是出現某些老領導今天在這一派「亮相」,明天又到那一派「亮相」的熱鬧場面。不敬得很,叫人想到耍猴戲。)……為什麼我們要圍上來當觀眾／是愛看熱鬧的天性?熱鬧已經那個看得夠多了／是好奇的驅使?怪事早已被能人們做絕／其實,多半只是因為實在沒有別的什麼好看……」〔註38〕所以,除了代表「權力中心」的槍口之外,是整個世界的民眾一同參與到了這樣一場監視和「觀看」的隊伍之中。在這場「觀看」事件中,觀眾本來還對著生命有著欣賞態度和無比讚揚之情,到這裡他們只剩下「看熱鬧」天性。由此,作為普通觀眾對待這場「肉體展覽」的態度,為成為「看客」,成為「權力中心」的幫兇,這進一步顯示地下詩歌中詩人主體價值的失落,也使地下詩歌主體進一步走向了「被看」的地位。於是一場猶如牛漢詩歌《麂子》裏「麂子飄飛」的生命之歌,在這裡成為了一場被人愚弄的猴戲的生命悲歌。

〔註37〕 無名氏《鞭屍展覽》,《花的恐怖》陳思和主編,武漢:武漢出版社,2006年,第195～196頁。

〔註38〕 彭燕郊《猴戲》,《野史無文》陳思和主編,武漢:武漢出版社,2006年,第100～101頁。

　　無名氏的《蛇色的老婦》中,「權力中心」對肉體進行嚴酷的殘害,使個體生命存在價值的失敗,生命尊嚴完全缺失,肉體就完全成爲了一個被看的「物」。作爲「物」而存在的地下詩歌主體,使得地下詩歌中「被看體驗」更加凸出,「一掛破抹布,/疊一個鉛色女體。/一顆無定色的頭,/風樣抖顫在體尖。/一大串螃蟹泡沫,/在花白馬鬃下噴卷。//一個奇異的姿勢:/半圓形的疾走,/如蜘蛛求婚舞;/突然滾倒了:/在猩色動物群裏,/這恐怖的迴旋體!//色彩在逃遁。她的臉/從暗紫色避入灰色深沉/灰色又隱於蒼白,/一抹鐵青:一條蛇色。/沒有一幅人類女臉,/複製過這一幅疾變。//惡誓的冰雹,猛烈/圍攻這隻灰蜘蛛。/日光下,再沒有人形侏儒,/只見一疊破抹布,/在大地上蠕動,展舒。/恐怖是一個動力。/她陷入颶風的核心中樞。//還得扮演西伯利亞雪橇:/兩臂斜伸向天空。/裹著人皮的褐色冰鹿,/拖曳著她馳過人叢。/年輕的冰色眸子中,/不投映一絲白髮的顫動。//是青春榨乾衰老?/是無知進攻眞理說教?/是暴風襲擊纖細植物?/是謊言佔領語言豐饒?/是女兒毀滅母親樹巢?/是巨大的宇宙空白面,/偶然出顯一些褐色螞蟻,/一些命定迅速消失的虛點。/太陽風不是見證。/這一串血迹、一片殘忍,/將默默鐫入永恒。/從此,人性的第一課,/淹沒於原始野獸風格。」〔註39〕在這場「觀看盛宴」之中,此時的老婦是被觀看的中心。她這樣一個被踐踏的肉體,已經模糊得沒有人形了,但還有很多的「可看」之處。詩人從女體、體尖、頭、半圓形、迴旋體、人形、兩臂、人皮、眸子、白髮等,到著裝、頭部、姿勢、臉色……,一一地將她「看」一遍。如果沒有標題中的「老婦」,我們只知道我們看到的是一具肉體而已,吐著泡沫的、蒼白的、蠕動著的、侏儒的、顫動的、帶血的、被拖拽著的肉體……而根本不知道這是一個婦女,一個有著生命的婦女。在被展覽、被觀看之中的肉體,「人」已失落。

　　地下詩歌的詩人主體還成爲一種心理上的「被看體驗」。「權力中心」的暴力,對肉體展開鞭打、迫害,在光天化日之下展覽肉體事件,並沒有發生在每一個人身上。「權力中心」更多是通過「肉體展覽」事件,以對普通大眾產生威懾、警示的座屏。於是,在「肉體展覽」直接被大眾「觀看」之時,地下詩歌詩人主體也就產生了巨大的心理陰影,形成了自我時時被看、被監

―――――――――
〔註39〕無名氏《蛇色的老婦》,《花的恐怖》陳思和主編,武漢:武漢出版社,2006年,第180～182頁。

視，時時被窺視的恐懼心理，生怕自己一時不小心，自己的內心世界被看到。這就成為了地下詩歌詩人主體的第二種被看體驗，即心理上的被看體驗。「每一秒是死的閃電。／死從每一條門縫裏窺視。／死從每一眼簾孔裏窺視。／死從每一線縫隙裏窺視。／死從每一片絲綢帷幕裏窺視。／死從每一陣風裏窺視。／／我的綠色臺燈是一隻綠色大眼睛。／我的罩黃電燈泡是一隻黃眼睛。／我的藍色桌布是長方形藍眼睛。／我的八扇窗子是八隻黑色大眼睛。／我的四扇白壁是四百隻白色大眼睛。／／我在可怖的閃電中拿起筆！」〔註40〕地下詩歌主體心理上的被看體驗，直接源於「權力中心」槍口之下的肉體上被鞭屍、被展覽的恐懼，由此他們心理上也產生的嚴重被看的恐懼心理。這裏的觀看者或者說「看客」，已經不是在鞭屍展覽上可見的觀眾，也不是出現在你面前的真實的觀看者，而是一個個埋伏著的、偽裝的、隱藏的窺探者。這些窺探者躲藏、偽裝在你生命的周圍，化為有形物體以及無形的存在，時時刻刻潛伏在你周圍。乃至於你所熟悉的臺燈、燈泡、桌布、窗子、牆壁……等等，他們都有可能就是一雙雙瞪大的眼睛，一雙雙監視的眼睛。這些您身邊熟悉的人和物，一道構成一個嚴密的監視系統，時時刻刻監視著你一言一行、一舉一動，讓你無時無刻不處於被監視的地位。所以地下詩歌中的這種心理上的被看體驗與肉體上的被看體驗相比來說，卻更加令人感到恐怖。這種被看體驗，不僅有著體驗者成為「屍體」、「猴」、「蛇」的恐懼，而且更是一種籠罩在心理上的無形的恐怖。在這樣的「窺探世界」中，所有的一切都成為了監視者，沒有任何一個人可以信任，也沒有任何一個物值得信任。並且在這樣龐大的、無形的監視系統之下，人成為一個孤獨、無助、冷漠的靈魂無憂歸宿，並且伴隨著無窮的恐懼！

在這巨大的監視系統中，所有的人、所有的物、所有的動作，都可能是一雙監視您的眼睛，構成一張巨大的「捕獲的網」：「夕陽在沉落／土地上回蕩起歌聲／昨日的一切已經死去／殘留下蜘蛛一樣的意念／羅織著捕獲的網」（林莽《二十六個音節的回想──給逝去的年歲·A》）。進而在「暴力中心」的巨大監視系統之下，地下詩歌形成大量的「捕獲的網」意象。人是難以證明自己的清白，難以有逃脫「羅網」的機會的。它時時看著你、盯著你，一有機會就將你「捕獲」。在這種「被看體驗」之下，地下詩歌中的詩人主體，

〔註40〕無名氏《每一秒》，《花的恐怖》陳思和主編，武漢：武漢出版社，2006年，第199頁。

最終對這個現實世界產生了強烈的詛咒心理，形成了地下詩歌特有「毒氣」。「我憎惡我的窗子。／它帶來有毒的聲音，／它帶來有毒的光與空氣，／一個毒化世界由它傳佈。／／我憎惡我的窗子，／一個深沉的自我空間。／一個潛在的神秘宇宙，／它扮演一齣『叛徒的泄露』。」〔註41〕人與世界無法自由的交流和來往，在巨大的「捕獲的網」之下，他們就可能是秘密監視我的眼睛，就可能是出賣我的眼睛。在這樣的境地之中，詩人必須將自我封閉起來，甚至憎恨窗子、憎恨物質世界，因為詩人已經陷入了絕境。所以在地下詩歌的被看體驗中，憎恨世界，以至於憎恨生命，成為了地下詩歌「被看體驗」的極端展現。

另外一方面，在觀看者與被看者之間，作為常態的地下詩歌主體又形成了一種奇怪的生存方式：表演中生活。在肉體被展覽的威懾之下，而且時時有著被監視的恐怖心理，即使是憎恨表達也是非常危險時，地下詩歌詩人主體的存在狀態就成為一種「表演」。這種表演，既是「權力中心」與看客們「看」的需要，也是地下詩歌主體面臨著巨大的生命威脅的必然呈現。這樣的生存環境之下，地下詩歌刻畫出一系列的「表演生命」意象：「慷慨陳詞，憤怒，讚美和歡笑／是暗處的眼睛早期待的表演，／只看按照這齣戲的人物表，／演員如何配置精彩的情感。／／終至臺上下已習慣這種偽裝，／而對天真和赤裸反倒奇怪：／怎麼會有了不和諧的音響？／快把這削平，掩飾，造作，修改。／／為反常的效果而費盡心機，／每一個形式都要求光潔，完美；／『這就是生活』，但違反自然的規律，／儘管演員已狡獪得毫不狡獪，／／卻不知背棄了多少黃金的心／而到處只看見價幣在流通，／它買到的不是珍貴的共鳴／而是熱烈鼓掌下的無動於衷。」〔註42〕這就是一幅在「被看」背景之下的地下詩歌詩人主體作為表演而活著的生存狀況的形象展示。此時，地下詩歌詩人主體作為「演員們」，他們所有的喜怒哀樂都被「暗處的眼睛」觀看著，也被這些「暗處的眼睛」所規定，他們必須按照要求和規定來表演，來配置自己的情感。演員也按照這種「偽裝」來展示自己，而且還習慣了這種偽裝。觀眾們在熱烈的掌聲之下無動於衷，他們也習慣了這種偽裝，他們完全沒有產生「不和諧」感覺。在「被看」的困境之下，「偽裝」、

〔註41〕無名氏《窗子》，《花的恐怖》陳思和主編，武漢：武漢出版社，2006年，第193頁。
〔註42〕穆旦《演出》，《穆旦詩全集》，北京：中國文學出版社，1996年，第317頁。

「表演」不僅是地下詩歌詩人主體的生存狀態，也成爲了普通人們日常生活的常態。

地下詩歌詩人主體心理的被看體驗，與肉體上的被展覽一起編織在地下詩歌的「被看體驗」之中。在這樣的體驗中，地下詩歌主體早已沒有一個自我的空間，沒有了人的世界。

二、暴力感受

地下詩歌詩人主體「被看」，生命被展覽、被監視和被控制的恐懼心理，直接來源於「權力中心」的暴力行爲。將人監視、囚禁還只是控制的第一步，最終目的是將人納入到「權力中心」統一體系之中。如果被看者的主體意識不能與「權力中心」達成一致，與「權力中心」融爲一體，那麼在暴力之下對肉體消滅、毀滅就成爲被看者的必然命運。所以在地下詩歌中，以暴力對肉體進行的傷害、殘害和屠殺，導致肉體的死亡，形成一種特有的「暴力體驗」。

「權力中心」龐大監視系統的運行，是由「暴力之物」來支撐的。在巨大捕獲的羅網之下，「暴力之物」滲透到生活中的每一個領域。彭燕郊在其詩歌《六六慘案》中，把暴力之物延伸到了我們所使用的標點符號。我們所常用的標點符號「？」和「！」，也是另外一種形式的暴力。「？」是一把尖銳的鈎，「！」是一根無情的棍子，他們也時時對我們的身體展開暴力傷害，讓我們看到生活中處處存在的暴力：「……誰最先使用這個疑問號『？』，眞形象，／一隻尖銳的，刻毒的彎曲的鈎，直刺心窩。／還有這個驚歎號『！』冷酷無情地衝著你／一根滴著鮮血的棍，無辜者的血。／／在交替而來的疑問『？』和驚歎『！』／驚歎『！』和疑問『？』之間，在麻木裏，你掙扎吧。／『理解的要執行，不理解的也要執行』，沒有空隙，／『誰都該死，只要誰還想理解這個不理解』。……」〔註43〕這還原了「權力中心」，一個由「槍」、「鈎」、「棍」組成的世界。「？」是一把尖銳的鈎，已經直刺到人的心窩；「！」是一根無情的棍子，已經流淌著無辜者的鮮血……而且連代表疑問的符號「？」和代表驚歎讚歎的符號「！」，在暴力世界中，都已經變成了傷害心臟、傷害肉體的鈎子和棍子。地下詩歌的世界，就是由暴力物構成的恐

〔註43〕彭燕郊《六六慘案》，《野史無文》陳思和主編，武漢：武漢出版社，2006年，第81頁。

怖世界。

而地下詩歌中的這種「暴力體驗」，首先直接展示爲暴力對生命的屠殺。以槍爲代表的暴力，在光天化日之下對生命的殺害。對肉體的暴力屠殺、直接毀滅，這是地下詩歌中暴力體驗的主要呈現。「正從弦上流瀉美麗幻夢的提琴／被一把奪下，砸成了碎片，／一群歡快飛翔的天鵝，悲慘地／被子彈射中，跌落下藍天，／那含苞的嬌豔的芍藥花兒／被大把拔起，拋入泥潭，／一支絕妙的名曲剛開始演奏，／就被掐斷，永遠沉入深淵，／懷著期待和愛戀的美麗少女／在光天化日下橫遭污辱、摧殘，／向人們展示美的絕世的園林／在一瞬間毀滅，火焰衝天，／含辛茹苦的善良的母親／失去了她的孩子，摧肝裂膽……／然而，悲痛的淚水不許流下，不許，／這是一個偉大的時代，神聖，莊嚴！」〔註44〕在這場對肉體的暴力之中，「子彈」已經射出，一群自由飛翔的天鵝中彈而跌落下藍天，生命直接被暴力摧毀。與此同時，提琴被砸成碎片、花朵被連根拔起、名曲被掐斷、少女被摧殘，……就在暴力之下一瞬間，美好的事物、美好的期望均被毀滅。提琴的身體、花朵的身體、少女的身體，成爲了被摧毀的東西。在暴力之下，肉體成爲了獵物，成爲被射殺的獵物。牛漢詩歌《麑子》中的那一直埋伏在草叢中的「槍」，在地下詩歌中，更多的是直接亮出來，直接面對不被馴服的肉體，展開屠殺。由於暴力直接對生命屠殺，地下詩歌中有著大量的「死亡書寫」。在暴力之下，在麻木和掙扎的生命已經沒有其他感覺，只有死亡感受。如無名氏《詠華山古岩石》中所說「生命分割爲無數死亡」，《詩語》中「從沒有一本書／說述畫魂的深度：／每一秒是萬千種自殺；／每一分是複雜的痛苦。」暴力之下，生命存在成爲一種恐怖體驗，時時有不祥的預感，有著死亡的恐懼氣息。

同時，地下詩歌還展示在暴力之下，人們「習慣暴力」，乃至於與「暴力」合流的特有心理。暴力對生命如此的血腥的多次殘殺，多次重複，人們便習慣了暴力，已經習慣了殘殺。面對暴力他們有一點不安、質疑、驚叫、憤怒和反抗：「……真是一番鍛鍊，你習慣了：看見無恥不作嘔，／太多的屠殺不再叫人戰慄，犧牲者反正有的是，／該死的人數不盡，你，還抱住理性做什麼？／放機靈點，當個特等劊子手，弄一頂桂冠戴戴看！……」

〔註44〕錢玉林《悲劇》，《記憶之樹》，上海：上海遠東出版社，1998 年，第 13～14 頁。

〔註45〕更爲可悲的，這種可悲的結局是，面對「權力中心」的暴力屠殺，人們不但習慣了暴力，而且還有一部分人「變機靈」了，主動與「暴力中心」靠近、合謀，主動轉化爲「中心」的幫兇，爭當劊子手，爭做「屠夫」。爲了一點點的個人小利益，人們願意成爲劊子手、「屠夫」。進而我們可看到，暴力之下，新一輪的殘殺、不斷的暴力將在人們的漠視中繼續上演，甚至在人們羡慕中不斷上演。

另外，在地下詩歌的暴力體驗之中，肉體不斷遭受到「槍」、「鈎」、「棍」的殘害的同時，也在對主體意志「精神閹割」。在展示「對肉體的暴力屠殺」之外，對主體的「暴力精神閹割」，是地下詩歌中「暴力體驗」的另外一種展現。「一隻公雞／被關在黑屋裏／周圍沒有一點光亮／／它渴求光明／拍著翅膀，用喙敲擊四面的牆／主人開了一孔窗──／／一隻螢火蟲在窗前一晃／它高叫：天亮了／主人潑它一碗冷水／／幾顆星星在窗口窺望／它高唱：天亮……／主人賞它一把石子／／月亮升起來了／它想了想，說：天……／主人賞它一頓棍棒／／天亮了，它沉默／錯把白天當成了夜晚／主人說：這是一隻病雞」〔註46〕這個公雞被「權力中心」囚禁起來的時候，健康有力，並且用「喙」爭取到了一點的自由。但是當他要呼喊自由、光明的時候，得到的是「一碗冷水」、「一把石子」、「一頓棍棒」……等暴力。正是這些暴力，使得這隻公雞已經不能辨別黑白，成爲了一隻被閹割了的「病雞」。是暴力，使得一隻正常的公雞，成爲了一隻「病雞」，公雞的精神被暴力閹割。

然而，被閹割了的公雞，成爲了病雞的公雞，他自己卻並不知道自己病了，也不關心自己是否被閹割了。正如這一群「羊」，一群被閹割了的羊一樣：「愚蠢的人們／得意洋洋／每天排著隊，敲鑼打鼓，／像童話中的傻瓜，／一群群／走向歲月的墳場……／／他們沒有心臟，／他們沒有頭腦，／他們非常聽話，／他們只要吃飽。／他們是好孩子，／喜歡聽到讚揚，／頸項裏／缺少一個漂亮的鈴鐺！／叮噹！／叮噹！／從城東到城西，／從黑夜到黎明，／從北方，／到南國，／他們得意洋洋，／每天一群群，／去把別人和自己的靈魂埋葬。」〔註47〕他們被閹割了，沒有心臟，沒有頭腦，非常聽話，

〔註45〕彭燕郊《六六慘案》，《野史無文》陳思和主編，武漢：武漢出版社，2006年，第81頁。

〔註46〕周倫祐《試驗》，見《周倫祐文革詩選》，發星工作室，2008年，鉛印本。

〔註47〕錢玉林《羊群》，《記憶之樹》，上海：上海遠東出版社，1998年，第74～75頁。

但是他們卻沒有對生命價值、個人信仰的訴求，只爲吃飽而已。並且他們自身感覺很好，得意洋洋。最終，把自己埋葬，也把別人埋葬。這使得地下詩歌中對暴力之下的「精神閹割」意象的展示，更有著深刻的意義。

總之，在邊緣狀態之下地下詩歌主體的「被看體驗」和「暴力體驗」，是一種取消了主體性的體驗。也就是在地下詩人的世界中，自我體驗是異己的體驗，是恐怖的體驗，在此之下的主體，成爲一種異化式的存在。「馬克思的異化概念 80 年代爭論過，但很快被專制主義所放逐，至今很少有人重新關注。其實現在，異化仍然是許多中國人的基本精神狀態。主要有兩種表現：一是將精神本質政治化——放棄人性的普遍要求和基本原則，習慣按照統治權力的號召去思、去想、去說話；二是將精神本質社會化——放棄個人的特殊感受和獨立判斷，喜歡追隨社會潮流的喧囂去歌、去唱、去舞蹈。如果說這兩種異化對於常人只屬不幸，那麼對於詩人就屬可悲了。」〔註48〕地下詩歌中的「異化主題」，其背景在於「權力中心」暴力之下，人成爲一個被閹割的人，乃至於成爲與暴力同流、合謀的人，這就是處於邊緣的地下詩歌的一個極爲獨特而又重要的思想主題。

第三節 「鮮血書寫」：邊緣體驗的極端體現

地下詩歌詩人主體，在文革這一極端環境之下對「被看」和「暴力」有非常鮮明的感受。由於「權力中心」以暴力對肉體的展示、囚禁、折磨、殘殺來摧毀人的主體精神，因此在摧毀的過程中，一切運動就是圍繞著對肉體懲罰和規訓來展開的。對肉體的管制，對肉體的鞭打，對肉體的屠殺，一方面以摧毀了人的主體精神爲目的，另一方面這個過程是以「血」、「鮮血」爲代價的。對肉體的施暴過程，就是展現「鮮血」的過程。由此，鮮血就成爲暴力的直接體現和展現。

一、鮮血書寫

在地下詩歌中，大量出現了「血」的意象，並由此展現出了地下詩歌詩人主體在「血」之下的多層生命感受，形成了極度張揚的「鮮血書寫」。在

〔註48〕周倫佐《青春琴弦上的叛逆聲音——〈周倫祐文革詩選〉序言》，《非非 2009卷》，香港：新時代出版社，第 491～492 頁。

這個世界裏，天空、城市、果園……都滴著血，四處充滿了血，到處都是：「在血一般的晚霞中／在青春的亡靈書上／我們用利刃鐫刻下記憶的碑文。」〔註49〕「啊，那貪婪地露著血腥微笑的黎明。」〔註50〕「奴隸的槍聲嵌進仇恨的子彈／一個世紀落在棺蓋上／像紛紛落下的泥土／巴黎，我的聖巴黎／你像血滴，像花瓣／貼在地球藍色的額頭／／黎明死了／在血泊中留下早霞／你不是爲了明天的麵包／而是爲了常青的無花果樹／爲了永存的愛情／向戴金冠的騎士，舉起孤獨的劍」〔註51〕「果子熟了，／這紅色的血！／我的果園／染紅了同一塊天空的夜晚。」〔註52〕晚霞被染成了血色、黎明帶著血腥的微笑、血泊中的早晨、城市像血滴、成熟的果子、流著紅色的血……整個世界已經浸染著鮮血，浸泡在鮮血裏，流淌著血，飄蕩著血的腥味。蔡其矯《丙辰清明》（1976 年）中寫到：「面前伸展著／荊棘密佈的路／讓我們永遠遵循著／那普遍的受苦的人民的意志／在浸透鮮血的崎嶇道上前進。」乃至於我們歷史的前進，也是行進在浸透鮮血的路上。正是由於世界的存在，浸透了鮮血，這使地下詩歌中充滿了「鮮血書寫」。

不僅外在的世界是血淋淋的鮮血世界，而且鮮血也滲透到了人的心理世界，使得人的夢也呈現爲血淋淋的夢。由於對這個世界嗜血性的恐懼，地下詩歌詩人主體的內在世界，他們的夢，也是一個充滿鮮血的世界。「有過許多黑色的夢。／有過許多灰色的夢。／現在又有一個腥紅的夢／在半睡半醒中向我走來／預告明天和後天／將有怎樣一個異樣的天空」〔註53〕這個「腥紅的夢」，佔領了「黑色的夢」、「灰色的夢」的領域，而且主導著詩人現在，還預告了詩人的明天、後天以及以後的生活。詩人的命運，也都被這個血淋淋的夢控制著。

於是地下詩歌中的鮮血書寫，將大地展現爲「血流成河」的大地。「啊，大地／祖國的大地，／你的苦難，可有盡期？／在無聲的夜裏，／我聽見你

〔註49〕林莽《二十六個音節的回想·R》，《被放逐的詩神》陳思和主編，武漢：武漢出版社，2006 年，第 334 頁。

〔註50〕宋海泉《海盜船謠》，《被放逐的詩神》陳思和主編，武漢：武漢出版社，2006年，第 353 頁。

〔註51〕依群《紀念巴黎公社》，《被放逐的詩神》陳思和主編，武漢：武漢出版社，2006 年，第 90 頁。

〔註52〕芒克《秋天·1》，《芒克詩選》，北京：中國文聯出版公司，1989 年，第 12頁。

〔註53〕蔡其矯《夢》，《蔡其矯詩選》，北京：人民文學出版社，1997 年，第 71 頁。

沉重的歎息。／你爲什麼這樣的衰弱，／爲什麼這樣的缺乏生機？／爲什麼你血流成河？／爲什麼你常遭離亂？／難道說一個眞實美好的黎明／竟永遠不能在你上面升起？」〔註54〕這個世界，是流血成河的世界。這片土地，就是血流成河土地。爲什麼是這樣的？爲什麼要流血，何時才是終止之期，詩人仍在不斷的尋找之中。面對此血流成河的大地，綠原呼籲生命切不要悲傷，這使得血淋淋的大地留下了一點慰藉。

二、人血筵席

地下詩歌中的「鮮血書寫」，不僅僅是對於這一個血流成河的大地的刻畫，更體現對於「人血筵席」的描繪。

在「權力中心」的暴力控制之下，地下詩歌主體的暴力體驗過程，也就成爲了「鮮血書寫」的過程。「……你的健壯的腿／直挺挺地向四方伸開，／我看見你的每個趾爪／全都是破碎的，／凝結著濃濃的鮮血，／你的趾爪／是被人捆綁著／活活地鉸掉的嗎？／還是由於悲憤／你用同樣破碎的牙齒／（聽說你的牙齒是被鋼鋸鋸掉的）／把它們和著熱血咬碎……／／我看見鐵籠裏／灰灰的水泥牆壁上／有一道一道的血淋淋的溝壑／像閃電那般耀眼刺目！……」〔註55〕這隻虎，那濃濃的鮮血、熱血、血淋淋的溝壑，一方面呈現出一個反抗者的不屈的精神，同時也完全記錄下來了權力的暴力。

更爲明顯的是，鮮血既然是施暴者暴力的體現，也就成爲被害者受害、受虐的展現。當地下詩歌自我主體畫像之時，他們看到，肉體或者說生命，就是一座座由「血」構築的「雕像」而已。「綠燈下又一次讀：／里爾克的《羅丹》。／三十年前那座複雜的／迷宮，今夜如此簡單。／／不管你怎樣描畫：／一個男性額顱的接觸，／在石頭裏喚醒了，／一個潛在女人的形骸。／／可你怎樣描畫：／一根樹枝狀神經纖維輕顫，／千萬人突然抱吻／血淋淋的屍骸？／／不管你的宏偉雕像，／怎樣充滿了宇宙細胞，／可你從未提煉塑造過：／在秒與秒之間，／一萬萬人突然僵化爲／比死更死的死像。／／在釐與釐之間，／一萬萬人突然灰化爲／一座座爐灰雕像。／而次巨大颱風裏，／一千萬人突然血化爲／一座座凝血的血像！」〔註56〕詩人看到當羅丹、里爾克等詩人

〔註54〕林昭《啊，大地》（1960～1968年寫於獄中）（電子文本）。
〔註55〕牛漢《華南虎》，《牛漢詩選》，北京：人民文學出版社，1998年，第66頁。
〔註56〕無名氏《羅丹》，《花的恐怖》陳思和主編，武漢：武漢出版社，2006年，第197～198頁。

殫精竭慮地思考著人的偉大、不朽，而在這裡的生命只是一座「血像」。也就是說，在這裡這些生命存在如此簡單，輕易地被摧毀。僅僅在分秒之間，就被扼殺化爲灰燼。僅在分秒之間，生命一下子就被毀滅，只留下血淋淋的屍骸。所以他們感受到，在暴力之下，生命本身的價值，就在於他是一個充滿了血的肉體。人只是成爲供權力施暴的一座血像而已。

　　而作爲「血像」的人，正好成爲了「權力中心」享用的「人血筵席」。在這場「人血筵席」之上，不僅有權力參加，而且「賊鷹」、「野豹」，以及我「親愛的小珍珠」，都加入到這場人血筵席。「一座鋼筋混凝血建築：／肉體遍開紅色窗口。／賊鷹飛窗瘋啄，／野豹沿窗狂吮。／／這是一個紅色窗口筵席。／這是一場奇異的宴會。／我親愛的小珍珠，／你也來參加這場盛宴？」〔註57〕人是作爲有血的肉體，流血成爲了施暴過程的呈現，鮮血也就成爲了「權力中心」享用的筵席。在肉體被割開之後，留出的流血，既滿足了「權力中心」的暴力展示，也滿足著「賊鷹」、「野豹」的嗜血需求。更爲可悲的，我的「妻」也參與到了這場「人血筵席」中，與「權力中心」、「賊鷹」、「野豹」等一起觀賞我的鮮血、舐我的鮮血、喝我的鮮血、飲我的鮮血。由此，人不是作爲人而存在，每一個人都成爲一個飽含血汁的建築，都可以變爲一場可供享用的「人血筵席」。這不僅僅是「權力中心」施暴的需求，同時也滿足著嗜血的眾人的需要。「人血筵席」，構成了地下詩歌主體對這個嗜血世界的強烈控訴和批判。

〔註57〕無名氏《奇異的宴會》，《花的恐怖》陳思和主編，武漢：武漢出版社，2006年，第194頁。

第三章　地下詩歌詩人的邊緣身份

第一節　獸形：地下詩人主體的身份

　　地下詩人主體的身份與他們詩歌中「邊緣體驗」密不可分。在地下詩歌中生命的被動體驗這一特有的邊緣體驗之下，被地上「中心」的暴力所壓抑和迫害之下的詩歌主體，構成了地下詩歌中所特有的「獸形」形象，「獸形」成爲邊緣主體的特殊身份的一個重要表現。「從人到獸」的變形記，也是地下詩歌的一個重要精神特徵。

　　當然，我們知道在作家創作中選取動物作爲自己的文學意象是極爲普遍的現象，而且在文學史上也出現過大量的「詠物詩」。「獸形意象」並不鮮見，優秀的詠物詩比比皆是，如駱賓王的「鵝」、李賀的「馬」、郭沫若的「天狗」、里爾克的「豹」、卡夫卡的「甲蟲」……都是詩歌史上的名篇。而且哲學家尼采以動物來展現「精神變形記」，「精神怎樣變爲駱駝，駱駝怎樣變爲獅子，最後獅子怎樣變成孩子」。〔註 1〕這三次變形，其基本的涵義是：首先是駱駝，它肩負著傳統的文化、道德等所承載的價值；然後在沙漠，在虛無主義的思想之中，變成獅子，獅子則是對於傳統價值的打碎和踐踏，並對之進行傳統價值重新評估；最後是獅子變成孩子，以孩童之心，重新開始一種新的價值，作爲新的遊戲的開端。尼采精神中的動物變形，直接針對生命存在背後的傳統價值力量的制約和束縛。而地下詩歌中主體的「變形記」，則是

〔註 1〕　〔德〕尼采：《查拉圖斯特拉如是說》（詳注本），錢春綺譯，北京：三聯書店，2007 年，第 21 頁。

來源於「中心」權力對於生命的絕對制約力量，展示的是在權力主宰之下的個體「從人到獸」的精神變形記。

地下詩歌「從人到獸」的變形，或者說地下詩歌對自我主體「獸形」的認知和展現，首先與「中心」所使用的「牛鬼蛇神」這一命名有著較大的關聯。本來，「牛鬼蛇神」是佛教用語，直接意思是「牛頭的鬼」、「蛇身的神」，特指地獄中閻羅王手下的鬼卒兵將。在杜牧的《李賀詩序》中「鯨呿鰲擲，牛鬼蛇神，不足為其虛荒誕幻也。」其意義還特指虛幻、怪誕。而後在文革時期，這一詞語復活，在中國大地上普遍使用，當然其所指也有明確的變化。其中，毛澤東對於「牛鬼蛇神」這一詞的使用，在文革有著重要的影響。眾所周知，早在 1955 年《在中國共產黨全國宣傳工作會議上的講話》中，他說到，「最近一個時期，有一些牛鬼蛇神被搬上舞臺了。」〔註 2〕在這裡，毛澤東所說的牛鬼蛇神，還指的是傳統戲曲中的鬼戲。到了 1957 年的反右運動的時候，這一詞就被借用來特指「右派」：「讓牛鬼蛇神都出來鬧一鬧」，「這不叫誘敵深入，叫自投羅網」，於是，這一詞語開始使用在右派這一特殊人群身上，並且有了「敵對」的含義。1963 年「牛鬼蛇神」的所指範圍進一步擴大，泛指各類敵對勢力，並對這一類抱有極大的敵視心理和警惕心理：「讓地、富、反、壞、牛鬼蛇神一齊跑了出來，而我們的幹部則不聞不問，有許多人甚至敵我不分……少則幾年、十幾年，多則幾十年，就不可避免地要出現全國性的反革命復辟……」。「牛鬼蛇神」的最終定性與陳伯達的一篇社論密切相關，他在 1966 年一篇社論《橫掃一切牛鬼蛇神》中，正是將這些邊緣人定位為「牛鬼蛇神」，同時開始了對「牛鬼蛇神」這一類人的全面打擊。他猛烈批判這些「牛鬼蛇神」，是「盤據在思想文化陣地上」的「資產階級的『專家』、『學者』、『權威』、『祖爺』」，走著「反黨反社會主義黑線」，做「資本主義復辟的夢」……〔註 3〕這樣，文革時期「牛鬼蛇神」這個特殊稱謂被定性下來。而且通過中央人民廣播電臺，以及全國各地主要報刊對此文的全文轉載，使「牛鬼蛇神」這個詞語有著更為廣泛的傳播面和影響面，成為文革時期的一個標誌性的詞語。而且此時，「牛鬼蛇神」已完全失去了本來的含義，無數的專家、學者、權威、祖爺，被「中心」當成「牛鬼蛇神」。「牛鬼蛇神」，成

〔註 2〕毛澤東《毛澤東選集》，第五卷，北京：人民文學出版社，1977 年，第 416 頁。

〔註 3〕陳伯達《橫掃一切牛鬼蛇神》，《人民日報》，1966 年 6 月 1 日。

爲一切與「中心」相對的反對派、敵對派的統稱。在這樣的背景下，對於這些「專家、學者、權威、祖爺」來說，「牛鬼蛇神」就不僅僅只是一個符號而已，而是成爲被「中心」專政的對象。由此，在現實生活中這些「專家、學者、權威、祖爺」也就成爲「牛鬼蛇神」，成爲牛、成爲蛇等動物般，從「人」向「獸」變形。

　　與此同時，這些「專家、學者、權威、祖爺」中一部分，就有著地下詩歌創作的經歷。所以這些「專家、學者、權威、祖爺」的「從人到獸」的變形記，便成爲地下詩歌詩人主體變形記的重要體現。同時，地下詩歌詩人主體從人到獸的變形記，以及這種「獸形」身份的形成，正如《橫掃一切牛鬼蛇神》中的「橫掃」所展示的，與「中心」的暴力有關。「問題的本身不在於我們的智力或智慧本身使我們受到局限，而在於人對人的束縛、生命對生命的壓抑！中國有一種人『治人』的傳統，人『改造』人的傳統，無數的生命都在一個統一的模型裏進行『翻砂』。中國祇有無個性的『群體生命』，沒有非群體的『個性生命』。在當代詩界，只有共性的『總體詩群』，沒有個性的『個體詩人』。」〔註 4〕也就是說，文革地上的「中心」對於地下詩人們，不僅僅只是指認了「牛鬼蛇神」這樣一種命名，而且是以「橫掃」的暴力方式來指認和確證的。正是在「中心」的暴力之下，在地下詩歌中，「人」消失了，「獸」出現了，這又使得地下詩人的「牛鬼蛇神」這種身份更加確定不疑。而且，在「中心」的暴力權力之下，作爲「獸」而存在，是地下詩歌主體沒有選擇的選擇。「……在那些沉寂的國度、／在那些被暴力強姦了的時代、／在那些顛倒了的生活中／人的尊嚴被侮辱了，／人的權利被剝奪了，／人的信仰被強制了，／生命和生活的意義被曲改了，／神聖和美好被褻瀆了，／精神被牢牢地禁錮了，／才智被埋沒了，／感情被挪抑了，／崇高被踐踏了，／良知被鐵幕遮蔽了，／愛情被庸俗化了，／友誼被無恥地出賣了，／人，負著繁重的勞動，／人，吃著粗劣的食物，／人，違背自己的良心，／人，蝸居在鳥籠似的屋子裏，／人，被微薄的物質欲所支配，／人，不再說一句眞話，／人，伸出枯瘦的手向上蒼乞求雨露，／人，隔著鐵窗渴望自由，／人，用一個步子、一個聲音、一個意志、一種意識行動，／人，

〔註 4〕黃翔《直面中國當代文化──1986 年北京大學首屆文學藝術節上被取消的文學講座稿》，《鋒芒畢露的傷口》（太陽屋手記三），臺北：桂冠出版社，2002年（電子文本）。

默默無聲、愚昧無知、低頭畏首地活著，／人，已經不再成爲人！／人，已經不再成爲人！！人，已經不再成爲人！！！……」〔註5〕這裡「中心」的暴力「橫掃」，將「人」存在的尊嚴、權利、信仰、意義全部剝奪、強制：人不僅失去了內在的精神、才智、感情、良知等精神維度；人與人之間的愛情、友誼也被出賣；並且人關在鐵窗之中……失去了自由，失去了與自然的聯繫，失去了人與人之間的臍帶，更失去了自我的精神維度，於是人在社會生活中沒有了位置。所以詩人只有這一個強烈的感受，「人已經不再成爲人」。此時詩人是在爲「人」自身的存在而追問，爲「人」自身存在的狀態而哭喊、悲憫，爲「人」存在的厄境而無助、絕望，但是不管怎樣，在這樣的時代中，「人」消失了。

因此，在地下詩歌中，詩人們就直接喊出了「我是一隻被追捕的野獸」這樣的聲音。「我是一隻被追捕的野獸／我是一隻剛捕獲的野獸／我是被野獸踐踏的野獸／我是踐踏野獸的野獸／／一個時代撲倒我／斜乜著眼睛／把腳踏在我的鼻梁架上／撕著／咬著／啃著／直啃到僅僅剩下我的骨頭／／即使我只僅僅剩下一根骨頭／我也要哽住一個可憎時代的咽喉」〔註6〕在「中心」的控制之下，「人已經不再成爲人」，是人失去了做人的資格，人的存在只能是異化的存在。那麼我是什麼呢？地下詩人回答到，「我就是一隻野獸！」我只能以「獸」的形式來確定自我的存在身份。所以，地下詩歌詩人主體在困境之中，成爲「獸形」是一種必然走向。

但是，地下詩人的「野獸」身份在他們詩歌中的呈現是非常複雜的。如在黃翔的《野獸》所展示的，地下詩歌中的「野獸」有兩種類型，一類是踐踏野獸的野獸，即作爲施暴者的野獸；另外一類是被野獸踐踏的野獸，即是那些「牛鬼蛇神」。而地下詩歌中的「獸形」形象，首先表明「我是一隻被追捕的野獸」，「我是一隻剛捕獲的野獸」，「我是一隻被踐踏的野獸」，所以他們的關注點更多的在後者「獸形」形象的刻畫。一方面，地下詩歌主體的「我是一隻野獸」的「獸形」變形記與「中心」有關。「歷史是一片黑暗，是一隻沒有打開的燈，當我們需要時才把它擰亮。這時候，我們才會發現淹沒於歷史的黑暗社會整塊整塊地坍塌下來。亮光中，我們這才看見一群群站著、

〔註5〕啞默《心之歌》，見《當代「潛在寫作」史料：關於啞默〈真與美〉的史料（二）》，《現代中國文化與文學》，第2輯，巴蜀書社，2005年。

〔註6〕黃翔《野獸》，見《我在黑暗中搖滾喧嘩》（受禁詩歌系列1），臺北：唐山出版社，2002年（電子文本）。

躺著、走著的人獸，看見『人性的獸』或『獸性的人』的全部精神圖畫和發展史——不可調和地交織在一起的夢幻的收歌和殘幕的獸形。」〔註7〕展現我這只「獸」，其實也是在對地上「中心」展開批判。另一方面，對於地下詩人來說，儘管自己在「權力」的強迫之下變形，失去了「做人」的資格，但是他們又在「獸形」身份之中，獲得了一種「野獸精神」。「辛鬱，他談到世界詩歌的抵抗運動，對我的詩歌的叛逆精神十分肯定。但他覺得我作爲一頭『詩獸』，不僅應齜牙咧嘴、張牙舞爪，還應該表達更多的獸性、獸欲、獸行，『獸』得更徹底！」〔註8〕也就是說，作爲「獸」，他們又平添了一種「獸」的本能，一種原始的反抗精神，不屈服的野性本能，這正是他們重新找回自己的力量之源。這樣在地下詩歌中，詩人主體甚至又認同了「野獸」這樣一個身份。正是這樣的一種獨特的視野，地下詩歌詩人主體的「獸形變形」，既是一種權力之下的被動變形，同時又是自我力量的發泄的火山口。

　　由此，地下詩歌「獸形」身份，與古代的託物言志不一樣，與現代主義中的異化表達也不一樣，他更多的是展現在權力之下人的存在狀況。進而我這裡所說的「獸形身份」，有三層意思：第一，地下詩歌中所謂的「獸形」身份，是地下詩歌詩人主體出場的方式，而這種出場或者說人的出現形式，並不是以「人形」的面目出現的，而是以「非人形」的面目出現的。因此，地下詩歌中「獸形身份」，首先暗示的是詩人存在和生存的非人狀態，特別是「非中心」的邊緣狀態。第二，作爲邊緣的地下詩歌主體的存在方式是一種「非人」的存在，具體而言，地下詩歌中的「獸形體驗」裏的「獸」，就不僅僅是我們通常所說的野獸，而是包括對於各種動物等非人形態的體驗。第三，地下詩歌的「獸形」身份的存在，不僅是地下詩歌主體自我的一種外在形象展示，也更是在權力之下，地下詩歌邊緣主體的一種反叛精神的象徵。

第二節　地下詩歌主體「獸形」的形態

　　在地下詩歌中，詩人主體的「獸形」身份主要呈現爲三種形態：「野獸意象」、「飛鳥意象」、「昆蟲意象」。這裡的「野獸意象」，特指地下詩歌中主體

〔註7〕黃翔《思魂（片斷）（1985 年 3 月 7 日）》，民刊《大騷動》，1993 年，第 3 期。

〔註8〕黃翔《探訪與撞擊——臺灣文化之旅》，《總是寂寞》（太陽屋手記一），臺北：桂冠出版社，2002 年（電子文本）。

的「野獸」形象表達，從而與「飛鳥意象」、「昆蟲意象」區別開來。同時，我們選擇了這樣的三類「獸形」，也並非說地下詩歌中的「獸形」僅此三類，而是在我的閱讀過程中，認爲這三類意象具有一定的代表性，而且這三種意象在一定程度上呈現地下主體「獸形」的不同特徵。

一、野獸意象

可以說，在地下詩歌中，出現了一系列的「野獸意象」，展示了「人變形爲獸」這樣一個普遍主題。具體而言，儘管這些詩歌中出現的「野獸」種類很多，但是他們一道構成了地下詩歌主體的「牛鬼蛇神」譜系。比如彭燕郊的《猴戲》，其中作爲「猴」形的人的存在，就深入地展現了地下詩歌詩人獸形身份形成的心理根基。「(一些被打倒的老幹部又重新被「扶起來」，老領導經驗豐富，造反派心靈手快，於是出現某些老領導今天在這一派「亮相」，明天又到那一派「亮相」的熱鬧場面。不覺得很，叫人想到要猴戲。)簡直沒有一點激情，更說不上 / 又多少藝術表演的內心要求 / 這傢伙，也算是個老江湖了 // 只不過繞場子走上幾圈 / 頸子上那根繩子稍微放鬆一點 / 就有這麼懶懶散散，弔兒郎當 / 隨隨便便得叫人看不下去……」〔註9〕在這首詩歌中，現實的批鬥亮相，與想像中的猴戲雙重交織，烘托出人變形爲一隻被戲耍、被觀看的猴子這樣一個主題。詩人更從多角度深入了地下詩歌「獸形」主體形成的必然性，這既是「造反派」權力的壓制結果，同時也更是觀眾觀看需要。當然在這裡，這隻野獸被「亮相」，還有表演的機會，有生存的空間。而地下詩歌中更多的「野獸」，依然成爲一種恐怖和死亡的象徵。「一個陌生形體 / 射穿他的視覺。 / 這膨脹的紫色女妖， / 像一隻巨大橄欖球， / 跌入他的懷抱。 // 每一隻輪子拒絕她： / 一隻有毒的獸， / 尾隨著重重魔魅祟影， / 那一串串原始咒符。 // 孩子拒絕母親。 / 這文身的野蠻人： / 一具充滿毒素的肉身。 / 天眞的聲帶放散仇恨。……眞理上演橄欖球戲， / 從一隻車輪投到另一隻車輪， / 從一扇門滾到另一扇門， / 從一個聲音擲到另一個聲音， / 沒有一條友誼手臂， / 擁抱她遍體傷痕。……」〔註10〕作爲「獸形」的人所面臨的現實遭遇，在批鬥、毒打之下，遍體鱗傷，不成人形，成爲眞正的

〔註9〕 彭燕郊《猴戲》，《野史無文》陳思和主編，武漢：武漢出版社，2006 年，第 100～101 頁。

〔註10〕 無名氏《新鮮的死者》，《花的恐怖》陳思和主編，武漢：武漢出版社，2006 年，第 183～184 頁。

「獸形」：一個陌生形體、一個膨脹的紫色女妖、一隻巨大的橄欖球、一只有毒的獸、一個文身的野蠻人、一具充滿毒素的肉身……在這裡作為主體的人，已經不是人，而是女妖，是有毒的獸，從而更深刻地刻畫了地下詩歌中詩人主體作為「獸」而存在的基本面貌。

所以，後來食指寫下《瘋狗》一詩，「我還不如一條瘋狗，／狗急了它能跳出牆院。／而我只有默默地忍受。／我比瘋狗有太多的辛酸。」不但是對於文革時期「人變為獸」的一種呼應，也是對這種獸形人生的沉痛反思。鄧墾也在其《鄧墾詩選·自編後語》說道，「眼下詩壇寫詩的比讀詩的人多，且多有嘩啦啦滿天飄揚的『旗幟』和雄渾的氣壯山河的『口號』，早把我『鎮』得象雷峰塔下的白娘子一般，哪還有爬出來亮亮自己蛇身的勇氣？」〔註11〕詩人同樣認為自己只是作為一條「蛇」而曾經存活過，在那樣一段時間裏，人很難獲得一種人形，人的存在，本身就只是作為獸而存在。

地下詩歌中不僅出現了大量的「野獸意象」，還進一步展示：地下詩歌詩人主體作為「獸形」身份而存在，這並不是他們一時的命運，而是其一生的命運。如果詩人主體不與「政治中心」靠近，不被「政治中心」接受，那麼他的這種身份就是他一生的身份。如周倫祐的詩歌，「一匹小黑驢，……是你不識途，走上荊棘叢生的小道？／還是因為年輕，性子過於急躁？／抑或是你不服從主人的鞭子，／拖著車狂奔——連車一起摔倒？//哦，不要沮喪，不要理會那些烏鴉的聒噪，／雖然跌倒，來日你還可以揚鬃奔跑。／我羨慕你，但又感歎你的命運：／傷好後，等待你的還是鞭子和軛套！」〔註12〕在這首詩歌中，詩人感覺到自己是作為一匹涉世不深的小黑驢。但是這匹剛進入到人世間的小黑驢，卻已經失去了驕傲的嘶叫，失去了歡樂的蹦跳，因為他已經受傷，是「一匹帶傷的驢」。這正是由於他「不服從」的天性，這匹小黑驢成為了「鞭子」下的犧牲品。儘管還只是一隻小黑驢，但是「鞭子」和「軛套」，那殘酷暴力的「鞭子」和無盡勞動的「軛套」，已經是他永遠的命運。在鞭子和軛套之下的「獸形」，成為地下詩歌中詩人對自我的生命之初的畫像。而這種痛苦的命運還只是一個開始，永遠沒有結束的期限，將伴隨著人的一生。蔡其矯《所思》中的一條「老狗」，便是這樣一個縮影，「仲夏夜

〔註11〕鄧墾《鄧墾詩選·自編後語》（自印本），2001年。
〔註12〕周倫祐《帶傷的驢》，《周倫祐「文革」詩選》，發星工作室，2008年（鉛印本）。

遲升的月亮／爲黑暗的條狀雲掩蔽／一切都非常寂靜／彷彿在等待著重現光明／受傷的老狗蜷伏在草地上／默想生活的殘酷／對熱情招呼不再信任／因爲它並不愚蠢」，這一隻「受傷的老狗」經歷了生活的種種殘酷，已經面對了人世間的所有黑暗，使他對一切所謂的熱情不再信任，不再抱有希望，只是默默地等待生命的結束。

地下詩歌詩人主體在「權力」暴力之下「從人變成獸」，使得地下詩歌中出現了大量的野獸意象。而同時，還有一類比較特別的野獸意象是，地下詩歌主體主動變形的「野獸」：「爸爸變了棚中牛，／今日又變家中馬。／笑跪床上四蹄爬，／乖乖兒，快來騎馬馬！／／爸爸馱你打游擊，／你說好耍不好耍？／小小屋中有自由，／門一關，就是家天下。／／莫要跑到門外去，／去到門外有人罵。／只怪爸爸連累你，／乖乖兒，快用鞭子打！」〔註13〕這首詩歌中，詩人主體，從變爲「棚中牛」，到變爲「家中馬」，使我們看到了地下詩歌中的兩類野獸意象：一類是被動變成的「棚中牛」，一類是主動變成的「家中馬」。儘管這兩種「野獸」，都是在地上爬著，都要被人用鞭子鞭打，都是要被人騎，但是這裡的「牛」和「馬」已經完全具有不同的意義。「牛」是在社會中，「馬」是在家裏；前者是不自由的被動變形，後者是自由的主動變形；前者是罵著的變形，後者是笑著的變形；前者是被動的挨打，後者是主動提出鞭打……這其中的悲哀、屈辱、無助、幽默，讓我們看到文革地下詩歌詩人主體在「獸形」身份之下複雜的心理。

儘管在地下詩歌中對自我「獸形」形象有著多重展示和多方面的思考，但是整個地下詩歌中的主體，始終是「獸」而不是人！所以在「現實之網」下，在權力的控制之下，詩歌中的「野獸」更呈現爲「困獸」。由此，在地下詩歌中，詩人主體的形象出現最多的是「困獸意象」。「困獸」有著各種各樣的形態，但是在「鐵窗」的圍困之下，這些「困獸」展現爲「鐵窗」中的被折磨得不成樣子的野獸。「不止一次被當作可怕的兇犯，／這條乖戾的蛇禁錮在陰牢；／被精神的火棍狠命烙炙，／它發出碎骨的慘叫，總不屈服。／／它從昏迷中醒來，卻愈加瘋狂，／眼中射出令人眩惑的光焰，／糾集所有幫兇──本能、惰性和情感，／發出放縱的狂笑，把鐵窗震憾！」〔註14〕這些野

〔註13〕流沙河《故園九詠・閧小兒》，《流沙河詩集》，上海：上海文藝出版社，1984年，第134頁。

〔註14〕陳建華《致命的創口》，《陳建華詩選》，廣州：花城出版社，2004年，第56頁。

獸被禁錮在陰暗的牢獄裏，被火棍打上烙印，被折磨。「……向四壁宣佈我的『墜落』，／屈恨無須向蒼天訴說，／讓行屍走肉塞滿新的岔道，／困死我呵，不隨下流又不能超脱。」〔註15〕這是一隻被囚禁的野獸，被監禁，沒有回憶，也沒有怨恨，連向蒼天告白的呼號和機會都已失去。

　　總之，地下詩歌中的「野獸意象」，以及詩歌主體自我身份的「獸形」，是複雜地糾纏在詩歌之中，並不僅僅只有一個方面。但是在地下詩歌中，大量的「野獸意象」，進一步展現了地下詩歌主體特有的生存狀態，也顯示出了地下詩歌的精神特徵。

二、飛鳥意象

　　在地下詩歌中，還出現了大量的「飛鳥意象」。這些意象所蘊含的價值總體上與「野獸意象」有著相似之處，但也體現出一定的特色，由此也爲地下詩歌的精神特徵展開了更爲豐富的空間。

　　與地下詩歌中的「野獸意象」一致的是，地下詩歌中的「飛鳥」，首先也是作爲「困獸」形象而出場的。所以在這些詩歌中的「飛鳥」，大都呈現爲「被污辱」、「被傷害」的「困獸」：「悶雷以專橫的鞭笞，／擊落你未成型的翅膀；／火山噴濺嫉妒的熔漿，／吞沒你凌空的形象；／墜入火織的羅網，／自由的旋風被殉葬；／壓進死書的畫卷，／封閉在地獄中的門框……」〔註16〕在「悶雷」的專制之下，在火山的熔爐之中，這首詩歌出現的飛鳥翅膀被擊落，自由旋風被埋葬，他被壓進畫卷，封閉在地域中。而作爲那自由飛翔，已被專制吞沒。由此，在地下詩歌中，我們看到了大量的對「飛鳥」折翼的展現，「上帝折斷我的一面翅膀，／我被從雲端扔進海洋。／白羽和血花的碎片轟響，／波谷不忍心將我埋葬。／／浪尖托住了我的單翼，／支起一片帆，凌風遠航。／另一段殘翼藏在水下，／船尾搖曳出曲折的霞光。／／冰川冒著寒氣擦過身旁，／礁石下章魚的觸手伸張。／我默默飛馳，心裏明白／一旦停留就只有死亡——／／孤帆在迷霧裏尋找東方，／讓它的影子在暗中生長……／盼到天盡頭，總能抓住／一片白雲補好我的創傷！」〔註17〕在

〔註15〕吳阿寧《困獸》，《野草詩選》杜九森編，成都望川校園文化站。
〔註16〕陳明遠《始祖鳥》，《劫後詩存》，北京：世界知識出版社，1988年，第114頁。
〔註17〕陳明遠《大鵬之歌》，《劫後詩存》，北京：世界知識出版社，1988年，第86～87頁。

這首詩歌中，詩人形象地給我們展示了飛鳥之翼被折的那驚心的一幕，以及折翼鳥的絕境。翅膀之被折，源於有著無限權力的「上帝」。他輕易地就將「我」的一隻翅膀折斷，把我從雲端扔到大海。此時翅膀折斷後的「白羽和血花的碎片」以及發出的轟響之聲，無不激蕩著詩人對自由生命的渴望。這樣我成為了只有一隻翅膀的「單翼之鳥」。這一隻「單翼之鳥」，卻還不停地拍打著一隻翅膀，在浪尖上啓航，還在大海中前進。儘管只有一隻翅膀，他也得飛翔，否則就會面臨冰川的擦傷，以及章魚的襲擊，一旦停留就只有死亡。痛苦而悲壯的「折翼」，成為地下詩歌中所刻畫出來的「飛鳥」的主要特點。

地下詩歌中的「飛鳥意象」中，很少有一大群鳥同時出現，更多的是以個體方式出現的。換言之，由於地下詩歌詩人主體處於邊緣，他們的「飛鳥意象」更多地是「孤獨者」形象。比如這些落了單，失群的「孤雁」的飛鳥就是其中的代表。「深秋臨冬的湖水，／清澈而寒冷。／淡雲深高的天空，／時而傳來孤雁的哀鳴。」〔註18〕「……抖索飄搖的枯枝被帶上長空，／哀鳴失群的孤雁被留在沙灘上；／同是一個凄風苦雨的夜晚，／流浪漢捲曲在冰冷的棧房……」〔註19〕「我卻像一隻失群的孤雁，／在這荒地上感到死滅的沉寂；／眼前常閃現鷹爪的黑影，／使受傷的翅膀震顫，不能一動。」〔註20〕這一隻隻落單的鳥，一隻隻「孤雁」，或在深秋、或在天空、或在沙灘，孤獨地哀鳴，留下流浪的身影……。同時，在地下詩歌主體的體驗之中，這樣一隻在天地之間踽踽獨行，呦呦哀鳴的「孤雁」，這既是他們永恒的邊緣命運，又成為了他們流浪的歸宿之地。顧城《大雁（一）》或許從另外一個方面，表達了他對「雁」的特別情感：「從遙遠的天邊，／飛來了一群大雁。／它們在我的身邊環繞；／它們在我的頭頂盤旋；／它們向我友誼地招手；／它們說著我不懂的語言；／終於又戀戀地飛去──／遠了、遠了……／化為天邊一縷飄動的細線。／／於是我又想起了──／過去的夥伴」在詩人與雁之間，儘管沒有可以溝通的語言，但「雁」成為了他的夥伴，成為了他孤獨心靈的寄託。

〔註18〕林莽《深秋》，《被放逐的詩神》陳思和主編，武漢：武漢出版社，2006年，第300～301頁。

〔註19〕宋海泉《流浪漢之歌》，《被放逐的詩神》陳思和主編，武漢：武漢出版社，2006年，第348頁。

〔註20〕陳建華《無題》，《陳建華詩選》，廣州：花城出版社，2004年，第53頁。

「鳥」，其翅膀是有魔力的，由於有了一雙翅膀，鳥便是可以「飛」，他們就有了超越「中心」世界的可能。那舒展雙翼的時刻，那在天空自由地飛翔感覺，那遼闊的天空的夢想，這才是「飛鳥」充盈且充實的存在。由此，地下詩歌中詩人主體的「飛鳥」，也伴隨「翅膀」的神性，具有了超越「中心」控制的可能。在地下詩歌的「飛鳥意象」中，「鷹」的誕生，則體現了地下詩歌詩人主體的超越和反叛精神。這類形象一改地下詩歌主體作爲「折翼之鳥」、「孤雁」的悲劇形象特徵。「啊，誰見過，／鷹怎樣誕生？……風暴來臨的時刻，／讓我們打開門窗，／向茫茫天地之間諦聽，／在雷鳴電閃的交響樂中，／可以聽見雛鷹激越而悠長的歌聲。／／鷹群在雲層上面飛翔，／當人間沈在昏黑之中，／它們那黑亮的翅膀上，／鍍著金色的陽光。／／啊，鷹就是這樣誕生的。」〔註21〕「鷹」的誕生，也就是地下詩歌主體自我的新生。在暴雨、炸雷、閃電、炎日等惡劣的環境中，他們以「黑亮的翅膀」，超越「人間的黑暗」，伴隨著歌聲而在雲層上自由地飛翔。「出現在遼遠的天際／像一隻雙翼高張的飛輪／在無垠廣闊裏閃爍，飄舉／以它的金屬光澤……」〔註22〕所以地下詩歌中，儘管是作爲「困獸」的「飛鳥意象」，由於他鍛造出自我「黑亮的翅膀」，擁有「金色的光澤」，亦自由地翱翔於天地之間，成爲一隻「自由之鳥」。此時，地下詩歌通過「飛鳥意象」，更唱出自己的「自由之歌」。

正是由於鳥有著神性的翅膀，可以唱出自由之歌，地下詩歌中的「飛鳥意象」還表現爲地下詩人主體「我是一隻鳥」的激情表達。「我們是一群候鳥，／飛進了冬天的牢寵；／在綠色的拂曉，／去天涯遠征。／／讓脫落的羽毛，／落在姑娘們的頭頂；／讓結實的翅膀，／托著那太陽上昇。／／我們放牧著烏雲，／抖動的鬃毛穿過彩虹；／我們放牧著風，／飛行的口袋裝滿歌聲。／／是我們的叫喊，／冰山嚇得老淚縱橫；／是我們的嘲笑，／玫瑰羞得滿面緋紅。／／北方呵，故鄉，／請收下我們的夢：／從每條冰縫長出大樹，／結滿歡樂的鈴鐺和鐘……」〔註23〕在自己的幻想中，詩人成爲了鳥。儘管是在冬天的牢籠之中，他們依然可以自由的遠征，依然可以尋找到理想，找到愛

〔註21〕牛漢《鷹的誕生》，《牛漢詩選》，北京：人民文學出版社，1998 年，第 51～53 頁。

〔註22〕彭燕郊《飛》，《野史無文》陳思和主編，武漢：武漢出版社，2006 年，第 83 頁。

〔註23〕北島《候鳥之歌》，《北島詩選》，廣州：新世紀出版社，1987 年，第 18 頁。

情，找到歌聲，找到夢想。正是借助飛鳥的超越性，地下詩歌中的「飛鳥意象」有著超越現實困境的精神世界，成為詩人主體的自我新生的表現，最終展現一個更為豐富的人性空間。「我站在一個新的起點，／在人生的夜晝之交。……我將用歌唱喚醒混沌中的人群，／傾聽吧，請傾聽！／在雲層後，／在霞光中，／一隻為人的解放而歡叫著的鷹！」〔註24〕詩人做一隻鷹，並不是成為了「牛鬼蛇神」，在超越精神的基礎之上詩人更展開宏大的「人的解放」主體。此時，成為一隻鳥，不僅獲得了個人自由，而且還具有了解放人的歷史使命。

由此，地下詩歌中的「飛鳥意象」，一方面「折翼之鳥」展現了在權力語境之下地下詩歌主體存在的絕境；另一面地下詩歌主體期待著做一隻鳥，做一隻飛翔的鳥，去超越「中心」的暴力和鐵柵欄，以獲得自我生命的價值，實現人的解放。

三、昆蟲意象

地下詩歌詩人主體面對「權力中心」的強大壓力，退回到邊緣，在詩歌中構築出了一系列的「野獸意象」，形成了獨特的「邊緣體驗」。在這些意象之中，「昆蟲意象」也是地下詩歌中值得關注的一類重要意象。儘管「昆蟲」與「野獸」是不能合併在一起討論的，但是如果放在文革「牛鬼蛇神」的特殊語境之下，「人變為獸」的變形記，以及「人變為鳥」的變形記，與「人變為蟲」的變形記的表達形式和表現的主體，是完全一致的，也是完全可以放在統一命題之下來討論的。

地下詩歌中，出現了較多的「昆蟲意象」，展示了地下詩歌中詩人主體的特有感受和體驗。如無名氏的《蛇色的老婦》中，「惡詈的冰電，猛烈／圍攻這隻灰蜘蛛。」在暴力之下，人變形為蜘蛛。陳建華的《無題》「我想起你，像一隻螻蟻，／垃圾上艱難地爬行，無邊的苦難！／無奈中把渺茫的蒼穹仰望，／希望像雲朵懸掛在天上。／於是你造出奇異而美妙的想像，／把路途的窟窿充填成平坦。」〔註25〕這裡，人變形為螻蟻。在詩人的眼中，個體的命運與一隻小蟲的命運一樣，弱小無力。特別是在權力的暴力之下，人變得極為渺小、無助，生活變得極為渺茫。穆旦詩歌中的「人變形為蒼蠅」，「蒼

〔註24〕啞默《告訣》，見《當代「潛在寫作」史料：關於啞默〈真與美〉的史料（二）》，《現代中國文化與文學》，第2輯，巴蜀書社，2005年。
〔註25〕陳建華《無題》，《陳建華詩選》，廣州：花城出版社，2004年，第53頁。

蠅呵，小小的蒼蠅，／在陽光下飛來飛去，／誰知道一日三餐／你是怎樣的尋覓？／誰知道你在哪兒／躲避昨夜的風雨？／世界是永遠新鮮，／你永遠這麼好奇，／生活著，快樂地飛翔，／半饑半飽，活躍無比，／東聞一聞，西看一看，／也不管人們的厭膩，／我們掩鼻的地方／對你有香甜的蜜。／自居爲平等的生命，／你也來歌唱夏季；／是一種幻覺，理想，／把你吸引到這裡，／飛進門，又爬進窗，／來承受猛烈的拍擊。」〔註 26〕我們看到在明媚的陽光中，飛舞一隻渺小的蒼蠅，可，誰會在意一隻小小的蒼蠅的生活？誰會關心一隻蒼蠅的生存？大量的人就像蒼蠅一樣渺小，或許一生的命運永遠就被埋葬，不爲人知。更嚴重的，他們還會被一種「幻覺」和「理想」欺騙，「承受猛烈的拍擊」，遭受到暴力的制裁。在「人變爲蟲」的地下詩歌書寫中，「蟲」的微小、無力的特徵，更能彰顯出地下詩歌主體在權力暴力之下的精神特徵。

如果說卡夫卡的「人變爲蟲」中的「蟲」是「異化之蟲」，那麼地下詩歌中的「人變爲蟲」的「蟲」則是「冤屈之蟲」。一提到「人變爲蟲」的「變形記」，我們很自然地想到卡夫卡的《變形記》的故事，小職員格裏高爾・薩姆沙突然在一天早上醒來，發現自己變成了一隻大甲蟲。而這一荒誕情節，深刻展現了在資本主義制度之下人的異化狀態。人與人之間的關係變爲赤裸的利益關係，人與人之間的關係隔斷、難以溝通，人處於一種孤立、絕望的境地。這個「人變爲蟲」的故事，深刻地展現出現代社會中個體存在的荒謬、荒誕。地下詩歌中的「人變爲蟲」的變形記裏，更有一層對「冤屈之蟲」的特有展示。「兒女拉我園中去，／籬邊夜捕蟋蟀。／靜悄悄，步步側耳聽，／小女握瓶，小兒照燈火。／／一回捕獲八九個，／從此荒園夜夜不聞歌。／且看瓶中何所有，／斷腿冤蟲，悲哀與寂寞。」〔註 27〕地下詩歌中「人變爲蟲」的文革變形記，著力呈現的是地下詩歌詩人主體被「權力中心」所打壓而變形爲「蟲」。蟋蟀在園中自由的生活、歌唱，他們本身是園子裏自由的天使。但是他們卻沒有想到，自己已經被「人」傾聽，被「人」觀察和監視著，自己的命運已經被人掌握。沒有任何的理由，這一隻隻蟋蟀輕易地就被人捕獲，被關在了冰冷的、狹窄的「瓶」裏，在掙扎反抗之中斷腿、斷腳，

〔註 26〕穆旦《蒼蠅》，《穆旦詩全集》，北京：中國文學出版社，1996 年，第 309～310 頁。

〔註 27〕流沙河《故園九詠・夜捕》，《流沙河詩集》，上海：上海文藝出版社，1984 年，第 135～136 頁。

成為「冤蟲」。這一「冤屈之蟲」形象，直接指向中心的暴力與專制。同時，詩人以我的視角來看「蟋蟀」的命運，其實質正是以「蟋蟀」來看「我自己」的命運：詩人自我的形象在表面上與蟋蟀是分離開的，但實際上，自我卻是與蟋蟀同構的，自我命運與蟋蟀的命運是一樣的。「在我窗前，蜘蛛張起一面網，／精巧的圖案，使我想起古代的織工。／清晨，掛滿露珠，像一串串項鏈，／傍晚，縛住一隻隻喜愛光亮的小蟲。／／今天，我早早起來，拉開窗簾，／看見那上面網住了一隻蜜蜂。／它掙扎著，發出低微的呻吟，……／誰來斬斷它——我們身邊這無形的網，／救出落網者，像救出這隻蜜蜂。」〔註28〕一隻落網的蜜蜂，就代表這一個落網者。地下詩歌中的「冤蟲」，不但展示了地下詩歌主體作為「牛鬼蛇神」的痛苦與絕望，而且還呈現了這背後的「冤氣」。這種「冤氣」，也是地下詩歌中「昆蟲意象」的重要特點。

儘管地下詩歌中的「昆蟲意象」建立起一個捕獲、囚禁、屠殺的世界，但仍出現了一系列的未被世界浸染的純粹的昆蟲世界。這些「蟲」遠離「權力中心」，在自然中、在邊緣世界生活，構築了另外一番自由的天地。詩人顧城是最懂得「蟲」的一位詩人，也是最能傾聽純粹的昆蟲世界的聲音的，他的《蟬聲》，「你像尖微的唱針，／在遲緩麻木的記憶上，／劃出細紋。／一組遙遠的知覺，／就這樣，／纏繞起我的心。／最初的哭喊，／和最後的訊問，／一樣，沒有回音。」〔註29〕詩人聽到蟲的天然的鳴叫，儘管是像尖微的唱針很細小，但是這足以在我們已經遲緩的、麻木的記憶上刻畫出紋路，找尋到生命的感覺。由此，這些處於邊緣自然的昆蟲的細微歌唱，喚醒了詩人自我的知覺。在《野蜂》中，「早晨，銜來百花的甘露，／在竹枝上建起靈巧的樓房，／春天給予它不竭的精力，／美麗的舞蹈，浴著漫天金光。／／細雨，洗去空氣中的浮塵，／薄暗裏蜜酒散開陣陣醇香。／野蜂在風雨的搖蕩中開始安眠，／帶著無限甜美的夢想。」〔註30〕在純粹自然的蟲的世界，還原到了本相，百花的甘露、靈巧的樓房、春天美麗的舞蹈、漫天的金光，一一詩意地出現在大地上……自然世界的蟲，帶來了詩人自我本真的聲音，也呈現了詩人個體價值。所以顧城呼喊道：「我們首先應該是一條蟲」「做一條

〔註28〕周倫祐《網》，《周倫祐「文革」詩選》，發星工作室，2008年（鉛印本）。

〔註29〕顧城《蟬聲》，《顧城詩全編》，上海：三聯書店，1997年，第53頁。

〔註30〕顧城《野蜂》，《顧城詩全編》，上海：三聯書店，1997年，第18頁。

老實的，甘於平凡的昆蟲，不該去踐踏別人的世界，爲我們所陌生，所不懂的世界。」〔註31〕。在純粹的昆蟲世界之中，人不再沉淪入黑夜，人開始有了甜夢的、眞實的夢想。做一條蟲，因爲這裡有自我的存在，有不需要別人懂得的獨一無二的世界。所以陳仲義認爲顧城，「幼年獨一無二的昆蟲情結，純眞憐愛的本眞童心，常年處於夢遊症的異常亢奮的幻覺機制，以及因直覺、超驗、神秘意識而獲得的高額率靈感，共同組合詩人充滿幻想的心理結構。」〔註32〕在詩人自我主體的「昆蟲之形」之中，蘊涵的是詩人的童心和讚美。作爲一隻蟲，世界不再是黑的世界、凍土地，也不再是牢獄，而是一個完美的、詩意的世界。

所以，地下詩歌中作爲「冤蟲」的蟋蟀形象，再現了權力之下地下詩歌主體冤屈之感，同時像「蟬」、「野蜂」這一類「自然之蟲」，又開啓了地下詩歌主體在「邊緣」存在的另一番詩意的世界。

第三節　地下詩歌主體的「非人體驗」

地下詩歌中「從人到獸」的變形記中，出現了大量的「野獸意象」、「飛鳥意象」和「昆蟲意象」，一同展現了地下詩歌主體的「野獸形象」。彭燕郊的猴、周倫祐的小黑驢、流沙河的家中馬、牛漢的華南虎、陳明遠的始祖鳥、林莽的孤雁、牛漢的鷹、北島的候鳥、流沙河的蟋蟀、陳建華的螻蟻、穆旦的蒼蠅、顧城的野蜂……這麼多的「野獸意象」的出現，成爲地下詩歌的一個獨特標記。

由於大量的野獸意象的出現，形成地下詩歌特有的「非人體驗」，「在文革時期許多覺醒者他們的自我體驗，他們的內在體驗，就是這種深處的體驗，非人的體驗。」〔註33〕地下詩歌詩人主體變形爲獸，在世界上已經失去了他的位置，失去了「人」，他們如自然的野獸一樣，無根、漂泊、無助。進而地下詩歌中的自我主體成爲「非人」，他們的詩歌著力描寫他們不能做人的痛苦和悲哀。人變形爲獸，成爲動物，只能以動物的方式來感知和認識世界，這就構成了地下詩歌的「非人體驗」。

〔註31〕顧城《我願重做一條昆蟲》，《當代詩歌》，1987年，第2期。
〔註32〕陳仲義《中國朦朧詩人論》，南京：江蘇文藝出版社，1996年，第140頁。
〔註33〕摩羅《論革時期潛在寫作者對時代資源的超越》，《社會科學論壇》，2004年，第10期。

　　但同時，地下詩歌的「非人體驗」，又是邊緣主體自我精神探尋的歷險，更是作爲邊緣的地下詩歌主體尋找自我、建構自我的過程。地下詩歌詩人主體以「獸」爲契機，尋找到了超越的可能性。不管是做爲「野獸」、「飛鳥」還是「昆蟲」，正是邊緣狀態之下，地下詩歌主體自身又獲得了一種天生的、本能的、本性的「野獸精神」，展現出地下詩歌特有的精神向度。

第四章 「我是人」：地下詩歌的精神走向（之一）

第一節 「野獸身份」與「野獸精神」

　　在地下詩歌中，地下詩人們總是被「權力中心」所纏繞，在「權力中心」指認和壓制的噩夢之下，深切地感到自我的失落和無力，感到「人」的空白。而在此「中心」的生存環境中，特別是中心的指認和壓制下，地下詩歌詩人主體自我變形爲獸，產生了地下詩歌主體獨特的「野獸身份」。

　　而同時，地下詩歌詩人主體的野獸身份中，「野獸」的「野性」特質又爲地下詩歌提供獨特的精神價值，成爲自我生命力綻放的契機。「『獸』就是生命本體的精神力動，沖決一切生命的不自由不眞實狀態，而『形』就是精神汪洋之中的波浪，所以『狂飲不醉』的，就是這種精神力動波瀾壯闊，狂飲白天與黑夜，狂飲存在於虛無，狂飲天、地與人的一切實存。」〔註1〕儘管地下詩歌中，變形爲「獸」的詩人精神和肉體的苦難、痛苦是悲愴的，他們的掙扎、呼喊、生命是孤獨的、無力的、渺小的，但是「獸」的野性又爲他們賦予獨立、自由，以及對於夢想的追求。「在浩劫之年的漫長冬夜，我們人民的心中依然存在著光明戰勝黑暗的信念。同樣，在我們這個國度，雖然人民的詩人在當時不能公開地歌吟，但訴心曲、鳴不平的詩情並沒有泯滅。人民

〔註1〕 賴賢宗《黃翔詩藝探本──狂飲不醉的獸形與身體自由宇宙的交融共舞》，《我在黑暗中搖滾喧嘩》（受禁詩歌系列1），臺北：唐山出版社，2002年（電子文本）。

的詩人並沒有沉默，而在用各種方式積蓄著力量。他們的歌聲可以休止一時，卻不會沙啞。」〔註2〕因此，地下詩歌的詩人主體，從「野獸身份」之中，獲得了一種「野獸精神」，一種不息的動的精神，一種抗爭的精神，一種「我是人」的存在而不懈吶喊的精神。

當然，在地下詩歌主體中所喚醒的「野獸精神」，再現是野獸般的本能衝動，其核心是一種原始生命的衝動。談到自己「文革」期間的創作，牛漢說道：「說不上是什麼自覺的理性行為，更多的是人性的原始感應。」〔註3〕也就是說，在地下詩歌的創作過程中，對於「變了形」的地下詩人自我來說，其思考中的理性思維暫時讓位，作為野獸的最原始本能凸顯。由此，他們的詩歌作品，也就成為生命原始本能的綻放，「詩幾乎是寫實，沒有誇張和虛構，更沒有什麼思想的色彩，全是生命的本能的動作。」〔註4〕牛漢的《華南虎》，就更多地感受到了野獸般的原始生命力量：健壯的腿、破碎的趾爪、破碎的牙齒、石破天驚的咆哮、火焰似的斑斕、火焰似的眼睛……由於這些原始的力量，這隻「野獸」呈現為主動的野獸、不安的野獸、躁動的野獸、剛硬的野獸、生命力旺盛的野獸，最終釋放出野性精神。「你被關在籠子裏了，／卻還是這樣的傲慢不馴：／你高高憩息在鐵架上面，／終日不倦地凝視著遠方，／目光嚴肅、銳利而憂鬱。／／你對周圍的一切是這樣冷漠：／這往來觀看你的人們，／這足下豐美的肉食，／和附近鳥雀爭食的喧鳴……」〔註5〕這隻野獸與「鐵籠」對視，傲慢不馴，俯視著大地，嚮往著峽谷、平原、山巔。「只有當野草在聖殿中出現，才足以說明這裡再沒有人下跪，這裡將成為生趣盎然的百花園；才足以證明陽光、春風的存在。縱然十字架倒在我們身上，也不能組織和否定我們，因為我們深信，它將被我們蓬勃的生命的力所埋葬。」〔註6〕「鐵籠」扼制了野獸的身體，但是「遠方」牽引著野獸的精神。儘管有鐵籠，但是他們無法籠罩勃勃的生命力，野獸般的生命力。由此，對

〔註2〕 《新時期文學六年 1976.10～1982.9》，北京：中國社會科學出版社，1985 年，第 96 頁。

〔註3〕 牛漢《第二次人生的習作》，《命運檔案》，武漢：武漢出版社，2000 年，第 198 頁。

〔註4〕 牛漢《奇特的生命體驗》，《夢遊詩人說詩》，北京：華文出版社，2001 年，第 54 頁。

〔註5〕 錢玉林作《鷹》（1968 年），《記憶之樹》，上海：上海遠東出版社，1998 年，第 24～25 頁。

〔註6〕 陳墨《野草》，《野草之路》，成都野草文學社編，1999 年，第 1 頁。

於「遠方」的本能渴望，戰勝了統治的牢籠，野獸的原始本能已經被激發出來了。

地下詩歌中的「野獸精神」，大量展現為生命力的獲得、生命力的勃發，以及生命的張揚與燃燒。「如果我是海燕，／我要用鋒利的黑翼，／在海空劃下一線；／／如果我是飛鷹，／我要展翅衝霄，／刺破陰沉的雲天；／／如果我是雄獅，／我要用震天的怒吼，／喚醒沉睡千年的群峰；／／如果我是長鯨，／我要噴起萬丈水柱，／使大海翻騰！／／如果我是雷霆，／我要從萬仞雲端，／擊進無底的深淵；／／如果我是閃電，／我要用藍色的利劍，／劈開無光的暗夜；／／如果我是狂飆，／我要帶著召喚和呼嘯，／把一切腐朽的吹卷；／／如果我是海濤，／我要洶湧咆哮，／把大地的罪惡沖刷！／／如果我是丹科，／我將取出閃光的心，／引導黑暗中的人群；／我將刺破血管，／讓血液噴射，／讓天宇染上自由的顏色！」〔註7〕野獸的本性，是難以禁錮的。燕、鷹在天空自由飛翔的本性，會刺破陰沉的雲天；獅虎的嚎叫和怒吼的本性，可以叫醒大地和山川；鯨魚搏擊海浪的本性，能掀動大海的動蕩……這些正是生命力量的釋放。地下詩歌也通過這些野獸般的原始本能，召喚生命，召喚自我，召喚自由！

從而，地下詩歌詩歌主體從「獸形身份」到「野獸精神」的過程，其實也就是地下詩歌主體自我意識獲得的過程。有野獸般的生命力，也有了詩人主體自我的生命意志。「黃翔的詩使用咆哮、狂放的語言，是被壓抑的身、心在情緒、意識層面的宣泄，是對集苦難、仇恨、抗爭於一身的『自我』塑形。」〔註8〕在此旺盛生命力，強烈的原始本能的映照之下，地下詩人才能成為了主動的人，主動的自我，成為一個具有健全肉體和健全精神的人格主體，成為一個大寫的「我」。地下詩歌中的「野獸精神」，就構成了地下詩歌「我是人」這樣一個主題。

第二節 「我是人」：地下詩歌的主體意識

儘管地下詩歌中有著豐富的「野獸形象」，但是他們突出了一個「我是人」

〔註7〕 啞默《如果我是……》，見《當代「潛在寫作」史料：關於啞默〈真與美〉的史料（一）》，《現代中國文化與文學》，第1輯，巴蜀書社，2005年。

〔註8〕 洪子誠、劉登翰《中國當代新詩史》（修訂版），北京：北京大學出版社，2005年，第182頁。

的主題。可以說「獸」是地下詩歌詩人主體的精神起點,而「人」則是地下詩歌詩人主體精神的歸宿。對於作為「人」的追求,是地下詩歌主體始終沒有泯滅的內在意識,「我知道我永遠也成不了思想家(哪怕我多麼願意)。我通過我自己深深意識到:今天,人們迫切需要尊重、信任和溫暖。我願意盡可能地用詩來表現我對『人』的一種關切。」〔註9〕所以在地下詩歌中,地下詩歌主體正是面對著自我的「獸形」身份,他們對「人」渴望,對「人」形象彰顯,才在他們的詩歌中表現得如此突出,顯得如此強烈。

而地下詩歌主題中,他們對「人」的渴望,對「人」形象的彰顯,呈現出一種極為鮮明的「我是人」的主體意識。「我是人」的精神,始終在召喚著詩人:「南柯下,他指給我看 / 那深挖巷道的工程: / 匆忙來往的白蟻們 / 遲緩地忙碌不停。 / 同樣的疲憊,同樣的疏懶, / 同樣麻木的表情……我不是白蟻 / 也不是黃蜂, / 我是陳明遠 / 我是人! // 我的四肢不是用來 / 朝金鑾寶殿匍伏跪進, / 我的頭顱不是用來 / 向階下的賞賜俯首謝恩。…… / 從天堂之頂 / 到地獄之門 / 熊熊地挺直我的巨影—— / 我不避屬鬼 / 也不敬天神, / 我是陳明遠 / 我是人。」〔註10〕儘管地下詩歌主體,有著「獸的外形」,但他們更多的是在「我是人」關切之下展開他們的詩歌世界的。於是只有文革這一特殊時期,地下詩歌主體被打成「牛鬼蛇神」,成為「獸」,才有了地下詩歌主體要回到人,喊出「我是人」的獨特口號,首先面臨的還是自身的獸形。他們的詩歌,從獨立性、個體性、主動性這三個方面,展示了他們「我是人」的主體意識。

一、獨立性

地下詩歌直接面對「政治中心」,所以遠離「政治中心」,在「政治中心」面前保持獨立。展現一個獨立的人的形象,是地下詩歌「我是人」吶喊的一個重要主題。

詩人黃翔早在文革之前就呼喊著個體的獨立,書寫著獨立的個體形象,「我是誰 / 我是瀑布的孤魂 / 一首永久離群索居的 / 詩 / 我的漂泊的歌聲是夢的 / 遊蹤 / 我的唯一的聽眾 / 是沉寂」(黃翔《獨唱》1962)。這種獨唱,

---

〔註9〕舒婷《人啊,理解我吧》,《青年詩人談詩》老木編,北京大學五四文學社,1985年,第21頁。
〔註10〕陳明遠《我是人》,《劫後詩存》,北京:世界知識出版社,1988年,第130~131頁。

不僅僅是詩人自我孤獨的歌唱，而且更是自我獨立的歌唱，也是對「我是人」的歌唱。曾卓的詩《懸崖邊的樹》，就比較典型地體現了地下詩歌詩人主體對獨立人格的追求。「不知道是什麼奇異的風／將一棵樹吹到了那邊——／平原的盡頭／臨近深谷的懸崖上／／它傾聽遠處森林的喧嘩／和深谷中小溪的歌唱／它孤獨地站在那裡／顯得寂寞而又倔強／／它的彎曲的身體／留下了風的形狀／它似乎即將傾跌進深谷裏／卻又像是要展翅飛翔……」〔註11〕正如楊健所說，「這是一幅奇特的畫面：在風暴、厄運降臨之際，頑強抗爭，頂住狂風，同時展開著向光明未來飛翔的翅膀。這裡概括了『文革』時代知識分子的典型姿態和共同體驗。短短的小詩濃縮了整個『文革』時代知識分子曾進入的精神境界。」〔註12〕曾卓的這一棵樹的形象，成爲文革地下詩歌詩人主體形象的代表。特別是他塑造的這個「獨立的樹」的形象，更成爲了一代人的精神象徵。張志揚曾說，「在這裡，在懸崖邊，『孤獨』不再是向外的某種乞求，不管是對信仰還是對愛，而是作爲一種站立的狀態，即孤獨回到自身的自我肯定。特別是它顯得寂寞而又倔強，這意味著孤獨以孤獨爲傲岸的姿態。」〔註13〕在這裡「懸崖邊上的樹」，是一個有著獨立性格的樹。即使在懸崖上，被「奇異的風」亂吹，但是這顆樹也不向外尋求自我存在的價值。同時在這樣險惡的環境之中，這棵樹始終保持著「站立」的狀態，沒有彎腰，沒有屈服。他雖然孤獨，但他始終保持傲岸的姿態。這棵樹所蘊含著的不屈的抗爭精神、自由的靈魂，以及那燃燒著的生命力，成爲地下詩歌主體「我是人」的最核心的內在精神。這一顆具有獨立人格的樹，也成爲地下詩歌詩人主體對於「我是人」呼號的絕好寫照。

地下詩歌中詩人主體的獨立的「站立姿態」，使他們偏離了「政治中心」，具有獨立個體意識。而這種意識，在地下詩歌中，還進一步呈現爲個體的獨立思考。「煙囪猶如平地聳立起來的巨人，／望著布滿燈火的大地，／不斷地吸著煙捲，／思索著一種誰也不知道的事情。」〔註14〕此時的詩人主體，更成爲了一個「聳立起來的巨人」。他獨立地觀察這個世界，獨立地做著自己喜

〔註11〕曾卓《懸崖邊的樹》，《曾卓文集》，第 1 卷，武漢：長江文藝出版社，1994年，第 123 頁。
〔註12〕楊健《文化大革命中的地下文學》，北京：朝華出版社，1993 年，第 271 頁。
〔註13〕張志揚《曾卓的「信仰、寂寞與愛」》，《創傷記憶》，上海：三聯書店，1999年，第 162～163 頁。
〔註14〕顧城《煙囪》，《顧城詩全編》，上海：三聯書店，1997 年，第 7 頁。

歡的事情，獨立地思考。他的所思，就是他自己的所思，不必告訴別人，也沒有必要讓別人瞭解。他「他相信自己的傷疤，相信自己的大腦和神經，相信自己應作自己的主人走來走去。」〔註15〕所以在他們的詩歌中，他們不希望有別人的干擾，不願意被別人引導，一切從自我出發，一切從獨立的自我出發來思考這個世界。正是一個有著獨立思考的人，進一步確證了自我的獨立地位。

地下詩歌中獨立的自我，正如黃翔所說的「獨唱」：有不被任何人侵犯的個人的領地，有一個完全屬於自我的獨立的空間，唱出屬於自己的歌。「一個人格獨立自主的人在任何時候都可以表達自己的見解並維護自己言論自由的權利！不管這種見解和自由言論是否能爲被受到批評或抨擊者所容忍和接受。一個精神獨立的人，在任何時間和任何空間條件下都是獨立者，他不因時空條件變化或堅持或放棄自己的言論自由和精神獨立。」〔註16〕地下詩歌中詩人主體是獨立的個體、獨立的人，指向自由精神，豐富了地下詩歌「我是人」的主體意識。

二、個體性

地下詩歌的「邊緣」主體「我是人」的主體意識，更明確的表現爲「我是一個個體」，這種「個體的人」，形成一種自由個體主義，「自由個人主義既是本體論意義上的又是倫理意義上的術語。這涉及到將個人看成是第一位的，是比人類社會及其制度和結構更爲『眞實』或根本的存在。也涉及到將更高的價值隸屬與個人而非社會活或集體性團體。以這種思維方式而論，個人在任何意義上都先於社會而存在。他比社會更眞實。」〔註17〕由此，在個體的人的層面上，人在社會中是第一位的。社會存在的最根本的體現，是個體的而不是群體的。所以地下詩歌的「我是人」，也重點展示地下詩歌主體的「個體存在」。

在回到「個體的人」的地下詩歌主體意識中，詩人食指可以說在「個體

〔註15〕顧城《請聽聽我們的聲音》，《青年詩人談詩》老木編，北京大學五四文學社，1985 年，第 29 頁。

〔註16〕黃翔《我看高行建：答國内外友人問》，《鋒芒畢露的傷口》（太陽屋手記三），臺北：桂冠出版社，2002 年（電子文本）。

〔註17〕〔英〕奧阿巴拉斯特《西方自由主義的興衰》，曹海軍等譯，長春：吉林人民出版社，2004 年，第 18 頁。

性」這一方面形成了「一個小小的傳統」。「多多認定食指是他們『一個小小的傳統』，或許只能說是食指那種維護詩歌獨立尊嚴的傳統及個人化寫作的傳統而不旁及其他。」〔註18〕這個由食指所形成的小小的詩歌傳統，一方面是指食指對詩歌本身尊嚴的維護，更重要的是指地下詩歌在創作過程中的個人化寫作，以及地下詩歌主題中的「個體意識」。宋海泉也明確地指出食指的「個體性」特徵，「是他使詩歌開始了一個回歸：一個以階級性、黨性爲主體的詩歌開始轉變爲一個以個體爲主體的詩歌，恢復了個體人的尊嚴，恢復了詩的尊嚴。」〔註19〕可見，食指所開創的小傳統，除了對於詩歌尊嚴的恢復以外，更重要的一點是對於人的尊嚴的恢復。而此「人的尊嚴」的恢復，具體而言，就是地下詩歌主體意識「個體性」恢復。

　　地下詩歌詩人主體意識「個體性」的呈現，主要表現在他們在詩歌中對於個體心理、個體經驗的開拓，展現個體對於生命和世界的介入。也正是地下詩歌中豐富的個體心理、個體經驗，才完成了地下詩歌詩人主體意識「我是人」的追求。食指的詩歌《這是四點零八分的北京》，正是地下詩歌個體體驗的一次驚人爆發，「它第一次將反抗的向度，移向每個個體生命自身，經各種不同類型的集體主義面孔轉化成具體的個人。」〔註20〕這也是詩人食指一次完整地、全面地深入到個人體驗的作品，堪稱爲地下詩歌個人體驗表達的「樣板」。「這是四點零八分的北京，／一片手的海洋翻動；／這是四點零八分的北京，／一聲雄偉的汽笛長鳴。／／北京車站高大的建築，／突然一陣劇烈的抖動。／我雙眼吃驚地望著窗外，／不知發生了什麼事情。／／我的心驟然一陣疼痛，一定是／媽媽綴扣子的針線穿透了心胸。／這時，我的心變成了一隻風箏，／風箏的線繩就在媽媽手中。／／線繩繃得太緊了，就要扯斷了，／我不得不把頭探出車廂的窗櫺。／直到這時，直到這時候，／我才明白發生了什麼事情。／／——一陣陣告別的聲浪，／就要卷走車站；／北京在我的腳下，／已經緩緩地移動。／／我再次向北京揮動手臂，／想一把抓住他的衣領，／然後對她大聲地叫喊：／永遠記著我，媽媽啊，北京！／／終於抓住了什麼東西，／管他是誰的手，不能鬆，／因爲這是我的北京，這是我的最後的北京。」〔註21〕在個體經驗的綻放中，這首詩歌最引人矚目之處就是詩歌

〔註18〕李憲喻《食指：朦朧詩人的「一個小小的傳統」》，《詩探索》，1998 年，第 1 輯。
〔註19〕宋海泉《白洋淀瑣憶》，《詩探索》，1994 年，第 4 輯。
〔註20〕陳默《堅冰下的溪流——談白洋淀詩群》，《詩探索》，1994 年，第 4 輯。
〔註21〕食指《這是四點零八分的北京》，《探索詩金庫·食指卷》，北京：作家出版

中出現了大量的「我」：我的雙眼、我的心、我探頭、我明白、我的腳下、我的手臂、記住我、我的北京、我的最後的北京……此詩全部都是以「我」的視角來觀看世界，以「我」來體驗世界，所以在這首詩歌中，我們感受到的最強大的力量來源於那個真實的「我」。「他們以自我心靈歷程作爲創作根本軸心，一切圍繞著自我的體驗的圓周旋轉。」〔註22〕詩歌中，具有強烈主觀色彩的個人的世界，成爲了詩歌中唯一的世界，正是在這「個體性」的生命世界中，整個世界有了另外一種時空格局：「個人時間開始了」，個體的時代到來了！這裡，這個時間不是一個偉大的時代，「這是四點零八分的北京」，是一個我的個人時間，一個我離開的時間。這個時間令我內心產生了巨大的波瀾，只是在於我要離開。所以這首詩歌中的「個人時間」所昭示的巨大意義在於，這首詩歌是一個個人的生命記錄，是一個個人的心靈顫動，最終刻繪的是個人靈魂的軌跡。由此，如果說胡風的《時間開始了》是一個新的時代的開始，那麼食指的《這是四點零八分的北京》則是一個個人時間的開始，呼喊了「個人時代」的到來。

地下詩歌中「我是人」的主體意識，特別是以食指爲代表的地下詩歌的「個體性」構成了中國當代詩歌的「小小的傳統」，「重要的不同不僅是其中表達的情感、思想和藝術方法方面，更重要的是知青的『地下詩歌』開始表現了敘述主體的某種轉換，和『個體』經驗有限地被發掘。」〔註23〕穆旦詩歌創作，也完全在追求「個體性」寫作，這種狀態被穆旦稱之爲「沒有別人在旁邊的感覺」。穆旦曾經在一封致他的「詩歌學徒」的信中專門闡述了一種「個體性」寫作的狀態：「不過，你另一句話也說得很對，就是你在寫它時『沒有別人在旁邊看著我的感覺』。這『感覺』成爲現在作者的很大問題，他身兼兩職，既要憑感受來寫作，又要根據外面的條條來審核和改動自己的感受，結果他大爲折衷，膽子很小，筆鋒不暢，化真爲假，口是心非。這種作品我們不會認爲是好作品，儘管非常正確合格，但不動人。」〔註24〕在寫作過程中，如果外在的意識形態、外在的其他因素強行介入到詩歌中，就不會

社，1998 年，第 47～48 頁。

〔註22〕陳仲義《中國朦朧詩人論》，南京：江蘇文藝出版社，1996 年，第 81 頁。

〔註23〕洪子誠、劉登翰《中國當代新詩史》（修訂版），北京：北京大學出版社，2005 年，第 110 頁。

〔註24〕穆旦《蛇的誘惑》（穆旦作品卷）曹元勇編，珠海：珠海出版社，1997 年，第 223～224 頁。

有個體寫作。如果這條路被掐斷，地下詩歌中詩人主體的「個體性」也就難以確立。

由此，地下詩歌詩人主體的「個體性」正是與他們的個人化寫作活動相聯繫的，一起構成了地下詩歌獨特的詩歌品格，「與『文化大革命』中公開發表的作品相比，地下文學是一種純粹的個人化的寫作活動，作者藉此與自身心靈交流對話，將自己的真實情感表達出來，從而體現出難能可貴的文化品格和意義。」〔註25〕這樣也形成了地下詩歌的個性意識，促使了個性的覺醒。「個體的人」，也成為地下詩歌主體意識的重要追求。

三、主動性

地下詩歌中的主體意識「我是人」的表達，還展現出一種對於主動性人格的訴求。只有「主動自我」，而不是「被動自我」的呈現，才是地下詩歌主體意識「我是人」挺立起來的重要標杆。

康德在《答覆這個問題：「什麼是啟蒙運動？」》（1784）中，給啟蒙下了一個著名的定義：「啟蒙運動就是人類脫離自己所加之於自己的不成熟狀態。不成熟狀態就是不經別人的引導，就對運用自己的理智無能為力。當其原因不在於缺乏理智，而在於不經別人的引導就缺乏勇氣與決心去加以運用時，那麼這種不成熟狀態就是自己所加之於自己的了。Sapere aude！要有勇氣運用自己的理智！這就是啟蒙運動的口號。」〔註26〕那麼我們看到，地下詩歌詩人主體的「獸形」存在，是一種不成熟的狀態。他們完全由「別人」引導，並且在「別人」的視野之下，才能行動、思考。由此，這個「別人」的指引，以及地下詩歌主體的「被動體驗」，成為一種蒙昧。希望以「主動的姿態」來面對和思考世界，便成為了地下詩歌主體意識的另一重要追求。

與地下詩歌詩人主體的趴著的、跪著的、病重中的，瀕臨死亡的「獸形」形象相比，「主動的人」是一個站起來的我，一個醒過來的我，一個走出來的我：「在墓穴的陰影裏，／我站起來。／／在靈夢的困擾中，／我醒過來。／／在謊言的風暴中，／我走出來。／／哪怕我今天就死去，／也要看一眼未來的

〔註25〕劉勇主編《中國現當代文學史》，北京：中國人民大學出版社，2006 年，第341 頁。

〔註26〕〔德〕康德《歷史理性批判文集》，何兆武譯，北京：商務印書館，1996 年，第 22 頁。

世界。」〔註 27〕這就是地下詩歌主體，即使是被投入到了墓穴之中，也要主動地站起來；即使在被噩夢之中，也要主動地醒過來；即使在被設置的謊言之中，也要大膽地走出來。我從黑暗的世界中站起來，我從冰冷的夢境中醒過來，我從被謊言困住的世界中走出來，就誕生了一個「主動的人」。於是作為主動的主體，就與被動的「獸形」存在截然不同之處。此時，我成為了這種世界行動的中心，我的意志才是自我行動的主宰。該詩歌標題為《今天》，也就是說在此時此刻就可以行動，就可以實現「主動自我」。地下詩歌塑造了這樣的「主動自我」形象，即用我自己的意志來主宰我的世界的「主動自我」形象。

而地下詩歌中主體意識的「主動性」，不但構築出了「主動自我」這樣的主體形象。同時作為「主動自我」，更看重個人的主動追求。以自己的思考、以自己的行動去追求，這成為了地下詩歌主體意識「我是人」的另一重要呈現。「天氣還冷著呢／生命還在冬眠呢／我卻醒了，／醒得過早……／喚醒我的／不是春天／而是對春天的希望。」（綠原《謝謝你》1970 年）天氣還冷，世界還在冰封，但是已經獲得自我主體的人，已經有了生命的衝動，並開始醒來，將以自己的行動來完成自己的價值。此時的詩人主體，是作為主格的人，不再僅僅是迷戀外在的春天，而更迷戀自己內心的春天，沉迷對自己行動的謳歌。「我躺在田野的小河邊上，／看白雲在蔚藍的天空靜靜飛翔；／我傾聽大地深沉的呼吸，／河水載滿陽光，潺潺流淌……／／啊，白雲，你自由的吉卜賽姑娘！／你飄逸溫柔，敢哭敢唱，／一旦陰影湧上心頭，／風雨雷電的交響便在大自然裏回蕩！／／你是一個沒有國籍的姑娘，／到處都是你可愛的家鄉。／你無拘無束，從不疲倦，／日日夜夜，飛越江河、平原、山谷／和海洋……／／田野的風吹動我的衣裳，／我吟詠著一個俄羅斯詩人不朽的詩章。／帶我去吧，你自由的吉卜賽姑娘！／我願伴隨你永遠流浪……」〔註 28〕這裡作為主體的我，要麼隨意地躺在大地上，要麼自由地傾聽，要麼永遠流浪，無拘無束，隨性而為，敢愛、敢恨、敢哭、敢唱。這種行動的自由，是地下詩人「我是人」主體意識的最終體現。

但是我們看到，地下詩歌中這個「主動自我」的「自由行動」，在文革特

〔註 27〕錢玉林《今天》，《記憶之樹》，上海：上海遠東出版社，1998 年，第 77 頁。
〔註 28〕郭建勇《自由的吉卜賽姑娘》，《青春的絕響》陳思和主編，武漢：武漢出版社，2006 年，第 125～126 頁。

殊時期，只能是一種夢想，一種理想狀態。面對「中心」權力暴力，地下詩歌對「主動性」的表達，便是對這個黑暗世界的逃離，要衝出黑暗。這一「衝」的詩意，成爲地下詩歌主體意識「我是人」的激情吶喊。「啊，衝開房門，衝出大樓，衝破一切束縛吧！／讓狂風把我的吶喊吹向遼遠的山谷和森林！／我張開雙臂，奔向黑夜，奔向暴風雨，／奔向泥濘的道路，奔向遙遠的黎明……」〔註29〕在地下詩歌中，現實「中心」所造成的殘酷境遇，以及現實中的恐怖和危險始終是地下詩人無法改變的絕對背景。作爲「主動性」的自我主體，面對著「政治中心」的暴力和壓制，不再是軟弱、不安、呻吟、屈服、麻木，也在被動承受，他們只能以實際行動證明自己的存在，彰顯自我的獨立意識。衝開了關押的房門，衝出謊言的大廈，衝破一切的束縛，他們以「衝」向「權力中心」挑戰。他們直接面向黑夜，面向暴風雨，找尋自己的道路，追尋自己的黎明，以凸顯自己的價值。主動地衝出大地的限制，並衝破大地的束縛，使得地下詩歌中的主體成爲了「主動的我」。

對於地下詩歌主體來說，「我是人」的呼聲太強烈，以至於他們在成爲「主動的我」時，即使付出沉重的代價也在所不惜。「只爲掙脫腳上的鐐銬，／猛地撕斷雙腳，／劇痛又終於轉成麻木，／一舉衝破雲霄。」〔註30〕這是地下詩歌中，地下詩歌主體爲了「我是人」主體意識的獲得，而展開的一次更爲決絕和悲壯的主動抗爭行爲，顯得極爲雄偉與悲愴。爲召喚個人的靈魂，爲了自由，爲了衝破黑暗，詩人不惜將自己的雙腳撕斷。這種努力，或許不會獲得任何價值回報。但是已經發出「我是人」呼喊的詩人，就不願再次變形爲「獸」，不願再次退回到被動的地位。他們只有在主動意志之下，抗爭，乃至捨棄自我的骨頭和血肉，付出沉重的代價。地下詩歌中的這種爲了「我是人」而展開的悲壯行動，使地下詩歌主體具有了永存不息的抗爭精神。

面對「中心」暴力壓迫和專制，地下詩歌詩人主體在「我是人」呼號之下，以悲壯的行動，向著自由和夢想挺進。正是他們的行動，才能形成「人人自立，不復待人」〔註31〕的詩人主體，完成「我是人」的主體追求。

〔註29〕郭建勇《田野上的雷雨》，《青春的絕響》陳思和主編，武漢：武漢出版社，2006年，第142頁。

〔註30〕陳明遠《衝天之歌》，《劫後詩存》，北京：世界知識出版社，1988年，第85頁。

〔註31〕〔清〕康有爲《康有爲全集》，第2卷，上海：上海古籍出版社，1987年，第802頁。

第三節　火:「我是人」的激情表達

在文革這一特殊時期,正是由於外在「權力中心」的極度強大,使得地下詩歌主體失去了人形,成為「獸」。一方面由於作為「獸」而蘊涵的「野獸精神」釋放出來,地下詩歌中就充滿了激蕩的生命力;另一方面,由於「我是人」的強大吸引力,地下詩歌詩人主體的個性便有著極大的張揚,乃至犧牲肉體生命也在所不惜。由此,地下詩歌中「我是人」的表達,是一種激情的表達,充滿了「火」的味道,張揚著「火」的精神。

在地下詩歌中,詩人將自我野獸般的生命力完全綻放,像火一樣的燃燒起來,並且用火的方式和火的精神去完成自己的生命價值和意義。這既是地下詩歌對於「我是人」的主體意識的極端體現,也是地下詩歌對於「我是人」藝術追求的獨特展現。黃翔的地下詩歌在此方面最有代表性。

黃翔在他的詩歌中,高聲讚美「火」,他的詩歌創作體現了地下詩歌的「火性」:「啊火炬　你仰視著我　在我的誘惑下神思 / 並不僅僅是為了把我寫進你的詩歌 / 你的光焰是我的模本　有我的顏色　為我 / 而存在　是我的燒得發白的光的反照 / 你是我的形象具體的生動的 / 鮮活的視覺形象 / 你是沒有節奏的詩　燃燒的詩　你沒有 / 韻腳　無須語言表達　每一次　你都舒展著我的生命的火焰 / 跳竄的舞姿」〔註32〕詩人直接喊出,「火」是「舒展著的我的生命」的火焰,「火」其實就是個體野性生命力的象徵,是自我生命力鮮活的形象。生命就是火焰跳竄的舞姿。「火」的生命力,成為地下詩歌主體生命力的延伸。只有「火」的力量,將自我真正的生命力釋放出來。「黃翔不僅以野獸的利齒撕咬自己的時代,同時也以普羅米修斯的盜火精神高舉著火炬呼喚『火神』的來臨,他的詩中反覆呈現的是『野獸精神』與『火炬情結』,二者交織構成他詩歌的基點。」〔註33〕陳建華的詩歌中,也有著「火性」,「當我獨自一人默默而語的時候,/ 一隻猛獅從靈魂的地獄裏跳出,/ 戴著腳鐐亂舞,發出震裂的怒吼,/ 暴突的眼睛把燃燒的光焰噴吐!// 它要掙脫,回到自由的森林!……」(陳建華作《荒庭》1968 年)正是「火」的力,使得地下詩歌中的個體生命力得到進一步綻放。

〔註32〕黃翔《火炬》,《獨自寂寞中悄聲細語》(受禁詩歌系列 2),臺北:唐山出版社,2002 年(電子文本)。
〔註33〕李潤霞《從歷史深處走來的詩歌──論黃翔在文革時期的地下詩歌創作》,〔日本〕《藍(BLUE)》(日中雙語文學雜誌),2004 年,總第 14 期。

　　「火」是光明使者，火的熱烈、狂熱、鋪張、激動和張揚，使得個體的生命潛能被激發。在「火」精神的召喚之下，地下詩歌中主體意識「我是人」的吶喊也更加有力。黃翔作《火神交響詩・火炬之歌》，不僅點燃了生命的火炬，也爆發出了生命的潛能。「在遠遠的天邊移動／在暗藍的天幕上搖晃／／是一支發光的隊伍／是靜靜流動的火河／／照亮了那些永遠低垂的窗簾／流進了那些彼此隔離的門扉／／彙集在每一條街巷　路口／斟滿了夜的穹廬／／跳竄在每一隻灼熱的瞳孔裏／燃燒著焦渴的生命／／啊火炬　你伸出了一千隻發光的手／張大了一萬條發光的喉嚨／／喊醒大路　喊醒廣場　喊醒一世代所有的人們──……啊火炬　你用光明的手指／叩開了每間心靈的暗室／／讓陌生的互相能夠瞭解／彼此疏遠的變得熟悉／／讓仇恨的成爲親近／讓猜忌的不再懷疑／／讓可憎的傾聽良善的聲音／讓醜惡的看見美／讓骯髒的變得純潔／讓黑的變白／／你帶來了一個光與熱統治的世界／一切都是這樣清明　高遠　聖潔／／在你不可抗拒的魔力似的光圈中／全人類體驗著幸福的顫慄」〔註34〕「火」在這個時候，已經在天地之間彌漫，形成一條「火河」。特別是在黑夜之中，「火」就是生命之火。「火」以其「光」，照亮了夜的穹廬，照亮了每一個黑暗的眼睛。「火」以其「熱」融化著每一個被冰凍、被凝固的血和被囚禁的生命。是火所釋放出來的光和熱，喊醒了生命和青春；是火讓每一個被異化了的冷漠的心，重新看到善良；也是火讓每一個骯髒的人重新回到了聖潔。最終，是火的精神鑄造出了「人」。火的「光」和「熱」也鍛造了人的精神，完成著對人的啓蒙。

　　「火」是黑暗的摧毀者。借助火的威力，黃翔的詩歌展開了對一切壓制人、囚禁人、殺害人的一切「帝王」、「權力」、「偶像」的質疑、批判和反抗。「千萬支火炬的隊伍流動著／像倒翻的熔爐　像燃燒的海／／火光照亮了一個龐然大物／那是主宰的主宰　帝王的帝王／／那是一座偶像　權力的象徵／一切災難的結果和原因／／於是　在通天透亮的火光照耀中／人第一次發出了人的疑問／／爲什麽一個人能駕馭千萬人的意志／爲什麽一個人能支配普遍的生亡／／爲什麽我們要對偶像頂禮膜拜／被迷信囚禁我們活的意念　情愫和思想／／……／／啊　沉沉暗夜並不使人忘記晨曦／而只是增強人對光明的渴念／／火的語言呀　你向世界宣佈吧／人的生活必須重新安排」

〔註34〕黃翔《火神交響詩・火炬之歌》，《我在黑暗中搖滾喧嘩》（受禁詩歌系列1），
　　　　臺北：唐山出版社，2002年（電子文本）。

〔註35〕「火」的燃燒，不僅是個人生命之火的燃燒，也是個人生命力的綻放。「火」是一個熔爐，火的燃燒，也就是要燒掉「帝王」、「偶像」，要摧毀「權力」、「暴力」，燒掉一切不合理的象徵物，使得每一個人能恢復人的尊嚴，能回到「人」。所以「火」的燃燒，就是讓屬於生命之外的「帝王」「偶像」的權利全部失效、倒塌，然後再重新回到這個世界，重新安排這個世界。

　　黃翔渴望著真理、科學、信念，他也抗爭黑暗、殘殺、專制，他試圖要讓這個民族在「火」洗禮後重生。最終通過「火」，達到「我是人」的終極目標，「……把真理的洪鐘撞響吧／——火炬說／／把科學的明燈點亮吧／——火炬說／／把人的面目還給人吧／——火炬說／／把暴力和極權交給死亡吧／——火炬說／／把供奉神像的心中廟宇搗亂和拆毀吧／……火焰的手拉開重重夜幕／火光主宰著整個宇宙／／人類在烈火中接受洗禮／地球在烈火中重新鑄造／／火光中　一個舊的衰老的正在解體／一個新的流血的跳出襁褓」〔註36〕「《火神交響詩》是集中體現黃翔『火的情結』和火炬精神的詩篇，他的火炬精神在詩中主要有三層意義：其一，火的熊熊焚燒不僅象徵精神的『祛魅』和『除暗』，而且象徵詩人就是焚燒『現代革命教堂』的縱火者，就是火神。其二，火象徵詩人是傳遞光明的使者，對火炬與火神的謳歌，實際是對啟蒙精神的張揚。其三，火的熱烈燃燒象徵著生命力的燃燒和光明的傳播。」〔註37〕在黃翔的詩歌中，火讓生命升騰起來，讓「人」傲然站立起來。火傳播著光明，火燒毀著黑暗，火具有了特有的啟蒙價值。也正是黃翔詩歌中的「火性」，讓地下詩歌中「我是人」的喊叫成為一種「強力」。

　　總之，在「權力」的暴力之下，地下詩歌主體面臨著「變形」痛苦和絕望，這使得地下詩歌「我是人」的精神追求表現極為鮮明。而且由於地下詩歌生長環境的惡劣，地下詩歌對「我是人」的這一追求，更呈現為「火」一般的激情追求與表達。

〔註35〕黃翔《火神交響詩・火炬之歌》，《我在黑暗中搖滾喧嘩》（受禁詩歌系列1），臺北：唐山出版社，2002年（電子文本）。

〔註36〕黃翔《火神交響詩・火炬之歌》，《我在黑暗中搖滾喧嘩》（受禁詩歌系列1），臺北：唐山出版社，2002年（電子文本）。

〔註37〕李潤霞《從歷史深處走來的詩歌——論黃翔在文革時期的地下詩歌創作》，〔日本〕《藍（BLUE）》（日中雙語文學雜誌），2004年，總第14期。

第五章　射日精神：地下詩歌的精神走向（之二）

第一節　「中心」與「太陽」

　　太陽，在文革「中心文學」的詩歌中佔據著核心的地位。1968 年編選的《寫在火紅的戰旗上——紅衛兵詩選》，第一編就是《紅太陽頌》，並且圍繞這一主題共選相關詩歌 11 首。〔註 1〕把對太陽的讚頌放在第一位，並且有較多的詩歌作品，可見「太陽」這一形象在地上詩歌中的地位相當重要。文革「中心文學」的太陽，正如《寫在火紅的戰旗上——紅衛兵詩選》所表示的一樣，就是一個「紅太陽」形象。並且在這些「紅太陽」形象的描繪之中，紅太陽不是一個隨意的所指，有著特定的含義，就是指毛主席。如在「紅太陽頌」的總標題之下，其所選的題目，都是直接對毛主席的歌頌，《紅太陽頌》、《祝毛主席萬歲，萬萬歲》、《舵手頌》、《永遠跟著紅司令》、《延安人民的祝願》、《祝毛主席萬壽無疆》、《從韶山唱到天安門》、《拂曉的安源山》、《毛主席像章贊》、《您胸前像章閃著紅太陽的光輝》、《望韶山》等。因此我們看到，文革「中心文學」中的太陽，具有相當穩定的特定指向，指向毛主席：「讓我們同聲歌唱，／我們心中最紅最紅的紅太陽／——毛主席！」（《紅太陽頌》北京向日葵）「毛主席呵毛主席，／您就是太陽的化身」（《從韶山唱

〔註 1〕《寫在火紅的戰旗上——紅衛兵詩選》，首都大專院校紅代會《紅衛兵文藝》編輯部，1968 年。

到天安門——敬獻給偉大領袖毛主席》浙江雨石）……

而對於文革「中心文學」這一「紅太陽形象」特定含義的膜拜、崇敬、信仰，使「紅太陽形象」成為了一「卡里斯馬（chrisma）」式的形象。如在《紅衛兵詩選》中，我們看到這樣的詩句：「天是毛澤東思想的天，／地是毛澤東思想的地」（《紅太陽頌》北京向日葵）；「……真理的象徵，力量的化身，無產階級革命派全部的熱能，你一枚火紅的毛主席像章，戴在胸前像一輪紅日在上昇！」（《毛主席像章贊》江蘇傲霜雪）「人間有了毛主席，革命人心中揣赤膽；人間有了毛澤東，世界一定換新天！」（《望韶山》新疆佚名）……韋伯認為，所謂的「卡里斯馬」，「應被理解為一個人的一種非凡的品質（不管是真的、所謂的還是想像的，都一樣）。『卡里斯馬權威』則應被理解為對人的一種統治（不管是偏重外部還是偏重內部的），被統治者憑著對這位特定的個人的這種品質的新人而服從這種統治。神秘的巫師、先知、劫獄頭領、戰爭酋長、所謂的『專制』暴君、或許還有個人黨魁，這些人對他們的信徒、追隨者、被征服的軍隊、政黨等進行的就是這樣的統治。他們的統治的合法性建立在對非凡的、超越常人品質因而受到推崇的東西（最初視為超自然的東西被推崇）的信仰與獻身上面，也就是建立在神秘信仰、啟示信仰和英雄信仰上。……（它）不遵照普遍的準則，既不遵照傳統的準則，也不遵照理性的法則，而是——原則上——評介具體的啟示與靈感，因此，統治是『非理性的』。」〔註2〕這種對「紅太陽」毛主席的讚頌、崇敬，使「紅太陽」成為了以為先知、酋長等超越式的人物，並且依此信仰、神秘來建立相應的權威。這正是文革「中心文學」中的「紅太陽」形象所展示出來的實質。「太陽」成為文革時期的「卡里斯馬」型人物的意象代表。十年動亂的年代，全國掀起了一場轟轟烈烈的造神運動，「太陽」便成為了一個神性的神聖人物的象徵，成為文革「中心文學」的主要形象代表。

也正是在文革「中心文學」中「紅太陽」作為一卡里斯馬式的人物出現，也就造就了一代人存在的扭曲，以及與之相應的生命感受。對於卡里斯馬式的人物來說，他們都有一樣的思維和行事模式：「法西斯主義常規、儀式中的紀律、制服以及一套不合理的編制，其意義都在於促成模仿行為。他們挖空心思構想出來的標誌（任何一種反革命運動都是這樣做的）、骷髏和面具、瘋

〔註2〕〔德〕韋伯《儒教與道教》，王容芬譯，北京：商務印書館，1995年，第37頁。

狂的擊鼓節奏、單調乏味的語言和手勢，都不過是巫術活動中有組織的模仿行為，都是模仿的模仿。掌握支配大全的領袖總有著扭曲的面容和近乎癲狂的卡里斯馬情結。」〔註3〕卡里斯馬人物具有絕對的權威，並且要求行為、思想的單一化、模式化、標準化、同質化，這使得處於卡里斯馬人物籠罩之下的人，在一定程度上成為「單面人」、「單向度的人」。而這，無疑與具有多種向度和存在可能的人性之間產生的強烈對立、衝突。

由此，「太陽」成為文革「中心文學」的核心主題和主要意象。正是由於在文革「中心文學」的形象譜系之中，「太陽」不但具有絕對的力量，而且就是「權力中心」本身的代表。因此在地下詩歌中，從「邊緣」出發對「太陽」的形象另類思考和重新審視，就成為了他們反抗意識的一個重要的著力點和針對點。文革「中心文學」的太陽形象正是地下詩歌中要反抗的對象、批判的對象。因此，地下詩歌這種對「紅太陽」的批判、質疑、否定，成為地下詩歌中的特有的「射日精神」。而也正是這一射日精神，築建了地下詩歌以「邊緣」對抗「中心」的特有精神走向。

與文革「中心文學」對於太陽的膜拜、崇敬、信仰所形成的「紅太陽」精神完全不一樣的是，處於非中心邊緣地位的地下詩歌中射日精神，就是從反思「太陽」開始的。「太陽——／紅閃閃的目光，／掃過大地。／萬物都在／肅靜中呆立。／只有一顆新生的露珠，／在把陽光，／大膽地分析。」〔註4〕對於文革「中心文學」所形成的超凡、神聖的「太陽」形象，迴蕩著超凡、神性的氣息而言，處於邊緣位置的地下詩歌中從自我的生命開始分析、反思太陽，開始了對「太陽」之下世界的重新認識：一顆新生的露珠，一個新的生命，不是被動的接受太陽的普照，也不是被動地在太陽地下存在，而是主動地分析。用自我的小生命，用自我的存在來反思「太陽」，來重新認識「太陽」，正是地下詩歌射日精神形成的重要基點。詩人自己也表明，這樣的「反思」需要「大膽」，因為在當時社會環境之中，這一舉動在一片「紅太陽」聲音之下顯得驚世駭俗。同時，「大膽的分析」又是一次地下詩歌詩人主體的主動行為，一次重新打量太陽的個性彰顯。由此，在對太陽「大膽的分析」的基礎之上，地下詩歌開始了具有強烈反抗意識的「射日精神」。

〔註3〕〔德〕阿多諾、霍克海默《啟蒙辯證法》，渠敬東、曹衛東譯，上海：上海人民出版社，2006年，第169～170頁。

〔註4〕顧城《晨（二）》，《顧城詩全編》，上海：三聯書店，1997年，第24頁。

第二節　地下詩歌中的「射日精神」

地下詩歌在自我大膽分析基礎上，對抗「中心文學」的射日精神，首先表現爲地下詩人對於「太陽」這一「中心文學」本質的大膽分析。因此地下詩歌中的「太陽」形象，是直接分析「中心文學」「太陽」，並針對其神聖性，最終將「中心文學」中「太陽」的神聖面紗揭開，展現出「太陽」的眞實面目。

一、分析「太陽」

地下詩人對「中心文學」太陽形象的不信任和懷疑，是從對「太陽」本質的大膽分析開始的。對於「中心文學」太陽本質的大膽分析，在一片高唱讚歌、并匍匐在神聖的「紅太陽」之下的環境中，地下詩人以自我的存在，成爲懷疑「太陽」神性的一類人。

他們在大膽的分析之下，看到「中心文學」所高歌的紅太陽，並不是一個可以信仰和信任的太陽，也不是一個可以作爲超凡的神性的太陽，是他的「假笑」暴露了他的本質。「遠江變得青紫，／波浪開始奔逃。∥風暴升起了盜帆，／雨網把世界打撈。∥水泡像廉賤的分幣，／被礁岩隨意拋掉。∥小船伸直了桅臂，／作著最後的禱告。∥太陽還沒有歸隱，／又投下一絲假笑……」〔註5〕太陽底下的風景，並不是「紅太陽」所看到的「金光大道」，這是一個凄風冷雨的悲慘世界：青紫的江河似乎是被鞭打的結果，這使得波浪逃走，大地的活力僅存在於逃遁之中；風暴在大地上盜竊，雨籠罩了整個世界，正是風雨在編織著、打撈著這個世界；如廉價分幣的水泡在泛濫，也被這個世界任意地拋棄；沒有希望的小船，只能做最後的希望，發出最後的禱告之聲……。但是這樣一個「悲慘世界」，「太陽」卻漠不關心；連那小船痛苦的哀求和禱告，也沒有引起「太陽」的一點注意。詩人感歎到，太陽還沒有落山，他卻漠視這個世界所存在的痛苦。他也絲毫不關心這片大地上的悲哀和痛苦，更沒有關注大地上人的生存。更何況，他還在那裡「假笑」，使詩人看到一個完全不同於「中心文學」的太陽形象，也徹底顛覆了詩人心中的「太陽」。詩人對於太陽的神聖、崇高之感，也一下子轟到。

正是在這樣的大膽的分析上，地下詩歌中這樣一個「作假的太陽」，一個

〔註5〕顧城《風景》，《顧城詩全編》，上海：三聯書店，1997年，第50頁。

「假笑的太陽」，他絲毫不關心這個世界，也不關心這裡的人，那麼，他實際上就與黑暗同構，他與黑暗便是一體的。所以，地下詩歌中大膽地分析出了「黑暗」以「太陽」的名義公開地掠奪的事實。「……以太陽的名義／黑暗公開地掠奪／沉默依然是東方的故事／人民在古老的壁畫上／默默地永生／默默地死去／／……／／也許有一天／太陽變成了萎縮的花環／垂放在／每一個不朽的戰士／森林般生長的墓碑前／烏鴉，這夜的碎片／紛紛揚揚」〔註6〕儘管北島這一首詩歌不是以太陽為主題，但是該詩卻為我們呈現了一個非常獨特的太陽形象和詩人對於太陽的體驗。如果說之前的詩歌中，「太陽」還只是漠視著大地上的暴力、痛苦，那麼在這一首詩歌中，詩人首先就是讓太陽直接見證到生命的死亡，「我，站在這裡／代替另一個被殺害的人／每當太陽升起／讓沉重的影子像道路／穿過整個國土」。同時，比起作為假笑的太陽而言，這首詩歌中的太陽更在與黑暗結盟，「以太陽的名義／黑暗公開地掠奪」。一同對大地進行掠奪，對大地進行永無窮盡的佔有。太陽並不直接地對大地掠奪和施暴，而是借助黑暗的力量而展開的掠奪，而對大地施暴的。儘管詩人也期待著「也許有一天／太陽變成了萎縮的花環」，讓太陽對自己的所掠奪過的大地，所殘害過的生命懺悔……不過，「紅太陽」與「黑暗」的沆瀣一氣，這種期待也只是空洞的夢。只有黑暗，才是太陽的真正本質。因此，「中心文學」所謂的「紅太陽」也可能就是「黑太陽」，這是地下詩歌中對太陽形象的獨特體驗。

與黑暗同構、同質的「太陽」，其本質就昭然若揭。於是地下詩歌就有著直接針對太陽詩句，明確指出「太陽」的暴虐實質。「記得童年，鄉野的風質樸而溫和／是母親和土地給了我一顆純潔的心／如今，仙人掌一樣地腫大著／在埋葬著朝聖者的沙灘上／長滿針刺的身軀，迎送著每一顆暴虐的太陽」〔註7〕林莽的這一首詩歌，在回憶逝去的年華的過程中，以心和身軀的生命體驗，展示對「暴虐的太陽」的憤怒。童年的詩人與「如今」詩人對太陽感受的巨大反差，顯示出了詩歌的張力。詩人展示了一個童年的夢境：是鄉野、是母親、是土地，以及一顆純潔的心。但是「如今」不再有質樸、溫和的夢境，而是腫大的、滿身針刺的身軀。在這今昔對比之中，正是「太陽」，特別

〔註6〕北島《結局或開始——獻給遇羅克》，《北島詩選》，廣州：新世紀出版社，1987年，第75～76頁。

〔註7〕林莽《二十六個音節的回想——給逝去的年歲·F》，《被放逐的詩神》陳思和主編，武漢：武漢出版社，2006年，第330頁。

是「暴虐的太陽」成爲了這一轉變的關鍵。沒有太陽，童年的夢境還將繼續在夢中溫存；而現在是一個「暴虐的太陽」，童年的所有就都將被完全的擊碎。這樣地下詩歌中的「太陽」不但要以黑暗的名義掠奪這大地，而且其本身就是一個掠奪者、暴虐者。

進而地下詩歌中在對「太陽」的刻畫，呈現出一個完全令人驚心的形象：血淋淋的太陽。這完全更新了人們對於「太陽」的認識，也擊中了「中心文學」「紅太陽」的眞實本性。「太陽升起來，／天空血淋淋的／猶如一塊盾牌。」〔註8〕這裡的太陽，是「血淋淋的太陽」，而不是「紅太陽」。從「紅」到「血淋淋」這一話語轉變，正是地下詩人眞正能獨立的對待太陽，並認清太陽本質的思想高峰。這樣一句「太陽升起來，／天空血淋淋的／猶如一塊盾牌」猶如石破天驚之語，與北島的那句「我——不——相——信」一樣，成爲了一代人的呼聲。人們在「太陽」的神聖光環之下，迷信了多久，愚昧了多久。而這一聲「血淋淋的」的呼喊，把太陽嗜血的、血腥的、殘暴的、嗜殺的本性，深刻地揭示出來了。

正是出於對太陽本質的大膽分析和揭露，地下詩歌中形成了特有的「射日精神」。芒克的咬斷太陽的繩索，「就好像是爲了一口咬斷／那套在脖子上的／那牽在太陽手中的繩索……」（《陽光中的向日葵》）這個咬斷太陽的繩索，遠離太陽，去做一個完全自由的人。同時，向太陽挑釁，「渴望雲霞的心呀！／把燃燒著的挑釁擲給太陽；／因爲沒有愛／眞理孤獨而且冰冷，／沒有自由／美也片刻難以生存。」〔註9〕以生命中的愛情和自由，對於權威代表的太陽進行反抗和挑釁，展示出地下詩歌特有的「射日精神」。但是，地下詩歌中的這種「射日精神」並非與太陽的正面交鋒與直接對抗，而是從對於自我價值的追求來展開的。太陽形象的血腥正是在於他對於愛情和自由的壓制，以及對於光明和美的扼殺。所以地下詩歌中的射日精神，正是以湧動的生命，燃燒的心，爲了愛情、自由，爲了實現自我的愛情，而與太陽的抗爭，這是我們所看到了地下詩歌的射日精神的主要體現。

二、解構太陽

地下詩歌通過對「中心文學」中太陽的本質大膽分析，對「太陽」本身

〔註8〕芒克《天空1》，《芒克詩選》，北京：中國文聯出版公司，1989年，第9頁。
〔註9〕蔡其矯《愛情和自由》，《蔡其矯詩選》，北京：人民文學出版社，1997年，第107頁。

產生懷疑，並展開批判，這構成了地下詩歌「射日精神」重要表現。同時，地下詩歌還以「個人體驗」來重新構造太陽，這些個人化的太陽形象，完全脫離了「文學中心」太陽的神性、超越性、全能的特徵，純粹是詩人個體體驗彰顯。最終在地下詩歌中，這類個人化的「太陽形象」，完全是在「紅太陽」形象之外，重新創造的太陽形象。也正是這些個人化的「太陽體驗」，或者說個人視野下的太陽形象，成為對中心「太陽」形象的解構。這種解構精神，構成了地下詩歌的「射日精神」的另一種表達。

在地下詩歌中，與文革「中心文學」的紅太陽形象相比，出現了較多的「落日形象」。這裡「落日形象」，正是地下詩歌主體解構「紅太陽」的主要表達。在地下詩歌中，這一「落日形象」，就是一個怵目驚心的「夕陽」形象，而且詩人還將之比喻為「垂死的白眼」般的「落日」。「聚攏的黑雲像一群兇狠的烏鴉，／嘴尖一齊啄向夕陽垂死的白眼。／慘酷的苦痛逼迫悲憤的雷鳴，／震顫了山嶽，轟毀星辰的鎖煉。／突然眼球暴裂，迸出閃電的銀劍，／殺散江鷗，砍倒江畔的樓閣；／它的眼淚更化成狂瀉的暴雨，／無比怨怒要把整個江面掀翻。」〔註10〕在這場從「紅太陽」到「垂死白眼的夕陽」轉變的解構過程之中，「紅太陽」依然有著巨大的威力。儘管他被兇狠烏鴉的嘴「啄」他垂死的白眼，可他發出的痛苦也使得山嶽震顫、星辰轟毀，他的眼淚也可以將江海掀翻……「紅太陽」還有著神一般的力量。然而我們看到在這裡，太陽已經完全不是原來那個太陽。原來的那個具有絕對權威的「紅太陽」，現在已經失勢，不具有神性、超凡性，也有著沒有活力的垂死的白眼，在做垂死般的痛苦掙扎。詩人雖然沒有對太陽這一「垂死的白眼」做進一步細緻的描摹，但是我們看到，這一場直接針對太陽的解構歷程也是如此驚心動魄。不過，那一個卡里斯馬式的「太陽」，那一個擁有絕對權力的太陽已經開始受到了挑戰，開始被解構，如日中天的「紅太陽」，在地下詩歌中已經淪落為「垂死的落日」。

地下詩歌詩歌中形成了與「垂死落日」相同的「落日形象」，一些詩人便將太陽看做「一枝快要燃爐的蠟燭」，進一步顯示了「落日」內在生命力的耗盡。陳建華寫到，「在次年的一首散文詩中最後發出詛咒：『啊，看那陰雲密霧裏的太陽，也像一枝快要燃爐的蠟燭！』由於『太陽』的象徵意象的出現，

〔註10〕陳建華《急漩渦中的孤舟》，《陳建華詩選》，廣州：花城出版社，2004年，第15頁。

那種『弒父』的身心感受夾雜著刺激、戰慄與恐懼。此後，我曾經將『太陽』兩字塗掉，也試驗過幾種自製的書寫密碼，想用某種更安全的方法使這些詩能保存下來，但都沒有成功。然而也更不願將這句詩重寫或消毀，因為它標誌著我的詩的生命走向『成年』，一度戰勝了被『閹割』的恐懼。」〔註11〕詩人敢於在詩歌中展現自我對太陽的個人化感受，在「一枝快要燃燼的蠟燭」這一意象書寫之中，詩人直接解構太陽的生命力。作為垂死的太陽，還有在作垂死反抗。到這裡成為一隻蠟要燃燒完的蠟燭，落日太陽已經完全沒有了內在的力量。正是這類落日形象，體現了詩人再造太陽，重新審視太陽的個性精神。

於是這類「紅太陽」的「落日形象」，不僅呈現了地下詩歌主體對太陽的解構精神，也正是在地下詩歌中的落日，不僅是在解構「紅太陽」，更為為了凸顯個人豐富的內在精神。所以當太陽不再是一個炫耀在空中的紅太陽時，當太陽作為落日而存在，也就是在太陽落了之時，地下詩人從「太陽落了」這一欣喜的呼喊中，彰顯出了個體世界的別樣的體驗和感受。「1 你的眼睛被遮住了。／你低沉、憤怒的聲音／在這陰森森的黑暗中衝撞：／放開我！／／2 太陽落了。／黑夜爬了上來，／放肆地掠奪。／這田野將要毀滅，／人／將不知道往哪兒去了。／／3 太陽落了。／她似乎提醒著：／你不會再看到我。／／4 我是這樣的憔悴，／黃種人？／我又是這樣的愛！／愛你的時候，／充滿著強烈的要求。／／5 太陽落了。／你不會再看到我！／／6 你的眼睛被遮住了。／黑暗是怎樣地在你的身上掠奪，／怎樣？／你好像全不知道。／但是，／這正義的聲音強烈地回蕩著：／放開我！」〔註12〕這裡太陽不是升起來的太陽，也不再是烈日當空，而是落下去了，快要落山的落日。但是太陽落下之後，光明也就隨之失去：眼睛也將繼續被遮住被黑暗囚禁；黑暗也還經肆意地掠奪大地，大地被毀棄；人將永遠看不到光明，失去方向……所以，詩人一邊以解構太陽的射日精神高歌著「太陽落了」，一邊又無不警惕地看到，太陽落了之後的又該如何面對黑暗的掠奪。這首地下詩歌中落日形象，既隱含著對於太陽直接的解構，更渴望在解構太陽的基礎上，再造太陽，以獲得新生，擁有真正的光明。

〔註11〕陳建華《浪漫詩風的歷史性：讀錢玉林「文化大革命」初期的詩》，〔美〕《傾向》1997年，總第10期。

〔註12〕芒克《太陽落了》，《芒克詩選》，北京：中國文聯出版公司，1989年，第20～21頁。

　　這一落日形象，儘管包含了複雜的生命情感，以落日的解構太陽，對太陽的挑戰，始終是地下詩歌中射日精神的主要話語。

三、再造太陽

　　地下詩歌的射日精神之中，除了直接對於太陽本質的進行揭露，同時刻繪出「落日形象」解構太陽之外，地下詩歌主體都試圖在「紅太陽」之外尋找和再造自己的太陽。渴望著另外一個自己的太陽的新生，追求著處於邊緣屬於自身的另類太陽，是地下詩歌中射日精神的又一表達。

　　地下詩歌中對於「中心」「紅太陽」以外的新生太陽的渴望，對於屬於自己的太陽的追求，恰好是從太陽落山以後開始的。太陽落下以後，地下詩歌主體便詩人展開對另外一個屬於自己的太陽的再造。「太陽最好，但是它下沉了，／撐開電燈，工作照常進行。／我們還以爲從此驅走夜，／暗暗感謝我們的文明。／可是突然，黑暗擊敗一切，／美好的世界從此消失滅蹤。／但我點起小小的蠟燭，／把我的室內又照得通明：／繼續工作也毫不氣餒，／只是對太陽加倍地憧憬。／／次日睜開眼，白日更輝煌，／小小的燭臺還擺在桌上。／我細看它，不但耗盡了油，／而且殘留的淚掛在兩旁：／這是我才想起，原來一夜間，／有許多陣風都要它抵擋。／於是我感激地把它拿開，／默念這可敬的小小墳場。」〔註13〕詩人一直渴望著一個「眞正的太陽」，但是在權力暴力之下，他心中的太陽是不存在的。只有當那那超凡的、神聖的太陽下沉了，詩人才有了尋找新生太陽的契機。在這首詩歌中，太陽落山之後，我撐開電燈，照樣工作；電燈熄滅之後，我可以點燃蠟燭，繼續工作。電燈的光明、蠟燭的光明替代了太陽的光明，成爲了繼太陽之後光明的源泉。通過這樣的兩次尋找，詩人更加堅信了自我對於光明的信念，更加憧憬著心中的屬於自己的太陽。儘管沒有太陽，但是電燈、蠟燭依然可以照亮我們，依然可以指引我們走出黑暗，走向。即使太陽，生命依然可以獲得新生，即使沒有太陽，人類可以再造出新的太陽。太陽落山了，而自我的太陽卻誕生了。儘管這電燈、蠟燭的燈光的力量是細小的、微弱的，但是這些「自己的太陽」，是詩人追求光明之心彰顯，人類是勇敢地、堅決地追求光明的體現。

〔註13〕穆旦《停電之後》，《穆旦詩全集》，北京：中國文學出版社，1996年，第342頁。

　　拋棄「紅太陽」，而再造出了「自己的太陽」，此時在地下詩歌中，他們心中的太陽便是一顆巨星，是如此的豐富多樣，是如此的迷人：「在宇宙的心臟，燃燒過一顆巨星，／從灼亮的光焰中，播出萬粒火種。／它們飛馳、它們迸射、點燃了無數星雲。／／它燃盡了最後一簇，像禮花飄散太空，／但光明並沒有消逝，黑暗並沒有得逞，／一千條燃燒的銀河都繼承了它的生命。」〔註14〕此時，地下詩人所構造出了的自己的太陽，是一個完全個人的世界，而且是成為了宇宙的心臟中燃燒的巨星，成為也重整宇宙秩序的新太陽。這顆新生的太陽，有灼亮的光焰，有無數的火種，點燃了無數的星雲，讓整個銀河都繼承了他的生命。這一屬於自我的巨星，不但實現了詩人主體對於光明的禮讚和追求，也成為光明、平等、尊重、自由的火光。可以說，這一燃燒的巨星一樣的「自己的太陽」，展現了人對代表光明自由的「真正太陽」的渴望，也是地下詩歌射日精神最終的夢想。

第三節　「射日精神」與地下詩歌的批判精神

　　地下詩歌中通過對於「太陽」的分析反思和重構體現出來的「射日精神」，其實質是對「權力中心」的一種批判精神。這種批判精神並沒有「刑天舞干戚」式的直接的、現實的對抗，而具體呈現為對「權力中心」所代表的「專制思想」的強烈批判。而與此同時，地下詩歌主體的批判精神又凸顯出鮮明的生命意識，以彰顯在「權力」之下個體生命的價值和意義。

一、對暴政的批判

　　在地下詩歌所出現的對「太陽」的大膽分析和重構，實質上是由於對於「太陽」的暴政本質的批判。暴政是「太陽」暴力之下的社會運行的體現，所以地下詩歌的「射日精神」，就是對暴政的批判。

　　地下詩歌中直接對「太陽」暴力的所形成的暴政的批判，在詩歌中，主要是將這樣一種暴政的社會形態展示出來，顯示出強烈的批判精神。「暴政／用它已是血污斑斑的罪惡的手／殺害了一個／民眾的代言人、／真理的捍衛者、／自由的戰士、／人類的兒子！／它畏懼到這樣的地步：／認為強權就是真理，／屠殺是事情的終極；／它還想用／大刀長矛來砍殺文字，／機槍

────────────────

〔註14〕顧城《巨星》，《顧城詩全編》，上海：三聯書店，1997年，第100頁。

子彈來掃射聲音，／鐵鏈鋼繩來捆住火焰，／監牢電網來囚禁詩篇！」〔註15〕
在暴力之下現實社會，是暴政的存在，「然而對於遭劫於『文化大革命』的中
國詩人而言，其境遇則遠較險惡：『存在』意義的揭示首先必須與暴力遭遇，
首先必須呈現反抗和否定暴力的方式。」〔註16〕與對地下詩歌中「太陽形象」
的各種刻繪相比，在這裡詩人以直接的呼號和吶喊批判暴政，更直接深入到
文革時期的災難。當自由的個體與「暴政」遭遇，那帶來的就只有「凶訊」。
這一首歌中，描繪了一位被殺害的詩人，呈現了他在暴政之下的命運。現實
政治的暴政，正如一雙帶血的手，他用大刀長矛、用機槍子彈、用鐵鏈鋼繩
這些暴力武器進行的殘殺。在這樣一個殺戮的、血腥的政權之下，就不可能
出現正義、真理、自由，也沒有對人的價值基本尊重，只有強權、屠殺、監
牢控制著世界。

　　在暴政之下個體的人存在命運的寫照，不僅體現了地下詩歌中的批判精
神，也是成為對暴政之下存在的人的共同命運的刻寫。「遲了，我已經來得
太遲！／在這路口，你曾經遠望凝思，／我早就想來獻上一束鮮花──／如
今，只剩下一個空空的基石！∥在這黃葉飄飛的秋天，／在這你所陌生的國
土，／你到哪兒去了？詩人，我在呼喚──／難道你又遭到了新的放逐？∥
是你真摯、熱情的抒唱，／喚醒了我心底的愛情與詩，／像是春天第一陣
溫馨的微風，／為沉睡的田野吹來生命的種子。∥那些邪惡的眼睛暗暗窺視
著你，／像潰朽的堤岸想要攔住洶湧的海水，／啊，你樸素莊嚴的花崗石
座，／比亞歷山大王柱要崇高萬倍！∥讓無聲的詩頁熊熊燃燒吧，／不朽
的是你韻律磅礴的音響，／真理既不能創造，也不能毀滅，／在火光中，我
聽見你豪邁的歌唱！」〔註17〕陳建華對這一首詩歌有著深刻的分析，「這些文
字目擊歷史的種種暴行──謀殺、放逐、遷徙、拷問、叛變、誣陷、禁錮、
洗腦……正如這首詩的主題所示，一種『見證』連帶『罪惡』的念頭閃過，
使我震慄。詩人在『路口』他向『空的基石』『獻上一束鮮花』，都極具一

〔註15〕啞默《凶訊──為詩人被殺害而作》，見《當代「潛在寫作」史料：關於啞
　　　　默〈真與美〉的史料（二）》，《現代中國文化與文學》，第 2 輯，巴蜀書社，
　　　　2005 年。

〔註16〕陳建華《浪漫詩風的歷史性：讀錢玉林「文化大革命」初期的詩》，〔美〕《傾
　　　　向》，1997 年，總第 10 期。

〔註17〕錢玉林《在昔日的普希金像前》，《記憶之樹》，上海：上海遠東出版社，1998
　　　　年，第 21～22 頁。

種『儀式』的象徵性。詩人在藉此強勢地演示他的莊嚴與悲憤的姿態時，這一罪證的現場被轉換成詩的審判：『啊，你樸素莊嚴的花崗石座／比亞歷山大王柱要崇高萬倍！』對於當時歷史環境稍瞭解的讀者，都不難理解這一比喻隱含的指涉：詩人直接指控『文化大革命』的『最高統帥』。這個比喻貼切而巧妙，它不僅包含時空的無限性與意義的普遍性——由現場的『空的基石』與『亞歷山大』的歷史相聯結，實際上指向的是未來：表達了詩對抗暴力、超越暴力的不朽信念，遂使這兩句詩力敵萬鈞。更重要的是，詩人透過這一比喻作為全詩的『詩眼』，投射出他對當世『革命』暴君的蔑視！」〔註18〕詩歌以鮮明的形象來展現暴力的暴行，暴力對於「大理石」的放逐和毀滅，即清除了代表自由精神的普希金，只留下一個「空的基石」。同時，儘管暴力過後只剩下一片空白，但詩人仍舊去「獻上一束鮮花」，以自我的真摯和熱情，唱出自我之歌，展現了在暴政之下地下詩歌主體不屈服的精神。

而地下詩歌中在「權力暴力」基礎之上對暴政的批判，也就是對專制的批判，在這裡「中心文學」的「紅太陽」成為了「專制的幕布」，實質上成為了專制的代表。「專制的幕布，幽禁了大理石的雕像／五線譜在鋼琴上發出刺耳的喊叫／在這個盛產高音喇叭的國度／灰制服中有女人柔美的肩肘／誰樹起的旗幟下，有一群骯髒的狗」〔註19〕在專制的幕布之下，這裡這成為了一個「高音喇叭」的國度，一個以口號和宣傳來呼喊的時代。嘴巴上殘留著殺戮的血腥，但還用高音喇叭虛偽地宣講著和平和安寧。在這樣一個世界之中，錦雞和山羊，是不可能登上講臺上去宣講的。由是，儘管制服之下還有女人柔美的肩肘，但是在「高音喇叭」之下，在旗幟下聚集的只有一群骯髒的狗！

正是這種對暴力和專制的批判精神，地下詩歌中形成了對現實控訴和詛咒，特別是直接對「CHINA」的詛咒。「我詛咒你，CHINA！／你這刻板冷酷的兵營。／這些冥頑不靈的國民，／為什麼甘做自相殘殺的兵丁？／／我詛咒你，CHINA！／你這喧囂混亂的戲廳。／這些奴顏婢膝的國民，／為什麼甘做媚態逢迎的優伶？／／我詛咒你，CHINA！／你這死寂骯髒的牛棚。／這些

〔註18〕陳建華《浪漫詩風的歷史性：讀錢玉林「文化大革命」初期的詩》，〔美〕《傾向》，1997年，第10期。

〔註19〕林莽《二十六個音節的回想——給逝去的年歲·O》，《被放逐的詩神》陳思和主編，武漢：武漢出版社，2006年，第333頁。

麻木不仁的國民，／爲什麼甘做任人宰割的畜生？∥我詛咒你，CHINA！／你不配作我的母親。／這些昏暗恩弱的國民，／永遠嘗不到自由的蘋果喲，／只配受迷信的重軛，專制的鞭影！∥呵，CHINA，我的母親！／我想狠狠地詛咒你呵，／卻忍不住熱淚縱橫。」〔註20〕這裡以大寫的英文單詞CHINA，他是不僅「太陽」的代名詞，也更是專制的代名詞。詩人不斷地詛咒CHINA，一連串的呼喊，將詩人自我的對於以CHINA代表的專制和暴政的批判達到了極致。我們所熟悉的CHINA，已經淪落爲兵營、牛棚的專制的鞭影；人也淪落了，人成爲只會殺人的兵丁，也成爲暴力宰割的畜生。詩人強烈地詛咒他自我所生存的這個CHINA，不僅表現出自我的憤怒，「在所謂『文化大革命』中，我們經歷了一場什麼樣的神經戰、心理戰、精神戰啊⋯⋯一個偉大民族的全部文明倒在廢墟中，人類世界的文化遺產受到空前未有的的洗劫，但是我的詩歌並沒有屈服，它向極權政治發出了憤怒的詛咒！」〔註21〕對於CHINA的絕望，也是對於紅太陽世界的絕望。詩人排山倒海式的詛咒，不但看到了暴力專制的恐怖，也讓我們看到一個光輝的CHINA形象、中心文學的「太陽」——轟然傾倒。

二、反抗與新生

　　地下詩歌呈現出「太陽」的暴政和專制，使得地下詩歌帶有強烈的戰鬥氣息，和濃濃的火藥味的批判精神。

　　地下詩歌面對暴政與專制，抗議與批判之聲不斷湧現：「在那個昏天黑地、人神共憤的時代，任何一個稍有良知良心的知識分子，不可能不義憤填膺，或稍公開或秘密地泄瀉自己的道德聲音、真理音籟。由於個人的特殊境遇，只能秘密書寫一些抗議的詩行。我幾乎不想稱它們是詩，那些只是血淚的呼喊，受傷野獸的咆哮，地獄底鬼的哭泣和潔白靈魂的抗議。」〔註22〕如陳明遠的地下詩作《寧願》，「只爲了每逢佳節／把這血淋淋的燈籠／掛在天安門圓柱／俯看母親門的隊伍／從我的屍體下面走過／在希望的墓碑前痛苦／讓全世界都聽到／這鮮血刺眼的控訴」就是一假象的行動，將血淋淋的燈

〔註20〕梁歸智《造成的蹤迹——我的「文革」地下文學》，《滄桑人生：中國特殊人群寫真》，武漢：湖北人民出版社，1998年，第726～727頁。

〔註21〕黃翔《並非失敗者的自述》，民刊《大騷動》，北京，1993年，第3期。

〔註22〕無名氏《無名氏詩歌選集・楔子》網刊 http://redbluewhite.bokee.com/viewdiary. 20750000.html。

籠與聖神的天安門聯繫在一起，將死亡與天安門組合，釋放出一種驚心的力量。依群的《紀念巴黎公社》渴望用「孤獨的劍」進行決絕反抗和抗爭：「奴隸的槍聲嵌進仇恨的子彈／一個世紀落在棺蓋上／像紛紛落下的泥土／巴黎，我的聖巴黎／你像血滴，像花瓣／貼在地球藍色的額頭∥黎明死了／在血泊中留下早霞／你不是爲了明天的麵包／而是爲了常青的無花果樹／爲了永存的愛情／向戴金冠的騎士，舉起孤獨的劍」。我們看到，地下詩歌本身就是一把反抗之劍！

在這些詩歌中，不但有對暴政與專制的詛咒和抗爭，也是作爲一個人而發出的血和淚的呼喊。這種呼喊，成爲一代人在暴政和專制之下自我靈魂抗爭的聲音。在地下詩歌中，地下詩人主體對這種抗爭精神的展示是相當豐富的。「爲了你的到來，黎明，／人們用骨棱的雙肩扛著不平，／用枯瘦的雙手高舉著貧困，／用不屈的雙腿支持著人格，／用憤怒的眼光焚燒著暴行，／用堅硬的嘴唇關住狂跳的心，／用殷紅的鮮血噴寫著人類的追尋……∥爲了你的到來，黎明，／多少仁人告別了破碎的家庭，／多少志士告別了受蹂躪的人民，／戴著腳鐐手銬，戴著斑斑傷痕，／微笑地挺立在遊街囚車上，／送走了最後的寒夜和生命……」〔註 23〕地下詩歌中，地下詩人主體正是以鮮活的肉體，作爲對暴政和專制反抗的武器。他們依靠骨棱的雙肩、枯瘦的雙手、不屈的雙腿、憤怒的眼睛、堅硬的嘴唇、銀紅的鮮血……，他們詩歌的力量，他們反抗的力量，就是直接從肉體中升起來的，從身體的血和骨頭中誕生的。當這些力量彙聚在一起之時，就組成了「拳頭」：「無聲的愛，／無言的恨，／在磨折我虔誠的心。／爲了這／陣腐的倫理、／古老的道德、／祖傳的觀念、／虛僞的法制、／人啊，你們還要忍受多少世紀？∥爲了你，／我的愛，／我的呼吸和聲音，／爲了每一個人的自由和命運，／人啊，把憎恨集中在你的拳頭上／對著那阻礙人性發展的一切瘋狂地錘擊！」〔註 24〕拳頭的直接行動，就是對一切阻礙人性成長的反抗，以確立起人的自由。地下詩歌中的「雷」形象，成爲這種反叛精神的集中展現，「三千里雲濤作你的先導，／八千里風暴步你的後塵，／閃電撕裂長天的夜色，／刺目的褡襻裏／你驟然降生！／在大地上反響、／在山峪裏回應、／滾過窮荒大野、／飛

〔註 23〕鄧墾《爲了你的到來》，《鄧墾詩選》（自印本），2001 年。

〔註 24〕啞默《吶喊》，見《當代「潛在寫作」史料：關於啞默〈眞與美〉的史料（二）》，《現代中國文化與文學》，第 2 輯，巴蜀書社，2005 年。

掠在山巔。／雷呵，／你這風暴與電閃的兒子，／請搖撼那些疲困得失去知覺的身軀，／請震驚那些麻木而滯鈍的靈魂，／擁抱緊生命猝發的興欣。／雷呵，／你這暴風雨的前驅，／在黑暗中把火炬高高擎起，／以飛速的步履環遍地球，／讓不自由的人類感到你的聲息。／雷啊，／你這奔闊在大宇宙的精靈，／請邀我和你同往，／請以你激昂的生命，／召喚那姍姍遲來的陽春！」〔註25〕「雷」由於其自然般的「神力」，伴隨著雲濤、風暴，力量無比，能直接撕開了長天的夜色。並且，雷的身影彌漫於天地之間，無孔不入、無處不在，攜帶著火炬，遨遊於天地之間，能激起人的生命知覺，能震動生命的靈魂，是對生命的撥動。「雷」是地下詩歌主體自由生命的象徵，又以其閃電的力量，直刺到太陽，召喚出一個新生的世界。

地下詩歌批判和反抗，都源於地下詩歌主體自身的原始本能，他們的批判精神，也就表現為蓬勃的原始生命力量。這樣，他們的反抗精神與生命力彰顯成為多位一體的展現。「彷彿是作為自由的報信者／闖進這蕭索的時代，／為了播送歡樂／忍受暴風驟雨的襲擊／挺身和苦難鬥爭／生活是由憤怒和對人的熱情構成。」〔註26〕從生命本身來看，生命過程就是一個生與死的過程，生命本身就夾雜著矛盾的多面。憤怒的生命和熱情的生命，組合為一個完整的生命，構成生命一體兩面。

而且更為重要的是，批判和反抗，也帶來了自我生命的新生。「……／我不相信一切都是命中注定／雖然它曾一次次前來敲門／我不接受它給我指定的前途／我不接受它為我安排的日程／我絕不做命運的奴隸，我要抗爭——／每反抗一次，我就獲得一次新生」〔註27〕生命本身獲得的力量，使地下詩歌的反抗更加明確、也更加有力。並且在地下詩人看來，生命的反抗不但是生命存在的基本的狀態，也是生命得以重生，生命得以重新綻放的前提，這最終使得地下詩歌中生命更為豐富性。地下詩歌中生命的每一次反抗，便是生命的一次新生。為了獲得自我的新生，使得地下詩歌主體在反抗中即使犧牲自我也在所不惜。

〔註25〕啞默《雷頌》，見《當代「潛在寫作」史料：關於啞默〈真與美〉的史料（三）》，《現代中國文化與文學》，第 3 輯，巴蜀書社，2006 年。

〔註26〕蔡其矯《燈塔》，《蔡其矯詩選》，北京：人民文學出版社，1997 年，第 91 頁。

〔註27〕周倫祐《自傳·命運》，《周倫祐「文革」詩選》，發星工作室，2008 年（鉛印本）。

　　總之，地下詩歌的對抗意識，就是直面「中心」或者太陽的暴和專制，而且形成了不惜犧牲生命的對抗，「我也注定是它的反叛者和挑戰者，我發現我足以舉起我的筆，抵抗暴虐、世俗的誘惑，和內心的絕望；但我卻絕對無法擺脫和抵抗隨時窺視著我並且終將要我面對、將我吞噬的巨大的虛無！我一直執著於追求令我癡迷的人世的偉業和成就，並且深信人類的精神創造是面對虛無的獨特的解讀方式和化解方式，生命由此獲得永恒。此刻，當我一旦突然面對『真實』的虛無，我發現我竟毛骨悚然地節節後退，沒有任何可供我迴避和逃脫的路！」〔註28〕這種對抗，對於地下詩歌主體來說，特別是在面對殘酷現實困惑之時，他們只有在抗爭之中才能保持清醒，才能感受到自我的存在。

　　同樣，對於地下詩歌來說，也正是這種「邊緣──中心」對抗的力量，成就了地下詩歌特有特色，「……它不僅如同沙漠綠洲與空谷足音那樣填補了十年『文革文學』的『空白』，更重要的是它的存在，象徵出一個黑暗幽晦的年代裏文學的反抗與力量。」〔註29〕也就是說，「邊緣」對「中心」的抗爭，不但使地下詩歌具有了特別的力量和意義，而且其「對抗意識」也使地下詩歌保持了較高的水準。

〔註28〕黃翔《絕對虛無──斯德哥爾摩之旅》，《總是寂寞》（太陽屋手記一），臺北：桂冠出版社，2002 年（電子文本）。
〔註29〕李楊《當代文學史的寫作：原則、方法與可能性》，《文學評論》，2000 年，第 3 期。

第六章　空山之境：地下詩歌的精神走向（之三）

第一節　「邊緣」的「空山」形態

　　「空」是佛教對世界的基本認識，也是佛教的基本理論，佛學的核心。這種「空觀」認爲一切皆空，萬法皆空，世界萬物皆空，無我、無世界、無法、無無、無空。而在中國古代詩學中，「空山」也是一個重要概念。「空山」這一詩學概念源於佛教，但又並不是指山中的一切皆空，這裡的「空山」更多的是一種對於「空」心理體驗，即「心空」。其中以唐代大詩人被稱之爲「詩佛」的王維爲代表，展現了中國古代詩學「心空」的內涵。在趙殿成《王右丞集箋注》〔註1〕，我們可以看到，王維詩歌中出現「空」字近百次，是使用頻率較高的一個重要的詩歌意象。對於「空山」的形象表現，王維就有千古傳頌的《山居秋暝》「空山新雨後，天氣晚來秋」；《鹿柴》「空山不見人，但聞人語響」以及《鳥鳴澗》「人閒桂花落，夜靜春山空」等等詩句。從王維詩歌中的「空山」，可以看出，這一思想是融合了中國古代儒、釋、道三種精神的獨特思想，即儒家「大樂與天地同和」，道家的「人法地、地法天、天法道、道法自然」、「天地與我並生、萬物與我爲一」，以及「直指人心、見性成佛」超脫有限世界而達到無限永恆的空遠禪境。由此，以王維「空山」爲代表的中國古代詩學「空山之境」，其眞實的內涵是人可超越自我，與天地萬物融爲

〔註1〕見王維（唐）《王右丞集箋注》，（清）趙殿成箋注，上海：上海古籍出版社，1984年。

一體的「物我兩忘」與「天人合一」之境。

中國古代詩學的「空山之境」，在某種程度上，可以看作中國古代詩學的「意境」的另一表達。「意境是中國古代藝術審美理想的核心，這體現了一種對待生命的獨特意識：順應宇宙萬物變化，遵從天命，與天地萬物合一而並生，形成一種寧靜的生命形態。並且在敬畏之心下聆聽自然的啓示，達到生命與自然之間的親密無間和諧共一。這樣，中國古典詩歌發展出了獨特韻味的『意境』詩歌旨趣，如『人閒桂花落，夜靜春山空』的生活之境，『採菊東籬下，悠然見南山』的生活情趣。他們陶醉於這種人與自然的『共在』關係，不以主體的世界主宰世界萬物，也沒有征服和去改造世界的願望，不去打破自然界的和諧秩序，任其自在自爲地演化生命。」〔註2〕

而作爲「空山之境」的地下詩歌精神走向，則與之並不相同。在地下詩歌中，「空山」直接針對「中心」的權力，是遠離中心的「邊緣」之地。「空山」的存在恰好成爲了邊緣的理想之地，由此也獲得了地下詩歌主體對於自身邊緣身份與狀態的認同與肯定，並且集中展示了地下詩歌中「邊緣」生命和意義追求。那麼，在地下詩歌中，「空山」什麼是呢？

在地下詩歌的研究中，一些學者已經注意到了地下詩歌中的「空山」，並也提煉出了地下詩歌的中「空山之境」：「從藝術追求上講，『野草』詩人有兩個極端傾向：離群索世，比如以『空山』命名詩歌；直白的話語呼喚。『野草』群體構成上有某種複雜性：如果說陳墨、鄧墾、蔡楚等受新月派浸潤，則萬一、馮里等有更多艾青和『七月派』的影子。也不妨講，同一個詩人因不同的文化氣候，在『空山』（純文學、唯美）與『野草』（爲人生、反抗）間搖擺。就『文化大革命』時期而言，那時主流詩壇是『民歌加古典』，『野草』詩人則賡續新詩傳統。如陳墨於 1968 年寫下的詩句：『蛙聲是潔白的一串心跳／寂寞的箋上蕩著思潮／五千年的錦水許是累了／載不走這井底孤苦的冷濤』，遠高出當時水平。」〔註3〕著者認爲，以野草爲代表的地下詩歌群落，遊走與「空山」與「野草」之間。這裡所謂的「空山」，特指的是地下詩歌中地下詩人的主體的逃遁、離群索居，以及在作品中展現出的純文學、唯美特色的追求。在這之前，也有著者通過對於顧城《生命幻想曲》，北島《迷

〔註2〕 李怡、王學東《中國現代新詩》，《新視野大學語文》曹順慶主編，北京：北京大學出版社，2008 年，第 203 頁。

〔註3〕 曹萬生主編《中國現代漢語文學史》，北京：中國人民大學出版社，2007 年，第 555 頁。

途》分析，也有著同樣的認識，「除了理性與非理性的主題，逍遙自在的主題也與憤世或自強的主題形成了對照。」〔註4〕雖然這裡沒有直接提出「空山」這一特定的命名，但是指出地下詩歌中「逍遙自在的主題」與主體的逃遁是一致的。

這些觀點對於我們進入地下詩歌有著很大的啓發性。但是，在我看來，地下詩歌中「空山之境」，表面上可以說是主體的逃遁、逍遙，以及對於詩藝的純、唯美的追求，但其最終的歸宿並不在於此。我認爲，地下詩歌中的空山之境，是逃遁、逍遙、純、唯美的基礎之上，對「邊緣人權利」的追求。「在整個中國屈從於暴政的文革十年，是黃翔最早最清醒最堅決勇猛最徹底無畏地發出抗暴之聲；也最早最強烈最鮮明地呼喚開放和面向世界，恢復和重塑一個民族被扭曲與壓抑的人性、人權和人的尊嚴。」〔註5〕空山之境的核心便是這樣一種「權利意識」，對於邊緣人的人性、人權、人的尊嚴的追求。

「空山之境」的權利意識，正是在地下詩歌中「中心－邊緣」這一特殊境遇之下現代詩學特殊的命題。這一概念是從成都野草沙龍中提煉出來的，其「野草」精神，本身就蘊含著深刻的權利意識，這是他們表述中一致的聲音。如「追求生之權利，追求獨立人格的主題。」〔註6〕「《詩友》們的參與者的最低的也是最高的願望和目的」，就是「追求人性、人格、人的基本權利。」〔註7〕「而『野草精神』的靈魂則是：怎樣做個人，怎樣去做人。概言之——爲人權而生，爲人權而戰。」〔註8〕我們看到，在野草沙龍這一地下詩群當中，這一批詩人儘管個性各異，詩歌追求不一樣，但是他們的追求是一致的。這就是，不管是野草式的反抗，還是空山式的逃遁，其最終都是爲了實踐邊緣人的人格、人性、人權。因此，權利意識這一空山之境，是成都野草詩歌沙龍特有的精神走向。

〔註4〕樊星《世紀末文化思潮史》，長沙：湖北教育出版社，1999年，第50頁。

〔註5〕張嘉諺《中國摩羅詩人黃翔》，《我在黑暗中搖滾喧嘩》（受禁詩歌系列1），臺北：唐山出版社，2002年（電子文本）。

〔註6〕陳墨《讀孫路〈生日的歌〉》，《野草之路》陳默主編，成都野草文學社編，1999年，第73頁。

〔註7〕孫路《現實與幻想》，《野草之路》陳默主編，成都野草文學社編，1999年，第171頁。

〔註8〕謝莊《野草與野草精神》，《野草之路》陳默主編，成都野草文學社編，1999年，第223頁。

　　而野草詩群中的這一「空山」，也是整個地下詩歌中邊緣詩人的一種主要精神向度。在地下詩歌中，不管是被中心指認的「獸」或者邊緣的人的主體，從「中心」看來，都是一群孤魂野鬼、流放者、放逐者、多餘人、邊緣人，那麼這些在邊緣漫遊的無根的漂泊者，只能在「邊緣」中才能獲得的拯救。因此，「它們的清醒不但伴隨著對現實世界深刻的懷疑，也伴隨著對（未來）真理世界的渴念，這種渴念在詩中往往轉化為對現實的否定和過往舊夢溫情的追憶，創造出一個個與之相對峙、光明（甚至偶爾柔和）的詩意世界。」〔註 9〕地下詩歌中的空山之境，都在於詩人對於「中心」現實的否定，繼而或追憶生命中的夢境，或者是創造出一個邊緣的世界。這一追求，在地下詩人身上的表現是驚人的相似和一致。這種空山的追求，超越了他們年齡、地域、身份等差異，一同追求著遠離「中心」的精神「邊緣」。

　　當然，「空山」追求並不是說地下詩人之間是完全沒有差別的，「灰娃在這一年代開始寫作，與許多叛逆的年輕詩人並不完全相同，當年輕詩人試圖以自己的『回答』表達與現實難以共存的同時，仍與現實保持一份依存關係。而灰娃則超越了這一依存，她對現實甚至拒絕『回答』。而隱含於她另外選擇中的，是她經過了大悲愴之後，讓精神插上了翅膀，飛向了遼遠的時空。她回到了自己的精神故鄉，於那一時代來說，灰娃選擇了『生活在別處』。」〔註 10〕但是，他們都尋找著精神的他鄉，都生活在「中心」的別處。這一「中心」的「別處」正是「空山」，即渴望寧靜純真的生活，有著友誼、愛情、青春、夢想、未來、光明的邊緣。在這「空山」之中，他們專注於自我關照、自我選擇、自我表現，追求生命的個體性、偶在性、多樣性。而也是在空山之中，他們開始了個人化的靈魂獨語，才找到了母性、人性、愛情、童心等人的基本權利，才實踐了生命的基本權利。

　　因此，地下詩歌中的「空山之境」，與中國古代詩學「空山」是不相同的。這一空山是在面對強大的「中心」的困境之下，走向「空山」，並從「空山」出發與中心對抗。而且，在這一空山之境中，最終形成的一種邊緣人的人性的追求，「舉一切倫理、道德、政治、法律、社會之嚮往，國家之所求，永輝個人自由權力而與幸福而已。思想言論之自由，某個性之發展也，法律

〔註 9〕劉勇主編《中國現當代文學史》，北京：中國人民大學出版社，2006 年，第342 頁。

〔註 10〕孟繁華《在生命的深淵歌唱——讀灰娃詩集〈山鬼故家〉》，《東方藝術》，1998年，第 1 期。

之前，人人平等也。個人之自由權利，載諸憲章，國法不得而剝奪之，所謂
人權也。」〔註 11〕這一「空山精神」更在於尋找了建構人各方面被壓抑的權
利，並在詩歌中追求著諸多的基本權利。由此，地下詩歌的空山之境，是在
「中心」基礎之上昇發出來的現代人的「權利意識」，而且與中國古代詩歌中
的「天人合一」的個人靈魂安頓的空山境界是不一樣的。

那麼，地下詩歌中作爲權利意識的空山之境，是怎樣展開的？這一地下
詩歌的精神走向又是怎樣的呢？

第二節　地下詩歌中的「空山之境」

在地下詩歌中「中心－邊緣」這一特殊境遇之下形成的現代詩學特殊的
命題其「空山之境」是一種「權利意識」，是邊緣人的人性、人權、人的尊嚴
的追求。而此「空山之境」的權利意識追求，我認爲，主要表現在「絕對中
心」之下對於愛情的追求、兒童心態的展示及作爲自然兒子的生命形態。

一、愛情革命

愛，本身就是生命的重要因子。而在「文革」這一特殊時代之中，所有
的愛都只是對於「中心」的愛，所有的愛都只能指向「中心」。在中心之下的
愛中，只有「大愛」，並沒有人屬於個體的愛情。因此，對眞實情感情追求，
特別是對於現實中「小我」愛情的追求，是地下詩歌「情感革命」的重要組
成部分，也在地下詩歌的「空山之境」中佔有重要的地位。可以說，正是地
下詩歌中的「情感革命」，使得地下詩歌的內涵更豐富，也更具吸引力。

地下詩歌中對愛情的看重和追求，就是要拋棄「中心」的那樣一種「大
愛」表達，這樣一場面對自我生命、面對個體的「情感革命」：「我們不僅要
在思想領域而且應該在情感領城向一切陳腐的觀念宣戰；我們應該去探索和
尋找新的愛情的價值觀念，敲響情感革命的『鐘』——來一場靜悄悄的情感
革命。」〔註 12〕由此，地下詩歌中所謂的一場靜悄悄的「情感革命」，是要「去
探索和尋找新的愛情的價值觀念」。儘管實際上，地下詩歌中對愛情的追求，

〔註 11〕陳獨秀《東西民族根本思想之差異》，《青年雜誌》，第 1 卷第 4 號，1915 年
　　　　12 月。
〔註 12〕黃翔《來一場崢悄悄的情感革命》，民刊《啓蒙》叢刊之五（愛清詩專輯），
　　　　1979 年 1 月 5 日。

並沒有為我們提供什麼新的愛情價值觀念，也並沒有呈現出一些更為獨特的愛情宣言。但是，在地下詩歌的愛情呈現中，卻以普通「小我」的愛情表露展示對於「中心大愛」的拒絕，由此獲得了獨特的價值。也就是說，對於地下詩歌在愛中去追求這樣一場「情感革命」，是與「中心」的文化革命完全不一樣的。對人的個體生命體驗來說，這就是一場向基本人性回歸的情感革命，而不是壓抑人本性的文化革命。

由此，地下詩歌中屬於個體愛情的展示中所現出來的普通愛情觀，對於「中心」的衝擊極為有力。而且地下詩歌中的「情感革命」本身的呈現也顯得極為獨特，這對於地下詩歌獨特的精神走向就顯得尤為重要。在地下詩歌的情感革命，特別是在「文革」這一背景之下，呈現出了一種特有的思想進路。

首先，地下詩歌中的這一場「情感革命」，是對於現實中真實愛情的主動追求。儘管在「愛情」這一空山之境的獲得過程中，地下詩歌非中心的主體面臨了「中心」所帶來的多重困境。但是，這一「情感革命」，是地下詩歌主體的一次自我內心的、心靈上的主動革命，是一場主動的自我追求。

從現實愛情出發，而不是從宏大的「中心」出發，是地下詩歌「情感革命」的重要特徵。我們看到，地下詩歌中所有「小我」情感發生的源頭是在於「你」，以及你的「久別的微笑」，而不是「中心」，也不是「紅太陽」。所以，掀起這一場情感革命的，是詩人自我生活中的愛人，而不是「中心」所展示的偉人。由於有了真正的愛人出現，於是，這一場情感革命，是地下詩歌主體偏離中心而展開的主動追求。「像一顆朦朧的星星，／在迢遙的太空將我引照。／孤睡中我悄然憶起，／一個久別的微笑。／／為了追尋你的笙簫，／為了重見你在月下的高橋，／我曾多少回駕一葉小舟，／穿過夢中幽暗的波濤……」〔註13〕。這首詩所展示的正是，現實中的你，才是詩人「情感革命」的源頭。由於你，特別是由於你的久別的微笑而引起了生命中的情感。你的微笑就是詩人感情的萌動，並成為了詩人一直所難以忘懷的一段情感。並且，這一愛情，是天空中「朦朧的星星」，並不是主流所渲染的「紅日」。與「中心」「鮮紅的太陽」相比較，這一生命的細微體驗更具有自我性和感染性。儘管這首詩歌也表明，詩人的愛情不能在白天「中心」主宰的時候公開，只能是在「孤睡中悄然憶起」，愛情顯得多麼的無力。但是最後，愛情戰勝了

〔註13〕鄧墾《久別的微笑》，《鄧墾詩選》（自印本），2001 年。

詩人自我，戰勝了「中心」的各種壓力，並成爲了詩人自我情緒的主旋律。
由此，追尋現實中的愛人，主動爲了現實「小我」的愛情而穿越幽暗的波濤，
成爲了地下詩歌中的情感革命的起點。

　　其次，由於地下詩人重新經歷了一次現實眞實的情感體驗，於是，地下
詩歌中的「情感革命」重新展現了愛情對人的震撼力，特別是初戀的震撼力
與魅力。儘管這一場現實的愛情經歷中，總是摻雜著「權力中心」的各種糾
纏力量。但是，愛情的震撼力始終是詩人描摹的核心。

　　這一愛情的震撼，在地下詩歌中集中呈現爲「小我」對初戀的感受和回
味。黃翔的情感革命正是源於黃翔對於生命的多重的感受和體驗。他的地下
詩歌寫作內容是非常豐富的，1969 年《鵝卵石的回憶》、1972 年組詩《愛情
的形象》、1972 年《詩人的家居》、1977 年組詩《我的奏鳴曲》等等。這些詩
歌，「不乏個人情感性的『憂鬱的歌吟』，充滿情的感性。……體現了詩人作
爲一個感情豐富的個人所具有的各種情緒波動，是心靈深處的輕語低訴，是
對自我的安撫，這兩方面共同顯示了黃翔藝術精神上『壯美』與『優美』統
一。其中，優美、純眞、憂鬱的詩歌風格主要體現在他的愛情詩和自然詩中。
文革期間，黃翔創作了一些表達對愛情、友誼、自然等美好人事、美好人情深
深嚮往追尋的詩歌，其中，愛情詩最能反映他淺吟低唱的憂鬱之情。」〔註 14〕
在這樣豐富的生命中，而黃翔所呼喊的這一場情感革命，即是一場平凡的愛
情故事，特別是令人心動的初戀。「當你出現在我的面前，／我不敢擡起我的
眼睛──／羞澀的愛情像一朵小花，／悄悄地在心靈的夢谷裏躲藏，／走近
它，找不到它的蹤迹，／遠離它，透出淡淡的馨香。／／生命的大霧包裹著我
／／生命的大霧包裹著我，／一年一年遮住我的身影；／歲月踐踏著我的額頭
和眼角，／心靈上卻沒有留下一絲皺紋。／讓最後的火葬把我化成塵灰吧，
／火呀，我決不交給你青春的騷亂／和歌聲……／信箋上是你昔日的字迹／／
信箋上是你昔日的字迹，／我彷彿能摸出你的指紋，／微黃的信箋緊貼著臉
頰，／我彷彿能觸到你嘴唇的微溫。／啊姑娘，如今你早已經屬於別人，／
我的心卻對自己說：『你是我的』」〔註 15〕。詩歌中，當「你」的出現的時候，
初戀者膽怯得不敢擡眼，羞澀得像一朵小花。初戀的心境，被詩人描繪得細

〔註 14〕 李潤霞《從歷史深處走來的詩歌──論黃翔在文革時期的地下詩歌創作》，
　　　　（日本）《藍（BLUE）》（日中雙語文學雜誌），2004 年，總第 14 期。
〔註 15〕 黃翔《初戀──青春的獨白》，《獨自寂寞中悄聲細語》（受禁詩歌系列 2），臺
　　　　北：唐山出版社，2002 年（電子文本）。

緻入微。對於「你」，詩人自己想接近又不能接近，要離開又離不開的細微心靈被展示出來了。於是，對於初戀的描摹和感受，便成為了詩人的情感革命。這一情感革命的展現，其實質在於，要讓每個人都能夠擁有這樣簡單的愛情故事，讓每個人都擁有這樣生命的追求和期許。雖然「中心」的「生命大霧」，把自我「情感革命」中的這簡單的生命歷程纏繞住了：大霧中，身影被遮住，身體被踐踏。但是，「中心的大霧」已經不能控制現實的、主動的愛情。而且詩人也絕對不會交出自己生命歷程中的初戀，絕對不會交出屬於自己即使是簡單的愛情。即使初戀已經失落，姑娘已經屬於別人。由此，正是在「情感革命」中簡單的愛情故事裏，詩人才找到了自己的心靈，讓自我的心靈屬於自己。「作為一個個體生命他期望擁有最豐富的體驗、最充分的精神自由，他的寫作就是對他所嚮往的體驗和自由的言說。」〔註16〕所以，進一步看，地下詩歌中的這一場表面的情感革命，實質上是一次完成自我的革命。

通過對初戀展示，在地下詩歌的情感革命中，詩人唱出了對於女主角的讚歌，成為了「情感革命」中的「愛人之歌」。這是「愛人之歌」，而不是中心文學的「太陽之歌」。這裡的讚美，將「你」與「太陽」並列，凸顯了情感本身比太陽更重要，也顯示了地下詩歌中情感革命的獨特性。「1·有我，／還有真誠。／有她默默地說給你聽──／啊，我那全部輸掉了的愛情！／／我既是以往，／也是現在，／而你卻好像是將來……／／2·假如膽怯再也不會存在，／假如你說了：／快從這太陽底下滾開！／／那我將一百次地重複／絕不虛偽；／你比太陽更可愛！」〔註17〕一方面，在地下詩歌中愛情故事中，「愛人」才是的主角。雖然詩人曾經輸掉了全部的愛情，而作為女主角的「你」，為我保存下來了。於是，通過你這個愛人，讓我看到了將來，也讓我擁有了愛情。另一方面，儘管太陽還在你我愛情之間阻擋，但是，你已經使我從太陽之下逃離。最終，在你與我的愛情在與太陽之間角力的過程中，你和我的愛情最終獲勝。所以，詩人讚歎道，「你比太陽更可愛」，新一輪的「愛之太陽」獲得了新生。由此，地下詩歌的情感革命中，「太陽」的隱喻意義已經被轉換，太陽這一「中心」實質被改變：在新世界，愛人才是詩人心中的太陽，愛情才是詩人心中的太陽。所以，在芒克《愛人》中，詩人對女主角是如此

〔註16〕摩羅《論文革時期潛在寫作者對時代資源的超越》，《社會科學論壇》，2004年，第10期。

〔註17〕芒克《給》，《芒克詩選》，北京：中國文聯出版公司，1989年，第30～31頁。

的癡情、迷戀和讚美，「假如你的軀體，／變成了春天的土地／那我願意讓自己／失去形體融化成水／我願意讓你把我吮吸的乾乾淨淨／那樣我的全部的感情／就會浸透你全部的身體。」對「愛人」的歌唱，而不是對「偉人」的歌唱，是地下詩歌情感革命的又一個重要特徵。

最後，在主動的「愛人之歌」這一基礎上，地下詩歌的這場情感革命成為一場異常奪目的「瘋狂愛情」。也就是在對於女性、愛情的無限讚美的基礎上，地下詩人展示出了地下詩歌中的一場宏偉燦爛的愛情故事。這場的愛情，直接將對「中心──太陽」的一切誓言轉移到對「現實愛情」的承諾。在這裡，「太陽」幾乎失去了自身的影響力，只有愛情的魅力在綻放，只有瘋狂的愛情故事在燦爛上演：「像對太陽答應過的那樣／瘋狂起來吧，瑪格麗：／／我將為你洗劫／一千個巴黎最闊氣的首飾店／電匯給你十萬個／加勒比海岸濕漉漉的吻／只要你烤一客英國點心／炸兩片西班牙牛排／再到你爸爸書房裏／為我偷一點點土耳其煙草／然後，我們，就躲開／吵吵嚷嚷的婚禮／一起，到黑海去／到夏威夷去，到偉大的尼斯去／和我，你這幽默的／不忠實的情人／一起，到海邊去／到裸體的海邊去／到屬於詩人的咖啡色的海邊去／在那裡徘徊、接吻、留下／草帽、煙斗和隨意的思考……／／肯嗎？你，我的瑪格麗／和我一起，到一個熱情的國度去／／到一個可可樹下的熱帶城市／一個停泊著金色商船的港灣／你會看到成群的猴子／站在遮陽傘下酗酒／墜著銀耳環的水手／在夕光中眨動他們的長睫毛／你會被貪心的商人圍住／得到他們的讚美／還會得到長滿粉刺的橘子／呵，瑪格麗，你沒看那水中／正有無數黑女人／在像鰻魚一樣地游動呢！／／跟我走吧／瑪格麗，讓我們／走向阿拉伯美妙的第一千零一夜／走向波斯灣色調斑斕的傍晚／粉紅皮膚的異國老人／在用濃鬱的葡萄酒飼飲孔雀／皮膚油亮的戲蛇人／在加爾各答蛇林吹奏木管／我們會尋找到印度的月亮寶石／會走進一座宮殿／一座金碧輝煌的宮殿／馱在象背上，神話般移動向前……」〔註18〕這首詩歌中，「小我」的愛情已經不再是膽怯、羞澀的初戀，而是一場狂歡的熱戀。而且，從愛情自身來說，這裡的愛情更是一場無與倫比的轟轟烈烈的「情感革命」。這一場瘋狂的愛情行動，為了愛情，詩人夢想出了種種驚世之舉：洗劫首飾店、電匯吻、考點心、炸牛排、偷煙草、海邊裸泳、接吻等。而且是世界範圍內的行動：

〔註18〕多多《瑪格麗和我的旅行·A》，《多多詩選》，廣州：花城出版社，2005年，第26～28頁。

巴黎、加勒比海、英國、西班牙、土耳其、黑海、夏威夷、威尼斯等，使這一愛情行動更顯得驚天動地。這也是一場熱情的愛情故事，可以看到有可可樹的熱帶城市、金色商船、猴子，可以認識到水手、商人、黑女人等各種人的生活，體會生命的熱情。這還是一場神話般的愛情，阿拉伯、波斯灣、印度等地斑斕的夜晚、分粉紅皮膚的老人、葡萄酒、戲蛇人、月亮寶石、宮殿，一切都是在夢幻之中，童話一樣的美麗動人。這一場瘋狂的、熱情的、神話般的愛情故事，將生命中最重要的愛情精彩地釋放出來，成為愛情詩歌中的一件大事。

總之，地下詩歌中的「情感革命」，就是一個詩人主動地追求「小我」現實愛情的革命；是詩人對愛人、愛情本身的頌歌；更是一場瘋狂的熱烈的神話般的愛情故事。正如多多與馬格麗的這場愛情之旅，可謂是地下詩歌中「情感革命」的最大的收穫。在此愛情中，愛超越了時空，與「中心世界」的黑暗、陰冷、鐵柵欄等比起來，構成了兩個完全不同的世界。由此，在地下詩歌的情感革命中，愛情本身的夢幻、熱情、誇張得以完美地呈現。

這一場轟轟烈烈的情感革命，面對著「文革」這一個特殊的年代，又使地下詩歌具有深刻的時代意義。

首先，面對現實、面對現實的陰影，始終是地下詩歌中這場「小我」情感革命不能繞過去的命題。在那樣的「中心」時代裏，這始終是一種理想的愛情、一種美好的渴望。地下詩歌中的愛情，那樣一場轟轟烈烈，大膽而毫不顧忌的愛情，並不具有堅實的社會基礎，並不能成為詩人愛情思考的唯一起點。

地下詩人冷靜地審視了地下詩歌中的這一場情感革命，對這一場絢爛的愛情有著清醒的認識。無時無刻不受著「權力中心」的制約，這是這場「情感革命」的基本特徵。「你們相愛不是在春天裏 / 幸運啊，年青忠實的伴侶 / 既然沒有嫵媚的花容 / 也就不會有痛苦的別離 // 你們相愛不是在夏天 / 不像流水中相逢的浮萍 / 萍葉的前程總是分手啊 / 生活的激流一向急湍 // 你們相愛不是在秋天 / 不是在果實累累的田園 / 也不像秋風摘落的枯葉 / 在和秋雨深情地纏綿 // 你們相愛是在冷酷的冬天 / 命運的海洋上凝浮著厚厚的冰寒 / 然而，誰也沒有能力來遏制啊 / 冰層下感情的暖流奔騰向前」〔註 19〕。這一

〔註 19〕食指《你們相愛》，《探索詩金庫‧食指卷》，北京：作家出版社，1998 年，第42～43 頁。

場「情感革命」的發生，不是在春天、夏天、秋天，而只是在冷酷的冬天，
這就給這一場愛情奠定了淒涼的基調。那一場「燦爛的愛情之旅」，最終也只
不過是一場「冷酷的冬天之中的愛情」，而這才是地下詩歌中愛情的真實場
面。這也真實呈現了地下詩歌中的這場愛情的特殊性。表面上一場轟轟烈烈
的情感革命，但實質上也是一場屬於「冬天」的愛情，是在「中心」籠罩之
下的愛情。

　　地下詩人對於這一場情感革命的反思，並不是否定這場瘋狂的、熱情、
夢幻般的愛情，而是對於這場情感革命的詩歌有了更多的思考維度。他們更
為我們展示了這場情感革命所蘊藏著的豐富的人生體驗：這一場沒有春、
夏、秋的愛情，冷靜地看來，也是幸運的：它不會像鮮花一樣容易離別，不
會是像浮萍一樣相逢短暫，也不會是在秋雨中纏綿的落葉。當然在這樣幸
運的同時，詩人也看到沒有鮮花、沒有激流、沒有果實的愛情又是令人痛
苦的。

　　其次，也更重要的是，地下詩歌主體之所以重視這場情感革命，就在於
愛情有著不可遏制的力量，愛情是生命奔湧向前的推動力。因此，愛情不是
在於他是否幸運，而是在於這種力量對於生命的推動，是在冰冷的命運冰層
之下的生命暖流，給生面帶來向前的希望。所以，面對現實境遇，這場「情
感革命」，成為地下詩人邊緣生命的「暖流」，「讓塵世的紛爭遺忘我們／讓歲
月在門外倘走過」（流沙河《情詩六首》），讓詩人在現實中忘記現實的紛爭；
而且也是詩人對抗現實的力量，「不僅點綴寂寞，／而且像明鏡般反映窗外的
世界，／使那粗糙的世界顯得如此柔和」（穆旦《友誼》）……在這些暖流之
中，從這些精神激勵之下，個體生命遠離現實的醜惡、冷酷和虛妄，由此贏
獲了自我生命的意義。

　　地下詩歌中的「情感革命」，直指人的自然天性。地下詩歌中的情感革命
的過程，也是人自然天性得以彰顯的過程。對此，提出這一場情感革命的黃
翔做出了清晰的闡釋，「儘管精神世界和情感活動是紛繁複雜的，古往今來的
愛情故事對我們揭示了人類內心世界的無窮的變化，沒有一個愛情故事是雷
同的。愛情是男女之間天經地義的事情，它並不總是如此嚴肅的、枯燥的；
它的語言也不純粹是『政治對白』式的。它並不總是非要和機器、和生產指
標、和勞動競賽聯繫在一起的，任何想使人類情感活動僵死化、單一化、規
範化、純政治化的企圖都是違反人類的自然天性的，這樣的意圖已開始為一

代人的生活所否定。」〔註20〕我們看到，地下詩歌的「空山之境」追求之中，愛情是其中的一個重要的部分。這一空山之境的重要表現即是地下詩歌對於愛情的直接讚美的一場神話般熱鬧的情感革命。我們從中看到了，愛情這一湧動的「暖流」對於生命有著巨大的意義，直接啓發著人對於自然天性的渴求。這些「情感革命」展示了在禁錮年代人對於愛情的極度渴望與誇張的夢想。而且也正是在愛情的夢想之中，我們也看到，人放開了所有的約束，不再受到任何的禁錮，人性得到了極大的發展和呈現。詩人在這一場愛情的革命過程之中，不但享受著在愛情過程中的瘋狂與夢幻，而且也放飛了自我自由的心靈和靈魂，呈現出了人繁複的自然天性。

由此，地下詩歌中的「情感革命」，從人類存在中的現實愛情出發，進而突進到人類存在的基本情感，批判對於人情感的禁錮的反人性運動，並最終朗示人是有著自然天性的人，是有著繁複情緒的人。這是地下詩歌「情感革命」所展示的獨特的詩歌之思，也是地下詩歌所綻放出的特有現代精神。

二、兒童之心

地下詩歌中的另一種追求生命權利的「空山之境」，是作爲邊緣主體在詩歌中表現出來的兒童之心。這又是地下詩歌主體對於「中心」的逃離，而形成的與「中心」很不同的一種邊緣精神狀態。對此兒童之心，楊健曾專門指出了地下詩歌中的這種「幼稚病」，並提出了童話詩這一概念。他認爲，「共同的脫離現實生活的夢幻色彩、兒童心態成爲這些詩歌特有的標誌」。〔註21〕這裡指出這些幼稚病的詩歌的起點是「脫離現實生活」，而在我看來，這裡脫離現實的所指的是對「中心」的脫離。由此，將此一「脫離中心」的精神走向放入地下詩歌的邊緣「空山之境」的生命意識中，更能體現地下詩歌本眞的詩歌特色。而在空山之境的權利意識之中，「兒童之心」是地下詩歌邊緣主體對於生命權利、人的權利的最眞誠、最純潔的一種表達方式。當然，這一兒童之心，始終是與地下詩歌精神超越「中心」緊密相連。那麼地下詩歌中的兒童之心，主要表現何在呢？具體看來，這在地下詩歌「脫離中心」的過程而呈現的夢中之曲、孩子心態以及鮮明的童話色彩。

地下詩歌中的兒童之心，展示出一種特有的「兒童文化」。「兒童文化」

〔註20〕黃翔《來一場嶂悄悄的情感革命》，民刊《啓蒙》叢刊之五（愛清詩專輯），1979 年 1 月 5 日。
〔註21〕楊健《文化大革命中的地下文學》，北京：朝華出版社，1993 年，第 98 頁。

本身是複雜的概念，這裡不擬對該概念做詳實的辨析，僅從地下詩歌創作所呈現出的「兒童文化」因子和色彩出發，探討「兒童文化」在地下詩歌中的具體表現。在地下詩歌的創作過程中，地下詩歌在脫離「中心生活」過程中，所形成的獨特的「童心」式的詩歌思考方式。由此，「兒童文化」在地下詩歌呈現出了夢中之曲、孩子心態以及鮮明的童話色彩這樣三類方式。

第一，「兒童文化」對於地下詩歌的影響，首先是地下詩歌主體在創作過程中展現出的，對主體生命中個體的「夢中之曲」之朗示。這裡，地下詩歌主體「童心」所追求的「夢曲」，是地下詩歌主體對於非現實的夢的追求，以及對於夢的讚美。

夢中的生活，在地下詩歌中是自我真實的生存和生活，與「現實中心」的生活是完全不一樣的。夢中的自我，與「現實中心」的火紅的太陽絕對隔絕，而自成為一種特殊的存在狀態。而這一「夢曲」，以成人的眼光是很難能發現的，更多地存在於主體的「童心」裡。所以，在地下詩歌中，夢在「童心」世界裡就具有了特別的意義。在地下詩歌中的「夢中之曲」裡，顧城是地下詩歌中一個集中高唱「夢曲」的夢幻詩人。他就是一個「夢中人」，而不是「現實之人」。如：「我辭別了睡夢的小船，／踏上浸透霞光的海灘。／／大海含著友誼的微笑，／把送別的浪花撒在我腳邊。」〔註22〕以及詩歌：「我似乎是在睡夢中，／駕駛著一隻幻想的小船，／飛馳在時間的急流上。／樹影穿過窗戶映在床上，／風輕輕地走進，／帶來一陣悶熱中的涼爽。／我似乎是在朦朧中，／駕駛著一隻希望的小船，／在生活的海洋裡揚帆遠航。」〔註23〕於是，地下詩歌中的「夢中之曲」，人是「夢中人」。生命存在是處於睡夢之中的，人的體驗是一種睡夢般體驗。這就不是清醒時候的人的尖銳的生存體驗，也不是白日來臨時的火熱生態。因此「夢中人」展現了地下詩歌中所呈現的獨特的「童心」。

「夢中人」不是現實的人，夢裡的世界成為了一個與現實世界完全不同的「夢中世界」，這成為地下詩人「童心」大放異彩之地。夢中的氛圍主要是由月光形成的朦朧的境界。即使有其他的光，也是拂曉或者是傍晚的霞光，而不是火辣辣的太陽光。由此，在此夢境之中的人的存在感受中，是微笑、

〔註22〕顧城《夢曲（一）》，《顧城詩全編》，上海：生活・讀書・新知三聯書店，1997年，第64頁。

〔註23〕顧城《夢曲（二）》，《顧城詩全編》，上海：生活・讀書・新知三聯書店，1997年，第65頁。

輕柔、芳香、涼爽的存在感受。這些夢境，這些感受，在顧城的夢曲之中呈現得如此多彩，正如一首首朦朧迷離的月光曲一樣。這對地下詩歌主體來說，這一非「中心」的世界，是多麼的令人嚮往，而且詩人也是多麼的投入。「我看到浮動的月亮／那是我很久以前的願望／忽然被頑皮的風喚醒／今天又來到我的心上／……／遠處還有歌聲／風還送來檸檬花香／我在綠霧中尋覓——／那一定來自我夢到過的地方」〔註24〕。同樣重要的是，這月光、歌聲、花香、綠霧世界，是「夢到過的地方」，是一夢境。「夢中人」在地下詩歌夢曲中歌唱的「夢中世界」，使地下詩人在這一夢境之中沉迷。但在現實強大的「中心」面前，這只是一個夢到過的地方，一個詩人夢中的地方而已。所以，「夢中人」、「夢中世界」僅僅是詩人的童心的閃現而已。

　　第二，兒童文化在地下詩歌中展示，就是地下詩人對於「孩子心態」的呈現。在地下詩歌的「兒童文化」中，與地下詩歌中的「夢曲」相比，孩子心態更具「童心感」，也與現實「中心」更有直接的針對性。

　　地下詩歌中的「孩兒心態」，並不是直接展現在人世界中自我存在的孩兒心態，而是在面對大自然的時候而產生的一種特有心境。地下詩人詩歌中自我精神「孩子心態」，是聽從大自然的而不是「中心」的呼喊而形成的。也就是說成為大自然的孩子，而不是成為「現實中心」的孩子，這成為地下詩歌「童心」所特有的生命體驗和精神走向。「童心」，這是只有在大自然之中才能呈現出來的生命感受。

　　正如在舒婷的詩歌之中所展露的一樣，詩人是「大海的女兒」，而不是「太陽的女兒」：「一早我就奔向你呵，大海／把我的心緊緊貼上你胸膛的風波……／／昨夜夢裏聽見你召喚我／像慈母呼喚久別的孩兒／我醒來聆聽你深沉的歌聲／一次比一次悲壯／一聲比一聲狂熱／搖撼著小島搖撼我的心……／大海呵，請記住——／我是你忠實的女兒／／一早我就奔向你呵，大海／把我的心緊緊貼上你胸膛的風波……」〔註25〕。這首詩歌中，詩人將大自然定格於大海這一意象。詩人一大早就聽見大海的呼喊，向大海奔跑。詩人認為大海的召喚才是母親的呼喊，大海的意象替代了現實中「母親」的形象，這表明自然中的母親比現實中的母親更為能讓人親近。於是詩人先重點著墨於大海的

〔註24〕方含《海邊兒歌》，見楊健《文化大革命中的地下詩歌》，北京：朝華出版社，1993年，第97頁。

〔註25〕舒婷《海濱晨曲》，《舒婷的詩》，北京：人民文學出版社，1994年，第6～8頁。

「呼喊之聲」：悲壯、狂熱、并積聚力量，顯示了大海本身的力量。同時，當詩人到來的時候，大海卻嫻靜、微笑、平息了一切，不讓詩人看到被折斷的橡樹、被送走的詩章。也就是說，作爲自然中的母親，在詩人看來比現實中的母親更爲可靠和親切，她激勵詩人、對詩人微笑、平息詩人的憂愁，讓詩人感受到了什麼才是基本的生命。於是詩人最後到喊道：大海不要忘記了詩人，詩人願做大海忠實女兒。正如這一首《海濱晨曲》，詩歌的開始與結尾都是同樣的詩句，「一早我就奔向你呵，大海／把我的心緊緊貼上你胸膛的風波……」。因此，是「大海」對詩人的召喚，成爲詩人心中母親的呼喊。大海這一大自然本身的力量，才讓詩人發掘出了自我的意義。

作大海的女兒，表明了「童心」在「現實中心」的失落。所以，地下詩歌中的這一「孩兒心態」的獲得，只能在自然之中才能被釋放出來。由此，在地下詩歌中的「童心」裏，正是由於詩人自我的孩子角色，才讓自我主體上昇，並與自然和諧共一。「琴聲飄忽不定，／捧在手中的雪花微微震顫。／當陣陣迷霧退去，／顯出旋律般起伏的峰巒。／／我收集過四季的遺產，／山谷裏，沒有人煙。／採摘下的野花繼續生長／開放，那是死亡的時間。／／沿著原始森林的小路，／綠色的陽光在縫隙裏流竄。／一隻紅褐色的蒼鷹，／用鳥語翻譯這山中恐怖的謠傳。／／我猛地喊了一聲：／『你好，百——花——山——』／『你好，孩——子——』／回音來自遙遠的瀑澗。／／那是風中之風，／使萬物應和，騷動不安。／我喃喃低語，／手中的雪花飄進深淵。」〔註26〕當詩人的自我身份沒有定型的時候，詩人只能在大地上漫遊，穿梭於琴聲、雪花、迷霧、四季、山谷、野花、森林、陽光、蒼鷹等等之間。並且，這時詩人與世界的關係是飄忽不定的，不斷有死亡的時間和恐怖的謠傳出現。但是，一旦當詩人自我定位爲「孩子」，以孩子回應這個邊緣世界的時候，詩人這時就能與「萬物應和」。於是，詩人就不再是一個大地上的浪遊者，不再與大地上的生命莫不相干，而成爲了他們的一員，與他們呼應著。這就是詩歌中所展示的，詩人手中「雪花」，從「微微震顫」，最後找到了「深淵」這一生命中自然的歸宿。地下詩歌中詩人的這顆「童心」，在自然中與「萬物應和」，超越現實社會的紛爭。由此，詩人所追求「萬物應和」的理想之地，隱含著人與人之間的「應和」，相知、相通。在「童心」這一視野之

〔註26〕北島《你好，百花山》，《北島詩選》，廣州：新世紀出版社，1987 年，第 2頁。

下，所有的人都可以獲得自我自然的生命。

與孩子之心在大自然之中可以與「萬物應和」相比不同，在現實的社會中，孩兒之心不能被「中心」社會、被「中心」所傾聽，更不能兩者之間的應和。「……∥我的心驟然一陣疼痛，一定是／媽媽綴扣子的針線穿透了心胸。／這時，我的心變成了一隻風箏，／風箏的線繩就在媽媽手中。∥……∥──一陣陣告別的聲浪，／就要卷走車站；／北京在我的腳下，／已經緩緩地移動。∥我再次向北京揮動手臂，／想一把抓住他的衣領，／然後對她大聲地叫喊：／永遠記著我，媽媽啊，北京！∥終於抓住了什麼東西，／管他是誰的手，不能鬆，／因為這是我的北京，／這是我的最後的北京。」〔註27〕這一首詩歌以個體的命運揭開了「中心」之下時代歷史。特別是其中對於「兒童心態」的書寫，是詩人對於自我的回歸，也是詩人對於個體生命體驗的回歸。但這裡的「孩兒心態」有多層面的展示：第一是「記憶中的孩兒心態」。母親「臨行密密縫」的簡單事件，縈了孩子的心上，成為孩子心靈上永遠難以忘懷的情感。這一心理裏的、心靈上的孩子心態，與真實的媽媽永遠相連、難忘。但這只是記憶中的母親，記憶中的孩子。而當詩人把頭探出窗外，這一體驗馬上就消失了。第二是「現實中的孩兒心態」。這時，真正的母親卻已經退隱，母親的概念已經被「中心」置換。用以替代母親是「中心」北京。這一個有著巨大隱喻的城市，詩人並沒有說出這其中包含的隱喻。但是，詩人已經完全把他當作了自我的母親，把自己當成了「中心」北京的孩子。可是在詩歌中，這一母親，這一北京，是詩人所抓不住的「中心」，是腳下的北京，即將離開的北京，也是詩人最後的北京。作為他的兒子，是一個被欺騙、被拋棄、被疏離、被遺忘的兒子。這一孩兒心態，與在大自然中做大自然忠實的孩子，在大自然中萬物應和的孩子心態相比，那就是在「中心」社會中孩兒心態是做不成的，是根本沒有溝通和理解可能的孩子心態。

因此，地下詩歌中的「孩子心態」，只能在夢想中自然界中與「萬物應和」，只能在「童心」之中，而不是「現實中心」裏能找尋的。

第三，地下詩歌中的「兒童文化」，在地下詩歌自身上表現為具有相當鮮明的童話色彩。地下詩歌中所展現的童心，以及孩子心態，只有在大自然中

〔註27〕食指《這是四點零八分的北京》，《探索詩金庫·食指卷》，北京：作家出版
　　　社，1998年，第47～48頁。

才能獲得了眞正意義。所以對現實中心的疏離和逃避，是地下詩歌童心產生的基礎。同時，地下詩人逃離中心現實的精神走向，又在地下詩歌中呈現出了豐富的童話色彩。

這一童話色彩，不只是地下詩歌說以「童心」來認識和揭示這一個邊緣世界，而且飽含了詩人對「童心」本身展示，以及對於異域、神話、玄幻、奇異等多種內涵的揭示。多多在這一方面呈現了最爲特異的感受，「……跟我走吧／瑪格麗，讓我們／走向阿拉伯美妙的第一千零一夜／走向波斯灣色調斑斕的傍晚／粉紅皮膚的異國老人／在用濃鬱的葡萄酒飼飲孔雀／皮膚油亮的戲蛇人／在加爾各答蛇林吹奏木管／我們會尋找到印度的月亮寶石／會走進一座宮殿／一座金碧輝煌的宮殿／馱在象背上，神話般移動向前……」〔註28〕。這裡有阿拉伯、波斯灣、印度等等異域國度，直接實踐了詩人對「中心」的超越和疏離。因此，詩歌中的童話色彩就可以不受中心現實的約束，展開更爲奇異的色彩。如「一千零一夜」故事，可以在此大聲講授和傳播。有色調斑斕的傍晚，有喂孔雀的葡萄酒；有粉紅皮膚的人，有皮膚油亮的人；還有寶石和宮殿……所以，地下詩歌中的「童心」世界，是一個豐富多彩的世界。地下詩歌主體，更是一個有著豐富生命感受的主體。

不過，與這樣奇異的色彩相比，地下詩歌中的童話色彩還在於地下詩歌中追求現實之外的另外一種「童話世界」。顧城作爲一個長不大的孩子，「一個被媽媽寵壞了的任性的孩子」，是其中的重要代表。「潔白的塔呵，／圍著綠色的腰帶，／像一枝春天的竹筍，／在召喚滿天蓬鬆的雲彩。／這是一個美麗的晨景，／到處都懸著露水，／像無數兒童的眼睛。／在濕濕的霞光裏，／水光映著銅鈴，／鈴響伴著和風。／在雲霧消散的松林裏，／回蕩著啄木鳥工作的歌聲。」〔註29〕詩人以「童心」感受這一世界，描繪這一童話世界。在這一世界中，「潔白的塔」具有了人的特點，人在大自然中萬物應和，能與雲彩交流呼喊。可以看出，一切的事物都具有人性，是顧城詩歌童話詩歌的基本特徵。而且這種人性，特指的是與兒童相關的心性和心理感受，即遠離了中心的兒童感受。特別是在兒童的眼睛的透視之下，萬物應和，遵循自然的規律，沒有「中心」的世界：霞光中有水光，水光倒映著銅鈴，而鈴聲與

〔註28〕多多《瑪格麗和我的旅行・A》，《多多詩選》，廣州：花城出版社，2005 年，第 26～28 頁。

〔註29〕顧城《塔和晨》，《顧城詩全編》，上海：生活・讀書・新知三聯書店，1997 年，第 7 頁。

風一起唱和，成爲一個天地融爲一體的境界。由此，在「童心」的關照之下，這是一個美麗的晨景，也展示了人存在中的童話境界。這一「童話世界」，也爲地下詩歌增加了更多的想像和幻想的成分，使地下詩歌的自我主體具有更豐富的色彩。

「兒童文化」不僅在地下詩歌中有著豐富的表現，而且正是這一「兒童文化」所釋放出的「童心」，使得地下詩歌展現出一種非常獨特和特殊的精神走向。我們對於地下詩歌中所展現的「童心」進行研究，就不僅是對於地下詩歌本身的重新認識，也是重新思考「兒童文化」與當代詩歌創作的關係。這不但使地下詩歌具有了獨特的詩學面貌，還使地下詩歌具有了一定的啓蒙主題，這對當代詩歌創作具有重要的啓示意義。

兒童文化在地下詩歌的「童心」表現中，其夢中之曲、兒童心態、童話色彩不但是三者的統一，而且是三者密切的結合而形成生命境界。即詩人所歌唱的夢幻、童心、神話最終指向的都是生命，要在夢幻、童心、童話之中保存自我的生命。只有在這樣的世界中，我們唱出的歌聲才是生命的歌曲，才是生命的幻想曲。在顧城的《生命幻想曲（1971 年盛夏自灘河歸來）》中，我們所看到的世界一樣，地下詩歌中的「童心」世界，是一個幻影和夢的世界，一個童話的世界，一個兒童的世界，這樣三個世界的完美結合的生命世界。

指向生命的地下詩歌「童心」，其實質都是在禮讚生命的自我主體。「我要完成我命裏注定的工作——用生命建造那個世界，用那個世界來完成生命。」〔註30〕不管是夢幻中的歌曲、兒童心態的歌唱、童話色彩的運用，他們最終都是要造就一個生命的世界。回歸到生命的意義，實踐生命的權利，正是這些「童心」所蘊含的空山之境的中樞。也正是在這一點上，「在北京的沙龍中，一些知青詩人準確地表達了他們的這種『心態』，或者說『夢態』。這是一種強烈的心理需求，固守自己的美妙的『童話世界』。」〔註31〕所以，對於這一禮讚自我生命的「童心」世界的展示，在地下詩歌中是一種非常重要的共同追求，即使在某些成熟的作品中也灌了「童心」：「這是一場艱苦的鬥爭，一場考驗意志的鬥爭。首先，我必須使自己超越於痛苦之上。我慢慢

〔註30〕顧城《詩話散頁（之一）》，《青年詩人談詩》老木編，北京：北京大學五四文學社，1985 年，第 41 頁。
〔註31〕楊健《文化大革命中的地下文學》，北京：朝華出版社，1993 年，第 98 頁。

地發覺痛苦像海潮一樣，也有它的規律。它一清早就在心中洶湧，我用任何辦法：用理智、用勞動、用歌唱……都無法阻擋它，……。我回想著我的童年時代，回想著我知道的少年們的生活，努力培養詩的心境。有時候，閃光似的，一個題材在我心中掠過，我心中默念著，進行著創作。」〔註32〕以「童心」來面對現實，以「童心」來培養詩的心境，最終獲得自我的生命。這不但是地下詩歌要表達和達到的一種思想狀態，也是地下詩歌創作中的一種共同的精神狀態。

其次，地下詩歌直接以「童心」來對抗「中心」的殘酷，深入地介入了現實社會，重新尋找自我存在的基點。「童心」所昭示的夢幻世界、童話世界是地下詩歌與「中心」的對抗力量。源於地下生命存在的嚴峻環境，地下詩歌只有不斷地尋找新的存在基點，兒童的純潔、真誠、夢幻、神話正好具有超越現實的力量。「1972年，……下鄉知青們已處於十分嚴峻的生活境地。大量知青逃回城市……在城市中，知青們在自己創造的『小氣候』中，躲避政治運動的衝擊……渴望寧靜、純真地生活。正是這種渴望創造出了這批『童話詩』。現實的殘酷是『童話詩』存在的充足理由。」〔註33〕但是，地下詩歌中的這一「童心」的超越現實的力量，卻又總是有意無意地與現實聯繫著的，或者說是直接針對現實。表面上看，是對現實的疏遠、疏離，而實際上是對現實的積極介入。所以，「童心」地下詩歌主體對於現實的介入，這不但與「中心」形成了鮮明的對比，也與「紅太陽」咄咄逼人的氣勢展開了尖銳的對抗。

最後，地下詩歌中「童心」中孕育出了「夢幻世界」「童話世界」的新的力量，這就是從「童心」中建構起的天真和純潔，這樣一個空山式的理想人性的追求。對於自我「夢幻世界」「童話世界」的固守，這成為地下詩歌中權利意義的核心。也就是說，在與「中心」相對抗的過程中，其對抗力量的來源於孩兒之心所孕育的天真和純潔。「童心」是天真生命的本真再現，「他們的作品（指朦朧詩）在一個時期，都不約而同寫到孩子，或者用孩子的方式來表述痛苦、期待，他們所經歷的天真瞬間，和人類遠離的天真時代無意相合。」〔註34〕回歸兒童的天真，回歸兒童的真誠，是地下詩歌中空山之境的

〔註32〕曾卓《曾卓文集》第1卷，武漢：長江文藝出版社，1994年，第398頁。
〔註33〕楊健《文化大革命中的地下文學》，北京：朝華出版社，1993年，第99頁。
〔註34〕顧城《關於「無不為」》，《墓床》虹影、趙毅衡編，北京：作家出版社，1993

主要表達。「童心」又是一種純潔的力量：「這是一個眞正的奇迹，郭路生曾徵兆的純淨，通過另一種方式爲一批知青詩人所繼承。這表明了知青身上爲歷史所賦予的共有的品行：純潔。整個社會普遍道德淪喪的情況下，這批『兒童』的出現，彷彿是污泥濁水中挺立的一支潔白的蓮花。」〔註35〕地下詩歌中空山之境中天眞和純潔的「童心」，使地下詩歌建構起了新的生命，構築出了一種不同與地上的另外一種生存方式。這一「童心」所展示出來空山式的理想之地，使得一些地下詩人在此一狀態中長久地沉迷。由此，當代詩歌中大量的「兒童文化」，在一定程度上正是對於地下詩歌「童心」的繼承與張揚。

「兒童文化」在地下詩歌中所呈現出來的「童心」，以夢幻之曲超越現實，對抗現實的黑暗；以孩兒之心呼喚天眞、純潔的人性；以特有的童話色彩徹底否定中心現實，呈現了一種強烈的現實批判性。正是「兒童文化」的基礎上，地下詩歌以「童心」對抗現實，並建構出另一獨特的世界。

三、自然之子

與空山之境中的「孩兒心態」相比，孩兒心態是地下詩歌中自我逃離「中心」之後，逃向夢幻、神話等兒童幻想等等生命體驗。但是，兩者的一個共同點都在於，他們都在自然之中而不是在「中心」找了一個更好的表現高地。空山之境中的孩兒心態，是在自然之中獲得自我的純潔與眞誠，並以之作爲自我的對抗武器。而地下詩歌中空山之境裏，詩人作爲自然之子，更直接的是逃向自然、面對自然而產生的精神追求。空山之境的自然之子，即是逃避「中心」社會、回歸「邊緣自然」的之子。因此，作爲「自然之子」的地下詩歌，是地下詩歌中空山之境的最直接的表達。自然之子與空山之境具有最契合的意義，最終呈現的是地下詩人的權利意識。

「自然觀」在中國傳統中是一個有著豐富涵義的美學概念，而且包含著較爲多元的藝術精神。這裡所謂的「自然觀」是狹義上的，指詩歌中的「對自然書寫」以及由此呈現出來的精神特徵。在傳統的中國語境之下，「自然觀」的闡釋、認知、接受最終變得極爲窄化，甚至成爲單一思考的美學思想。以小農經濟爲主的中國社會中，在傳統哲學的「中庸」、「天人合一」、「修

年，第 170 頁。

〔註35〕楊健《文化大革命中的地下文學》，北京：朝華出版社出版，1993 年，第 99 頁。

心」、「輪迴」等思想，以及傳統的文人政治等的種種合力之下，「自然觀」這一概念固化，傳統多維的「抒情之思」，最後僅僅坐實爲對「意境」的追求與迷戀。意境是中國古代藝術審美理想的核心，這體現了一種對待生命的獨特意識：順應宇宙萬物變化，遵從天命，與天地萬物合一而並生，形成一種寧靜的生命形態，達到生命與自然之間的親密無間和諧共一。中國古典詩歌發展出了獨特韻味的「意境」詩歌旨趣，他們陶醉於這種人與自然的「共在」關係，不以主體的世界主宰世界萬物，也沒有征服和去改造世界的願望，不去打破自然界的和諧秩序，任其自在自爲地演化生命。更爲嚴重的是，古典詩歌傳統的「自然觀」，從小就開始對我們的欣賞習慣進行薰染，形成了我們對於詩歌認識的固定思維模式，以至於影響至今。

從「地下」這一命名之日起，在「地下詩歌」的研究中，大多數強調的是地下所蘊含的政治對抗性，特別是與地上文化、官方文化的對峙。由此，存在的問題是，忽視了對於地下詩歌主體自我精神的獨特追求的研究。但是，地下詩人是當代詩歌中的「摩羅詩人」：他們不但是精神界之戰士，對於「中心」體制不屈服，具有與天抗爭的「射日精神」；他們也有著自我的精神追求，找尋著自我「自然」般的權利意識。地下詩歌除了有與「地上」、「官方」相對立的「射日精神」之外，還有自我精神追求中偏離政治對抗的「自然觀」。在地下詩歌中，地下詩歌詩人的「自然觀」深刻地表現在詩人主體作爲「自然之子」的精神追求中。地下詩歌主體作爲「自然之子」，是直接面對自然、逃向自然而產生的精神追求，是逃避「集權中心」社會的「自然世界的兒子」。因此，成爲大自然的兒子，將自然世界作爲自我精神的「自然」，是作爲「自然之子」的地下詩歌主體「自然觀」權利意識最直接的表達。

具體來說，地下詩歌主體作爲「自然之子」的「自然觀」，主要表現在這樣三個方面。

第一層是，與自然的平等的溝通和對話，這是地下詩歌主體成爲「自然之子」的前提條件。作爲「自然之子」的地下詩歌主體與自然之間的平等對話之，沒有「中心」的等級和權力的壓制，是一種天然、自然的生命樣態的呈現。也正是「自然世界」中的平等和天然，讓地下詩人如此的癡迷與傾心，而最終願意成爲自然的一份子。

作爲地下詩人之一的林莽，在他的詩歌中就特別傾心於與自然的平等對話，使他成爲了「自然之子」，「黎明的光把生命的晨祈照亮／世界的色彩單

純又明朗／記憶，一條藍色的河流／穿過原野，暢想在浮動／童話裏變幻著不斷遺忘／又揚起的意願／嫩芽般把雙手伸向天空／伸向水和空氣／太陽輝煌地把生命賜給我們／帶著母體的芬芳、綠色的芬芳／笑聲在震顫／枝葉抖動發出聲響／這是生命的對話／／……／這是生命的對話／／時鐘懸掛著／指針間走過／這個龐雜的世界／／痛苦與歡樂／孤獨正悄悄地找尋／人在歌唱／自然在歌唱／生命在歌聲裏回響」〔註36〕。可以看出，在自然中，生命與生命之間的對話是平等的。作爲「自然之子」的平等對話，展現爲兩種基本的形式：一是在自然界中自我生命與外在世界的平等對話。這一平等對話是地下詩人願意作爲自然之子的最重要基礎。因爲，在生命與世界的平等對話中，個人生命的記憶可以由世界賦予開啓；同時，自然的生命本身也在對話中展示了自己的意義。於是，這一自然界中生命平等的對話，使得花朵、種子、蘋果、鳥兒等等生命自由地生長，並不被一種價值所籠罩和掩蓋，各種生命都獲得了自我的價值和意義。第二，詩人從自然界中生命的平等對話，推進到生活中人與人之間平等的對話。正如這一首詩歌所展示的人與人之間平等對話：姑娘與小夥的愛情對話，母親與孩子的對話，孩子與父親的對話……雖有痛苦、有孤獨、有歡樂，但是這些都是平等的對話，最後就成爲了「生命的對話」。在生命的平等對話中，人的各種價值也就由此而誕生。所以，作爲自然之子的地下詩歌，是要從自然中平等的對話，推進到生命中平等的對話，由此奏響個體生命的樂音。

生命之間的平等的對話，而不是壓制，正是源於作爲「自然世界」中所具有的天然、原始、平等、自由等特質。地下詩歌中主體精神價值的源泉，正是在於地下詩歌主體作爲「自然之子」才能獲得的獨特體驗。詩人黃翔，他不但是一個呼喊「火」與「獸」的詩人，而且他的詩歌中更有著相當多的私人化的生活情趣，以及由此在自然世界中的沉醉：「打開閣樓的天窗／爬上黃昏的屋頂／小女孩安靜地靠在身邊／斟我一杯清茶／／白鴿不飛　雲朵不走／樹木不搖　流水不動／心中的神思像落日的餘輝／化成融解般的渾圓線條／我站在白天和黑夜的邊緣／看見了世界以外的和諧／／小女孩和我一動不動／一老一少互相融化／在淨化的大自然中／像兩個初生的嬰孩／／古銅色的晚空背景上／襯出一高一矮的身影／我們站在和平的屋頂／潛入來世寂靜的深

〔註36〕林莽《生命的對話》，《被放逐的詩神》陳思和主編，武漢：武漢出版社，2006年，第334～346頁。

心」〔註37〕。在這自然之中，人與人安靜地依靠著，一切自然地存在，白鴿、雲朵、樹木、流水和落日，和諧地在一起。在這樣的自然背景之下，人獲得了新生，成爲了「初生的嬰孩」，那麼單純、潔淨。於是，作爲自然地一員，就與這一世界完全平等地存在著。成爲「自然之子」，即與一切生命都成爲一體，與自然融化爲一體。所以，黃翔正是在作爲「自然之子」的「私語」之中，呈現了自然的力量，或者說是一種民間的力量、田野的力量和山林的力量。「研究詩歌，不應忘一記民間，魯迅先生當年就曾主張，研究歷史，除了正史還要看野史，在民間、田野和山林，有更原始、更具有生命活力、也更野性的精神財富，值得我們深入發掘。」〔註38〕正是作爲在「自然世界」中能平等對話的「自然之子」，其原始的力量，帶出了個體生命的意義。

地下詩歌主體作爲「自然之子」的「自然觀」的第二層意思，即是地下詩歌主體成爲自然「初生的嬰孩」，在平等對話的基礎上，對自然唱出讚美之歌。成爲「自然之嬰孩」，是由於自然世界自身中所特有的平等力量；而高唱「自然之歌」，則是地下詩人自我生命與自然的眞正融入，讓生命獲得「自然氣息」。

作爲「自然之子」而且堅守這一命運的地下詩人，芒克具有相當的代表性。在火熱的文化大革命時代，他就不唱「太陽之歌」，而對自然唱出了熱情的讚歌。作爲自然之子的芒克，在他的詩中表現出對大自然美的全心的欣賞，以及對大自然的無限熱愛。他的作品，均展現出了一個個在田野裏奔跑著的自然的人的形象。其中他的《十月的獻詩》是凸顯了詩人的「自然之子」的形象：「秋天悄悄地來到我的臉上，／我成熟了。」（《莊稼》）；「我將和所有的馬車一道／把太陽拉進麥田……」（《勞動》）；「多麼可愛的孩子，／多麼可愛的目光，／太陽像那樹上的蘋果，／它下面是無數孩子奇妙的幻想。」（《果實》）；「沒有你的眼睛，／沒有你的聲音，／地上落著紅色的頭巾……」（《樹林》）；「那在不停搖擺的白楊／那個背靠著白楊的姑娘，／那條使姑娘失望的彎彎曲曲的路上……」（《小路》）〔註39〕。《十月的獻詩》裏，詩人吐出了芒

〔註37〕黃翔《詩人的家居——「野鴨沙龍」水墨畫・屋頂》，《獨自寂寞中悄聲細語》（受禁詩歌系列2），臺北：唐山出版社，2002年（電子文本）。

〔註38〕李兆忠《「灰娃現象」的啓示——〈山鬼故家〉研討會紀要》，《詩探索》，1997年，第4輯。

〔註39〕芒克《十月的獻詩》，《芒克詩選》，北京：中國文聯出版公司，1989年，第22～23頁。

克式的自然頌歌，用輕鬆、美麗的筆法把大地上的秋天、太陽、蘋果、白楊等寫得美倫美奐，讓人如癡如醉，最終展現了詩人與自然默默的交融。

「自然之子」芒克對自然的讚歌，是爲了避開現實，獲得眞正的「自然氣息」。首先，芒克詩歌是對現實的疏離，「如果說根子和多多當年主要是立足於話語反抗立場而寫作的話，那麼芒克主要是站在話語疏離立場上來從事其『地下』詩歌寫作的。」進而，找到「自然」這樣一個立足點，「在芒克的大多數『地下』詩作中，人（『我』）與自然的關係是和諧的、同一的。」〔註40〕芒克名字源於英文單詞「猴子」（monkey），這本身就體現出了詩人與自然的合一。最後，從自然讚歌中獲得自然所具有的「自然氣息」：「芒克正是這個大自然之子，打球、打架、流浪，他詩中的『我』是從來不穿衣服的、肉感的、野性的……」〔註41〕這表明，詩人自我的生命是自然的、自由的，在生活中自由地活動，並且具有自然般的野性、肉感。而在這自然的追求過程中，正是野性和肉感成爲了自然氣息的代表。「他詩中的我是從不穿衣服的，赤裸軀體散發出泥土和湖水的氣。」〔註42〕因此，地下詩歌主體作爲自然之子，他們對自然的無限讚美，就是爲了獲得生命中的自然氣息，也就是對感性生命氣息如野性和肉感的讚美。

只有獲得了「自然氣息」的「自然之子」，才是一個正常的、健全的人。芒克作爲一詩人，就具有自然的本色，「很多人願意把早生的白髮染黑，或者藏在帽子裏，而他卻以自己的一頭白髮自豪，五歲的女兒叫他『老雜毛』，他朝女兒嘻嘻地笑，全然一個老頑童。」〔註43〕在地下詩歌中被壓抑的主體，作爲被中心所排斥的主體，在具有「自然氣息」的自然之子之下得以復蘇，「人性中在現實中喪失了合法的生存權力，但在詩歌的王國裏，它卻悄然誕生。肉體可以被消滅，思想可以被禁錮，但是，被麻木的感情、被壓抑的欲望、對幸福的追求總是會復蘇、覺醒的。」〔註44〕這就是地下詩歌中的「自然之子」形象，充滿了自然野性的氣息。最終地下詩歌中的自然之子，將人凸顯爲一個未被扭曲的人，一個純潔的，一個感性的人，一個野性的人。作

〔註40〕李遇春《芒克「地下」詩歌的精神分析》，《華中師範大學學報》，2005年，第1期。

〔註41〕多多《1970～1979被埋葬的中國詩人》，《開拓》，1988年，第3期。

〔註42〕楊健《文化大革命中的地下文學》，北京：朝華出版社，1993年，第109頁。

〔註43〕徐曉《荒蕪青春路》，《半生爲人》，北京：同心出版社，2005年，第149頁。

〔註44〕宋海泉《白洋淀瑣憶》，《詩探索》，1994年，第4輯。

爲獲得了「自然氣息」的「自然之子」，其「自然之歌」，就是人的讚歌，是人生命的頌歌。如芒克最早的詩作之一《致漁家兄弟》中，芒克心中想到的卻是漁家，是漁人的基本生活，這就是「河灣裏燈火聚集」、「漁船上的話語親密」、「你們款待我的老酒」和「你們講起的風暴與遭遇」。芒克不是對著太陽歌唱，而是深深地讚美了人，表現了人，體現了現實中的人的基本存在。這是一幅人的圖畫，是對人的讚歌，是站立起來的一個個活生生的人。

　　文革地下詩歌主體作爲「自然之子」的「自然觀」第三層意思是，通過人的「自然氣息」的獲得，人還可以回歸自然，從自然世界中找尋到自我的精神依靠。也就是地下詩人在自然之中，找到了自我的精神價值和精神最終歸宿。因此，這一層意思是，在成爲「自然之子」的基礎上，地下詩歌主體回歸自然，並超越自然本身的限制，成爲一個精神的獲救者。

　　成爲「精神之子」，是地下詩歌主體作爲「自然之子」的最終價值訴求。這樣一個追求精神權利的「精神之子」，當然首先是作爲自然之子而存在。與自然平等地對話交流，始終是地下詩人作爲精神之子的基礎。啞默在地下詩歌中，一邊是「一直堅持在主流意識形態的專控之外創作」，另外一邊就是「死守最後的邊疆——精神生產的權利。」〔註45〕也就是在超越「中心社會」，甚至是超越自然世界的過程中，成爲一個「精神之子」。「一個早晨，／一個陽光璀璨燦的早晨，／我，走在一條無邊的路上，／生機、愛情、追求、渴望、／還有那日益完善的信仰，／向著未來的世界／向著生命和它將要擁有一切！／／熱愛生活的人啊，／生活會給你雙倍的報賞！」〔註46〕作爲精神之子，其堅實的基礎是作爲自然之子而存在。黃翔稱啞默是一位被農民收留的「資產階級末代子孫」，而且是一株特有的「檬子樹」，「像這兒特有的一種檬子樹，不愛群居，孤獨生長，在這兒紮根，這株血肉之軀的『檬子樹』之根一直往泥土深處紮去，在這兒深下去，深下去，它的根在這一圈土地的深層達到了無限的深度。」〔註47〕我們看到，第一，正像這一首詩歌所展現的，詩人的生命、愛情、追、渴望、信仰，是在「一個璀璨的早上」，在「一條無邊的路上」紮根，沒有這樣的「早上」，這樣的「泥土」，詩人是不能成長的。第二，在與自然的對話過程中，詩人完全就是一個最形象的自然之子，一株

〔註45〕啞默《豪門落英——啞默自述》，《北回歸線》，1996年，總第5期。
〔註46〕啞默《晨曲》，見《當代「潛在寫作」史料：關於啞默〈真與美〉的史料（二）》，《現代中國文化與文學》，第2輯，巴蜀書社，2005年。
〔註47〕黃翔《末世啞默》，《青年作家》，2006年，第4期。

紮根在自然，紮根在泥土中的檬子樹。由是，正是在自然之子的基礎上，才有了詩人的專有的「精神之子」追求。

我們看到，地下詩歌通過與自然平等對話、成爲自然之子，回歸到自然的懷抱中，呈現出厚重的傳統詩歌的自然觀特徵。而且更重要的是，地下詩歌從「自然之子」中生發出來的「自然觀」，不僅在特殊的年代彰顯出了詩歌獨特的意義，並且在當代詩歌中具有獨特的意蘊。

首先，地下詩歌的「自然觀」，著重與自然的平等交流對話的「自然之子」，也使地下詩歌具有了一種自然的風格。「『自然的風格』，或『自然詩人』的說法，可以發掘的多層涵義是：率眞、任性的生活和寫作態度；重視感性的質樸、清新的語言和抒情風格；是想像、詩意上與大自然的接近和融入，也可能是一種較少掩飾的『野性』。」〔註 48〕地下詩歌主體與大自然的接近和融入，既具有「野性」，但是更重要的是，地下詩歌主體所呈現的這一單純、潔淨的「初生的嬰孩」。從平等的自然對話中誕生的「自然之子」，使地下詩歌具有了自然的風格。也就是說，儘管已進入現代社會，有著商業文明、城市文明，「自然」仍是需要我們去投入和刻畫的一種生命狀態。

特別地下詩歌「自然觀」中，作爲具有「自然氣息」的「自然之子」，飽含著自然所具有的野性精神。這對於各種重要之下贏弱的當代生命來說，這更具啓示意義。地下詩歌中，他們對「自然」的思索，以及在挖掘自我的命運和實踐生命的權利過程中，就必將以人的自然天性來對抗中心對人的壓制和人性的扭曲，恢復人的自然本性。「他直接面對人的最自然的本質，抗議對這種自然天性的扭曲。」〔註 49〕所以，唐曉渡將這一「自然氣息」的特質提煉爲「反閹割」的詩學追求。「芒克式的反抗首先不應從意識形態的角度，而應該從生命和美學的角度來理解。在特定的歷史語境中，它賦予了『自然』或『任性率眞』這類古老的倫理——美學追求以獨特的『反閹割』內涵。」〔註 50〕人如果不是作爲有「自然氣息」的人而存在，就會失去了人存在的率性和純眞，失去了人的內涵，就是一個被閹割的人。這一具有「自然氣息」的「自然之子」的人的追求，是要完善和實踐健全的人性。「芒克（姜世偉）

〔註 48〕洪子誠、劉登翰《中國當代新詩史》（修訂版），北京：北京大學出版社，2005年，第 162 頁。
〔註 49〕林莽《芒克印象》，《詩探索》，1995 年，第 3 輯。
〔註 50〕唐曉渡《芒克：一個人和他的詩》，《唐曉渡詩學論集》，北京：中國社會科學出版社，2001 年，第 180 頁。

是白洋淀詩群中的核心人物。也的詩除了像多多那樣以陰冷和絕望的風格表達對時代的憂患與抨擊外，還以更加廣闊和自由的情懷抒發著對人生的思考和對自然的熱愛，透示出深邃而健全的人性色彩。」〔註51〕從與自然的平等對話，到成為具有「氣息」的「自然之子」，地下詩歌中不但是以「自然氣息」來反抗中心對於人的自然性的閹割，而最終要在「自然世界」中實踐出健全的、健康的人。

最後，地下詩歌的「自然觀」，是從「自然之子」上中站立起來的精神之子，是對於自我精神世界的熱愛和投入，而並非是簡單地對「意境」的留念和徘徊。「啞默，我是一個從地獄走回人間的人，你的作品的力量就在於喚起我重新對生活的愛！這就是你存在的價值！也是你曠日持久、默默無聞的作品存在的價值！它喚起一種熱愛，一種嚮往。」〔註52〕在這對於自我精神世界的熱愛過程中，這種精神的追求是對自我現實生活的愛，是對自我生命存在價值的追求。正如啞默這一精神之子所展示的，「精神之子」最重要就是對擁有自我精神的權利的守衛和守護，「他的詩純美、溫情、感傷，帶一點夢幻色彩，抒發了對人生的夢想、愛情的得失、青春的困惑。他像一個執著的愛與美的守護者，又像一個精神潔癖者，不讓任何現實的醜陋、污濁滲進他的詩歌聖殿。」〔註53〕因此，地下詩歌中自然之子，是一個自我精神的守護者。「他像一個執著的愛與美的守護者，不讓任何現實的醜陋、污濁滲進他的詩歌聖殿。」〔註54〕地下詩歌自然觀中的「精神之子」，既要守護自我的精神世界，而且還要在自然之中建造一個人性聖殿，在自我精神世界之中建造人性的聖殿，這是地下詩歌「自然觀」對我的重大啟示。

由此，地下詩歌「自然觀」的「自然之子」，從自然的平等對話中，獲得自然氣息，回歸到自然，最終堅守自我的精神世界。由此，地下詩歌中的「自然之子」，所彰顯的是一「小夥子」式的生命和精神追求：「這些作品都是針對社會弊病的，社會上出現什麼偏向，就談什麼偏向，就試著提出和解決什

〔註51〕張清華《黑夜深處的火光：六七十年代地下詩歌的啟蒙主題》，《當代作家評論》，2000 年，第 3 期。

〔註52〕黃翔《末世啞默》，《青年作家》，2006 年，第 4 期。

〔註53〕李潤霞《被埋沒的輝煌——論「『文革』地下詩歌」》，《江漢論壇》，2001 年，第 6 期。

〔註54〕劉勇主編《中國現當代文學史》，北京：中國人民大學出版社，2006 年，第 347 頁。

麼問題。我覺得美國文化是『小夥子』文化，沒有傳統，沒有束縛，一路磕磕碰碰、跌跌撞撞地跑來，就是有點『魯莽』。」〔註55〕所以，地下詩歌中自然之子，是健全的人性，是健康、頑強、蓬勃的生命力的小夥子，是想唱就唱、想跳就跳的眞正的活生生的人。特別是，地下詩歌中的「自然之子」，這一野性、頑強的「小夥子」形象，回歸到自我生命，固守自我精神生命，並在自然世界中營構起一個人性的聖殿。由此，地下詩歌「自然觀」中「自然之子」之思，對我們當代詩歌的「自然書寫」和「自然表達」具有重要的啓示意義。

　　儘管我們看到，地下詩歌以傳統「自然觀」表達了，賦予了當代詩歌的獨特意義。特別是在極端的年代中，更以這種傳統的方式彰顯了詩歌偉大力量，不過在我看來，這種力量在當代詩歌的發展中還是有限的。

　　我們知道，在現代社會的發展中，中國現代工商業文化發展成爲了主流，中國古典詩歌的文化基礎已經發生了改變，失去了生成古典自然觀「意境」的社會和文化基礎。在這樣的環境下，古典「自然觀」之下，「意境追求」等美學規範基本失效了。特別是中國現代新詩中白話的運用，由此建立了一套新的詩歌體系，構建出與古典詩歌倫理道德不同的現代新精神，即對民主、科學、個性解放的追求。進而言之，中國現代新詩的地界，就不在是古代中國鄉村農業文明的簡單再現，而是突破中國傳統的封閉狀態下的工業文明、商業文明、城市文明等等文明的新型複雜社會樣式的體現，這便有了與古典詩歌相異的表達意象、表達內容和表現方式。而這些新型文明之下的現代感受都是古典詩歌很少涉及的，也是古典詩歌難以容納的詩歌新質。於是，徐遲喊出了「放逐抒情」的口號。同樣，梁實秋以理性節制抒情，馮至等提出「詩是經驗」，金克木提倡「主智詩」，袁可嘉主張「新詩現代化」，穆旦的「新的抒情」，艾青倡導「散文美」，……均看到了傳統自然觀之下「抒情」難以透視當下的現代社會的困境，對「抒情」喊出了放逐之聲。

　　在一定程度上可以說，中國當代詩歌正是在遠離傳統自然觀這一條道路上行進與發展的，而且中國當代詩歌的「功」與「過」都與此有一定的關係。以白洋淀詩群的多多爲例，文革時期的地下詩歌，正是在「放逐抒情」這條道上，掀開了新時期詩歌的帷幕，預演了一場新的詩歌時代的來臨。多多的

〔註55〕食指、泉子《食指：我更「相信未來」──答泉子問》，《西湖》，2006 年，第
　　　　11 期。

詩學以建立自我價值爲基礎，通過在詩歌中與語言的搏鬥、對抗，形成了以「硬」爲支點的詩歌。這種詩歌的旨歸是在於對世界的「對抗」和「對話」式掌控，並不屬於「天人合一」式抒情表達。於是，在多重的競技、對抗中，而不是在意境的沉迷中，多多的詩歌在對抗與對話的駁雜融蕩，切入了當代生存。1979 年《詩刊》推出北島的《回答》與舒婷的《致橡樹》，一股新的詩歌大潮崛起。朦朧詩大膽吸收西方現代詩歌的表現手法，將個體的價值確立爲新的美學原則，這改變了當代詩人認知世界、感覺世界的方式，也使當代詩人重新認識詩歌語言、詩歌技藝。特別是朦朧詩主將北島，他從個體內心深入對社會和自我進行反思、反省和警惕。讓「詩」走向「思」，而不是走向抒情，北島具有重要的意義。當然，在文革地下詩歌與朦朧詩中，還有大量的詩人保留著「抒情」。而迅速崛起的「現代主義詩群」，被稱爲「第三代」的詩人，以更加激進甚至驚世駭俗的方式大力推動新詩的「革命」，完成了中國當代詩歌「放逐抒情」的歷史使命。以「非非」、「他們」爲代表的「第三代」，提出「反崇高」、「反價值」的詩學主題，展開對整個文化、甚至人類所有價值體系的否定和批判。就在這一反叛精神之下，他們在當代詩歌中灌注「放逐抒情」的激情，讓詩歌從優美、天人合一、意境等抒情價值的高空回到肉體、庸常、凡俗與破碎。讓當代詩歌從優美的詩意向庸常生活進駐，這是他們對當代詩歌發展的重大意義，也由此改變了中國當代詩歌的面目。1993 年歐陽江河發表了《'89 後國內詩歌寫作：本土氣質、中年特徵與知識分子》，其涉及的三個關鍵詞「知識分子寫作」、「個人寫作」、「中年寫作」成爲了九十年代詩學的核心。在拋棄「抒情」之後，他們確立了「從身邊的事物發現自己需要的詩句」的基本的詩歌創作傾向。特別是「敘事性」在詩歌中的完美表達，使詩人的獨特風貌在「敘事性」中得以確立。在他們的詩歌作品中，當代社會的各種細節和情節被刻繪和保存，徹底提升了「日常生活」的質量和高度，投射出強烈的歷史關懷和人文關懷。當代詩歌在「放逐抒情」之後，呈現出「複雜性」和「綜合性」的生氣與活力，並使我們看到了「個人刻痕」在新詩中不斷加深、加重的可能性。

　　古典「自然觀」及其表達方式與現代生活、現代生存之間有一定的隔閡，對「自然」本身的認識是否就已經被窮盡，是否就沒有與現代社會、現代人生相契合之處。對於這點我們難以否定。我們也不能忽視的是，在傳統自然觀缺失的基礎上，中國當代詩歌出現了前所未有的駁雜、散亂，以至於「放

逐了讀者」，將自己謀殺。

不過，與傳統自然觀的疏離，使中國當代詩歌得到了進一步的拓展：個人作為一個獨立個體、獨立存在得到了尊重和肯定，並且在當代社會中個體的價值得到了前所未有的彰顯，人的價值就被重新的發現和審理，人本身無限的豐富性和複雜性就被綻放出來。新詩強化理性，從「我之思」出發，在日常生活中，通達對人、生命、時空、宇宙、存在等問題，價值、體驗、哲理、終極都被整合在了新詩中。當代詩歌一直強調著「當代性」的重要，強調對當下生活、當代社會語境、當代社會政治經濟文化中的「個人性」的深刻把握，特別呈現了在巨大的國家機器之下，所激起的破碎心靈的痛苦、反叛。並且在詩藝上，當代詩歌表現出對於文字特有的膜拜，他們種種文字探索，豐富了漢字的表達，為重建新詩語言體系提供了強勁的助推力。最後，他們形成了複雜的技藝特徵。他們的詩歌中，日常生命體驗與廣博學識交織、滲透，擴大了詩歌的表現力。而且在敘事和戲劇等多方面的開掘中，展現出了驚人的個人修辭能力，形成了一種成熟的、開闊的寫作境界。

第三節　空山之境與地下詩歌的權利訴求

地下詩歌中「空山之境」，是對「中心」的逃離，也是對「邊緣」生命的肯定。而這種肯定就是對人的肯定，就是對生命的重視。地下詩歌對於邊緣生命的重視，不但延續著地下詩歌詩歌中對「人」轉變這一主題，而其進一步將其昇華、凝固為「人的權利」。沒有對於生命的肯定，就不能有人權利；沒有對於人的肯定，也不會有人權利的誕生。因此，地下詩歌是將生命的存在、人的價值作為一種基本的「人權」來追求和呈現的。

對「人權」的關注，在地上詩歌中並沒有呈現複雜高深的理論，也沒有訴求於艱深的思辨，而就是直接面對一個個「活人」，關注這一個個「活人」，把人當成一個「活人」。

表面上看，把人當成一個「活人」的說法是有問題的。人怎麼不是一個活人呢？如果離開了邊緣地下詩歌主體的身份特徵，這一問題就將難以解釋。但是，當我們回過頭看，當地下詩歌詩人主體作為「獸形」身份而存在的時候，我們就能很容易理解這樣的言說方式。對於「權力中心」來說，人不是作為一個「人」而存在，人是作為一隻「獸」而存在的，更確切的說是

一動物的存在。地下詩歌中如此強烈地提出「活人」，正是爲了把人從「獸」拉回到人本質。也就是說，人不是動物，人是一個活生生的人。「……不幸「貫索犯文昌」：又一次沉淪，／沉淪，沉淪到了人生的底層。／所有書稿一古腦兒被查抄，／單漏下那本異端的《聖經》。／／常常是夜深人靜，倍感淒清，／輾轉反側，好夢難成，／於是披衣下床，攤開禁書，／點起了公園初年的一盞油燈。／／不是對譬喻和詞藻有所偏好，／也不是要把命運的奧秘探尋，／純粹是爲了派遣愁緒：一下子／忘乎所以，彷彿變成了但丁。／／裏面見不到什麼靈光和奇迹，／只見蠕動著一個個的活人。」〔註56〕把人當成一個活人，一個活著的人，一個活生生的人，說的是如此簡單，但是這樣一個對於活人權利的簡單追求，在有「絕對中心」的年代是難以實現的。在這一時代，生命沉淪到人生的底層，人是沒有簡單的基本的生命權利。然而這樣簡單的「人權」追求，詩人卻只能從《聖經》中尋找到資源。在我們本土的資源中，在我們浩瀚的歷史典籍，乃至幾千年的文化歷程中，卻沒有「人權」可以借鑒的資源。同樣，在這一精神資源的尋找過程之中，詩人才對《聖經》中「活人」的感受和體驗是如此的強烈和震撼。這時豐富深邃的《聖經》中，引起詩人關注的不是偏好譬喻和詞藻，也不是命運的奧秘，甚至不是神性的靈光和奇迹，而就僅僅是一個簡單的要求，一個個活人的形象。在地下詩歌中的「活人」，遠離了生命審美、神秘、奇迹等生命因素，而直接面對個人的存在，讓一個人「蠕動」起來。

從面對個人的存在，尋找個人的眞實體驗和感受開始，在地下詩歌中的「人權」訴求，就落實到對「活人」的展示，展示出一個個有著生命本能的「活人」。「能夠有大口喝醉燒酒的日子／能夠壯烈、酩酊／能夠在中午／在鐘錶滴答的窗幔後面／想一些瑣碎的心事／能夠認眞地久久地難爲情／／能夠一個人散步／坐到漆綠的椅子上／合一會兒眼睛／能夠舒舒服服地歎息／回憶並不愉快的往事／忘記煙灰／彈落在什麼地方／／能夠在生病的日子裏／發脾氣，做出不體面的事／能夠沿著走慣的路／一路走回家去／能夠有一個人親你／擦洗你，還有精緻的謊話／在等你，能夠這樣活著／／可有多好，隨時隨地／手能夠折下鮮花／嘴唇能夠夠到嘴唇／沒有風暴也沒有革命／灌漑大地的是人民捐獻的酒／能夠這樣活著／可有多好，要多好就有多好！」

〔註56〕綠原《重讀〈聖經〉》，《綠原自選集》，北京：人民文學出版社，1998年，第243～244頁。

〔註57〕地下詩歌中的生命權利「人權」的追求，就是對一個活人權利的追求。把人當成一個活人，滿足一個人作爲一個平凡的人的基本權利。「人的一切本能生活，都是美的善的，應該完全滿足。」〔註58〕多多的《能夠》，正是對於這一活人基本權利的展開：喝酒、想心事、散步、回憶、發脾氣、回家、親熱、折花、親吻……在現在看來，這些屬於「活人」本能的基本權利顯得太簡單了，太渺小了，太瑣碎了。但是這樣的要求在「權力中心」的暴政和專制之下，也是相當驚世駭俗的，是絕對不允許的。所以地下詩歌中詩人主體將自己心中的「活人」生活展示出來，正是「人權」訴求的強烈表達。

「活人權利」的追求，在地下詩歌中，並不是神聖、超凡的追求，而只是生命的普通的歷程。與綠原所展示的一樣，並不是追求審美、藝術，展現生命的神秘、奇迹，只是完成一個了人的生命歷程，完成了人的普通生活而已。「把生命的突泉捧在我手裏，／我只覺得它來得新鮮，／是濃烈的酒，清新的泡沫，／注入我的奔波、勞作、冒險。／彷彿前人從未經臨的園地／就要展現在我的面前。／／但如今，突然面對著墳墓，／我冷眼向過去稍稍回顧，／只見它曲折灌漑的悲喜／都消失在一片亙古的荒漠，／這才知道我的全部努力／不過完成了普通的生活。」〔註59〕當活人的生命權利，如「突泉」一樣得以綻放的時候，詩人眼前似乎看到了一片姹紫嫣紅的夢幻景象：新鮮、濃烈、清新。正是回到普通、回到日常的基本生活，這一活人權利才顯得極爲重要，在地下詩歌中的表現也才極有震動力。

「活人」權利，才完成了普通的生命。「在題材上，地下寫作大多取材於普通的日常生活個體對生活的眞實感受與體驗，注重情緒的宣泄和自我意識的表露，表現出情感上的巨大感染力。」〔註60〕正是基本權利、普通生活，成爲了地下詩歌主體的基本的生存狀態。「陽光照進我的房間，／梔子花正開得茂盛，／光明和幽香，／這是一個平常的早晨。／圓帳、被子、床單雖已理好，／書架、桌上還亂放著書筆紙張，／窗前的樂譜隨風翻動，／吉它斜

〔註57〕多多《能夠》，《多多詩選》，廣州：花城出版社，2005 年，第 20～21 頁。

〔註58〕周作人《人的文學》，《新青年》，1918 年 12 月 15 日。

〔註59〕穆旦《冥想2》，《穆旦詩全集》，北京：中國文學出版社，1996 年，第 324～325 頁。

〔註60〕劉勇主編《中國現當代文學史》，北京：中國人民大學出版社，2006 年，第 341 頁。

放在凳子上，／提琴上松香凝如雪霜，／紅筆把譜上重重地劃了好幾處地方，／燒杯、試管、曲頸瓶，／銻鍋、鐵桶、工具箱，／水壺、灌頭、煤油爐……／是手稿也是引火的紙堆放在地，／蟋蟀在裏面做窩，／螞蟻在其間穿行，／牆角靠著鋤頭、斧子，／還有魚網、獵槍和一頂草帽。」〔註61〕從多多的「能夠」做一個普通、平凡的「活人」，到啞默這裡「我的房間」，地下詩歌對於簡單生命的關注已經從希望中進駐到了現實。這是「我」的房間，一個不能受到外界侵擾的世界，一個完全自我的空間。詩人細緻地描繪了房間中的對象，從窗外、窗前，到床、書架、桌子、凳子，再到地上、牆角，將屬於我的東西一一地展現出來。詩人如此瑣碎地描繪我的房間，如此細緻的展現我房間中的一事一物，而且所展現的事物又是如此的平凡和普通。其根源在於這是我的房間，這是我生命，這是我生命的依附。沒有我的房間，就沒有我的權利；沒有我的財產，就沒有我的生命的權利。人作為一個活人權利的要求就是這樣的簡單和普通，不受打擾、不被監視、不被囚禁、不被鞭打，擁有一個「平常的早晨」而已。從這一「我的房間」，使「活人」有了寄宿的地方，是生命的權利有了立足之地。詩人對於平凡、普通、瑣碎、簡單的生命基本的權利如此細緻的展現，也是地下詩人對於這樣簡單生命權利的強烈的渴望。而也正是在有一個自我房間，有一個平常的造成之中，我們看到了地下詩歌中「活人權利」的最終歸宿。地下詩歌中的空山之境是奠基在對於生命基本權利的「活人」追求，這也是其最根本的旨歸。

而地下詩歌空山之境，不但直接追求生命的權利，而且在此基礎之上，直接讚美生命。在地下詩歌中，生命權利的追求直接唱出的是「活人之歌」，而這種活人之歌，實質上也是對生命直接讚美的「生命之歌」。「我有兩支歌：／一支歌在我口中／一支歌在我心中／／我口中的歌／就是我心中的歌／我的口中有時停止歌唱／我心中的歌聲永遠嘹亮……」〔註62〕「在嚴冬的黑夜中出世／大喊大叫地來到人間／在大風大雨中鍛鍊自己的翅膀／從暗淡的童年飛向生命的春天」〔註63〕這裡的「兩支歌」，不是我們所說的活人之歌與生命

〔註61〕啞默《我的房間》，見《當代「潛在寫作」史料：關於啞默〈真與美〉的史料（二）》，《現代中國文化與文學》，第2輯，巴蜀書社，2005年。

〔註62〕曾卓《我有兩支歌》，《曾卓文集》第1卷，武漢：長江文藝出版社，1994年，第127頁。

〔註63〕曾卓《飛向生命的春天——給E‧M》，《曾卓文集》第1卷，武漢：長江文藝出版社，1994年，第120頁。

之歌，而就直接是一支讚美生命的「生命之歌」。但是，這裡的兩支生命之歌，一支在口中，一支在心中。儘管在口中的這一支是被禁止的、被停止的歌唱，而隱藏在心中另一支生命之歌卻是不能停止的。其實，詩人用兩種不同方式來歌唱的同一支歌曲，表明生命之歌在地下詩歌中生命權利中的重要性。正如詩人在《飛向生命的春天》中所展示的一樣，口中的生命之歌被抑制，嚴冬的黑夜在大地上大喊大叫，遮蔽了心中之歌的飛揚，但是都不能消滅這一支歌的騰飛，飛向生命。詩人心中的歌曲就是要「飛向生命的春天」。而這裡生命的春天，就是直接對人的讚美。於是，我們看到，在地下詩歌中，詩人都不約而同地對人的聲音直接讚美。「世界上最美的聲音／是人類喉管的聲音／親人的聲音／家鄉少女的聲音，它響動／隔著板牆或隔著花叢／或隱藏在黑暗中／都有撥動心弦的神秘力量。／火焰的絮語，／鳥雀的喧鬧，／風和樹枝的攀談，／河水對岩岸的低訴，／提琴在窗後緩緩奏鳴，／都不及她充滿生趣的談話聲。」〔註64〕在地下詩歌中對「人權」的讚美，從他們人的聲音的讚美中可見一斑。人的聲音是世界上最美的聲音，同時人的聲音中包含了神秘的力量。即使是在繁盛的花叢或者是無盡的黑暗中，也不能淹沒他的聲音，也不能與人自身聲音的神秘相比。人的聲音，在自然中，本身就有著自我獨特的地位和意義。而且熱的聲音比其他的聲音更有生機和活力。人的聲音，不但不能被其他的聲音所淹沒和掩蓋，而且其自身的種種生命力量超越了大自然中火的聲音、鳥雀的聲音、風的聲音、水的聲音，甚至是樂器的聲音。由此，詩人展現了人的聲音在自然界中的獨特地位。對人的聲音的讚美，就是對人的讚美，對活人的讚美。

同樣，彭燕郊也是從對人的聲音中來對人、對生命進行讚美的。「當然不是一般的音樂，獵獵的旗聲，鴿哨，親愛的人的腳步聲，駝鈴，松濤……太遙遠了／也不是一般的樂器，發不出曼妙，華麗，玲瓏的鏗鏘的美好樂音／也不是狂暴的，嶙峋怪石般的不協和音／不是那種陰沉，低啞，合乎一個有身份的強者的／滿不在乎的，隨隨便便的沙喉嚨／那是非常之清脆的／清脆得像逗人憐愛的小鳥在微微顫動中入夢後／忽然睜開眼睛叫出的一聲『吱喳——誰呀？』／悅耳，迷人，但又是沉重的，沉重得像是／可尊敬的長者為表示他的威嚴而吐出的一口濃痰般的那一聲『呃——』／極見功力，極難模

〔註64〕蔡其矯《聲音》，《蔡其矯詩選》，北京：人民文學出版社，1997 年，第 73 頁。

擬的／短促而富於震撼力的一聲／『哼──嚓！』」〔註65〕與前面在天地之間
與各種聲音比較，而看到人的聲音獨特的不可磨滅的意義不一樣的是，這裡
詩人呈現的是人珍貴的說話權利。簡單的打招呼的聲音，從問「誰呀？」到
回答「呃──」這樣一種短暫的過程，一個在短暫過程中發出來的人的聲
音，卻比一般的音樂、一般的樂器更加的迷人、悅耳，沉重、有力。這種人
類的基本的聲音，在詩人看來是如此的重要和引人入勝，正是在於詩人對於
「人」的讚美，對於「人權」的尊重。如果沒有這樣基本的人與人之間的問
答，就沒有人與人之間正常的存在，人就不可能成為人。詩歌中最後的一聲
「哼──嚓！」，正是監獄的關門聲。在監獄之中，更顯的人的尊貴，人的重
要性，人的聲音的美妙。詩人在這裡為我們展現了被禁錮之下，詩人對於
「人」的呼號，對於「人的聲音」的無比讚美。人自然的聲音，才是最美、
最神秘、最有活力的聲音。

　　而在此空山之境的生命權利之中，對於活人的生命權利的追求，對於生
命的讚美，就是對於自由的渴望。「彷彿是非已經了結／彷彿祭酒已經喝光／
獄外透進曙光／花枝也粗野地開放／一生的羞恥已經贖盡／夢，卻記憶猶
新，號角般嘹亮：／／風，吹不散早年的情欲／在收割過的土地上／在太陽照
耀下／那些苦難的懶惰的村莊／照例有思想蘇醒／照例在放牧自由的生命」
〔註66〕詩人號角般嘹亮的呼喊「人權」，有兩個重要維度，一是生命中基本
「情欲」，二就是「自由」。而對於地下詩歌詩人主體來說，生命權利中最重
要的就是自由。所以在地下詩歌中，對於「人權」追求，就是對於「自由」
的追求。

　　總之，地下詩歌「空山之境」，與中國古代詩學「空山」是不一樣的。地
下詩歌中的「空山」，是對「權力中心」的逃離，是對「邊緣」自身價值與意
義的認同和肯定。這是一種地下詩歌邊緣主體的權利意識，一種對於「生命
權利」的追求。其中，自由愛情的表露，孩兒心態的夢幻，以及作為作為自
然之子的生命的自然性，也表現了地下詩歌詩人主體對於生命、人體、個體
的豐富認識。

　　地下詩歌詩人主體的生命存在，其邊緣生命的追求是豐富多樣的。「張

〔註65〕彭燕郊《音樂癖》，《野史無文》陳思和主編，武漢：武漢出版社，2006 年，
　　　　第 75 頁。
〔註66〕多多《吉日》，《多多詩選》，廣州：花城出版社，2005 年，第 19 頁。

中曉和黃翔的寫作，不但表達了對人性豐富性的認識和尊重、表達了對健全人性的嚮往和捍衛，同時通過這種寫作真正表現了寫作者個體精神生命的豐富和健全。」〔註67〕生命形態是多樣的，生命的追求也是多樣的，人性的展現也是多樣的，只有在這樣基礎，才能形成健全的人性，才能看到地下詩歌主體內在的豐富性。作爲邊緣的地下詩歌，從自身的邊緣實踐了精神豐富性的可能。而作爲主體的現代詩歌主體內在精神的豐富，也是現代詩人精神自由、精神空間寬闊的再現。

〔註67〕摩羅《論文革時期潛在寫作者對時代資源的超越》，《社會科學論壇》，2004 年，第 10 期。

第七章　地下詩歌的藝術特質

第一節　「新摩羅詩人」

　　文革時期的地下詩歌呈現出了當代中國人生存的獨特生命體驗，在此基礎上構築出了特有的精神向度和詩學特質。並且在中國當代詩歌的傳承和賡續過程中，地下詩歌也因自身的創作實績而成為一個繞不開的重要詩學話題和命題。

　　那麼，作為自覺而成熟的文學現象，地下詩歌的詩意是如何生成的？特別是，在地下詩歌群落中，地下詩人對於「詩人」這一概念有何特殊的含義？地下詩人如何對「詩人」進行定位，對詩人身份又進行了怎樣的特殊思考。也就是說，地下詩歌群落中，詩人心中的「詩人」是什麼意思？他們心中期待著怎樣的詩人？我認為，只有將這個問題清理清楚，我們才能明白地下詩歌作為一種自覺而且成熟的詩學特徵。由此，才能最終進入地下詩學對於中國現代新詩以及中國現代文化的建構。

　　地下詩歌中所彰顯的出來的「新摩羅詩人」這一詩學特質，展示出了地下詩歌獨特的「詩人觀」。在對地下詩人自身身份特徵的研究中，孫玉石評價詩人牛漢的一個非常重要的概念，成為我們思考的一個起點，這就是「摩羅詩人」：「誠如魯迅在 20 世界初在《摩羅詩力說》裏所說的那些『摩羅詩人』一樣，他不作『順世和樂之音』。他選擇了一個大地苦戀者的『精神界戰士』的姿態。」〔註1〕這裡，孫玉石把地下詩人牛漢看做魯迅所呼喊的「摩羅詩人」。

〔註1〕孫玉石《鷹的姿態：牛漢的詩》，李岱松主編：《光芒湧入：首屆「新詩界國

他所言的摩羅詩人，有兩層含義：第一，不與世俗同構，不做順世的歌唱，這是摩羅詩人的一個基本準則；第二，苦戀著大地，作為大地的歌唱者與在精神中不懈的戰鬥姿態是摩羅詩人的兩個精神維度。這樣，地下詩人牛漢就與魯迅的「立意在反抗，旨歸在動作」的摩羅詩人有著精神上有著非常鮮明的延續性。

　　儘管孫玉石所評價的僅指牛漢這一位地下詩人，但其實這一特徵是整個地下詩人所具有的共同特徵，非常符合地下詩人所特有的身份。對於地下詩人來說，「摩羅詩人」這一概念，不但繼承了魯迅所展示的「摩羅詩人」所具有的基本含義，而且在地下詩歌的創作中他們對於「摩羅詩人」這一身份有著更為豐富的建構。在地下詩人主體的「摩羅詩人」形象中，是精神上之戰士，具有與天抗爭的「射日精神」，有對於「中心」體制的不屈服；也是自我精神追求的彰顯，找尋著自我「空山之境」式的權利意識。這使得地下詩人所具有的「摩羅詩人」在文革這一特殊時期呈現了非常鮮明的特徵，成為了中國當代詩歌史上獨特的「新摩羅詩人」。

　　對於地下詩人作為當代詩歌史上的特有的「新摩羅詩人」，除了飽含著「立意在反抗，旨歸在動作」這樣的基本精神維度之外，更呈現出了以下幾個鮮明的特徵。

　　首先，以詩歌來建構自我，是地下詩歌「新摩羅詩人」一個重要的特徵。即在地下詩歌中，由於生命被「中心體制」監視，命運被「中心」安排，一切「非中心」的真正的自我都失去了。因此，尋找自我，建構自我，是地下詩人最直接的命題。作為「新摩羅詩人」的地下詩人，他們所尋找到的拯救武器是詩歌。也就是說，所謂被中心體制制裁、壓迫、拋棄到「地下」的詩人，詩歌成為了他們獲得自我的唯一救生圈。

　　面對「中心」強大的壓力，用詩歌來建構自己，是作為「新摩羅詩人」的一個重要起點。大部分地下詩人在回溯自己創作的原初起點和境域的時候，總是不約而同地指向「重構自我」這一核心。「自青少年起，我就生活在迷失中：信仰的迷失，個人情感的迷失，語言的迷失，等等。我是通過寫作來尋找方向，這可能正是我寫作的動力之一。」〔註2〕作為地下詩人之一

際詩歌獎」獲獎詩人特輯》，北京：新世界出版社，2004年，第51頁。
〔註2〕唐曉渡、北島《我一直在寫作中尋找方向》，《詩探索》，2003年，第3～4輯。

的北島明確地表示，詩歌寫作是尋找迷失了的方向，建構一個自我的方向，這才是詩人的使命。這種迷失背後，最重要的原因在於「中心」的壓制。由此，從他早期的寫作開始，北島就已經確定了「新摩羅詩人」意義和價值，「詩人應該通過作品建立一個自己的世界，這是一個真誠而獨特的世界，正直的世界，正義和人性的世界。」〔註3〕這裡，「新摩羅詩人」的獨特就在於，面對強大的「中心」、面對體制的束縛，從詩歌中建立一個自己的世界，說出自己的話語，喊出個人的聲音，最終把個人、自我的世界重新展現到詩歌中。即以詩歌向現實進發，用詩歌來實踐自我的突圍，是地下詩人作為「新摩羅詩人」的立足點。

繼而，要讓詩歌來建構一個完全屬於自我的世界，「新摩羅詩人」對於詩歌本身的探索，即對於詩藝本身探索和實驗就成為一個非常重要的實踐領域。因此，這一個自我的世界的建立或創造，作為「新摩羅詩人」的他們看來，對於技藝的追求和探險，甚至比詩歌中的其他使命更為重要和更為有意義。「藝術，重要的是直覺、想像、情緒。但不僅僅如此，詩人還需要強烈而完美地創造一個『自己的世界』的表現力。」〔註4〕這樣，在地下詩歌的詩歌創作中，「一個自己的世界」是詩人不斷恢復和思考的原點。而對於這樣一個「自己的世界」，卻是建基於強烈而完美的詩歌現力之上。所以，像多多一樣的地下詩人，在詩歌創作中與詩歌搏鬥、與語言搏鬥、與詩歌技巧搏鬥，成為了「新摩羅詩人」的一個重要的側影。從對詩歌技藝的追求與探險中，「新摩羅詩人」實踐了中國當代詩歌語言、技巧上的更新，並重塑了中國現代詩歌的品質。

對於新摩羅詩人來說，通過詩歌反抗「中心」，以建構自我，最終實現自我的救贖，這是他們精神的走向。所以，在新摩羅詩人的思維之中，詩歌並不重要：「我現在覺得寫作不一定更重要，更重要的是建立你自己重塑了你自己。」〔註5〕在我們的詩歌視野中，「驚天地、泣鬼神、正人倫」詩學觀念長久地佔據著我們的詩歌思維，但是作為地下詩人的多多卻說到「詩歌不一定更重要」，這就首先否定了詩歌，否定了詩歌重要的地位。其實，這正是

〔註3〕北島《上海文學・百家詩會》，1981年，第5期。
〔註4〕黃翔《致歐陽旭柳的信》，《非紀念碑：一個弱者的自畫像》（受禁詩歌系列4），臺北：唐山出版社，2002年。
〔註5〕凌越、多多《我的大學就是田野──多多訪談錄》，《多多詩選》・廣州：花城出版社，2005年，第290頁。

地下詩人對於作爲「新摩羅詩人」自我定位的特殊性。儘管「新摩羅詩人」從詩歌本身出發，重塑了現代詩歌，但是從這些重塑起來的詩歌中「建立自己」、「重塑自己」才是他們詩學的最終標地。「自我律令」支撐起了「新摩羅詩人」，又反過來塑造了「新摩羅詩人」，這是「新摩羅詩人」詩學追求的第一個重要命題。

總圍繞在「自我律令」之下的「新摩羅詩人」，不但重塑了詩歌，也重塑了自己，最終建立起了「自己的世界」。由此，「按照啓蒙運動或是新教主義的觀點，任何人如若不通過合理地依照自我持存的方式來直接安排自己的生活，就會倒退到史前時期。」〔註6〕對於「新摩羅詩人」來說，他們建立一個個的個人的世界，也就是實踐著對自我的啓蒙，綻放出了啓蒙的宏大主題。

「新摩羅詩人」的第二個精神特徵是，詩人自身具有旺盛的生命力。自我的建構和創造，面對著自我存在的具體環境。特別是建構自我的「新摩羅詩人」所面臨的「中心」無比強大，體制的制裁力量相當有力，以至於中心體制無所不能、無處不在。由此，在「自我」與「中心體制」的角力之中，「新摩羅詩人」凸顯出旺盛的生命力量。

「新摩羅詩人」所面臨的困境是，「中心」的無比強大，將所有「非中心」的主體指認爲「牛鬼蛇神」，即作爲「非人」而存在的「獸類」。由此，一方面，成爲「獸類」的「新摩羅詩人」承受著來自於中心的武力、暴力打壓，進一步的失去了作爲人而存在的可能。從另一方面來說，成爲具有野性的「獸類」的「新摩羅詩人」，又獲得了「獸」所具有的本能生命力。使「新摩羅詩人」獲得了新的力量源泉，也使地下詩人從「獸類」更生成爲可能。「我的祖先是蒙古族，蒙古人不願定居的野生野長的游牧習性，與我的夢遊似乎又有著某種血緣和宿命的關係。我的祖先能征善戰，過著逐水草而居的流動的生涯。他們總在馬上向遠方奔跑著，搜索著獵物。我的這種不願意被安置在一個指定的地方或小圈子裏的難以馴服的性格，可能有民族傳統的基因。因而我和我的詩像一匹野馬，像布羅斯基的那匹黑馬總在躁動，總在奔跑，總想游牧到水草豐美的遠方。」〔註7〕牛漢是「新摩羅詩人」的主要代表，其「蒙

〔註6〕〔德〕阿多諾、霍克海默《啓蒙辯證法》，渠敬東、曹衛東譯，上海：上海人民出版社，2006年，第107頁。
〔註7〕牛漢《談談我這個人，以及我的詩》，《牛漢詩選》，北京：人民文學出版社，

古」的游牧習性中，就是這種「獸」的精神。「黑馬」的躁動精神，成為「新摩羅詩人」自我精神的絕妙定位。地下詩人正是在面對「中心」所形成的惡劣環境，以強健的生命力才獲得了自我的重生和新生。同樣，貴州地下詩人黃翔也展示了「新摩羅詩人」所具有的「獸」本能的生命力：「我敢說，黃翔同志的那些好詩，是不帶一點虛偽的生命，活的靈魂，奔湧著的人的血和肉。」〔註8〕所以，地下詩歌中的那些與天鬥、與命運鬥的抗爭精神和鬥爭意識，其精神源泉與「新摩羅詩人」所具有的野獸本能是完全分不開的。「新摩羅詩人」所飽含的旺盛生命力，不但成為他們重要的精神特徵，而且也是他們贏獲自我生命的堅實基礎。

同時，這種「野獸」般生命力，不但是「新摩羅詩人」自我律令的重新獲得，而且成就了地下詩歌新的質素。地下詩人多多生命的展示，便是從自我在詩歌寫作展開的生命競技，讓生命與寫作展開較量。擁有著「野獸般」生命力的他，與詩人芒克之間叫著勁兒比寫詩。面對詩歌創作之時，在多多的世界中，不是為了抒情達意，而是面對詩歌對手，展開生命的競技。為了競技而寫作，這正是一種生命衝動和自我釋放的過程。這樣的寫作樣態，可以說在中國現代詩歌史上是獨有和罕見的。「到 1973 年底，我第一冊詩集贏得了不少青年詩人的讚譽。……我和芒克的詩歌友誼自那年開始，相約每年年底：我們像交換手槍一樣，交換一冊詩集。」「1974年底，我拿出第三冊詩集，芒克準時同我交換了。」〔註9〕同樣，在這樣的生命與寫作的競技過程中，最終湧現出來是「新摩羅詩人」野獸般的生命力的激情和驕傲，是自身生命力的彰顯。

由此，這一旺盛的生命力，這一尼采式的酒神精神，成為「新摩羅詩人」的精神核心。作為「新摩羅詩人」的他們，在地下詩歌的創作過程中生命力的彰顯，就在於將一個詩人內在生命力的激情、驕傲、痛苦、堅守、執著、苛刻，在詩歌的創作過程中蕩擺、循環、扭結，最終挺立起現代詩人強健的生命之力。

「新摩羅詩人」還有一個鮮明的特徵，是對於「全人」理想的追求。這一全人，當然不是地下詩人對於「完人」，特別是「中心」和「體制」所要求

1998 年，第 3 頁。

〔註 8〕 王富仁《1986 年 8 月 31 日致啞默的信》，《大騷動》（民刊），1993 年，第 2 期。

〔註 9〕 多多《1970～1979 被埋葬的中國詩人》·《開拓》，1988 年，第 3 期。

的十全十美的高大全式「完人」的追求。而是對於「非中心」、「非體制」的、有著豐富的感情，多重感情的「全人」的期待。

「新摩羅詩人」，面對「中心」的統一、歸併、同質、類型、模板、單一等等強行要求，而展開的另外一種「非中心」式的繁複的生命存在樣態。於是「新摩羅詩人」不再以「中心」為標準，而是深入到人的內心，展現人內心最為豐富、複雜的現代情感。「我寫詩的營養主要似乎不是來自於詩；小說、哲學、心理學、自然科學乃至電影、繪畫和音樂反而幫助了我在探索中展開我所認識的人生的本質和『全貌』。」〔註10〕可見，作為「新摩羅詩人」要探索生命的「全貌」，當然不僅僅局限於詩歌而已，而是從多種藝術中尋找資源，匯合在生命中，滋潤生命。其中，以詩歌深入生命的全貌，是他們最重要的突進路徑。不管是那一種路徑的突圍，其最終的目的進是在於思考人的「全貌」，深入人的存在的本質。於是，「全貌」的人，而不是類型化的人，單一的人，這是「新摩羅詩人」對於自我「全人」的定義。

對於「新摩羅詩人」的這一「全人」的人的理想，貴州地下詩人啞默的闡述非常詳細，「他們無意作民眾的導師，社會文化的代言人，只想作自己的主子。他們盡情瀉泄自身、詛咒體內的黑暗、調侃道貌儼然的大人先生，號叫靈魂的孤寂、衝刺女人或讓男人碰撞深入……立體、全方位地透視人。」〔註11〕「新摩羅詩人」，從自己做自己的主人，建構一個自我的世界出發。這種自我，更是突破「中心」的防線，向屬於個人的內心、黑暗、道德、靈魂、男人、女人等等不同層次探析，以此成長為一個立體的、全方位的人的形象。由此，從「新摩羅詩人」所創作的地下詩歌中可以看到，儘管是在「中心」的籠罩之下，他們朗現了個體生命存在中的種種獨特體驗：被「中心」所監視和壓制的感受，主體作為「獸類」的多樣體驗，反抗太陽的多重射日精神，空身之境的多樣權利、以及在地下詩歌中老人、中年、兒童心境的不同呈現，鄉村、城市不同的文化風格的展示，甚至是生命權利的不同需求……故而，生命之中的多樣性價值，在「新摩羅詩人」的詩歌創作中，均得到了淋漓盡致的彰顯。這是作為「新摩羅詩人」的最終期望，也是一種對於人性的全面的呈現以及對人性全面復歸的熱情期望。

〔註10〕黃翔《致歐陽旭柳的信》，《非紀念碑：一個弱者的自畫像》（受禁詩歌系列4），臺北：唐山出版社，2002年。

〔註11〕啞默《先鋒的意味》，《啞默　世紀守靈人・昨日為何悲涼》（卷六），電子文本。

地下詩歌中所彰顯的出來的「新摩羅詩人」，是建立一個自我世界的詩人，實踐著對自我的啓蒙，綻放出了啓蒙的宏大主題；也是一個生命力旺盛的詩人，挺立起現代詩人強健的生命之力；還是一個豐富生命的詩人，一種對於人性的全面呈現、人性全面復歸的熱情期望。地下詩歌中的這一「新摩羅詩人」的期待，是期待「中國大地上誕生像惠特曼、聶魯達這樣的從心理、生理到詩篇都具有健康、雄強生命的詩人。」〔註12〕並且，這一地下詩歌中的「新摩羅詩人」精神特徵，也初步奠定了中國80年代詩歌大潮的氣場。

第二節　血詩──野詩──無言的詩

地下詩人對於「詩歌」的定位和思考，灌注了地下詩人特有的生命體驗，也展現了地下詩歌特有的詩學特質。

「詩歌」這一文學形式，對地下詩人具有重要的意義。首先，詩歌是地下詩人建構自身的重要工具。在地下詩歌中，作爲「新摩羅詩人」的地下詩人，對於他們來說，最重要的目的是建構自己。在這一建構過程之中，他們所借助的工具和媒介在於「詩歌」這一文學形式。沒有詩歌，地下文學中的「新摩羅詩人」也就是只是一個空洞的存在。「惟當標示物的詞語已被發現之際，物才是一物。惟有這樣物才存在，所以，我們必須強調說：詞語也即名稱，詞語缺失處，無物存在。惟詞語才能使物獲得存在。」〔註13〕在「新摩羅詩人」的創作中，他們的詞語就是詩歌文本。所以，「詩歌」這一文學形式才是作爲「新摩羅詩人」的標示物。同時，地下詩人對於「詩歌」這一文學形式的思考，又使得地下詩歌形成了特別的詩學質態。

其次，在地下詩歌中，「詩歌」與詩人是分不開的。因此，當我們看到「新摩羅詩人」與詩歌合爲一體時，就並不會覺得驚奇。「詩人們，朋友們，談我的詩，須談談我這個人，我的詩和我這個人，可以說是同體共生的。沒有我，沒有我的特殊的人生經歷，就沒有我的詩。也可以換一個說法，如果沒有我的詩，我的生命將氣息奄奄，如果沒有我的人生，我的詩也將平淡無奇……如果沒有碰到詩，或者說，詩沒有找尋到了，我多半早已被厄運吞沒，不在這個世界上了。詩在拯救我的同時，也找到了它自己的一個眞身（詩至少有

〔註12〕錢玉林《壇外談詩》，《記憶之樹》，上海遠東出版社，1998年版，第178頁。
〔註13〕〔德〕海德格爾《在通向語言的途中》（修訂譯本），孫周興譯，北京：商務印書館，2004年，第152頁。

一千個自己）。於是，我與我的詩相依為命。」〔註14〕詩與詩人是為一體，詩歌的命運即是詩人的命運。由此，「詩歌」更成為「新摩羅詩人」命運表達中最有效的途徑。「這時已沒有任何力量可以將我從詩神身邊拉開，我發現唯一能安慰並給我以溫暖的就只有他了。人可以命令我閉上眼睛，但無法禁止我夢想；可以收去紙筆，但不能禁止我默念。」〔註15〕因為，在地下詩人看來，「詩歌」本身具有拯救的力量，「詩歌」的力量可以超越筆紙的限制，超越詩人自身的力量。

可以說，對於「詩歌」本身的探討，就是對於地下詩歌中詩人自身命運的探討。而且，這一探討還綻放出了地下詩歌特有的詩學特質，呈現了深刻的文化意義。那麼，地下文學中「新摩羅詩人」所認為的詩歌是怎樣的呢？

1. 血詩

在地下詩歌中，地下詩人對於「詩歌」這一形式本身認識，在特殊的時代裏，其第一個重要內容是，認為詩歌應該是見證「時代之血」的「血詩」。

地下詩人對於詩歌的「血詩」命名與思考，源於地下詩人牛漢。牛漢在對韓國要編他的「詩全編」時曾說，「寫於『文革』後期的這些在困難中慰籍過我的汗血詩，卻萬萬不可忘在腦後。」〔註16〕我們看到，在牛漢自身創作的詩歌譜系之中，文革時期的詩歌創作他是以「汗血詩」來指稱的。當然從牛漢的個體經歷來看，汗血詩這一命名，源於他自身所具有的蒙古族血統。同時，從牛漢在文革期間的地下詩歌創作中可以看到，「汗血詩」主要指詩人對於「汗血寶馬」這一具有野性、生命力的膜拜和嚮往。並試圖從「汗血寶馬」這一奇特的動物形象之中獲得力量，最終尋找到自己的價值。我認為，對於龐大的地下詩歌來說，借用這一詩歌命名，更重要的是「汗血詩」背後飽含了更為豐富的社會因子和地下詩歌所具有的獨特特徵。

所謂的汗血詩，表明地下詩人是用「詩歌」作為流血和流汗的見證。這其中，汗血詩的核心特質就是「血」。用詩歌來見證「血」，才是地下詩人用詩歌所彰顯的地下詩歌的獨有意義。而這一特徵，指向文革獨特的文化生態，

〔註14〕牛漢《談談我這個人，以及我的詩》，《夢遊詩人說詩》，北京：華文出版社，2001年，第1頁。
〔註15〕曾卓《曾卓文集》，第1卷，武漢：長江文藝出版社，1994年版，第380頁。
〔註16〕牛漢《詩與我相依為命一生》，《夢遊詩人說詩》，北京：華文出版社，2001年，第8頁。

即對於「中心」的批判。由於被「中心」的強大權力和暴力壓制，詩人作爲被「中心」所指認的「非中心」的存在成爲了「獸類」。作爲「獸類」而存在的詩歌主體，就不在僅僅是流汗的「汗詩」，而是在「中心」強權之下成爲「帶血的詩行」：「犁頭開拓處女地的田疇／深深地翻起帶血的詩行」（方含《足音》1975 年）所以，地下詩歌中「帶血的詩行」，直擊的是「血」的現實，用「詩歌」來見證存在中的「血」。特別是對於「權力中心」血腥的世界、血淋淋的世界的血的意象的展示，以及對於「中心權力」暴行、迫害、殺戮等罪惡的全面揭露和展示。於是，在此過程中，地下詩歌也就成爲了一首一首的展示這一血腥世界、血淋淋的世界的「血詩」。

　　見證「中心」的「血腥」，是地下詩人對於「詩歌」特殊要求。所以，在地下詩歌中，一首首流著血的詩，特別是見證世界血腥的詩歌呈現在了我們面前：「在鼇與鼇之間，／一萬萬人突然灰化爲／一座座爐灰雕像。／而次巨大颱風裏，／一千萬人突然血化爲／一座座凝血的血像！」（無名氏《羅丹》）；「一座鋼筋混凝血建築：／肉體遍開紅色窗口。／賊鷹飛窗瘋啄，／野豹沿窗狂吮。／／這是一個紅色窗口筵席。／這是一場奇異的宴會。／我親愛的小珍珠，／你也來參加這場盛宴？」（無名氏《奇異的宴會》）地下詩歌中的「血詩」，呈現出了的時代面貌：人是一尊「血像」，是在「非中心」背景中人存在的方式，不但成爲「中心」隨意摧毀的對象，而是也是「中心」食用、享用的對象。人這一座「血的建築」，即使在肉體被殘殺後，流血肉體，繼續滿足著「賊鷹」、「野豹」嗜血的需求。因此，地下詩歌不僅僅是要用詩歌對血的恐怖進行展示，而且還看到這就是一個血腥的時代。血腥的世界，就是「中心」的世界。更爲可悲的，在參加這一場血的盛宴的人中，也就是在這場「紅色的筵席」中，不但有「中心」的眾口在舔食我的鮮血，而且我的「妻」也參與了其中，與他們一起舔我的血、喝我的血、飲我的血。所以，在地下詩歌中，他們的「血詩」表明：在這一時代，每一個人都是一個飽含血汁的建築，都可以成爲一場豐盛的人血筵席。這不僅僅是滿足「中心」的需求，也滿足著嗜血的眾人的需要。血的筵席，一起飲血的世界，構成了地下詩歌用「血詩」所透視到的時代的本質。

　　「血詩」中「血」的體驗，見證了地下詩人所生存的眞實環境。並且，在這一血淋淋的世界，是充滿了鮮血的世界。最終，每個人自我的夢境中都充滿了血。所以，「血詩」，是在「詩」中以「血」對這地獄般的世界作見證，

也是對處於煉獄中的生命作見證。由此，這樣的「血詩」，正是殘酷的世界，冷漠的世界的見證。這樣的「血詩」，就是遊走在煉獄邊緣的詩歌，「對每個時期所寫的詩，都有一兩首是自己喜愛的。而最能激發我的感情的是在經受厄難的那二十多年中所寫下的一些小詩，我將他看作是『閃耀在生命煉獄中的光點，開在生命煉獄邊的小花』。」〔註17〕作爲「血詩」的地下詩歌，直接觸及生命存在的地獄狀況和煉獄境地。而這一命名，用「血詩」對於自身體驗的正名，體現了地下詩人自我特有的存在狀況和生存體驗。

除了見證時代之外，「血詩」這一命名，還包含了地下詩人以「詩」對這一「血」的世界的超越的夢想。「哦，地下的繆斯，／痛苦的女神，／你們與我們一起受難，／無法飛往另一顆星辰。／傷心的淚水潸潸流下，／但我們知道你們不會死，／你們會重新降臨──／選擇一個歡樂的日子，／一如絕世的阿佛洛狄忒／從大海黎明的浪花中誕生……」（錢玉林《地下的繆斯》1968年）也就是，作爲「血詩」的地下詩歌，首先是痛苦的詩歌女神。但是，此一詩歌女神又飽含著詩歌自身新生的希望，以「詩」來重新選擇生命的維度。「在颶風式的殺戮中，／沉默是一個罪惡。／在大飛瀑式的侮辱中，／沉睡是一個罪惡。／／可哪裏有人類音管？／聲音在畏懼自我出賣！／狂猁的太陽已凍結萬有，／啊，繆斯！你是我最後的噴泉！」（無名氏《繆斯》）所以，在地下詩歌中，「詩歌」這一繆斯，這一具有永恒魅力的詩神，又成爲了人類的音管，是人類的聲音。地下詩人試圖通過「詩」超越「血」，以找到自己最終的價值。「血詩」見證了這樣一個專制的世界之中，而且「詩」成爲了詩人在這個世界唯一的寄託，是詩人能尋找的最後的解放媒介。所以，陳建華認爲，「對我來說，熱愛文學變成了一種逃避、一種抵禦，由此來忘卻痛苦、解脫壓抑。」〔註18〕希望通過文學、通過「血詩」來忘記這一個「血」的世界。

「血詩」這一命名，是地下詩人直面並見證現實存在世界。並且，地下詩人也通過「詩」來戰勝「血」，重建一個屬於自己、屬於「詩」的世界。這是所有地下詩人的夢想，就是期待著以詩歌來改造這個世界，「那冷酷而又偉大的想像，／是你，改造著／人類生活之外的荒涼。」（芒克《給詩》）所以，

〔註17〕曾卓《曾卓文集》，第1卷，武漢：長江文藝出版社，1994年版，第381頁。
〔註18〕陳建華《紅墳草詩傳》，《陳建華詩選》，廣州：花城出版社，2004年，第85頁。

地下詩人對於「詩歌」的要求和勘探中，還要以詩歌來改造世界並創造新的世界。地下詩歌中的「野詩」追求便是地下詩人對於這一期待的展示。

2. 野詩

「野詩」的提出，不僅是對於「血詩」的進一步延伸，而是也是地下詩歌對於詩歌本體的又一思考。由於詩人面對的現實的強大、頑固，地下詩人升發出了另外一種詩歌命名，即「野詩」。這一命名也是詩人牛漢提出來的，在評價灰娃的《山鬼故家》的時候，牛漢指出：「針對當今物質的精神的世界裏的一切都日漸人工化、馴養化、規範化，無論天上飛的、地上都的爬的、都已經失去了野性，剩下的只有蒼茫的天空。」這一「野詩」，所針對的是人工化、馴養化、規範化的物質世界和精神世界，提倡物質和精神回歸「野性」：「野性就是天性，就是未被污染的、未遭摧殘的自然的本性，就是原創性。」〔註19〕

「野詩」就是天然的、本能的詩歌。地下詩歌「野詩」中的「野」，是自然中未被人染指過野性的生命力。所以，「野詩」特別強調用詩歌再現野獸般的生命力。這種生命力，是不能被「中心」是不能被「中心」所馴化的，也是不能被「中心」所能消滅的。

地下詩人之所以迷戀於「野生之物」，沉醉於「野」，而是在於這一「野」背後所蘊藏著的強健的「力」。也就是說，這一野的風格，其指向是對於「力」的彰顯。所以，黃翔說，「只有灌注生命的文字才能鮮活起來，凸顯生命世界新的構圖，產生蠱惑力、衝擊力、顛覆力！而詩歌內在生命『力』的傳達，很難以某種靜止不變的形式風格出現，也許翻滾與沉澱、沉寂與喧囂、粗獷與細膩、精微與浩瀚均運行和反覆變化其中。」〔註20〕並且，這一「力」的世界，是一個狂熱的力的世界，「反對節制：一場創造就是一次全生命的投擲。生命之流就是肌肉之流、血液之流、骨髓之流！是精血的濃度、腦神經的顫慄、心臟跳動的頻率的外化。創造是一種極度癲狂、執迷的亢奮狀態，是整個人生在某一瞬間或某一階段的一次性『投資』。」〔註21〕沒有地下詩歌對於

〔註19〕牛漢《談「野詩」》，《夢遊詩人說詩》，北京：華文出版社，2001年，第104頁。
〔註20〕黃翔《探訪與撞擊——臺灣文化之旅》，《總是寂寞》（太陽屋手記一），臺北：桂冠出版社，2002年。
〔註21〕黃翔《詩學六題・節制》，《沉思的雷暴》（太陽屋手記二），臺北：桂冠出版社，2002年。

生命力的崇拜，沒有對於力的張揚，地下詩歌主體就很難獲得自我。

正是用「野詩」再現了野性、本能、天然、原始的「力」，「詩」才成爲地下詩人反抗力量的主要源泉。「而作爲詩，我一向以爲應當是不馴的，他應當是生活與命運的頑強不息的挑戰者。」〔註22〕如果說「血詩」是展示現實和揭露暴力的詩歌，那麼「野詩」則是對抗現實與對抗暴力的詩歌。「他（艾青）指的是我詩裏出現的一些不馴的有殺氣的意象，如《鷹的誕生》、《遠去的帆》等，詩裏潛藏著近似復仇的情緒。」〔註23〕於是，我們看到，不馴服、反抗、復仇等主題，已成爲地下詩歌中「野詩」的宣言和口號，「在陰森的夢境／我沉思著走向決鬥場／以輕蔑的微笑／面對劊子手的冷槍／惡毒的火舌橫掃／爆炸　要崩毀這心臟／……從殷紅的血泊裏／昇華起來吧／我的詩行！／／當濃黑的靈耗／又進逼在飄泊者頭上／一陣陣狂暴的風潮／擊碎了手中的雙槳／這船隊剛駛向新岸／漩渦就要把它們埋葬／……從險峻的浪峰裏／湧現出來吧／我的詩行！／／殘缺的雕像／看護流亡者的病床／燒焦的石碑／守衛先驅者的靈堂／千萬顆奔星環繞我／聽這最後的呼聲回蕩／……從荒涼的墳墓裏／復活過來吧／我的詩行！」（陳明遠《詩的宣言》1976年清明節於天安門廣場）「野詩」就是從血泊中昇華起來的詩行，從險峻的浪峰中湧現出來的詩行，從墳墓中復活過來的詩行。「野詩」直接面對劊子手、抵擋風暴、守衛先驅的靈堂。由此，地下詩歌以生命的野性與現實的暴力相抗衡。

「野詩」對於命運、生命、現實的直接對抗，不僅僅是爲了對抗現實，更重要的是這一「野詩」，使地下詩人保存了自己的生命力，由此保存了生命的信念和希望。梅志說胡風，「他在獄中這十年就是靠自己創作這些詩篇溫暖自身，才沒有被獨身牢房的孤獨擊垮。」〔註24〕曾卓也不斷思考，地下詩歌中「野詩」對於自我生命的作用，「通過詩來書法自己的情懷，因而減輕了自己的痛苦。」「通過是來反映了內心的自我鬥爭，」「高揚起自己內在的力量，從而支持自己不致倒下，不致失去對未來的信念。」〔註25〕由此，地下詩歌

〔註22〕牛漢《用全身心向命運搏擊》，《夢遊詩人說詩》，北京：華文出版社，2001年，第43頁。

〔註23〕牛漢《人姓牛·詩屬龍》，《夢遊詩人說詩》，北京：華文出版社，2001年，第19頁。

〔註24〕梅志《往事如煙——胡風沉冤錄》，河南人民出版社，1997年，第120頁。

〔註25〕曾卓《在學習寫詩的道路上》，《曾卓文集》（第1卷），武漢：長江文藝出版

中的「野詩」定位，不但在於地下詩歌中野性、野蠻、原始的生命力是眾望所歸的對抗力量。而且對於詩人自身來說，更是自我生命保存和延續的重要維度。「我深深地感到，只有那極珍貴的充分燃燒的短暫時刻裏，才能生成眞正的詩，才能從燃燒的烈火中飛出那隻美麗而永生的鳳凰。」〔註26〕地下詩歌中的「野性」，將自我獸形的野性、原始力量凸顯，最終實踐出對於生活、命運、世界的抗爭和挑戰。

3. 無言的詩

地下詩歌中，從「血詩」中對現實予以強烈的批判，展開了詩歌揭露世界、對抗世界、批判世界的強大力量；從「野詩」中找尋到批判、反抗的力量的源泉。而「無言的詩」這一詩歌思考，朗現了地下詩人對於「詩歌」本身所具有的特有的力量和價值屬性的追求。並且在此基礎上，「無言的詩」，更是地下詩人遠離現實世界，回歸詩歌本體，展露「詩」自身的魅力詩學追求。

當然，地下詩歌中的這一「無言的詩」的誕生，首先其獨特之處在於，她是與「血詩」、「野詩」纏繞在一起的。「詩，請把幻想之舟浮來，／稍許分擔我心上的重載。／／詩，我要發出不平的呼聲，／但你爲難我說：不成！／／詩人的悲哀早已汗牛充棟，／你可會從這裡更登高一層？／／多少人的痛苦都隨身而沒，／從未開花、結實、變爲詩歌。／／你可會擺出形象底筵席，／一節節山珍海味的言語？／／要緊的是能含淚強爲言笑，／沒有人要展讀一串驚歎號！／／詩呵，我知道你已高不可攀，／千萬卷名詩早已堆積如山：／／印在一張黃紙上的幾行字，／等待後世的某個人來探視，／／設想這火熱的熔岩的苦痛／伏在灰塵下變得冷而又冷……／／又何必追求破紙上的永生，／沉默是痛苦的至高的見證。」（穆旦《詩》1976 年 4 月）在詩人看來，詩不管是「血詩」還是「野詩」，分擔不了詩人心上的重量，也減輕不了世間的不平和痛苦。即使是嵌入了絕妙好辭的詩歌，擁有山珍海味般的詩歌語言，也沒有人來探視，也最終將成爲冰冷灰塵。因此，在詩人看來，激情的「血詩」和「野詩」不能獲得紙上的永生，只有沉默才是痛苦的，才是生命的見證。「無言的詩歌」，正是在「血詩」與「野詩」缺失的地方產生的。

社，1994 年，第 418 頁。

〔註26〕牛漢《讓每首詩都燃燒盡自己》，《夢遊詩人說詩》，北京：華文出版社，2001年，第 59 頁。

　　由此，地下詩歌中的「無言之詩」，是對詩歌自身、詩意、詩性力量的呼喊。並從詩意的力量開始，進入到對這個世界的讚美，對人的讚美，最終此綻放對生命的呼喊。「我讚美世界，／用蜜蜂的歌，／蝴蝶的舞，／和花朵的詩。／／月亮，／遺失在夜空中，／像是一枚卵石。／星群，／散落在黑夜裏，／像是細小的金沙。／用夏夜的風，／來淘洗吧！／你會得到宇宙的光華。／／把牧童／草原樣濃綠的短曲；／把獵人／森林樣豐富的幻想；／把農民／／麥穗樣金黃的歡樂；／把漁人／水波樣透明的希望；／……／把全天下的：海洋、高山／平原、江河，／把七大洲：／早晨、傍晚、日出／月落，／從生活中，睡夢中，／投入思想的熔岩，／凝成我黎明一樣燦爛的／——詩歌。」（顧城《我讚美世界》1971 年）在「詩」中，詩人才具有了童話一樣的世界，用「詩」讚美世界、自然、人類、大地、天空，於是詩歌與生命融在一體。「我覺得詩和生命是一體的，……詩一步步由生活的過程趨向生命。……詩人的工作就是要把破碎在生活中的生命收集起來，恢復它天然的完整性。」〔註 27〕正是在這「無言的詩歌」之中，詩意讓「詩人」獲得了生命基本的價值和意義，也實踐了生命的完整性。

　　當然，「無言的詩歌」，並不僅僅看重詩與語言的力量，重視詩意的力量。而在這個過程中，地下詩歌中還有「無言」本身的認同，也就是「無名」的認同。所謂的「無言的詩」，就是在詩歌中將生命的自然地展現出來，這是「無言的詩」的終極指向：「割草歸來，細雨飄飄，見路旁小花含露微笑而作。／野花，／星星，點點，／像遺失的紐扣，／撒在路邊。／／它沒有秋菊／捲曲的金髮，／也沒有牡丹／嬌豔的容顏，／它只有微小的花，／和瘦弱的葉片，／把淡淡的芬芳／溶進美好的春天。／／我的詩，／像無名的小花，／隨著季節的風雨，／悄悄地開放在／寂寞的人間……」（顧城《無名的小花》1971 年）由此，從「無言的詩」來看，詩歌在這個時候，都已經不重要了。在「無言的詩」中，生命像無名的小花一樣，在自然之中而花開花落。但是，無言的生命已在其中滋長、繁茂，獲取了自我的價值。

　　地下詩歌中的「無言的詩歌」，是用詩歌的詩意力量，展現地下詩人對於生命的追求。這種追求，詩歌正好成爲了詩人的一種理想的價值寄託。「我不必祈求你此刻得不到的東西，／我不必祈求你的幸福。／日日夜夜，我只祝

〔註 27〕顧城《答伊凡、高爾登、閔福德（有刪節）》，《顧城詩全編》，三聯書店，1995
　　　　年，第 919 頁。

願你平安。／如果你平安，在此刻就是你最大的幸福了，／如果你平安，在此也就是你給我的最好的祝福。／／我要獻給你一首詩──／那是一直在我心中的。／當我要將那獻給你時，卻找不到言辭。／那麼我就獻給你一首無言的歌吧。／讓我的無言的歌飛去陪伴你的無言的寂寞。／讓我的無言的歌幫助你也幫助我生活。」（曾卓《無言的歌》1971 年）這裡所謂的無言的詩，有兩層意思：第一，這一類詩歌所祈求和追求的目的，就是人生命中的幸福和平安，這樣一個人存在中簡單的生命價值。第二，儘管這是一直接，而且很簡單的追求，但是在文革的大背景之下，卻只能是隱藏在心中的詩歌。不能在直接地表現出來，無法在這個世界用語言喊出來的詩歌，只能是「無言的詩」。這是詩人無法尋找到言辭來表達的詩歌，是詩人心中的夢幻之境，也是詩人心中的空山之境，這就是地下詩歌中「無言的詩」的主要內涵。

總之，地下詩人對於「詩歌」的定位和思考，在地下詩歌自身的複雜思想之中，呈現為「血詩」、「野詩」和「無言的詩」這樣三個基本的維度。這不但是對於地下詩人存在、地下詩歌主體等緊密相連，而且灌注著地下詩人特有的生命體驗。「血詩」之思，是用「詩」對血腥的世界、血淋淋的世界的展示，是用「詩」對權力暴行、迫害、殺戮等罪惡的全面揭露和展示；「野詩」之思，則是在「詩」中凸顯自我的野性、原始力量，用「詩」實踐出對於生活、命運、世界的抗爭和挑戰；最後「無言之詩」，是用對「詩」自身的詩意、詩性力量的呼喊，用「詩」讚美世界、讚美人，並由此綻放出生命的自然境界。

由此，地下詩歌中的對於「詩歌」本體的思考，不但深刻與獨特，而且為中國現代詩歌貢獻出了特有的詩歌形態，開拓了現代詩歌演進的新視野。

第三節　「獨語」

從地下詩歌的精神維度來說，地下詩歌必須有一種特別的表達方式才能完成這樣深邃的詩學目的。同樣，從地下詩歌主體即詩人自身來說，要衝出「文革」的所特有的一個中心的宰制，地下詩人在其詩歌中也必須去尋求最為切己的詩歌表達方式。

在文革這一特殊年代中，地下詩歌的「獨語」式語言變革，是地下詩歌詩學特質的重要組成部分。「獨語」不但是地下詩歌的語言變革的主要方式，

而且形成了一種全新的中國現代新詩的詩歌語言。由此，在文革這一特殊年代中所綻放出來的「獨語」式語言變革，不但使地下詩歌在文革文學中重新估量語言的作用，也重新開始啓了語言魅力，最終形成了地下詩歌特有的詩學特質。

地下詩歌的語言變革首先是時代催生出來的。在這一特殊的年代，地下詩歌所呈現出來的主體形象，是在中心的權力之下的被中心體制鞭打、囚禁的「野獸」，成為一種「非人」的異化式的存在。那麼，對於這樣的主體形象，要獲得像人一樣歌唱的權利，要像常人一樣生活，是完全不可能的。處於中心籠罩之下的所有詩人，其所有「非公眾話語」即「個人」的聲音都是被嚴屬禁止的。就是在這樣艱難的環境中，文學彰顯出獨特的意義，使「人」獲得重生。特別是文學中的詩歌，儘管是在森嚴的時代，由於其體裁的特殊性，喊出了一個個的個人聲音。「外在文網森嚴的時代，人們想盡種種『絕招』來傳播地下文學，其中流傳最廣的是詩歌作品，原因是『非法』傳播地下文學的方法都很原始——不外乎口口相傳和手抄兩種途徑。詩歌的篇幅相對較短，部分作品還押韻，因此，比小說和劇本更用以背誦和傳抄。」〔註28〕所以詩歌在一定程度上，將文革這一特殊時期屬於個人的意義彰顯出來。

地下詩歌的語言變革，更是地下詩歌自身成長的需要。一方面，地下詩人必須實現對於語言的控制，成為語言的主人，這是所有詩人永恆的話題。在詩人和語言的宿命中，詩人一誕生就和語言密不可分，「詩人和語言之間就有一種宿命關係：疼和傷口的關係，守夜人和夜的關係。如果說這種宿命的整體隱喻的話，那不是覺悟，而是下沉，或沉淪。寫作的形式，顯然與這種沉淪相對應。」〔註29〕詩人正是在語言之中搏鬥，來贏獲自我的生命。「想要找回自己失落多年的個性語言，談何容易！必須從當年的那種虛偽的頌歌體和暴虐的大批判的時代音域中突圍出來，一切的一切都必須重新開始，首先是語言。」〔註30〕這是地下詩人在創作中也必須面對的一切詩人所共有的困境。另一方面，地下詩人得獨特性在於，他們來要面臨一個「中心」所構築

〔註28〕王家平《文化大革命時期詩歌研究》，開封：河南大學出版社，2004 年，第222 頁。

〔註29〕唐曉渡、北島《我一直在寫作中尋找方向》，《詩探索》，2003 年，第 3～4輯。

〔註30〕牛漢《第二次人生的開篇之作》，《命運檔案》，武漢：武漢出版社，2000 年，第 198 頁。

的「共同話語」的強大壓力。由此，地下詩歌的「獨語」，便是從對「公共話語」不信任開始的。地下詩歌對於「中心」公共話語的反叛和逃離，「獨語」起了重要的作用。地下詩人岳重的「獨語」就是從對公共話語即文革「公共話語」語言體系的反叛開始的，「岳重首先發現了『文革』語言的無意義，對語義本身產生了懷疑。他在《三月與末日》（1972 年）中故意顛覆語義（如大地、春天），雖然是對社會文化的反動，也包含有對語言本身的怨憤，語言成為『文革』政治的替罪品。摧毀語言的行動，反而激活了死亡的語言。」〔註31〕正是在對於「公共話語」的變革、摧毀和反叛，地下詩歌形成了自身獨特的價值。所以，地下詩歌所具有的特別力量，除了形式上採用原始的口口相傳和手抄等傳播方式之外，地下詩歌所具有的反抗精神的真正力量來源於語言變革。

　　因此，在地下詩歌所特有傳播方式背後，所依靠的更深層的力量源泉是語言變革。而地下詩歌中的語言變革，即從地上的「公共語言」變為地下詩歌中的「自我獨語」。面對的「中心」這一的特殊境遇，「獨語」表達是地下詩歌語言變革的主要方式。這就是說，在文革期間，詩人所面對的大背景是「一個中心」，一個至高無上的中心。「非中心」的表達就會被監視，超越中心的行為，都會使得主體被中心體制鞭打，甚至被中心體制囚禁。那麼，要擺脫中心話語的強制，「獨語」恰好具有特別意義。這種獨語正視自我存在被指認的「獸形」，特別針對龐大的「中心」陰影，面對中心的武器、強權、暴力的時候，這正是一種隱秘而又有效的創作方式。所以公木說，「符合真情的實感無由表達；而說真話，只有自語或耳語」〔註32〕。所以，要說出偏離中心「公共話語」的真話，表達出個體的真實體驗，以及從個體獨語中來反思「中心」，獨語是最好的一種方式。地下詩歌中的「獨語」，遠離「中心」，回到被「中心」所籠罩之下「非中心」的自我生命的真實體驗，回到「非中心」的個人聲音。因此，正是在文革強大的「集權中心」話語之下，使得地下詩歌的「獨語」特徵相當明顯。而且，地下詩歌將創作中獨語的特色，即將「非中心」的個人話語、個人私語以及隱秘話語等形式發揮到了極致，並成為了地下詩歌創作的主要特點。

　　由此，地下詩歌的語言變革，不但是要遠離中心的「公共話語」，抵禦「集

〔註31〕楊鍵《中國知青文學史》，北京：中國工人出版社，2002 年，第 242 頁。
〔註32〕公木《公木詩選・後記》，長春：吉林人民出版社，1981 年。

權中心」力量的暴力，而且是地下詩歌自身成長的需要。這一變革，指向「非中心」的個人話語，屬於「個體價值」的表達，彰顯出個體的價值和意義。因此，地下詩歌中的那些個體話語，私人話語，如沒有被偷聽的話語、獨白、耳語，對於中國當代詩歌的發展就顯得非常獨特和重要。

相對於「公共話語」，所謂「獨語」表達，就是一個人的自說自話。正如在文革期間被監禁的地下詩人曾卓所回憶的，「我常常努力排開一切煩惱和雜念，像困獸一樣在小房內徘徊，或是坐在矮凳上望向高窗外的藍天，深夜躺在木床上面對天花板上昏黃的燈光，喃喃自語。」〔註 33〕也就是說，地下詩歌的創作是首先就是一種自我的「喃喃獨語」，個人的話語和個人的聲音是地下詩歌具有獨特力量的最根本的源泉。但是事實上，所有的創作都是一種「喃喃獨語」。不過，地下詩歌中「獨語」有著豐富而獨特的含義。

地下詩歌中「獨語」，首先是對於自我價值，對於「獨」這樣的個體價值的可定。這種獨語展示了地下詩歌的價值維度，成為僅僅為主體自我而寫作的「獨唱」。貴州地下詩人黃翔曾將「喃喃獨語」定義為「獨唱」，他認為：寫作不是為別人，就是為了自我，就是一個人的獨唱。「我是誰／我是瀑布的孤魂／一首永久離群索居的／詩／我的漂泊的歌聲是夢的／遊蹤／我的唯一的聽眾／是沉寂」（黃翔《獨唱・1》）。從這裡可見，「喃喃自語」的地下詩歌，與其他作為「個人寫作」的最大的區別就在於，地下詩歌主體僅僅為主體自我而創作。地下詩歌由於其「獨白式」的表達方式，脫離了「公共話語體系」，就不能通過「中心」、「體制」的方式發表的。於是地下詩人所寫的詩歌並不在乎是否有讀者，或者有什麼樣的讀者。其創作就是「獨唱」，直接展示自我靈魂的「喃喃自語」，為自我寫作，為沉寂寫作。地下詩歌這一完全沒有讀者的詩歌寫作方式，成為中國現代詩歌創作的一個新穎的寫作形式。這樣，地下詩人是一個孤魂，其詩歌也成為離群索居的個人靈魂存在的聲音。「啞默是貴州詩人群中的另一個重要成員，他的詩是典型的個人化的靈魂獨語。」〔註 34〕地下詩人選取「獨唱」的創作方式，其實不僅僅是選擇了一種與「公共話語」的對抗方式，而且也是選擇了傾聽個人靈魂的聲音。在「喃喃自語」的自我寫作過程中，儘管沒有觀看者、也沒有聽眾，就只是地下

〔註 33〕曾卓《生命煉獄邊的小花》，《曾卓文集》（第 1 卷），武漢：長江文藝出版社，1994 年，第 380 頁。

〔註 34〕張清華《黑夜深處的火光：六七十年代地下詩歌的啟蒙主題》，《當代作家評論》，2000 年，第 3 期。

詩人一個人在自我的舞臺上任憑自我靈魂的飛翔。但是，在此自我靈魂的獨遊過程中，詩人才體驗到了自我生命的價值與意義，綻放出了思想的光芒：「我徘徊在過去和未來之間，獨白於生與死之中，思想像一線淡淡的光芒。」〔註35〕地下詩歌中喃喃自語的「獨唱」，偏離地上的「大我」或者「集體的我」，而在於聆聽個人靈魂的聲音，這體現出了他們獨特的價值追求。

　　而地下詩歌「獨語」對於自我價值的實現，就必須建立一個「非公共話語體系」的私語世界，建立一個完全屬於自我話語世界。「獨白」正是他們「獨唱」價值的進一步呈現。文革期間成都地下詩人，屬於「野草詩社」的陳墨展示了這樣的獨白姿態：「我要把憂愁忘掉，／這山村或許有著清茶一樣的美妙；／不是林間曾流出過無塵的樵歌，／是天邊有顆小星向著我朦朧地笑。／／是天邊有顆小星向著我朦朧地笑，／這苦澀的日子才有甜蜜的心跳；／在燈下為重溫一個欺騙自己的夢，／我要把憂愁忘掉。」（陳墨作《獨白・之一》）。從這首詩歌中，我們看到，這是一個人在天地之間的喃喃獨語。特別是在這裡，詩人的以「獨白」營造了一個完全個人「非中心」的小我世界。這一個人的世界，沒有「中心」的監視，沒有「中心」的嘲笑和諷刺，更不會有「中心」來破壞和打擾。獨白的世界，就是一個「非中心」自我的世界，是對於「公共話語體系」的脫離。所以，在這個小我的世界中，憂愁、山村、清茶、林間、樵歌、小星、苦澀的日子、甜蜜的心跳、自己的夢……這樣一個自我天地中，「獨白」使自我精神的漫遊和夢想成為可能。同樣，在這一組《獨白》之中，不但以「獨白」作抵抗「公共話語」的努力，而且超越「公共話語體系」，完全浸入到「獨語」的世界之中。於是，在地下詩歌的「獨白」中，主體成為自我的私人化體驗而喃喃自語，個人的話語和個人的世界是其中最重要的指向。因此，地下詩歌中的「獨白」，建立起了一個「非公共話語」的自我話語世界。

　　在「獨唱」式的自我價值訴求，以及與之相匹配的「獨白」式表達方式基礎上，地下詩歌展開了對於個體生命存在以及詩歌藝術的進一步探求和思考，即「獨思」。地下詩人在逃離「公共話語體系」之後，直面一個人作為凡俗生活的個體的種種生存狀態的思考。北京地下詩人林莽在一首命名為「獨思」的詩歌中寫到，「你既要離我遠去了，／為什麼還留下那深情的回顧？／

〔註35〕黃翔《留在星球上的札記（寫於 1968～1969 年的詩論）》，見《黃翔作品集》（電子文本）。

汽車的煙塵把車窗遮掩，／像日後那迢遙的路途。∥不知是你眼中眞有／未曾吐露的隱情？……可我心靈的深處，／輕飛著一隻彩蝶，／透過我深切的目光／它可曾在你的心中飛舞？」（林莽《獨思》）。詩人對於個體命名的思考，他們所要建立的個人主體世界，所要呼喊的個人靈魂，其實就是如何面對愛情、漂泊、命運、青春、心靈等個人話語，就是個體與這些命題的對話。地下詩歌中的「獨思」展開了這一新的世界。同時，詩人的「獨思」這一屬於自我的主體之思，不但帶了詩歌自我體驗新的境界的生成，而且構築了新的詩歌藝術。「在我初期寫詩實踐中，那些古典符號也幫助我構築空中樓閣，那正是我的詩所迫切需要的，一種想像的自主性、詩的純藝術身份。」〔註36〕地下詩歌中的「獨思」，築建起了地下詩歌中自主性的藝術。由此，這一「獨思」特色的地下詩歌，以其自主性的詩歌藝術，不僅僅只是在語言方面上的獨語，而且是整個地下詩歌思維中，建立了一套獨立的詩歌體系。

所以，地下詩歌「獨語」語言變革呈現了三個維度：從「獨唱」開始，進入到「獨白」，最終深入到「獨思」。地下詩歌首先在「獨唱」中挺立起他們對於個體價值追求，進而「獨白」式語言變革建立起了一個「非公共話語體系」的私人話語世界，最終「獨思」彰顯出個人主體性與詩歌主體性。由此，地下詩人的語言變革，不僅是地下詩人主體性的展現，而且也是詩歌自主自律的體現。

地下詩歌對於「獨語」的革新以及語言的重啓中，他們都有著自己處理這一問題的獨特方法和手段。而在我看來，多多是其中的最典型代表和實踐的佼佼者。

第一，以多多爲代表的地下詩歌的「獨語」式語言變革，其基點是「獨唱」。這首先體現了他對於「獨語」中的「獨」的堅持，也就是對個體價值的開掘、維護和堅守。多多的寫作或者說多多的詩歌，就是爲了會回到自我，塑造自我。多多詩歌創作的原初境地是：「我現在覺得寫作不一定更重要，更重要的是建立你自己重塑了你自己。」〔註37〕在我們的詩歌視野中，「驚天地、泣鬼神、正人倫」詩學觀念長久地佔據著我們的詩歌思維，但是多多卻說「詩歌不一定更重要」，首先就否定了詩歌，否定了詩歌重要的地位，而是看到更

〔註36〕陳建華《紅墡草詩傳》，《陳建華詩選》，廣州：花城出版社，2004年，第134頁。

〔註37〕凌越、多多《我的大學就是田野──多多訪談錄》，《多多詩選》，廣州：花城出版社，2005年，第290頁。

爲重要的東西，那就是「建立自己」、「重塑自己」。在他的詩學觀念中，不是詩歌，而是首先是「自己」，並且是「重塑自己」，才是多多詩歌要表達的目標。也就是說，「自我律令」首先支撐起了多多詩歌，成爲多多面對詩歌的第一個命題。

由此，地下詩歌的詩學基本面目首先就是指向「獨語」的「獨唱」，即指向「自我」價值的探求。正如多多所說，「決不受什麼外在生存環境而改變而有任何影響，也就是說我已形成我自己。」〔註 38〕這個既是激情與驕傲的詩人，又在清醒地面對沒有實現的現實，他要「建立自己」、「重塑自己」，特別是作爲一個早熟的詩人，他過早地明白了這個道理，過早地「形成了我自己」，個體和現實就永不可調和，也永不能融合。那生命中充盈的激情和驕傲，那個固定的自我，在大地上唯一的辦法就只能是競技，而且是投入式和玩命式的競技，「的確，我想沒有比多多寫詩更投入和玩命的人了。他硬是把自己從一個胖子寫成一個瘦子。」〔註 39〕「開始是無知的孩子，然後變成自覺的抵抗者。」〔註 40〕。也就是說，讓「自我」的生命世界，讓自我的詩歌世界，在不能滿足自我的世界中競技，以「建立自我」，「重塑自我」，他由此開始了他在詩歌中的自我的「獨白」。

第二，在地下詩歌的「獨語」變革中，「獨唱」是他們的詩學地基。而「獨語」中的「語」才是他們最直接的呈現方式和馳騁領地。在多多的創作中，直接地展現了地下詩歌「獨白」式的表達方式。他的競技最重要和最核心的場所是語言，從語言自身的試驗出發，由此超越「公共話語體系」，這是地下詩人「獨語」的典型特徵。也就是說，在多多的詩歌「獨語」式變革中，自我與語言的競技，是他「獨白」的主要內容。

那麼，在地下詩歌的具體創作中，地下詩人又是如何偏離、掙脫，如何「獨白」，乃至最後超越了地上的「公共話語」呢？以多多爲例，具體來說在多多的詩歌中，其自我的「獨語」，展開了語言實驗的多種可能性，掀起了一場詞語的風暴。其一，是讓詩句中的詞語與詞語競技，這就保持住了詞語自

〔註 38〕凌越、多多《我的大學就是田野——多多訪談錄》，《多多詩選》，廣州：花城出版社，2005 年，第 276 頁。

〔註 39〕芒克《多多（詩人）》，《瞧！這些人》，長春：時代文藝出版社，2003 年，第 14 頁。

〔註 40〕凌越、多多《我的大學就是田野——多多訪談錄》，《多多詩選》，廣州：花城出版社，2005 年，第 267 頁。

身的活力。而且在詞語與詞語之間產生擠壓的力量，引出詞語更爲豐富多彩的意義。在詩句中詞語之間強大的張力之下，將詩人內心的感情湧現出來了。其二，是詩人創作中使句子與句子之間多重轉折，由是使詞語的活力飛揚。而進一步在句子與句子之間的壓力之下，詩歌的內涵量和傳達經驗的可能性達到更爲豐富的耀現和閃爍。其三，詩人在詩歌中使用較多的能產生相對、相反意義的修辭技巧，使詩歌產生多種意義。於是詩人在詩歌中使意義與意義之間競技，產生意義再生和繁殖的力量。這就是黃燦然對於多多評論「直取詩歌的核心」的依據所在，「從朦朧詩開始，當代詩人開始關注詩歌中語言的感性，尤其是張力。……這方面多多不僅不缺乏，而且是重量級的，令人觸目驚心。」〔註41〕多多地下詩歌中的「獨語」這一特別的方式，釋放了語言自身特有的質素。進而，語言本身最本質的內在力量得以彰顯，「讓你寫短，就逼迫詩歌直接進入最本質的東西——就是詞語之間的關係，或者說詞語之間的戰爭，搏鬥，廝殺。所有這些大師都是這樣，太厲害了，詩歌最高級的地方就是這個。」〔註42〕作爲「獨語」的地下詩人，在面對詞語的時候，迷戀並堅持不懈地與詞語競技，與語言戰鬥，搏鬥，廝殺，形成了地下詩歌中的詞語風暴。由此，地下詩歌語言中的「獨白」和「獨唱」，最重要的一條路就是自我與詞語，與句子，與意義的競技，由此呈現了現代詩歌的一種全新的勢態。

在偏離地上「公共話語體系」時，多多在「獨白」式詩歌語言變革過程中，呈現出了一種艱難的思維過程，一種人工般鍛造的努力。詩人多多對於已完成的作品，仍然是如臨大敵，仍然是不滿意。即使是已寫出的詩歌，或者正在寫的詩作，都在對他挑戰，他非得將詩歌本身，將創作本身馴服不可，「他把每個句子甚至每一行作爲獨立的部分來經營，並且是投入了經營一首詩的經歷和帶著經營一首詩的苛刻。」〔註43〕與語言搏鬥，以超越「公共話語」，實踐自我內心的艱辛挖掘，由此獲得自我價值，展示了地下詩歌自身獨特的語言魅力。

當然，地下詩歌中的「獨白」，以及對於「語」也就是詩歌語言的更新，並非僅僅都是像多多以詞語暴力、詞語風暴來展開的。回歸到自然語言，是

〔註41〕黃燦然《多多：直取詩歌的核心》，《天涯》，1998年，第6期。
〔註42〕凌越、多多《我的大學就是田野——多多訪談錄》，《多多詩選》，廣州：花城出版社，2005年，第282頁。
〔註43〕黃燦然《多多：直取詩歌的核心》，《天涯》，1998年，第6期。

地下詩歌對於現代詩歌語言重啓的另一條路徑。顧城曾說,「我是贊成百花齊放的,如果可能我更贊成百花百放。花各有季,不必開得太齊、太急,匆匆而來的容易匆匆而去。」〔註44〕顧城是走自然路線來更新現代詩歌語言的。同樣,詩人穆旦與牛漢也發出了詩歌天然語言的吶喊與呼聲,「讓我們像平日說話一樣地念出他的詩來吧,有誰不感到那裡面單純的,生動的,自然的節奏麼?而這就比一切理論更有雄辯地說明了詩的語言所應採取的路向。」〔註45〕「詩的語言就應該具有青銅的品質,敏感而美麗,通體布滿神經,堅韌而不屈,有彈性和力度,天然地生成一個歌唱的靈魂。」〔註46〕這一切自然的聲音,也是建立在地下詩歌「獨語」的基礎之上。

第三,地下詩歌的這一「獨語」的語言變革,有著重要的意義。以多多為代表地下詩歌,正是在「獨思」的基礎上,摧毀集權中心的「公共話語」,釋放了「個體」。「詩歌以語言形式的複雜性和內在的緊張性,來抵禦現實生活的簡單粗暴和外界世界的壓力。這正是20世紀90年代漢語詩人『介入性』寫作的一種極為重要的方式,多多以自己有力而清晰的寫作證明了這一點。」〔註47〕因此,地下詩歌中,從「獨思」開始的對於個體價值的關照,是以個體的力量來對抗現實公眾的力量,並最終追求並獲得詩人、詩人自身的主體性。他們對於自我價值的堅守,將詩人自身的影子,詩人自我的力量全程綻放。由此,地下詩歌中的「獨思」,重新構建了自我生命存在,彰顯了自我個體的生命價值。

另外,也更為重要的是,地下詩歌中的「獨思」,從「公共話語」中催生出了一套新的語言體系,為中國當代詩歌的語言打開了一條新的道路。地下詩歌以自我的喃喃自語的方式,特別是自我在詩歌中進行著任意的語言實驗,從「中心話語」中叛逃而出,重新開啓了現代詩歌語言。「對於處境的怨恨銳利的突入,對生命痛苦的感知,想像、語言上的激烈、桀驁不馴,這些取向,構成了他的詩的基本素質,並在後來不斷延續、伸展,挑戰者當代讀者對中國新詩語言可能性的設定。但也不乏以機智的反諷來控制這些感情和

〔註44〕顧城《答記者(有刪節)》,《顧城詩全編》,上海:三聯書店,1995年,第917頁。
〔註45〕穆旦《他死在第二次》,《大公報・綜合》(香港版),1940年3月3日。
〔註46〕牛漢《詩與我相依為命一生》,《夢遊詩人說詩》,北京:華文出版社,2001年,第8頁。
〔註47〕樸素《照亮黑暗　詩人多多》,《青年作家》,2006年,第2期。

詞語的『風暴』。」〔註48〕這種「獨語式」表達，展開了一場特有的詞語變革風暴，在一定程度上延展了現代漢語的及物能力。這不但讓現代漢語的魅力達到耀眼的程度，讓現代新詩破譯現代生命和現代生活更爲多層和繁複的密碼；而且由於對公共話語的偏離，成就了現代詩歌創作中的「詞語風暴」，爲中國當代詩歌的進一步突圍奠定了堅實的基礎。

　　總之，由於地下詩人存在的特殊環境，地下詩歌的創作，將「獨語」風格發揮到了極致，從「獨唱」開始，進入到「獨白」，最終深入到「獨思」，重新構建了自我生命存在，彰顯了自我個體的生命價值。而且，這一「獨語」基礎上的對抗「公眾話語」的詞語風暴和天然語言，對於當代詩歌語言的更新有著極大的意義。

第四節　「野」與崇高

　　地下詩歌，這一自覺而成熟的文學現象，不但重啓了中國當代詩歌的語言，重新建立了一套意象體系。而且從地下詩歌自身的成長來說，地下詩人特有的生命體驗，以及其精神形式，使地下詩歌具有了鮮明的風格特徵。

　　在我看來，地下詩歌的基本風格中，首先是具有「野」的特徵。

　　追求詩歌創作中的「狂草」風格，這是地下詩歌的一種外在追求。作爲地下詩歌重要的代表黃翔，就曾經將詩歌與中國傳統的書法藝術相比，認爲，書法中的狂草更接近中華民族的本性，「狂草書法藝術甚至比中國古代詩歌和國畫更能直觀地體現我們民族對人生萬象的頓悟，更能渲泄東方人瞬間的靈感，更能形象地外化和表現一個偉大而古老的民族務實性格的現象深處『超脫』和『癲狂』的本質。」可以說，在地下詩歌的創作中，地下詩人就有一種追求詩歌中的「狂草」傾向，「我以爲我應該用書法（主要是行書和草書）來外化和凸顯我的詩歌中的精神隱函，把詩歌和書法揉合起來，在新的層次上形成一種新的東方藝術，創造一種最新的表現藝術（對詩人的創作來講）──」「這就是我試圖探索以中國書法、特別是狂草來外化『詩』，併合詩、書爲一體的主要動因──生命的內動力……」〔註49〕因此，從黃翔的詩歌創

〔註48〕洪子誠、劉登翰《中國當代新詩史》（修訂版），北京：北京大學出版社，2005年，第186頁。

〔註49〕黃翔《詩書馳騁》，《總是寂寞》（太陽屋手記一），臺北：桂冠出版社，2002年。

作來看，地下詩歌成爲了一種特有的「狂草詩」。所以，文革時期地下詩歌稱
爲「狂草詩」，成爲地下詩歌重要的外在表現形式。

外在「狂草詩」的形式之中，地下詩歌的追求就飽含著一種「野性」的
特徵。對於「狂草詩」「野」的特徵追求，是在於文革地下詩歌獨特的文化背
景。地下詩歌形成地下詩歌中狂草書法般「野」的風格，最主要的背景是
「權力中心」所形成的集權與專制文化。在這一「中心」之下，地下詩歌中
主體成爲了「獸」。在文革這一特殊文化之下，地下詩歌主體在「中心」特別
是「權力中心」的暴力之下，不歸屬於中心，不依附於中心的主體就是邊緣
主體。而這一邊緣主體，最終被指認爲作爲非人的「野獸」而存在。由此，
文革期間，現實中「中心」指認的牛鬼蛇神成爲了詩歌中的「牛鬼蛇神」。也
就是說，「中心」對「邊緣」的不認可和排斥，使得作爲邊緣的地下詩歌主體
逼迫從「人」這一身份轉爲「非人」身份，成爲「獸」。特別是中心權力的暴
力指認，地下詩歌中主體成爲「獸」也就成爲一種必然。正是在這樣一種文
化背景之下，地下詩歌自我主體不是作爲「人」而存在，而是作爲野獸而存
在。於是，地下詩歌中的意象就選擇了具有天然「野性」自然之物作爲自己
詩歌中的主打意象。不管是野獸、鳥群、自然界中的昆蟲，還是一顆顆挺立
的樹與花，都是野生之物，具有原始的天性。並且，展示這些野性的自然之
物的本能的力量，這就是地下詩歌野性的風格的主要內容。因此，地下詩歌
「野」的風格，是在地下詩人體驗基礎上所展出來的地下詩歌主體自身力量。
同時，這一意象在地下詩歌創作中大量的出現，又使得地下詩歌對於野生之
物的選擇和組合更加集中，更加凸顯地下詩歌的野性風格。

這一野性的特徵，造就了地下詩歌中內在精神中的對於自我的「偏執」
心理。地下詩歌中主體的獸形展示，以及自我野性的追求中，就呈現爲地
下詩歌創作主體的「偏執」心理。特別是對於獨一、自我、個性的極度渴
望崇拜，這是地下詩歌在「偏執」追求中的精神向度。比如黃翔，在他的
創作之中，就有一種極爲強烈的「偏執」心理，並且上昇爲自我的最終的
目的與價值，「從某種意義上來說，個性就是一種『偏執』，一種極端；創
新就是一種極端對另一種極端的否定。」「每一種極端都不是絕對的極端，
正如每一種極端都不同程度地體現了不同的個性；而每一種個性都表現了
一個屬於它自身的、自足的、自臻完滿的世界。每一種個性都有它的源頭、
洶湧的河身和逐漸寬闊的『入海口』。一種個性並不排斥另一種個性。」

〔註50〕因此，地下詩歌的「野」，源於地下詩歌創作主體的「獨語」，獨語所唱出的歌聲，不是被馴服的、單一的聲音，而是自然的、自我的偏執的聲音。

而地下詩歌對於「狂草詩」的追求，並不僅僅是對外在「狂草」形式的追求，更為重要的是，對「狂草」內在生命律動的展示，所以地下詩歌的「野」，是要釋放「生命的內動力」。對於地下詩人來說，地下詩歌的這一「野」的風格，「偏執」只是其表面的呈現而已。地下詩人之所以迷戀於「野生之物」，沉醉於「野」，而是在於這一「野」背後所蘊藏著的強健的「力」。也就是說，這一野的風格，其指向是對於「力」的彰顯。所以，黃翔說，「只有灌注生命的文字才能鮮活起來，凸顯生命世界新的構圖，產生蠱惑力、衝擊力、顛覆力！而詩歌內在生命『力』的傳達，很難以某種靜止不變的形式風格出現，也許翻滾與沉澱、沉寂與喧囂、粗獷與細膩、精微與浩瀚均運行和反覆變化其中。」〔註51〕並且，這一「力」的世界，是一個狂熱的力的世界，「反對節制：一場創造就是一次全生命的投擲。生命之流就是肌肉之流、血液之流、骨髓之流！是精血的濃度、腦神經的顫慄、心臟跳動的頻率的外化。創造是一種極度癲狂、執迷的亢奮狀態，是整個人生在某一瞬間或某一階段的一次性『投資』。」〔註52〕沒有地下詩歌對於生命力的崇拜，沒有對於力的張揚，地下詩歌主體就很難獲得自我。而地下詩歌對於「力」的彰顯，也展示了地下詩歌的「狂草」式的野性風格。

第二，地下詩歌展示出了「硬」的特徵。地下詩歌所面臨的文革特殊境遇，不但具有了「力」的野性，而且這一野性還相當的「硬」。

地下詩歌不但有野性，而且也像石頭一樣的硬！相對於地下詩歌石頭一樣「硬」的特徵，詩人牛漢具有深刻而形象的說明。他認為，地下詩歌所具有的「石頭」一般的「硬性」在於這三個方面：「石頭三個高潔的品性：第一，它堅硬，經得住埋沒，抗得住孵化；第二，他沉默，耐得住寂寞；第三，他心中聚著不滅的或，遇到打擊能燦然迸發出來。」〔註53〕這裡，石頭所展示

〔註50〕黃翔《詩學六題·極端》，《沉思的雷暴》（太陽屋手記二），臺北：桂冠出版社，2002年。

〔註51〕黃翔《探訪與撞擊——臺灣文化之旅》，《總是寂寞》（太陽屋手記一），臺北：桂冠出版社，2002年。

〔註52〕黃翔《詩學六題·節制》，《沉思的雷暴》（太陽屋手記二），臺北：桂冠出版社，2002年。

〔註53〕牛漢《我與石頭的情意》，《螢火集》，北京：中國華僑出版社，1994年，第13頁。

的「硬」的力量就是不但能經得住埋沒了打擊，而且在打擊之中還能並發出燦爛的「火花」。特別是在於與「中心」所對抗時本身所呈現出的堅強的特徵。由此，地下詩歌「硬」的特徵，指向地下詩歌中堅強的反抗的意志。

地下詩歌風格中所謂的「硬」的特徵，即是指地下詩歌主體中的「勇氣、造反、反抗」等意志。「我們也是毛培養的前期信仰，培養了勇氣、造反、反抗——非常硬的一代，也是他們培養出來的。所以我對毛的個人感情、個人認識是非常複雜的，多面的。」〔註54〕這種堅強地意志是與地下詩歌中的反抗意識、射日精神是完全一體的。「即使昇華，那形象裏也不可能喪失了生活的本來的氣息，血有血的氣息，汗有汗的氣息。」〔註55〕因此，地下詩歌中對於現實的揭露和詛咒，以及用身體所展開的生命對抗，成就了地下詩歌主體在精神上的「硬性」。

地下詩歌的這一硬性，不但是在精神上具有強力意志，而且在詩歌表達中也具有「硬性」。如作為地下詩人之一的食指認為，「在任何情況下，他從來不敢忘懷詩歌形式的要求，始終不渝出詩歌作為一門藝術所允許的限度，換句話說，即使生活本身是混亂的、分裂的，詩歌也要創造和諧的形式，將那些原來是刺耳的、兇猛的東西制服；即使生活本身是扭曲的、晦澀的，詩歌也要提供堅固優美的秩序，使人們苦悶壓抑的精神得到支撐和依託；即使生活本身是醜惡的、痛苦的，詩歌最終仍將是美的，給人以美感和向上的力量的。」〔註56〕在詩歌的外在形式上，以詩歌形式去馴服刺耳、兇猛的東西，這是地下詩歌形式上的硬度。而地下詩歌中硬性，最重要的是詩歌中的「悖論」表現。「晚年穆旦的詩，已少有 40 年代的尖銳、緊張，節奏區域平緩，用語也樸素、冷靜，為回想的語調所籠罩（『寂靜的石牆內今天有了回聲』）。然而，也處處閃現著因時間而『堆積』於內心的睿智，懷疑、反諷的精神態度，和奧登式的語言方式也隨處可見。」〔註57〕這又形成了地下詩歌內在的複雜糾結，並且使詩歌在語言、意象、節奏、形式等方面顯得異常尖銳、緊

〔註54〕凌越、多多《我的大學就是田野——多多訪談錄》，《多多詩選》，廣州：花城出版社，2005 年，第 267 頁。

〔註55〕牛漢《回顧與思考》，《螢火集》，北京：中國華僑出版社，1994 年，第 220 頁。

〔註56〕崔衛平《收穫的能是什麼》，《作品》，2003 年，第 10 期。

〔註57〕洪子誠、劉登翰《中國當代新詩史》（修訂版），北京：北京大學出版社，2005 年，第 167 頁。

張。所以，地下詩歌中的硬性，是插入了精神態度的硬性，而且使得地下詩歌中意象強悍、有力「你們是非常強硬的一代，所以你的意象是非常強悍的，有力量的。」〔註58〕也使地下詩歌中的語言如經過了熔爐的錘鍊一般，「字字都堅實如金剛石，帶著歷史的嚴酷和詩人高尚的情操。」〔註59〕因此，地下詩歌的硬性，以其語言和意象上的反諷、悖論、緊張、尖銳……出色地進入到了地下詩歌主體，完成了地下詩歌內在的豐富性。

如果說地下詩歌中對於「野」的渴慕是在於對於「中心」的逃離和超越，在野性的世界中找到自己的力量；那麼「硬」的特徵則是，地下詩歌主體用自身的力量對抗「中心」，找尋自我的堅強意志。

地下詩歌具有野性和硬性的特徵，最終形成了崇高的藝術風格。特別是，地下詩歌中所呈現出來的野獸般的生命力，與太陽抗爭的射日精神，體現了一種陽剛之美。「其得於陽與剛之美者，則其文如霆，如電，如長風之出谷，如崇山峻崖，如決大川，如奔騏驥；其光也，如杲日，如火，如金鐵；其如人也；如憑高視遠；如君而朝萬眾，如鼓萬勇士而戰之。」〔註60〕這種陽剛之美，實際上是地下詩歌中所形成的崇高風格。

地下詩歌崇高風格，首先是在地下詩歌中意象選擇。他們特別是注重選擇外在形式巨大、笨重、粗狂、粗礪的意象，如被關在籠子裏的虎、巨樹、巨大的根快……。而且這些意象具有特別的突出的形態：崢嶸突出、千姿百態，特別是怪、醜的形象，或者是流著鮮血的形象，或者是被關押著、被鞭打的形象，或者是殘缺不全的形象等等，並且這些形象都具有強烈的動感。野獸中健壯的腿、破碎的趾爪、破碎的牙齒、石破天驚的咆哮、火焰似的斑斕、火焰似的眼睛……這些特殊的意象，使地下詩歌呈現出崇高風格。由此，從這些巨大、笨重、粗狂、粗礪的意象中，表現出了地下詩歌主體內在的生命力，內在的旺盛的「力」。地下詩歌正是展現了生命的力量、生命勃發的氣勢以及對於生命力量偏執，成就了一曲曲「生命之歌」。這其中，地下詩歌中的反抗意識，與太陽抗爭的射日精神，形成了地下詩歌特有的效果，讓人奮

〔註58〕 凌越、多多《我的大學就是田野——多多訪談錄》，《多多詩選》，廣州：花城出版社，2005年，第272頁。

〔註59〕 牛漢《帕斯捷爾納克的情操》，《夢遊詩人說詩》，北京：華文出版社，2001年，第80頁。

〔註60〕 〔清〕姚鼐，轉引自《中國美學史大綱》，上海：上海人民出版社，1987年，第79頁。

然抉起、心潮澎湃,並產生力挽狂瀾的雄心。因此,地下詩歌中形成了宏偉、闊大、恢宏、莊嚴、遒勁的崇高風格,使地下詩歌具有驚心動魄、氣壯山河、悲憤、悲壯的力量。

地下詩歌中的崇高風格,更是地下詩人主體的崇高體驗,其實質在於人對於崇高偉大心靈的追求。古羅馬朗吉弩斯就認為崇高基於人的偉大的心靈。同樣,博克強調崇高感的本質在於對象能激發和引起人的尊嚴及自豪感和勝利感,崇高在於人的尊嚴和價值。因此,崇高的本質是人的理性、道德精神和自我尊嚴對感性的超越和勝利。「是一種僅能間接產生的愉快;那就是這樣的,它經歷著一個瞬間的生命力的阻滯,而立刻繼之以生命的因而更加強烈的噴射,崇高的感覺產生了。它的感動不是遊戲,而好像是想像力活動中的嚴肅。」〔註61〕地下詩歌中崇高體驗,也就是對於作為人存在的精神性的追求,並且是對於現實壓抑個體精神、驅逐偉大心靈的反抗和抗爭。正如詩歌《紀念巴黎公社 100 週年》,「它悲劇的力量和為真理而現身的炙熱情感,在同代人中間激起了情感上的強烈共鳴。」〔註62〕所以,地下詩歌中的崇高體驗,是對於偉大心靈的現身的激情。這一偉大心靈的追求激情,也就是地下詩歌中崇高體驗基於地下詩人對於個體命運的追求和追問。因此,我們看到,不管是地下詩歌對於人存在的被動體驗展示,人作為獸形的命運以及地下詩人的主動詩意,都在追問人的命運與生存,叩問人的尊嚴與權利。崇高中的使命感和責任感,使地下詩歌中偉大心靈的激情,紮根於人的追問。追問人的權利的崇高體驗,其終極目的是人自身力量的展現,是人生命權利的顯現。

地下詩歌中這一崇高的體驗和對於崇高的追求,還體現了地下詩歌的自由精神。從崇高自身來看,崇高是人的自由本質的顯現,「在有客體的表象時,我們的感性本性感到自己的限制,而理性本性卻感覺到自己的優越,感覺到自己擺脫任何限制的自由,這時我們把客體叫做崇高的;因此在這個客體面前,我們在身體方面處在不利的情況下,但是在精神方面,即通過理念,我們高過它。」〔註63〕地下詩歌通過特殊的意象以及內在強健的生命展示出來

〔註61〕 〔德〕康德《判斷力批判》(上卷),北京:商務印書館,1964 年版,第 84 頁。

〔註62〕 程光煒《中國當代詩歌史》,北京:中國人民大學出版社,2003 年,第 161 頁。

〔註63〕 〔德〕席勒《秀美與崇高》,張玉能譯,北京:文化藝術版社,1996 年,第 179 頁。

的崇高，就是要使人脫離被動體驗的狀態，脫離人存在的獸形，使人回到人，使人回到自由的人。

總之，地下詩歌中的崇高風格，不但要找回人的形象、人的體驗，還要找回人的自由。而此一崇高風格，還使地下詩歌更具藝術魅力。「絕望、焦急和悲觀的風格，使這些作品具有特別的力量。」〔註 64〕地下詩歌的野性和硬性，以及其崇高的風格，完善和豐富了地下詩歌的詩學觀念，並使得地下詩歌具有了更爲自覺與成熟的文體特徵。

〔註64〕〔香港〕葛浩文《漫談中國新文學》，香港：香港文學研究社，第 165 頁。

結　語

　　文革地下詩歌時代的結束，表明「邊緣」開始爲「中心」所接受，邊緣滲透到中心，中心也開始鬆動，接受邊緣。「縱觀整個 20 世紀的俄羅斯『地下文學』，可以發現，其興衰似乎始終是與政治和社會的大氣候緊密聯繫在一起的，官方的控制愈緊，則『地下文學』就愈是興盛，相反，在一個相對寬鬆的環境裏，『地下文學』則會紛紛浮出水面，或步入主流，或自行談出，自行消亡。在 20 世紀的最後 20 年，由於言論和出版的空前自由，『地下文學』便失去了繼續存在的理由和意義。」〔註1〕而在當代，地下詩歌已經失去了他們存在的「中心」背景，走入了一個「邊緣」與「中心」互動文學時代。

　　邊緣與中心的互動，在地下詩歌的流變中得到了鮮明的體現。地下詩歌的三大走向，即朦朧詩、第三代詩、流亡詩歌：第一，作爲白洋淀詩歌群落的詩歌代表，或者說北京前朦朧詩人，他們的地下詩歌最終浮出了地面，從「地下」走到「地上」。作爲邊緣的地下詩歌走向了中心，並被中心所接受，由此造就一個偉大的「朦朧詩」時代。他們佔據文化中心的「北京」，並創建同人刊物《今天》，以及其優異的創作實績，從邊緣走向了中心，乃至完全脫掉了「邊緣」的特徵。這是地下詩歌與「中心」互動的一種方式。第二，是以四川的西昌聚會爲代表的地下詩人，他們從文革地下詩歌群落中的西昌聚會，參與到 80 年代中期的「第三代」詩歌運動。這類地下詩歌在走向中心的過程中，與北京方式不同。他們地處西部城市西昌、成都，更處於「中心文

〔註 1〕劉文飛《文學魔方：二十世紀的俄羅斯文學》，北京：中國社會科學出版社，2004 年，第 15 頁。

化」城市北京的邊緣、外圍，同時他們還面臨著已經獲得中心位置的「朦朧詩」影響的焦慮。於是這一類地下詩歌與中心的互動中，就以更為激進的口號，大規模的詩歌運動走向中心。當然，在這一地下詩歌全體在向中心靠近的過程之中，儘管其自身已經從邊緣走向了中心，也依然保留著較多的屬於地下特徵與邊緣特性。第三，當代詩歌中的流亡文學，他們繼續保持著地下的身份，繼續堅持著地下詩歌的邊緣身份，「當人們審視二十世紀的中國文學時，有一個部分是必須面對的，這一文學歷史中充滿了苦難、不屈不撓及其傳奇，這是我這一代人的文學，我稱之為——中國的地下文學。它的歷史以及其中出現的許多詩人和作家，構成了另一個文學傳統，而這一傳統由於一九八九年六月中國大陸的政治環境下許多作家的逃亡，由此產生了另一重要的文學形態，即，在中國之外的流亡作家以及流亡的文學，已更多地為世界所知。」〔註2〕但是流亡文學中，他們面對的「中心」已經不存在，儘管他們還保留著邊緣的特質，但是已沒有了「邊緣」自身固有的特質。

每一個時代的文學，都是「中心」與「邊緣」的互動，當下朦朧詩、第三代、民間詩歌刊物、流亡文學等表明，「地下」已經不再是一個「中心」與「邊緣」的問題，「地下」與「中心」已經不再是簡單的對立、對峙、對抗關係，也不能再從「邊緣」來進入當下詩歌了。所以當下「中心」與「地下」的良性或者說多層互動，是在於文革期間這批詩人在「邊緣」上的痛苦跋涉，正是他們痛苦的「邊緣體驗」，才對當下文學「中心」與「邊緣」的良性互動，健康發展起了重要的助推意義。

但邊緣之下地下詩歌的精神走向，有著一個時代精神的全記錄，也有著更為宏大的文化意義。

地下詩歌的邊緣體驗，本身就包含著濃鬱的本土、大地關懷。地下詩歌的創作，以及地下詩歌中的精神走向，不但將自我的體驗呈現出來，展現自我在地下體驗中的獨特形象，而且是一種宏大的關懷。這一關懷的首先在於，地下詩歌的創作，目的是為一代人的見證，「我曾經發誓要寫一步艾蕪的《南行記》那樣的東西，為被犧牲的一代人作證。」〔註3〕也就是從自我的體驗，自我的形象出發，用自我的體驗歷程，見證這一個時代。而且更為重

〔註 2〕 貝嶺《二十世紀漢語文學中被遮蔽的傳統——中國的地下文學》，《天涯詩會網刊》，第 9 期。

〔註 3〕 舒婷《生活書籍與詩》，《福建文藝》，1981 年，第 2 期。

要的是，這一記錄，是對這一片土地的記錄，「做為一個土地的愛好者，詩人
艾青所著意的，全是茁生於我們本土上的一切呻吟，痛苦，鬥爭和希望。」
〔註 4〕因此，地下詩歌中的創作，不僅僅是簡單地圍繞著自我這一個中軸旋
轉，而且是圍繞著這一片生長的土地而生長，使他們的詩歌成為一個時代的
見證者，使他們的精神成為一個時代的記錄。

　　地下詩歌要見證這一代人的歷史，以及本土苦難，綻放了宏大的歷史意
蘊。他們詩歌的自我記憶成為本土的記憶，他們的自我記錄也成為大地的記
錄。由此，這一在本土上的自我歷史，在大地上的自我歷史，是地下詩歌對
於整個文化的重新進入，也是對於文化的深入反思。「多多另一個直取詩歌
核心並且再次跟傳統的血脈連接的美德是，他的句子總是能夠超越詞語的表
層意思，邀請我們更深地進入文化、歷史、心理、記憶和現實的上下文。」
〔註 5〕正如黃燦然所評論的，多多的詩歌是邀請我們進入文化、進入歷史。
而錢玉林則認為，他的詩歌的主要主題就是對於文化介入，「在 1970 年以前
——即所謂的『六十年代』，我詩歌最主要的主題是：對文化毀滅的哀悼和抗
議。」〔註 6〕因此，在地下詩歌中，是要從自我的形象之上，展現對於整個文
化的思考。在地下詩歌詩人主體看來，文化就是一個民族的積澱，一個民族
的聲音，「任何悲劇時代在民族心靈上留下的陰影和積澱，無論怎樣無視、掩
飾，它總歸要浮上來——改變著文學藝術的色調、亮度和透明性。」〔註 7〕地
下詩歌中的文化之思，其核心就是深入到整個民族的心理，重新為文化的推
進尋找根基。

　　由此地下詩歌精神深入的文化之思，其對於整個民族文化的關懷，實際
上是要改造整個民族的文化心理。「我越來越感覺我的創作『無目的』（具體
的特定目的），它只是一種浩瀚的追求；如果說它有什麼目的或社會功利性的
話，它只是為了力求改變『一個民族古老的文化結構和心理結構』。」〔註 8〕
所以，在地下詩歌中，地下詩人對於自我的深入思考，便是對於整個民族文

〔註 4〕穆旦《他死在第二次》，《大公報・綜合》（香港版），1940 年 3 月 3 日。

〔註 5〕黃燦然《多多：直取詩歌的核心》，《天涯》，1998 年，第 6 期。

〔註 6〕錢玉林《寒夜篝火邊的弦琴與歌唱》，《零度寫作》，第 15 期。

〔註 7〕啞默《自序・長歌如夢》，《牆裏化石》，北京：中國致公出版社，1999 年，第
　　　 10 頁。

〔註 8〕黃翔《致歐陽旭柳的信》，《非紀念碑：一個弱者的自畫像》（受禁詩歌系列
　　　 4），臺北：唐山出版社，2002 年（電子文本）。

化心理的思考。並且力圖從自我的心理中，自我的存在體驗之中，改變並且拯救這一文化，創造出一種新的文化。「我和我渺小的詩，並不屬於霧和遙遠的群星，它屬於你，屬於人民，屬於我們民族漫長而沉重的夜晚，屬於人類的共同需要——明天。」〔註9〕從現代人的自我心理出發，重建現代中國文化，是地下詩歌的終極指向。地下詩歌精神的文化向度，指向未來，指向人的生存的基本幸福，「林昭對張元勛的囑咐裏還有一個重要的詞，就是苦難。她說未來的人們總會知道我們的苦難。苦難是她對當時中國社會的整體感受，民眾所受的這些磨難應該讓後人知道，以便警醒後人追求自由的制度和幸福的人生。」〔註10〕因此，地下詩歌精神，不但通過邊緣的空山之境直接展示了自我生命、愛情、自由、夢想等等的權利，而且還通過邊緣自我的被動體驗展現了對於「人權」的強烈渴望和嚮往。「這個『人』的價格，就是作為一個『人』，作為一個現代世界上的『人』所應得到的所有權益的總和。」〔註11〕權利，是地下詩歌追求的核心。即個人是作為一個獨立個體，而不是作為「獸」而存在，個體的獨立存在必須得到尊重和肯定。人作為一個人，一個公民，必須有基本生活權利，而且政府必須保障這些權利，這就是地下詩歌中思想啓蒙。沒有這些公民的基本權利，就沒有人，沒有個人、沒有精神，所有的文化重建、文化拯救都將只是一種泡影。因此，王富仁早就在地下詩歌中感受到了人的聲音，「《心，在跳動》第一編收到，在回宿舍的路上我邊走邊讀，有時停下來讀完那些我最受震動的章節，就這樣一口氣讀完了。我確實應當感謝您，您使我受到很大的震動，我們中華民族應該有眞的聲音，從內心深處湧發出來的眞實的熱情，眞的歌，眞的詩，眞的血和眞的淚，我過去懷疑我們能不能在最近的將來做到這一點，所以我過去也總是把自己的思想和熱情納入到我認爲現在所可能實現的框架裏，現在看來，我的估計是錯誤的，不是將來，而是現在，我們便應當也可以噴出我們的血肉來了，你的作品使我明白了這點。」〔註12〕地下詩歌中彰顯出來的人的生命的跳動，人的基本

〔註9〕 顧城《剪接的自傳（上）》，《青年詩人談詩》老木編，北京大學五四文學社，1985 年，第 41 頁。

〔註10〕 摩羅《論文革時期潛在寫作者對時代資源的超越》，《社會科學論壇》，2004 年，第 10 期。

〔註11〕 王富仁《中國反封建思想革命的一面鏡子》，北京：北京師範大學出版社，2000 年，第 108 頁。

〔註12〕 王富仁 1986 年 8 月 31 日致啞默的信，民刊《大騷動》1993 年，第 2 期。

權利的追求，成爲地下詩歌最耀眼的光彩之一。

　　並且地下詩歌邊緣主體還通過「射日精神」獲取人的權利。獲取這一權利，在這一過程中，在於地下詩歌對「中心」反抗意識，「通過它我想對那些『對抗自由遠勝於對抗暴虐』的人們批露一個光明的境界，一種理想的人類社會，無論周圍的人怎樣說謊，我必須說自己想說的眞話；無論政治怎樣強姦藝術，我必須保衛自己的社會理想，保衛詩歌的純潔。」〔註 13〕啓蒙主體性原則的確立，其中「批判」是相當必要的，「康德把啓蒙描述爲人類運用自己的理性而不臣服於任何權威的時刻；在這個時刻，批判是必要的，因爲它的作用是規定理性運用的合法性的條件。」〔註 14〕批判的精神和批判的意識，是地下詩歌「權利意識」一個重要向度。同時這一批判精神在地下詩歌中的呈現也是複雜的，「在芒克看來，爲反抗而反抗是不道德的；他更不能容忍的是強迫詩爲此付出代價。作爲一個詩人，他寧可相信反抗是人類天性反應，是無常的生命之流在尋求實現過程中受阻而作的自然反應；而詩意的反抗者除了是大地上站立起來的形象之外什麼都不是。」〔註 15〕總之，地下詩歌邊緣主體爲了獲得「人權」，爲了獲得自己的權利，他們以強健的生命力，以及與天抗爭的射日精神，使地下詩歌的「權利意識」有了重要保障。

　　在地下詩歌的文化意蘊之中，地下詩歌的精神走向成爲當代思想的一次啓蒙運動。「人國既建，乃始雄屬無前，屹然獨見於天下，更何有於膚淺凡庸之事物哉？」〔註 16〕他們以自我出發確定人的權利意識，期待個人的欲望、個人的情感和個人的意志的實踐，開拓了個人在社會中的生存和發展的空間，深入和推進了現代中國文化的啓蒙主題。

〔註 13〕黃翔《並非失敗者的自述》，載民刊《大騷動》，1993 年，第 3 期。

〔註 14〕〔法〕福科《什麼是啓蒙》，《文化與公共性》汪暉、陳燕谷編，北京：三聯書店，1998 年，第 428 頁。

〔註 15〕唐曉渡《芒克：一個人和他的詩》，《唐曉渡詩學論集》，北京：中國社會科學出版社，2001 年，第 185 頁。

〔註 16〕魯迅《墳・文化偏至論》，《魯迅全集》（第 1 卷），北京：人民文學出版社，1981 年，第 56 頁。

參考文獻

一、相關研究論文

1. 白青《昔日重來》,《詩探索》,1994 年,第 4 輯。

2. 陳墨《文革前後四川成都地下文學沙龍——「野草」訪談》,〔日本〕《藍 (BLUE)》(日中雙語文學雜誌),2005 年,第 18、19 期。

3. 陳默《堅冰下的溪流——談白洋淀詩群》,《詩探索》,1994 年,第 4 輯。

4. 陳思和《試論當代文學史(1949～1976)的「潛在寫作」》,《文學評論》,1999 年,第 6 期。

5. 陳建華《浪漫詩風的歷史性:讀錢玉林「文化大革命」初期的詩》,〔美〕《傾向》,1997 年,總第 10 期。

6. 陳獨秀《東西民族根本思想之差異》,《青年雜誌》,第 1 卷第 4 號,1915 年 12 月。

7. 陳伯達《橫掃一切牛鬼蛇神》,《人民日報》,1966 年 6 月 1 日。

8. 初瀾《京劇革命十年》,《紅旗》雜誌,1974 年,第 7 期。

9. 查建英、北島《北島談:回顧八十年代》,《文匯讀書周報》,2006 年 5 月 12 日。

10. 蔡詠梅《野草的故事》,〔香港〕《開放雜誌》,2000 年 8 月號。

11. 多多《1970～1979 被埋葬的中國詩人》,《開拓》,1988 年,第 3 期。

12. 丁玲《為提高我們刊物的思想性、戰鬥性而鬥爭》,《人民日報》,1951 年 12 月 10 日。

13. 丁證霖《文學評論應由幼稚走向成熟》,《世界日報》(北美版),2007 年 4 月 15 日。

14. 顧城《我願重做一條昆蟲》,《當代詩歌》,1987 年,第 2 期。

15. 黃翔《思魂（片斷）（1985年3月7日）》，民刊《大騷動》，1993年，第3期。

16. 黃翔《末世啞默》，《青年作家》，2006年，第4期。

17. 黃翔《來一場崢悄悄的情感革命》，《啓蒙》叢刊之五（愛清詩專輯），1979年1月5日。

18. 黃翔《並非失敗者的自述》，民刊《大騷動》，北京，1993年，第3期。

19. 黃燦然《多多：直取詩歌的核心》，《天涯》，1998年，第6期。

20. 何言宏《嚴酷年代的精神證詞——文革時期牛漢的詩歌創作》，《當代作家評論》，2000年，第2期。

21. 洪子誠《北島早期的詩》，《海南師範學院學報》，2005年，第1期。

22. 江青《談京劇革命》，《紅旗》雜誌，1967年，第6期。

23. 林莽《主持人的話》，《詩探索》，1994年，第4輯。

24. 林莽《芒克印象》，《詩探索》，1995年，第3輯。

25. 李憲瑜《中國新詩發展的一個重要環節——「白洋淀詩群」研究》，《北京大學學報》，1999年，第2期。

26. 李潤霞《從歷史深處走來的詩歌——論黃翔在文革時期的地下詩歌創作》，〔日本〕《藍（BLUE）》（日中雙語文學雜誌），2004年，總第14期。

27. 李潤霞《被埋沒的輝煌——論「『文革』地下詩歌」》，《江漢論壇》，2001年，第6期。

28. 李憲瑜《食指：朦朧詩人的「一個小小的傳統」》，《詩探索》，1998年，第1輯。

29. 李潤霞《從歷史深處走來的詩歌——論黃翔在文革時期的地下詩歌創作》，〔日本〕《藍（BLUE）》（日中雙語文學雜誌），2004年，總第14期。

30. 李潤霞《一個詩人與一個時代——論食指在文革時期的詩歌創作》，《芙蓉》，2003年，第2期。

31. 李潤霞《關注邊緣，重寫文學史》，《江漢論壇》，2004年，第8期。

32. 李兆忠《「灰娃現象」的啓示——〈山鬼故家〉研討會紀要》，《詩探索》，1997年，第4期。

33. 李遇春《芒克「地下」詩歌的精神分析》，《華中師範大學學報》，2005年，第1期。

34. 李楊《當代文學史的寫作：原則、方法與可能性》，《文學評論》，2000年，第3期。

35. 李怡《「民國文學史框架」與「大後方文學」》，《重慶師範大學學報》，2009年，第1期。

36. 李怡《生命體驗、生存感受與現代中國的文化創造——我看「新國學」

的「根據」》,《社會科學戰線》,2005 年,第 6 期

37. 《林彪同志委託江青同質召開的文藝工作座談會紀要》,《人民日報》,
1967 年 5 月 29 日。

38. 摩羅《論革時期潛在寫作者對時代資源的超越》,《社會科學論壇》,2004
年,第 10 期。

39. 孟繁華《在生命的深淵歌唱——讀灰娃詩集〈山鬼故家〉》,《東方藝術》,
1998 年,第 1 期。

40. 穆旦《他死在第二次》,《大公報‧綜合》(香港版),1940 年 3 月 3 日。

41. 齊簡《到對岸去》,《詩探索》,1994 年,第 4 輯。

42. 錢玉林《關於我們的「文學聚會」》,〔日本〕《藍(BLUE)》(日中雙語文
學雜誌),2001 年,第 1 期。

43. 錢玉林《江南哀怨與文化異議傳統》,〔日本〕《藍(BLUE)》(日中雙語
文學雜誌),2001 年,第 1 期。

44. 錢玉林《寒夜篝火邊的弦琴與歌唱》,《零度寫作》,第 15 期。

45. 宋海泉《白洋淀瑣憶》,《詩探索》,1994 年,第 4 輯。

46. 舒婷《生活、書籍與詩》,《福建文學》,1981 年,第 2 期。

47. 孫基林《隱密的成長——新潮詩崛起前幾個必要的歷史節點》,《理論學
刊》,2004 年,第 12 期。

48. 食指、泉子《食指:我更「相信未來」——答泉子問》,《西湖》,2006
年,第 11 期。

49. 邵燕祥評,《中國大陸新詩評析》高準編,《文藝報》,1989 年 2 月 25
日。

50. 商展思《人間自有眞情在——管窺十年動亂中的地下「黑詩」》,《河南大
學學報》,1990 年,第 2 期。

51. 上海革命大批判寫作小組《鼓吹資產階級文藝就是復辟資本主義》,《紅
旗》,1970 年,第 4 期。

52. 王富仁 1986 年 8 月 31 日致啞默的信,民刊《大騷動》,1993 年,第 2
期。

53. 王魯湘《野土的祭典——灰娃和她的〈野土〉》,《文學評論》,1989 年,
第 4 期。

54. 王堯《「文革文學」紀事》,《當代作家評論》,2000 年,第 4 期

55. 王堯《「文革」主流文藝思想的構成與運作——「文革文學」研究之一》,
《華僑大學學報》,1999 年,第 2 期。

56. 王家平《「文革」時期流放者詩歌簡論》,《文藝爭鳴》,2000 年,第 6
期。

57. 吳曉東《走向冬天——北島的心靈歷程》,《讀書》,1987 年,第 1 期。

58. 無名氏《無名氏詩歌選集・楔子》網刊
    http://redbluewhite.bokee.com/viewdiary.20750000.html。

59. 徐敬亞《王小妮的光暈》,《詩探索》,1997 年,第 2 輯。

60. 謝冕《20 世紀中國新詩:1978～1989》,《詩探索》,1995 年,第 2 輯。

61. 謝冕《誤解的「空白」》,《文藝爭鳴》,1993 年,第 2 期。

62. 兮父《向死而生——灰娃詩歌解讀》,《詩探索》,1997 年,第 3 輯。

63. 啞默《貴州方向:中國大陸潛流文學》,〔美〕《傾向》文學人文季刊,
    1997 年,總第 9 期。

64. 啞默《當代「潛在寫作」史料:關於啞默〈眞與美〉的史料(一)》,《現
    代中國文化與文學》,第 1 輯,巴蜀書社,2005 年。

65. 啞默《當代「潛在寫作」史料:關於啞默〈眞與美〉的史料(二)》,《現
    代中國文化與文學》,第 2 輯,巴蜀書社,2005 年。

66. 啞默《當代「潛在寫作」史料:關於啞默〈眞與美〉的史料(三)》,《現
    代中國文化與文學》,第 3 輯,巴蜀書社,2006 年。

67. 啞默《豪門落英——啞默自述》,《北回歸線》,1996 年,總第 5 期。

68. 姚文元《努力塑造無產階級英雄人物的光輝形象》,《紅旗》雜誌,1969
    年,第 11 期。

69. 於會泳《讓文藝舞臺永遠成爲宣傳毛澤東思想的陣地》,《文匯報》,1968
    年 5 月 23 日。

70. 周亞琴《西昌與非非主義》,《懸空的聖殿》周倫祐主編,拉薩:西藏人
    民出版社,2006 年,第 57 頁。

71. 周作人《人的文學》,《新青年》,1918 年 12 月 15 日。

72. 周倫佐《青春琴弦上的叛逆聲音——〈周倫祐文革詩選〉序言》,《非非
    2009 卷》,香港:新時代出版社。

73. 周倫祐《體制外寫作:命名與正名——周倫佐、周倫祐、龔蓋雄西昌對
    話錄》,《非非 2002 年卷》,第 10 卷,香港:時代出版社,第 439 頁。

74. 張清華《黑夜深處的火光:六七十年代地下詩歌的啓蒙主題》,《當代作
    家評論》,2000 年,第 3 期。

二、主要參考著作

1. 〔德〕阿多諾、霍克海默《啓蒙辯證法》,渠敬東、曹衛東譯,上海:上
   海人民出版社,2006 年。

2. 〔英〕奧阿巴拉斯特《西方自由主義的興衰》,曹海軍等譯,長春:吉林
   人民出版社,2004 年。

3. 柏樺《今天的激情》，上海：上海人民出版社，2006 年。

4. 北島《失敗之書》，汕頭：汕頭大學出版社，2004 年。

5. 北島《時間的玫瑰》，北京：中國文史出版社，2005 年。

6. 查建英等《八十年代訪談錄》，北京：三聯書店，2006 年。

7. 曹順慶主編《新視野大學語文》，北京：北京大學出版社，2008 年。

8. 曹萬生主編《中國現代漢語文學史》，北京：中國人民大學出版社，2007 年。

9. 陳默主編《野草之路》，成都野草文學社編，1999 年。

10. 陳思和主編《中國當代文學教程》，上海：復旦大學出版社，1999 年。

11. 陳仲義《中國朦朧詩人論》，南京：江蘇文藝出版社，1996 年。

12. 陳思和主編《中國當代文學教程》，上海：復旦大學出版社，1999 年。

13. 陳伯良《穆旦傳》，北京：世界知識出版社，2006 年。

14. 程光煒《朦朧詩實驗詩藝術論》，武漢：長江文藝出版社，1990 年。

15. 程光煒《中國當代詩歌史》，北京：中國人民大學出版社，2003 年。

16. 《草原啟示錄》編委會編，《草原啟示錄》，北京：中國工人出版社，1997 年。

17. 《蔡其矯研究》，北方文藝出版社，2006 年。

18. 〔法〕福科《規訓與懲罰──監獄的誕生》，劉北成、楊遠嬰譯，北京：三聯書店。

19. 樊星《世紀末文化思潮史》，長沙：湖北教育出版社，1999 年。

20. 〔俄〕古米廖夫等《復活的聖火──俄羅斯文學大師開禁文選》，廣州：廣州出版社，1996 年。

21. 高皋、嚴家其著《文化大革命十年史：1966～1976》，天津：天津人民出版社，1986 年。

22. 〔德〕海德格爾《林中路》（修訂本），孫周興譯，上海：上海譯文出版社，2004 年。

23. 〔德〕海德格爾《演講與論文集》，孫周興譯，北京：三聯書店，2005 年。

24. 洪子誠、劉登翰《中國當代新詩史》（修訂版），北京：北京大學出版社，2005 年。

25. 洪子誠《中國當代文學史》（修訂版），北京：北京大學出版社，2007 年。

26. 洪子誠編《20 世紀中國小說理論資料（1049～1976)》（第五卷），北京：北京大學出版社，1997 年。

27. 胡發雲等編《滄桑人生：中國特殊群體寫真》，武漢：湖北人民出版社，1998 年。

28. 胡風《胡風評論集》（上），北京：人民文學出版社，1984 年。

29. 胡風《胡風全集》，武漢：湖北人民出版社，1999 年。

30. 季羨林《牛棚雜憶》，北京：中共中央黨校出版社，1998 年。

31. 江曉敏編《顧城：生如蟻美如神》，北京：中國長安出版社，2005 年。

32. 〔德〕康德《歷史理性批判文集》，何兆武譯，北京：商務印書館，1996 年。

33. 〔清〕康有爲《康有爲全集》，上海：上海古籍出版社，1987 年。

34. 老木編《青年詩人談詩》，北京大學五四文學社，1985 年。

35. 〔清〕梁啓超《梁啓超全集》，北京：北京出版社，1999 年。

36. 魯迅《魯迅全集》，北京：人民文學出版社，1981 年。

37. 〔美〕劉禾主編《持燈的使者》，香港：牛津大學出版社，2000 年。

38. 劉志榮《潛在寫作 1949～1976》，上海：復旦大學出版社，2007 年。

39. 劉小楓《現代性社會理論緒論》，上海：三聯出版社，1998 年。

40. 劉勇主編《中國現當代文學史》，北京：中國人民大學出版社，2006 年。

41. 劉文飛《文學魔方：二十世紀的俄羅斯文學》，北京：中國社會科學出版社，2004 年。

42. 李怡《日本體驗與中國現代文學的發生》，北京：北京大學出版社，2009 年。

43. 李怡《七月派作家評傳》，重慶：重慶出版社，2000 年。

44. 李潤霞《從潛流到激流》（博士論文），武漢大學，2001 年。

45. 李輝《胡風集團冤案始末》，北京：人民日報出版社，1989 年。

46. 李岱松主編《光芒湧入：首屆「新詩界國際詩歌獎」獲獎詩人特輯》，北京：新世界出版社，2004 年。

47. 廖亦武主編《沉淪的聖殿：中國 20 世紀 70 年代地下詩歌遺照》，烏魯木齊：新疆青少年出版社，1999 年。

48. 〔英〕麥克法誇爾著，《「文化大革命」的起源　人民內部矛盾：1956～1957》（第一卷），何祚康等譯，石家莊：河北人民出版社，1989 年。

49. 〔英〕麥克法誇爾著，《「文化大革命」的起源　大躍進：1958～1960》（第二卷）何祚康等譯，石家莊：河北人民出版社，1990 年。

50. 〔美〕麥克法誇爾、費正清主編，《劍橋中華人民共和國史》（1966～1982），金光耀等譯，北京：中國社會科學出版社，1992 年。

51. 毛澤東《毛澤東選集》，第五卷，北京：人民文學出版社，1977 年。

52. 毛澤東《建國以來毛澤東文稿》，北京：中央文獻出版社，1998 年。

53. 孟繁華、程光煒《中國當代文學發展史》（第二版），北京：中國人民大學出版社，2009 年。

54. 穆旦《蛇的誘惑》（穆旦作品卷）曹元勇編，珠海：珠海出版社，1997 年。

55. 芒克《瞧！這些人》，長春：時代文藝出版社，2003 年。

56. 〔德〕尼采《查拉圖斯特拉如是說》（詳注本），錢春綺譯，北京：三聯書店，2007 年。

57. 牛漢《命運檔案》，武漢：武漢出版社，2000 年。

58. 牛漢《夢遊詩人說詩》，北京：華文出版社，2001 年。

59. 牛漢《學詩手記》（詩話集），北京：三聯書店，1986 年。

60. 彭燕郊《彭燕郊詩文集》（評論卷），長沙：湖南文藝出版社，2006 年。

61. 錢理群《1948：天玄地黃》，濟南：山東教育出版社，1998 年。

62. 石肖岩主編《北大荒風雲錄》，北京：中國青年出版社，1990 年。

63. 孫文濤《大地訪詩人》，香港：天馬圖書有限公司，2003 年。

64. 施蟄存《往事隨想》，成都：四川人民出版社，2000 年。

65. 史衛民、何嵐編《知青備忘錄：上山下鄉運動中的生產建設兵團》，北京：中國社會科學出版社，1996 年。

66. 唐曉渡《唐曉渡詩學論集》，北京：中國社會科學出版社，2001 年。

67. 唐湜《新意度集》，北京：三聯書店，1989 年。

68. 唐湜《一葉談詩》，廣西教育出版社，2002 年。

69. 〔德〕韋伯《儒教與道教》，王容芬譯，北京：商務印書館，1995 年。

70. 〔唐〕王維《王右丞集箋注》，〔清〕趙殿成箋注，上海：上海古籍出版社，1984 年。

71. 韋君宜《思痛錄》，北京：北京十月文藝出版社 1998 年。

72. 王家平《文化大革命時期的詩歌研究》，鄭州：河南大學出版社，2004 年。

73. 王富仁《中國反封建思想革命的一面鏡子》，北京：北京師範大學出版社，2000 年。

74. 王聖思編《九葉詩人評論資料選》，上海：華東師範大學出版社，1996 年。

75. 汪暉、陳燕谷編《文化與公共性》，北京：三聯書店，1998 年。

76. 吳思敬編《牛漢詩歌研究論集》，長春：時代文藝出版社，2005 年。

77. 〔美〕奚密《從邊緣出發》，廣州：廣東人民出版社，2000 年。

78. 邢奇《年華》(邢奇詩選)，北京：群言出版社，1997 年。

79. 《新時期文學六年 1976.10～1982.9》，北京：中國社會科學出版社，1985年。

80. 謝冕《謝冕論詩歌》，南昌：江西高校出版社，2002 年。

81. 曉風主編《我與胡風》，銀川：寧夏人民出版社，1993 年。

82. 徐曉《半生爲人》，北京：同心出版社，2005 年。

83. 徐敬亞《崛起的詩群》，上海：同濟大學出版社，1989 年。

84. 徐曉、丁東、徐友漁編《遇羅克遺作與回憶》，北京：中國文聯出版公司1999 年。

85. 郁達夫《《中國新文學大系・散文》，上海：良友出版公司，1936 年。

86. 於可訓《當代詩學》，長沙：湖南人民出版社，2000 年。

87. 楊健《文化大革命中的地下文學》，北京：朝華出版社，1993 年。

88. 楊健《中國知青文學史》，北京：中國工人出版社，2002 年。

89. 楊鼎川《狂亂的文學年代》，濟南：山東教育出版社，1998 年。

90. 袁可嘉等編《一個民族已經起來》，南京：江蘇人民出版社，1987 年。

91. 袁可嘉等編《豐富和豐富的痛苦》，北京：北京師範大學出版社，1997年。

92. 袁可嘉《論新詩現代化》，北京：三聯書店，1988 年。

93. 袁可嘉《歐美現代派文學概論》，南寧：廣西師範大學出版社，2002 年。

94. 啞默《牆裏化石》，北京：中國致公出版社，1999 年。

95. 啞默《啞默　世紀的守靈人》，八卷 (電子文本)。

96. 啞默回憶錄《活頁影繪薄》(電子文本)。

97. 姚家華編《朦朧詩論爭集》，北京：學苑出版社，1989 年。

98. 張志揚《創傷記憶》，上海：三聯書店，1999 年。

99. 曾卓《詩人的兩翼》(詩論)，北京：三聯書店，1987 年。

100. 曾卓等《崖邊聽笛人》(曾卓研究文選)，武漢：長江文藝出版社，1994年。

101. 曾卓《曾卓文集》(3 卷)，武漢：長江文藝出版社，1994 年。

102. 周倫祐主編《懸空的聖殿》，拉薩：西藏人民出版社，2006 年。

103. 周燕芬《執守・反撥・超越：七月派史論》，北京：中華書局，2003 年。

104. 鄭敏《英美詩歌戲劇研究》(論文集)，北京：北京師範大學出版社，1982年。

105. 鄭敏《結構——解構視角》，北京：清華大學出版社，1998 年。

106. 鄭敏《詩歌與哲學是近鄰——結構解構詩論》，北京：北京大學出版，1999 年。

107. 張如法編《綠原研究資料》，鄭州：河南大學出版社，1991 年。

三、參閱相關詩集

1. 綠原等《春泥裏的白色花》，陳思和主編，武漢：武漢出版社，2006 年。

2. 彭燕郊《野史無文》，陳思和主編，武漢：武漢出版社，2006 年。

3. 無名氏《花的恐怖》，陳思和主編，武漢：武漢出版社，2006 年。

4. 啞默等《暗夜的舉火者》，陳思和主編，武漢：武漢出版社，2006 年。

5. 蔡華俊等《青春的絕響》，陳思和主編，武漢：武漢出版社，2006 年。

6. 食指等《被放逐的詩神》，陳思和主編，武漢：武漢出版社，2006 年。

7. 洪子誠、程光煒編選《朦朧詩新編》，長江文藝出版社，2004 年版。

8. 郝海彥編《中國知青詩抄》，中國文學出版社，1998 年版。

9. 杜九森主編《野草詩選》，成都望川校園文化站，1994 年。

10. 藍棣之編《七家詩選》，北京：中國友誼出版社，1992 年。

11. 閻月君等編《朦朧詩選》，瀋陽：春風文藝出版社，1984 年。

12. 老木編《新詩潮詩集》（上下），北京大學五四文學社，1985 年。

13. 《五人詩選》，北京：作家出版社，1986 年。

14. 徐敬亞等編《中國現代主義詩群大觀 1986～1988》，上海：同濟大學出版社，1988 年。

15. 謝冕等編《在黎明的銅鏡中》（朦朧詩卷），北京：北京師範大學出版社，1993 年。

16. 綠原、牛漢編《白色花》，北京：人民文學出版社，1981 年。

17. 周良沛編《七月詩選》，成都：四川人民出版社，1984 年。

18. 吳子敏編選《〈七月〉、〈希望〉作品選》（全二冊），北京：人民文學出版社，1986 年。

19. 辛笛編《九葉集》，南京：江蘇人民出版社，1981 年。

20. 陳明遠《劫後詩存》，北京：世界知識出版社，1988 年。

21. 錢玉林《記憶之樹（1966～1976 年抒情詩選）》，上海：上海遠東出版社，1998 年。

22. 陳建華《陳建華詩選》，廣州：花城出版社，2004 年。

23. 鄧墾《鄧墾詩選》，2001 年，自印本。

24. 黃翔《黃翔禁燬詩選》，香港：明鏡出版社，1999 年。

25. 黃翔《總是寂寞》（太陽屋手記一），臺北：桂冠出版社，2002 年（電子文本）。

26. 黃翔《沉思的雷暴》（太陽屋手記二），臺北：桂冠出版社年，2002 年（電子文本）。

27. 黃翔《鋒芒畢露的傷口》（太陽屋手記三），臺北：桂冠出版社，2002 年（電子文本）。

28. 黃翔《我在黑暗中搖滾喧嘩》（受禁詩歌系列 1），臺北：唐山出版社，2002 年（電子文本）。

29. 黃翔《獨自寂寞中悄聲細語》（受禁詩歌系列 2），臺北：唐山出版社，2003 年（電子文本）。

30. 黃翔《活著的墓碑——魘》（受禁詩歌系列 3），臺北：唐山出版社，2003 年（電子文本）。

31. 黃翔《非紀念碑：一個弱者的自畫像》（受禁詩歌系列 4），臺北：唐山出版社，2002 年（電子文本）。

32. 黃翔《裸隱體與大動脈》（受禁詩歌系列 5），臺北：唐山出版社，2003 年（電子文本）。

33. 黃翔《詩——沒有圍牆的居室》（受禁詩歌系列 6），臺北：唐山出版社，2003 年（電子文本）。

34. 啞默《鄉野的禮物》，貴陽：貴州民族出版社，1990 年。

35. 啞默《牆裏化石》，北京：中國致公出版社，1999 年。

36. 周倫祐《周倫祐「文革」詩選》，發星工作室，2008 年（鉛印本）。

37. 食指《探索詩金庫·食指卷》，北京：作家出版社，1998 年。

38. 食指《食指的詩》，北京：人民文學出版社，2002 年。

39. 北島《北島詩選》，廣州：新世紀出版社，1986 年。

40. 北島《北島詩歌集》，海口：南海出版公司，2003 年。

41. 虹影、趙毅衡編《墓床》（顧城謝燁海外代表作品集），北京：作家出版社，1993 年。

42. 顧城《顧城詩全編》，上海：三聯書店，1995 年。

43. 舒婷《舒婷的詩》，北京：人民文學出版社，1994 年。

44. 舒婷《舒婷詩文自選集》，桂林：灘江出版社，1997 年。

45. 牛漢《牛漢詩選》，北京：人民文學出版社，1998 年。

46. 綠原《綠原自選集》，北京：人民文學出版社，1998 年。

47. 綠原《綠原文集》（6 卷），武漢：武漢出版社，2007 年。

48. 曾卓《曾卓文集》（3 卷），武漢：長江文藝出版社，1994 年。

49. 彭燕郊《彭燕郊詩選》，北京：人民文學出版社，1997 年。

50. 彭燕郊《彭燕郊詩文集》（詩集上 1949 年前），長沙：湖南文藝出版社，2006 年。

51. 彭燕郊《彭燕郊詩文集》（詩集下 1949 年後），長沙：湖南文藝出版社，2006 年。

52. 穆旦《穆旦詩文集》（2 卷），北京：人民文學出版社，2006 年。

53. 李方編《穆旦詩全集》，北京：中國文學出版社，1996 年。

54. 唐湜《唐湜詩卷》，北京：人民文學出版社，2003 年

55. 灰娃《野土》，西安：陝西人民出版社，1989 年。

56. 灰娃《山鬼故家》，北京：人民文學出版社，1997 年。

57. 林昭《情詩一束》（電子文本）。

58. 林昭《林昭詩選》（電子文本）。

59. 芒克《芒克詩選》，北京：中國文聯出版公司，1989 年。

60. 多多《多多詩選》，廣州：花城出版社，2005 年。

61. 林莽《林莽的詩》，北京：中國婦女出版社，1990 年。

62. 林莽《我流過這片土地》，北京：新華出版社，1994 年。

63. 林莽《穿透歲月的光芒》（詩文合集），天津：百花文藝出版社，2001 年。

64. 蔡其矯《蔡其矯詩選》，北京：人民文學出版社，1997 年。

65. 《寫在火紅的戰旗上——紅衛兵詩選》，首都大專院校紅代會《紅衛兵文藝》編輯部，1968 年。

跋

　　面前的這本著作，是在我博士論文基礎上修改而成。在修改的過程之中，面對曾經的激動和駁雜，乃至於散亂，我有著試圖推倒重寫的想法。因時過境遷、俗務纏身，特別是女兒的出生，遂使我讀書期間的那種青春衝動和心中塊壘消散殆盡，成為一個海德格爾所鄙視的「沉淪之人」。在修改的過程中，既無充裕的時間進一步閱讀相關資料，也無不斷超越自己的堅韌之毅力，逐漸否定和打消了重寫的念頭，只補寫了最後一章，並在整個文章的表述和結構上做了一定調整和改動。王國維說，「人生過處唯存悔，知識增時只益疑」，對這本小書，我雖沒有「過」多久，而且我的知識並未「增」多少，卻「悔」得斷腸寸斷，「疑」得一塌糊塗！所以在這本極不成熟的小書面前，我真有賈誼的「可為痛哭者一，可為流涕者二，可為長太息者三」的無限感慨。「嚶其鳴矣、求其友聲」，同時對於文中出現的錯漏、偏頗之處，我也真心接受大家的批評。

　　參加工作以來，由於各種原因，文革文學的研究已經不再是我的重心了，這使得我的文革研究缺少延續性。對於我的文革研究，我的主要旨趣已經在論文中呈現，我已沒有更多的話要說。不過在我寫作的過程中，時時都想想著巴金《「文革」博物館》中的話，「我相信那許多在『文革』中受盡血與火磨煉的人是不會沉默的。各人有各人的經驗。但是沒有人會把『牛棚』描繪成『天堂』，把慘無人道的殘殺當做『無產階級的大革命』。大家的想法即使不一定相同，我們卻有一個共同的決心：絕不讓我們國家再發生一次『文革』，因為第二次的災難，就會使我們民族徹底毀滅。……只有牢牢記住『文革』的人才能制止歷史的重演，阻止『文革』的再來。」

現在，圍繞我的省級課題「四川當代新詩史」，我的研究興趣也完全轉移到對「四川當代新詩」的研究之中，但文革研究已完全納入到我這一部分的研究之中。但在我的研究過程中，文革文學，與當代新詩、巴蜀文化、民國文學等一樣，是我長期、持續的關注領域和研究方向。

我的研究能列入到李怡老師主編的這套叢書之中，我倍感榮幸，非常感謝李怡老師對後學的提攜，給了我這個機會。我將在以後的研究中，做得更紮實些，更細緻些。

為還原我真實的心態，現將幾年前的博士論文「後記」附錄於後，以紀念那段「憤青」的日子：

訝然一望，六年前的三月已邈然而退。儘管窗外的三月依然如此固執地在我身邊徘徊。窗外的三月，不是丁香花般的三月，也不是荒原般的三月，而是我已經所熟悉但是也很陌生的川大的第六個三月：淅淅瀝瀝的小雨、闊大的梧桐樹葉、散落一地的陌生而美麗的面孔、無從檢視而湧動著的潮濕青春⋯⋯。就在這樣的寧靜和破碎中歲月之流裏，我生命中的六年的生命遺失並生在了窗外的這片有著三月與寂寞的土地之上。對我來說，任何的一點記憶的暗示迹象，都被我漫天而來的失落所籠罩。

在這即將離別的悽楚而悲涼的時刻，我故意在這時，忘記我我自己已經「而立」；我故意不說出，對於這篇大地的我心中的那份讚美；我也故意要在這個時刻，漠視那我曾經燦爛的生命衝動與激情的噴灑；我甚至故意關閉，這我給予我棲居的校園中我細小而多夢多情的故事⋯⋯我只想說出那矗立在雲端和我心底的那「詩」的事情。

幾年來，我走在巴蜀城中的「詩」之途。儘管我自己有著長久的現代新詩的創作經歷，儘管我一直沿著這樣一個有荊棘、有城市、有黑夜的路在緩行，但我始終感覺自己還是一個行走在現代新詩城堡邊緣的一個愛好者而已，一個與現代新詩單戀的病人而已，並且似乎一直沒有揭開過繆斯蒙在臉上的不知該如何去觸摸的潔白面紗。最終，無神助、無神思、無神采、無神性的我，定位自己於缺乏現代新詩創作的天賦，並耿耿於懷、不能釋懷。而且一次次面對古典詩歌文本、西方詩歌文本，那天上地下的生命探險、那金屬質感般的生命、那湧動的生命激情，以及那天地蒼茫的生命追思與追問，一一敲擊在狹小的生命空間，無數次與靈魂振動、鳴響。

　　但是，我始終知道，我的故事，也就是我的「詩」。我「詩的生命」在我生命和靈魂的舞臺上跳動。在我的生命時時被命運敲打、切割，中國現代詩歌與我一起起義、造反、暴動，一起點燃我生命中的柴火。更重要的是，面對中國現代新詩，我還是感受到現代新詩內核中的現代中國體驗是更能擊中我內心的感受，更能擊中撥動我生命的纖維。由是，這燦爛而短暫的博士三年中，寫中國現代偉大之詩，讀現代新詩之中國現代生存，析現代新詩之中國現代體驗，賞現代新詩之中國現代靈魂，成為了我的宿命，也成為我生命的尺度。而且，這一決定，無疑又在此定格了我的命運。

　　在「詩」的大地上，密佈的是「思」之路。柏拉圖將詩人趕出了理想國，黑格爾預言「藝術終結」，不管他們站在什麼樣的角度看問題，藝術和詩歌似乎從一開始就面臨著身份肯定的問題，詩歌與生存關係之斷裂！環視當下中國詩歌，此現象之明顯和普遍更不待言，詩歌在人們心中的地位是一再下降，更不用說是產生很有影響力的里程碑式的詩歌作品。更嚴重的問題是，當下詩人下海或者轉向其它文體的創作，棄詩歌而不顧，使詩歌的問題更為嚴重。由此，必須回到詩歌本身，必須在「思」的穹廬下展開對詩的審理，以「思」來召喚「詩」，以「思」來呼喊「詩」。

　　而對於中國現代新詩中的現代中國體驗、現代中國人的生存體驗、現代靈魂的顫抖與躍動，如何以理性之思，如何以「思」在這篇沃土上耕作，以「思」的嚴謹縝密，去清晰的洞察「詩」本身現象背後所蘊藏的現代維度、精神維度、存在維度，又是對我哲學知識儲備的巨大挑戰。朝暮先賢各諸子、巨子、大儒、真人、大德等之仁義、慈悲、天下、蒼生之高義，夕仰西歐諸「運偉大之思」之哲人，傾心於邏輯、實證、自由、契約、個人、權利等範疇之運演。最終，背靠諸哲人、大儒、大德，期望能「以思擊詩」，「以思叩詩」，在「思」的平臺上審問「詩」，在「思」的路上與「詩」對話，是我談論和認識詩歌的理想視域。

　　浪遊在川大這片土地上，其中梗塞於我心中的，是「詩」與「思」的交鋒與對話，這不但是對我自身成長的一次精神清算，我認為更是現代文化建構的一次有力突圍。「藝術是生命的最高使命和生命本來的行而上活動」，在這樣的時代中，我們的最高使命在哪裏？我們本來的行而上活動又是什麼？我們的精神還有存在的可能性嗎？我們從何處來呈現我們的內心，我們怎樣才能成為我們人類自己？

而在我說有的「詩」與「思」的叩問之中，我所有的指向在於現代中國文化的問題，詩歌的文化使命問題。近代天崩地裂以來，我們一直在爭論，古今之爭、東西之爭、靈肉之爭、左右之爭……也就是說，在現代中國這樣一個大盤上，在現代中國的大地上，沒有現代中國人自己的文化，沒有現代人的精神寓所！「詩」與「思」的交鋒與對話，正是伴隨著強烈的文化危機之感。而中國現代新詩的開拓之路，是於中國文化如何走出危機，即現代中國自身的文化何以生長與突圍緊密關聯。中國現代新詩，飽含著最為鮮活的現代中國人的體驗，是現代中國人生存、思考、發展的最直接的精神再現，運思中國現代新詩，觸及當下中國新詩的處境和困惑，佔據中國文化危機中點。以中國人的生存與發展為核心的中國現代新詩思考，更是尋找和建構出中國現代文化的有力的生長點和突圍點。

「詩」與「思」的對話，這是我要說出的我生命中的「四川大學事件」。

在這裡，我要特別感謝我的博士導師李怡先生。從我在他的課堂討論中主講第三代詩歌，到我有幸成為他的弟子，最終完成地下詩歌研究這一畢業論文的過程中，我求學與求索的每一步的邁出、每一扇窗子的打開，都受到了他直接而具體指導。正是他的每一句關懷的話語、每一問題的提出與展開，以及他身上湧動不息的生命力量，時時塑造著我，使我迅速成長、并具備起良好的做研究的質素。在我的人生道路以及求學生涯之中，特別是他人格精神與學術風範時時刻刻迴盪在耳際，不時地激勵著、鞭策著我前進，成為我生命中不息的源泉。他的每一堂課都是一場激情洋溢的「思」的演說與展示，這些精彩與深邃的聲音，已深深地刻印在我的心上。他生活中的言談又充滿了幽默與智慧的靈動生命質感，彰顯出一個學者對於現實的、真實的個體生命的高度投入，在生活的常態之中深入透析生命的堂奧，在日常生活中把捉現代人文精神，這深刻影響了我，成為我為人、為學的樣板。更讓我難以忘懷的是，這次畢業論文從論文選題到寫作，其中無數次的交流、往復，以及論文結構、到段落，甚至是個別字詞、標點李老師都予以細緻的修改。因此，我的論文凝聚了他無比的心血。在此，我的感激之情難以言表。

論文寫作過程中，汕頭大學的王富仁老師，中國社會科學院的劉福春老師、我的碩士導師陳思廣老師，以及四川大學的邱曉林、吳興明、干天全、毛迅、張放、曾紹義，四川師範大學的李亞東等等老師，在我論文的寫作過

程中都給我很大的啓發。還有四川大學的曹順慶、馮憲光、趙毅衡、王曉路、閻嘉、劉亞丁、易丹、徐新建、馬睿、余平、蔣榮昌、劉莘、高小強……等等老師，是他們的課堂，讓我一次次的提升。在地下詩人中，非非主義創建者周倫祐老師曾多次交流，爲我論文的寫作提供了很多思路，給我論文的寫作相當大的啓發。成都野草沙龍諸詩人，鄧墾、徐抪、杜九森、馮里、無慧也都非常關心我論文的寫作，爲我提供了相當豐富的資料。在此，一併感謝！川大博士三年中，同級的盧迎伏、劉海洲、徐江、張霞、袁娟、韓明港、董迎春、曹文亮等同學的在學習和生活中給予的幫助和支持，也特此感謝。

最後，要感謝遠在鄉下的父母對我無私的支持，沒有他們的理解和支持，家境貧困的我不可能繼續求學，我也不可能安靜地在校園裏求索。是他們支持，我才有這樣一個免於外界的壓力而專心研究的機會。他們的支持，是我前進路上湧動不息的動力和火把。我這一介書生，常處食不果腹、簞瓢屢空的境地，愛人付淑娟始終在背後默默的支持。從相識到相守，從一個山區裏的鄉村教師到大城市的求學輾轉，她始終相伴相隨，並將她自己的青春和愛給予了我和我單調而冷寂的求學生涯，這才使我的生命泛起了湧動的浪花和呼喊，我永遠銘刻於心。

附：點評

　　論文以「文革」期間地下詩歌爲研究對象，全面梳理了地下詩歌的歷史脈絡和審美特徵，並充分肯定了地下詩歌作爲中國現代主義詩歌的存在價值及美學意義。立論鮮明，推理有力，邏輯嚴謹，思路清晰，是一篇比較優秀的論文。國內近些年來，對於地下詩歌研究已成熱點，以此爲研究對象的博士論文就已經有武漢大學李潤霞和暨南大學張志國兩位博士。論文能夠在眾多研究成果的基礎之上，奮力拼搏再創佳績，足以說明地下詩歌研究仍具有深化的可能性。論文最精彩的部分爲第五章「射日精神」和第六章「空山之境」，論者以比較大膽的科學精神與嚴謹務實的邏輯推論，深刻發掘了「極左」年代潛在於「地下」民間的反抗情緒與自由嚮往，尤其是對「日」的意象解構分析，令人深受啟發。

　　　　　　　　　　　　　　　　──宋劍華（暨南大學　教授、博導）

　　論文旨在對人們較少研究的文革地下詩歌進行總體把握和深入分析，在一定意義上具有補弱補白的學術價值。因此，該選題具有較大的理論意義。論述中，理論基礎及專業知識豐富而又紮實，視角獨特，方法得當。特別是能夠切實進入文革文化語境體察研究對象，給出了一系列相當獨特而又新穎的概括，不僅符合歷史語境，而且相當新鮮別致。本書工作量較大，顯然是一篇用功頗多的論文。

　　　　　　　　　　　　　　　　──李繼凱（陝西師範大學　教授、博導）

這篇論文選題具有較高的學術價值。論文作者不滿於前人研究的局限，從「邊緣體驗」的全新視角對文革地下詩歌的總體精神進行了開拓性的學術考量。論文作者不僅專業基礎好，而且有獨立的思想和較高的文化批評的能力。所得結論既豐富了文革地下詩歌研究成果，又能顯露出超越研究對象的思想啓示性。

——魏建（山東師範大學　教授、博導）

一、整體的精神研究，具有選題的突破性。二、提出了「邊緣體驗」的精神特徵，以此切入研究，抓住了「地下詩歌」的核心精神、情感特徵，具有創新性。三、總結出三種精神走向，言之成理，具有啓發性。

——何錫章（華中科技大學　教授、博導）

「文革文學」研究近來日趨受到學界關注並多有成果出現。文革詩歌尤其是紅衛兵詩歌的研究已經有多位學者給予探究，但對文革「地下詩歌」的研究還不多見，本書不但選題新穎，而且從「邊緣體驗」的角度切入地下詩歌的精神走向，更具有理論創新的意義。論文大量文本分析，拓展了文革文學研究新的空間，論析中多有論文作者的獨到見解。論文思路清晰，材料豐富，結構嚴整，表達準確順暢，文風樸實，注重學術規範，是一篇功底紮實的、較爲優秀的論文。

——劉勇（北京師範大學　教授、博導）